KB148006

캐릭터,
이야기 속의 인간

캐릭터,
이야기 속의 인간

초판 1쇄 펴낸날 | 2019년 9월 1일
초판 2쇄 펴낸날 | 2020년 8월 1일

지은이 | 이상진
펴낸이 | 류수노
펴낸곳 | (사)한국방송통신대학교출판문화원
　　　　03088 서울특별시 종로구 이화장길 54
　　　　전화 1644-1232
　　　　팩스 02-741-4570
　　　　홈페이지 http://press.knou.ac.kr
　　　　출판등록 1982년 6월 7일 제1-491호

출판위원장 | 백삼균
편집 | 이두희 · 심성미
본문 디자인 | (주)동국문화
표지 디자인 | 김민정

© 이상진, 2019

ISBN 978-89-20-03438-1 93810
값 22,000원

■ 잘못 만들어진 책은 바꾸어 드립니다.

■ 이 책의 내용에 대한 무단 복제 및 전재를 금하며 저자와 (사)한국방송통신대학교출판문화원의 허락 없이는
　어떠한 방식으로든 2차적 저작물을 출판하거나 유포할 수 없습니다.

이 도서의 국립중앙도서관 출판예정도서목록(CIP)은 서지정보유통지원시스템 홈페이지(http://seoji.nl.go.kr)와
국가자료종합목록 구축시스템(http://kolis-net.nl.go.kr)에서 이용하실 수 있습니다.(CIP제어번호: CIP2019033408)

캐릭터,
이야기 속의 인간

이상진 지음

에피스테메
EPISTEME

　생명과학자들은 인간을 한시적으로 형태를 유지하는 구조물로 이해한다. 60~70조 개의 세포가 물속에서 이러저러한 모양으로 연결되거나 떠다니며 만들어진 구조물이, 이른바 '수명'이라고 불리는 기간 동안 독립된 자기 구조를 유지하는 생명체가 바로 인간이라는 것이다. 세포들이 어떤 방식으로 연결되고 유지되며, 어떤 부분이 소멸되고 생성되는가에 따라 인간의 모습이 결정되고 변화한다.

　문학연구자들이 생각하는 허구세계 속 인간도 크게 다르지 않다. 캐릭터는 허구세계를 떠다니는 수많은 요소가 이러저러한 모양으로 연결되어, 이야기에서 주어진 시간 동안만 독립된 자기 구조를 유지하는 구조물이다. 다른 점이 있다면, 창조적인 수용자를 통해 확장된 이야기 세계를 누비거나 다른 이야기에 새롭게 등장함으로써 캐릭터의 생명이 얼마든지 연장될 수 있다는 것이다. 이야기와 캐릭터의 공생 가능성은 이렇게 무한히 확대된다.

　이야기에는 상상 가능한 수많은 캐릭터가 축적되어 있다. 아버지를 죽인 아들, 원수형제, 버려진 아이, 납치된 공주, 미친 과학자, 진짜와

5

가짜……. 사람들은 그들의 이야기에서 실제보다 더 흥미진진한 사건을 경험하고 누구도 해결 못할 한계 상황을 상상하기도 한다. 그 낯선 상황에 자신을 놓아두고 은밀하게 가면을 벗겨볼 수도 있다. 나는 누구이고 어디에서 와서 어디로 가며, 그 의미는 무엇인가 질문하며. 이 점에서 이야기와 캐릭터는 어떤 인간학보다 더 풍부하고 구체적이며 가치 있는 연구 자료를 제공한다. 그런 생각에서 이 책은 출발하였다.

필자가 캐릭터에 대해 관심을 가지기 시작한 것은 소설 〈토지〉의 인물사전을 만들면서였다. 수백 명의 인물이 개성을 유지하면서 서로 겹치지 않게 이야기를 움직여나가는 모습이, 아무리 보아도 실제세계에서 완성된 그대로 곧장 허구에 뛰어든 것처럼 보였다. 대체 어떤 창작원리가 거기에 숨어 있는 것인지 밝혀내는 것이 큰 숙제였다. 김유정 소설의 OSMU로 캐릭터성을 생각해보면서는, 장르를 횡단하는 캐릭터의 정체성 문제와 변형 가능성도 매력적인 주제로 다가왔다. 극문학을 공부하면서는 기원전부터 형성되어 내려온 유형적 캐릭터의 뿌리와 원형적 모티프가 눈에 들어왔다.

그러다가 자연스럽게 영화, TV드라마, 음악비디오 등 다양한 대중 장르의 캐릭터까지 관심영역을 확장하였다. 이 책을 기획한 것은 이즈음이었다. 장르를 넘어서 캐릭터의 창조와 변형, 분석을 위해 참조할 만한 서사론과 자료를 제공할 수 있겠다는 생각에서였다. 그러나 산업자본에 의해 창작되고 소비되는 캐릭터는 문학 캐릭터와 많이 달랐다. 이야기가 국경을 넘어 소비되면서, 캐릭터는 작품의 경계와 매

캐릭터, 이야기 속의 인간

체를 횡단하여 살아남고, 거대한 스토리회사에 소속되어 반복하여 호출된다. 그런가 하면 급속하게 변화하는 사회문화적 맥락을 반영하는 개성적인 캐릭터 모델이 동시다발적으로 쏟아져 나오고 있다.

캐릭터에 대한 책들을 닥치는 대로 읽고 엿보면서 생각을 가다듬었지만, 시작점이 다른 캐릭터론을 아우르는 것은 쉬운 일이 아니었다. 욕심을 버리고, 계획했던 몇 개의 챕터도 버렸다. 그리하여 이 책은 캐릭터를 중심으로 기존의 연구결과를 소개하고 해석한 '중간 보고'의 형태를 띠게 되었다. 일단 문학 캐릭터를 중심으로 다른 매체의 캐릭터들을 힘닿는 데까지 끌어놓는 정도에 그친 것이다.

그럼에도 불구하고, 캐릭터가 허구세계를 떠도는 다양한 요소로 이루어진 구성물이라는 생각에서는 벗어나려고 애를 썼다. 결과적으로는 이 책에서 범주화한 많은 것들이 캐릭터 구성을 위해 고려해야 할 것이라고 주장한 셈이 되었지만, 이런 구성요소의 결합을 넘어서는 작가의 손길에 의해 캐릭터는 고유성을 획득할 수 있으리라는 믿음은 그대로 둘 것이다. 오쓰카 에이지의 표현을 빌리자면 '나에게 뿌리내린 표현'은 다르기 때문이다. 캐릭터의 요소와 요소 사이에서 수많은 목소리가 소리를 내며 스스로 변화할 것도 굳게 믿는다.

이런 고민과 문제 속에 완성된 이 책의 내용은 다음과 같다.

먼저 캐릭터의 개념과 문제 점검에서 시작하여 그간의 연구 결과들을 정리하였다. 캐릭터의 다양한 국면을 살펴보기 위해 문학텍스트는 물론 영상(시각), 공연텍스드 등의 다양한 예시를 이용하였다.

캐릭터를 둘러싸고 축적된 논의와 다양한 국면을 포괄적으로 제시하기 위해 캐릭터의 존재론적 조건과 텍스트적 조건을 모두 고려했다. 그러나 이 둘을 칼로 자르듯 나누어 서술하는 것은 어려웠다. 유사인간으로서 능동성을 갖추기 위한 존재론적 기본 조건은 제2장의 '캐릭터 구성'에서 개괄한 후, 제3장 '캐릭터 유형론'에서 테오프라스토스의 〈캐릭터〉로부터 최근의 사회문화적 캐릭터 유형까지 예시를 통해 재점검하였고, 제5장과 제6장에서는 이 중 젠더와 가족문제를 중심으로 확대 분석하였다. 해당 서사물의 장르적 특성이나 재현 규칙 등 텍스트적 조건은 제2장의 '캐릭터 구성'에서 개괄한 후, 제3장 1절의 '캐릭터의 행동과 텍스트적 기능'에서 관련 서사이론을 소개하고, 제4장 '장르관습과 캐릭터'에서 비극과 희극, 멜로드라마와 역사이야기의 캐릭터를 본격적으로 다루었다. 캐릭터에 대한 시각과 필요에 따라 선택적으로 읽어도 문제가 되지 않을 것이다.

캐릭터에 대한 서적의 반 이상이 유형론이라 할 정도로 참고할 만한 캐릭터 유형론이 많다. 이 책에서는 이런 유형론 외에 융의 원형이론에 뿌리를 둔 몇 가지 논의를 소개하였다. 참조할 지식의 범위를 넘어서고 있다는 우려와 비전공 분야에 대한 이해의 한계로 인해, 키워드를 뽑아 짧게 정리하는 것으로 마무리하였다. 제7장은 개인적으로 가장 흥미롭고 또 논잇거리가 많은 더블 캐릭터에 대한 것이다. 인간의 정체성 문제를 분열과 복제, 짝패와 변신 캐릭터를 중심으로 나누어보고 예시를 넣었다. 제8장에서는 캐릭터를 중심으로 한 이야기 구조, 주제의 상호관계가 만들어내는 이야기 유형에 대해 살펴보았다.

캐릭터, 이야기 속의 인간

관습적인 범주화가 아니라 개성적인 변형과 창조를 위한 것임은 새삼 강조할 필요가 없을 것이다.

이 책은 한국방송통신대학교의 학술도서 저작 지원을 받아 출간되었다. 책을 집필하고 출간할 수 있도록 지원해준 학교에 감사한다. 〈캐릭터와 스토리텔링〉 강의를 듣고 문제를 제기해준 방송대 문예창작콘텐츠학과 대학원생들에게도 감사한다. 글을 쓰는 내내 그들은 이 책의 내포독자로 옆에 있어 주었다. 생각의 뼈대를 세울 때 함께한 박성애 선생, 첫 원고를 읽어준 이현주, 이재동 선생에게 감사한다. 두서없이 나열된 생각과 악문을 읽고 교정해준 덕에 이만큼이나마 깔끔한 원고가 되었다. 글 전체를 읽고 가장 필요한 도움을 준 이강엽 교수와 젊은 시선과 힘을 보태준 이나은, 이세운에게도 감사한다. 그리고 긴 시간 원고를 기다려주고 마지막까지 꼼꼼히 교정해준 출판원의 이두희 씨에게 특별히 고마운 마음을 전한다.

아울러, 이 책의 공란과 문제가 새로운 장르 변화에 익숙한 연구자의 진전된 논의를 이끌어내는 계기가 되기를 진심으로 기대하며, 그들의 논의에 미리 감사한다.

2019년 8월 대학로에서

이상진

차례 CONTENTS

캐릭터의 개념과
문제들

무수히 많은 이야기가 만들어지고 또 사라지지만 어떤 이야기는 아무리 오랜 시간이 지나도 반복하여 재생된다. 그런 이야기의 힘과 매력은 어디에서 올까? 흥미로운 전개와 신선한 내용, 깊이 있는 주제나 아름답고 적절한 언어, 감동적인 장면 등 여러 가지를 떠올릴 수 있다. 그 어떤 것이든 중심에는 캐릭터가 있다. 이야기의 상당 부분은 캐릭터에 의존하여 진행되고, 많은 것이 캐릭터를 통해 재현되기 때문이다. 조금 과장해서 말하자면 이야기는 캐릭터이고, 캐릭터의 행동이고, 시간의 변화에 따라 움직이고 변화하는 캐릭터와 그 주변의 이야기이다.

이야기 속의 캐릭터는 중개된 매체를 통해 상상되고 지각된 환영에 불과하다. 우리가 사는 세상에서는 교유할 수 없고, 허구적 이야기 세계에서나 만날 수 있는 제한된 존재이다. 그럼에도 불구하고 때로 실제 인간 이상으로 강한 존재감을 보이기도 한다. 그렇다면 캐릭터는 어떻게 허구적 텍스트를 뚫고 나와 여기에 존재하는 것인가? 캐릭터는 무엇이고, 어디에 있는가?

1. 캐릭터의 어원과 개념

캐릭터는 텍스트나 미디어 기반의 서사물에 나오는 인간과 유사한 존재물을 가리키는 용어이다. 실재하는 '인간'과 구분하여 허구적인 이야기 세계에 참여하는 자, '유사인간'을 지칭한다.[1] 그러나 캐릭터는 이런 정의만으로 설명하기 어려운, 좀 더 복합적이고 애매한 개념이다. 캐릭터가 다양한 미디어의 서사물에 지속적으로, 또 양상을 달리하며 등장하여 관련 분야와 관점이 점차 확대되고 복잡해지고 있기 때문이다. 그래서 캐릭터는 서사의 기본요소 중 가장 중요하지만, 결국 합의된 바가 있다면 그 개념이 가장 부적절하게 이론화되었다는 사실뿐이라는 지적을 받기도 했다.[2]

이 문제에 접근하기 위해 우선 캐릭터의 어원과 기본 개념부터 살펴보자. 옥스퍼드 영어사전을 찾아보면 캐릭터character는 크게 두 가지 뜻을 가지고 있다. 첫째는 일상적으로 "한 개인을 구별시켜주는 심리적·윤리적 자질들"이다. 즉 실재하는 개인을 특징짓는 지속적이며 일관된 행동양식, 인간의 성격이나 품성, 혹은 특성이다. 대개 인격, 품성, 성격, 본성, 기질, 심리, 심성, 정신 등과 유사하게 쓰인다. 둘째는 '소설이나 연극, 영화 등에 등장하는 사람', 곧 허구적 존재이다. '사람'이라고 지칭한 데서 알 수 있듯, 인간과 유사한 존재로서 퍼소나, 기능, 역할, 극중 배우 등과 비슷한 의미로 설명된다.[3] 서사물에 등장하는 캐릭터를 가리킬 때는 보통 후자의 의미로 쓴다. 그러나 한 개인을 타인과 구별시켜주는 전자의 추상적인 자질도 구체적이고 형상적인 요소 이상으로 중요하다.

캐릭터의 어원과 그 변화 과정을 살펴보면 이 두 가지 의미가 어떻게 정착되었는지 좀 더 상세히 알 수 있다. 캐릭터는 고대 그리스어 'kharaktēr'

에 어원을 두고 있다. 이 단어는 원래 '날카롭게 하다, 고랑을 자르다, 조각하다'를 뜻하는 동사 'kharattein'에서 파생된 것으로서, 분명한 표식을 하기 위해 도장을 찍거나 표시를 하는 도구를 의미한다.[4] 이렇게 지워지지 않는 가시적인 표시를 뜻하던 단어가 점차 인간의 말 표현의 스타일이나 추상적이고 개인적인 자질을 뜻하게 되었고,[5] 정신과 영혼에 새겨져 그 참된 본성을 '드러내는' 표시를 뜻하는 말로 굳어졌다.[6] 한편 프랑스어나 이탈리아어로는 라틴어 '퍼소나persona'에 어원을 둔 단어로 주로 번역된다.[7] 이는 배우의 목소리만 전달하는 '마스크mask' 또는 '역할'이란 의미로서, 대체로 극에 등장하는 인물과 유사한 의미로 쓰인다. 독일어로는 '피규어Figur'로 번역되는데, 이는 라틴어 'figura'에 어원을 둔 것으로, 배경과 대조되는 형상을 의미한다.[8] 이것은 두 가지 의미 그룹으로 설명될 수 있다. 첫째는 외양, 인상, 지위, 특징 같은 것이고, 두 번째는 환상적인 것을 포함하여 조각상이나 그림에서처럼 인공적으로 재현된 인간형상이다.[9] 정리하자면, 고대 그리스어에 어원을 둔 캐릭터라는 용어는 원래 개인을 특징짓는 심리적·윤리적 자질만을 뜻했으나, 이 의미가 분화되고 또 라틴어인 퍼소나에 어원을 둔 캐릭터 개념과 피규어figure의 개념이 겹쳐지면서 "소설이나 연극, 영화 등에 등장하는 사람"이라는 두 번째 개념이 만들어진 것이다.[10]

이 사전적인 개념에 따라, 캐릭터는 허구적 서사에 등장하는 인간과 유사한 존재, 혹은 본성과 자질의 구체적 형상을 의미한다고 일단 정의할 수 있다. 그렇다면 '인간과 유사한 존재'는 무엇이라 설명할 수 있을까? 인간의 범주에 넣기 어려운 존재, 이를테면 유령이나 도깨비, 로봇 등은 캐릭터에 포함되지 않는가? 그저 목소리로만 드러나는 소설의 1인칭 주인공은 어떤가? 인간과 유사하다는 것은 어느 정도까지를 허용하

캐릭터, 이야기 속의 인간

는 것이며, 허구세계는 우리가 사는 실제세계와 얼마나 같다고 보아야 하는가? 이런 의문이 꼬리를 물고 나타날 것이다. 이처럼 캐릭터는 허구적으로 창조된 존재이지만 동시에 실재하는 '인간'의 요소를 가지고 있다는 모순으로 인해 개념 정의를 하기 어렵다. 캐릭터의 허구성을 강조할 때는 이야기와의 관계 속에서 기능을 중시하는 개념 정의를 하고, 실재하는 인간과 유사한 존재로 설명할 때는 인간과 관련된 지식을 바탕으로 접근하는 경우가 많은 것은 그 때문이다. 따라서 캐릭터를 제대로 규정하려면 이 두 관점을 통합적으로 이해하려는 노력이 필요하다.

2. 허구적 존재의 애매성: 인간과 캐릭터

캐릭터는 허구세계에 존재한다. 그러나 살아 있는 인간과 마찬가지로 독립적으로 행동하고 자기 나름대로 느끼고 타인과 관계를 맺는다. 캐릭터의 생각, 감정, 행동, 구체적인 형상 등은 실제의 인간에 기초를 두고 창조되기 때문이다. 이처럼 캐릭터와 인간은 존재론적으로 비연속적이지만 논리적으로는 상호의존적이다.[11] 이 때문에 캐릭터의 존재론적 위치는 매우 애매하다.

허구인가 실재인가

내가 존재한다는 것을 타인에게 어떻게 증명할 수 있을까? 같은 시공간에 함께 있는 동안이라면 모르겠으되, 함께 있지 않다면 존재를 증명하기가 쉽지 않다. 같은 시공간에서 지각될 수 없다면, 타인에게 그저 기억이나 전언, 이미지 등으로 존재할 뿐이다. 예를 들어 직접 만난 적도

소통한 적도 없는 유명인들은 그저 사진과 평판, 각종 관련 기사 등에 의해서만 존재할 뿐인데도 실제 살아 있는 인간으로 여겨진다. 역사 속의 인물은 어떤가. 그저 오래된 기록만 남아 있을 뿐인데 그가 존재했었다는 것을 의심하는 사람은 별로 없다.

이야기 속의 인간도 마찬가지이다. 독자는 그를 직접 만날 수도 없고 의사소통도 할 수 없다. 그런데도 내가 사는 세계와 유사한 어떤 세계에 살고 있을 것이라고 상상하곤 한다. 어떤 독자는 캐릭터와 동일시하여 대리 만족을 얻기도 하고 실제 소통하는 상황을 상상하고 실현되기를 바랄 수도 있다. 비록 이야기이지만 그것이 현실에서 이루어지를 바라는 강렬한 소망은, 허구를 마치 실재하는 것으로 믿고 몰입하게 하는 힘이 된다. 그래서 심지어 드라마나 영화에 출현한 배우가 자신의 이름 대신 극중의 역할로 기억되고, 극중 캐릭터가 그 역할을 맡은 배우의 이름으로 불리기도 한다. 그러나 아무리 그렇다고 해도 캐릭터가 이야기를 떠나서 실재한다고 믿는 사람은 아마 없을 것이다.

그렇다면 캐릭터가 이야기 속에서 말한 내용은 사실이며 믿을 만한 것인가? 영상텍스트에서 캐릭터가 사용하는 물건이나 입은 옷은 실재하는 것인가? 그 인물이 사는 집, 일하는 직장, 이용하는 도로 등은 실재하는가? 그들이 만나는 다른 인물과 그들이 보는 책과 영화는 어떤가? 최근의 TV드라마에 나오는 물건들은 실제세계에서 바로 확인할 수 있다. 드라마 속 배우가 마시던 음료수를 상점에서 구매할 수 있고, 같은 가구가 광고에 나오기도 한다. 그 상품은 허구세계의 것과 동일한 것이다. 이렇게 허구세계와 실제세계가 서로 겹치기도 하고 또 어느 부분은 구분할 수 없기도 하지만, 캐릭터와 그를 둘러싼 세계가 여기에 실재하는 것이라고 말할 수 없다. 그들이 말하는 사실을 현재에서 확인할 수 없기도 하고 또 확인하여 거짓임을 증명한다고 한들 의미가 없다. 그것은 이 세계에서 상상된 허구일 뿐, 이야기가 끝나면 우리는 현실로 돌아오기 때문이다.

캐릭터는 실재하는 인간의 재현 내지 모방으로부터 탄생되지만 인간과 같은 자기 정체성을 가지고 있지 않다. 캐릭터는 창조자가 선택하고 일정한 요소를 통해서 형상화된 담론, 혹은 이미지일 뿐이다. 또한 인간처럼 실제의 시공간에서 자유롭게 행동할 수 있는 가능성을 지닌 존재가 아니라, 허구세계 속에서만 극히 제한적으로, 정해진 틀에 따라 움직이는 행위자이다. 인간은 성장하고 변화하는 중에 있으므로 죽음에 이르기까지 미결정의 인격이라고 할 수 있지만, 캐릭터는 허구 서사에서 특정한 성격으로 제시되는 결정된 인격이다.

실재하는 인물이라면 관련 정보가 좀 부족하더라도 그 부분을 채워서 이해할 기회가 얼마든지 있다. 그러나 허구적 캐릭터의 경우는 다르다. 서사가 끝날 때까지 언급되지 않은 정보는 영원히 공란으로 남는다. 독자가 상상할 수는 있지만, 정확한 정보를 알아낼 다른 방법은 없다. 작품이 일단 발표되고 나면 공란을 창조자가 별도로 채울 수는 없기 때문이다. 이처럼 캐릭터는 작가가 설정한 요소들에 의해 상상될 뿐인 불완전한 존재이다. 그 나머지는 우리가 살고 있는 세계의 지식, 실제 인간에 대한 지식에 의존하여 채워 읽고 분석해야 한다.

내적 속성과 외적 속성, 최대 캐릭터와 준최대 캐릭터

한 작품 속의 캐릭터가 원작품을 벗어나서 다양하게 변용되어 그려지는 경우가 있다. 원작자의 의도에 의해서, 또는 다른 작가의 패러디에 의해서 같은 캐릭터가 다른 작품에 등장하는 것이다. 이렇게 캐릭터는 하나의 작품에 고정된 언어적 구축물이 아니라 이야기와 작품을 넘어서 살아 움직이고 작품과 작품을 횡단하는 존재가 되기도 한다. 그런가 하면 서로 다른 작가의 다른 작품에서 탄생된 캐릭터가 우연하게도 유사한 성격을 가질 수 있다. 이때 개별 캐릭터의 정체성을 어디에 두어야 하는가?

캐릭터의 고유한 특성이 각색으로 변형되는 일도 흔하다. 특히 문자 언어로 표현된 작품을 영화나 연극 등으로 만들 때, 아무리 원작에 충실하게 재현해도 매체의 특성 때문에 어느 정도 차이가 생길 수밖에 없다. 소설에서는 그저 추상적 자질 몇 가지로 제시되는 캐릭터가 영화나 연극에서는 구체적이고 분명한 지각 대상으로 등장해야 하기 때문이다. 머리 색깔과 길이에서부터 목소리, 어조와 제스처까지 눈에 보이는 모든 것은 분명하게 보여져야 한다. 이렇게 구체적인 형상으로 재현된 캐릭터가 문자를 통해 상상되는 캐릭터와 같은 존재라고 할 수 있을까? 어디까지가 공통의 요소이고 또 어디부터는 아닌 것일까? 문제는 여기에서 그치지 않는다. 한 작품을 여러 차례 영상화하여 같은 캐릭터를 매번 다른 배우

그림 1.1 박경리의 소설 〈토지〉는 1980년대부터 세 차례나 드라마로 만들어졌는데 최서희 역할을 한 배우가 매번 바뀌었다. 1대 서희는 강인한 카리스마가, 2대 서희는 표독스러움이 강조되었다면, 3대 서희는 중년의 모습까지 연기해 온화함과 모성애까지 보여주었다는 평가를 받았다.

캐릭터, 이야기 속의 인간

가 연기했다면 그들은 같은 캐릭터로 볼 수 있을까? 라이허^{Maria E. Reicher}
는 이런 상황에서 발생하는 캐릭터의 존재론적 문제를 내적 속성과 외적
속성으로 나누어 설명한다.[12] 내적 속성^{internal properties}은 하나의 이야기(원
자료)에 제시된 캐릭터의 모든 속성, 곧 이야기 고유의 내부 요소를 말한
다. 외적 속성^{external properties}은 이런 캐릭터가 그 작품을 넘어서 구체적으
로 재현될 때 보이는 속성이다. 캐릭터가 원작에 충실하게 그려졌다면
내적 속성이, 각색을 통해 창의적인 요소가 많이 나타났다면 외적 속성
이 강하다고 할 수 있다. 같은 캐릭터임을 식별할 수 있도록 성공적으로
형상화하려면 각색의 과정에서 내적 속성과 외적 속성이 모순되지 않아
야 한다.

　이야기와 이야기를 가로지르는 캐릭터 정체성 문제를 설명하기 위해
라이허는 다시 '최대 캐릭터^{maximal character}'와 '준최대 캐릭터^{sub-maximal}
^{character}' 개념을 제안한다. 최대 캐릭터는 '주어진 이야기'에서 가지는 내
적 속성 전체로 규정된다. 준최대 캐릭터는 최대 캐릭터의 내적 속성 전
체에는 미치지 못하지만 그 캐릭터로 식별되는 데 필요한 최소한의 속성
들의 집합을 가지고 있다. 한 이야기의 최대 캐릭터가 다른 이야기의 최
대 캐릭터와 같을 수는 없지만, 한 이야기의 준최대 캐릭터는 다른 이야
기의 준최대 캐릭터와 동일할 수 있다.[13]

　예를 들어 〈신데렐라〉 유형 설화를 보자. 한국의 〈콩쥐팥쥐〉 이야기를
포함하여 신데렐라 이야기는 전 세계에서 발견된다. 수많은 유사 이야기
중 신데렐라 설화임을 확인해줄 근거는 신데렐라로 간주할 만한 최소한
의 속성들의 집합, 곧 신데렐라의 준최대 캐릭터라 할 것이다. 그것은 아
름다운 외모와 착한 마음, 아버지의 부재와 계모의 학대, 신발 한 짝 분
실, 남성(왕자)의 출현과 행복한 결말 등이다. 넓게는 신데렐라 유형 설

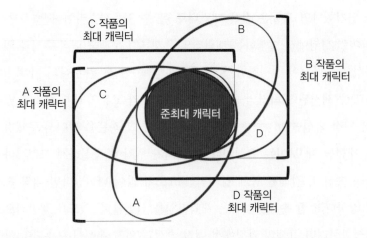

C 작품의
최대 캐릭터

B

B 작품의
최대 캐릭터

A 작품의
최대 캐릭터

C

준최대 캐릭터

D

D 작품의
최대 캐릭터

A

그림 1.2 서로 다른 작품 A, B, C, D에 유사한 캐릭터가 등장하였을 경우를 가정
하여 그린 준최대 캐릭터와 최대 캐릭터

화이나 한국의 〈콩쥐팥쥐〉 이야기 유형의 각편인, 경기도 원삼면에 전
해지는 〈콩쥐팥쥐〉에서는 확연히 다른 콩쥐의 최대 캐릭터를 확인할 수
있다. 이 채록본에는 혼인 후의 고통과 죽음, 끔찍한 복수와 재생의 과정
까지가 들어 있다.[14] 이처럼 중심 캐릭터의 내적 속성을 확인함으로써 수
많은 이본이 존재하는 고전서사물의 유형을 확인해볼 수도 있다.

　앞서 지적했듯이 최근에는 대중서사에서 한 캐릭터가 원래의 작품을
넘어서 재현되고 다시 다른 작품에 등장하기도 하는 OSMU 전략이 많
이 나타난다.[15] 이런 현상을 분석하고 캐릭터를 채장조하기 위해, 즉 원
작과 각색된 작품을 비교하여 캐릭터의 정체성이 이해되고 소비되는 방
식을 확인할 때, 또한 장르별·시기별 캐릭터의 대중적 속성, 각색의 의
도 등을 분석할 때 위의 개념들은 유용한 분석 도구가 될 수 있다.

캐릭터, 이야기 속의 인간

3. 언어와 이미지로 상상된 존재: 재현 매체와 캐릭터

문학적 서사물의 캐릭터를 시청각적 서사물에 등장하는 캐릭터와 같은 기준으로 정리하기는 어렵다. 매체가 다르므로 각 장르가 지향하는 바나 창작되고 수용되는 방식이 다르고, 이에 따라 캐릭터로 성립하기 위한 조건도 달라진다. 문자언어로 표현된 캐릭터의 경우, 독자는 인간에 대한 경험적 지식을 바탕으로 인간의 형상을 상상하여 이해한다. 영화나 드라마와 같은 시청각적 서사물의 캐릭터는 진짜 인간, 곧 배우를 통해서 표현된다. 비교적 구체적이고 분명한 지각 대상으로 제시되는 것이다. 물론 영화인데도 모습을 나타내지 않고 그저 실루엣으로만 보여지는 경우가 있고, 소설에서도 마치 눈앞에 보는 것처럼 캐릭터의 외양을 상세하게 묘사한 경우도 있다. 이렇게 예외적인 경우가 있기는 하지만 재현매체의 차이를 고려하여 포괄적으로 캐릭터 개념을 정리할 필요가 있다.[16]

어떤 서사물이든 캐릭터 존립을 위해 필수적인 것은 다른 캐릭터와 식별되는 분명하고도 일관되고 통일된 요소이다. 즉 캐릭터의 이름(지칭)이나 분명한 외양과 모습, 특별한 개성, 이야기 전개에서의 역할 등이 그것인데, 매체에 따라서 우선적인 요건은 다르다.

문자매체: 추상적 자질로서의 캐릭터

소설이나 레제드라마(읽기 위한 희곡)는 영화나 드라마에 비해 시각적인 묘사, 외적 형상의 재현에서 상대적으로 자유롭다. 문자매체에서는 캐릭터를 드러내기 위해 처음부터 구체적 형상을 꼭 표현하지 않아도 된다. 대신 캐릭터를 지칭할 단어는 반드시 필요하다. 알파벳이 되었든 숫자가 되었든, 애매하게 그저 '여자'라고 부르든가 '그'라고 지시하든가, 바로 그 캐릭터를 구별하여 부를 단어가 있어야 한다. 이어 그 캐릭터를 식별할 수 있게 해주는 몇 가지 자질을 부여하면 이야기는 진행된다. 일관성과 통일성만 있다면 추상적 성격 정보만으로도 캐릭터의 기본 요건을 충족시킬 수 있다.

그러나 아무리 완벽하게 묘사하고 세세한 정보를 제공한다고 해도 문자를 통해 묘사하고 서술하기 때문에 시청각적 서사물에 비해 제한적인 면이 있다. 독자는 문자로 표현된 대화를 보고 캐릭터의 어조와 목소리를 상상하고, 행동과 태도의 묘사와 서술만으로 사건과 상황을 추측해야 한다. 소설의 경우엔 서술자의 중개에 의해 캐릭터의 특성을 단번에 파악하고 겉으로 잘 드러나지 않는 인간의 복잡한 내면을 구체적이고 깊이 있게 전달할 수 있다는 장점도 있다. 물론 창작자의 의도에 따라 캐릭터 구성 전략은 달라질 수 있다. 문자 텍스트의 장점을 살려 캐릭터의 내면만을 심도 있게 그려내는 작품도 있고, 반대로 겉으로 드러나는 부분만 간접적으로 제시하여 캐릭터를 이해하도록 하는 작품도 있다.

시청각매체: 형상으로서의 캐릭터

연극이나 영화, TV드라마처럼 시청각적 매체를 이용하는 서사물은 이와 다르다. 우선 이름이나 인칭 같은 지칭보다 구체적인 형상, 외적인 특성이 필요하다. 이름은 없어도 눈으로 확인할 수 있는 구체적인 실체, 행동하는 존재가 등장하여야 이야기가 진행된다. 대개는 실제세계의 인간인 배우가 허구세계의 캐릭터가 된다. 영상물에서는 실제 인간이 감각적 형상으로 바뀌어 전달된다. 오로지 시(청)각에 의해서만 수용되는 이미지로 전달된다는 것이다. 이 점에서 문자매체보다는 구체적이지만 실

캐릭터, 이야기 속의 인간

그림 1.3 미키 마우스Mickey Mouse. 월트디즈니의 상징적인 캐릭터로 수컷 쥐를 의인화한 것이다. 긍정적이고 장난기가 많은 것이 특성이다. 그림은 1928년 미키마우스의 탄생 이후 지금까지 변해 온 모습을 보여주고 있다.

제 현실과 비교할 때 제한적이기는 마찬가지이다. 연극은 이보다 훨씬 구체적이지만 시공간적 제약이 뒤따른다.

만화나 애니메이션 등에서는 인간형상과의 유사성보다는 한눈에 구별될 수 있는 특별한 외양과 성격이 강조된다. 언제든지 바로 알아볼 수 있게 개성적이고 불변하는 형상으로 창조되는 것이다. 시각적 형상 자체가 다른 캐릭터와 구별되는 표식이기 때문이다. 실제 배우가 등장하지 않으므로 동물이나 무생물 등 어떤 존재에도 개성 있는 이미지를 덧씌워 의인화시킬 수 있다. 예를 들어 미키 마우스, 스누피, 둘리는 각각 쥐, 개, 공룡을 의인화한 캐릭터로 인간처럼 행동할 뿐 아니라 특정한 성격유형도 보여준다. 또 언제나 동일한 모습, 개성적인 형상으로 등장하여 오래 기억될 수 있다. 이 중에는 창작된 해를 시작으로 마치 살아 있는 사람처럼 취급되고 지속하여 다른 작품에 등장하며, 그 캐릭터를 주인공으로 하는 다른 서사물이 계속 생산되는 경우도 있다. 이를테면 미키마우스는 1928년에 창조된 허구적인 만화 캐릭터이지만, 영화는 물론 수많은 상품으로 소비되면서 조금씩 진화하고 있다. 대중의 기억과 인기, 새로운 이야기의 추가로 캐릭터의 생명이 유지되는 것이다.

시청각적 서사물에서 식별의 우선적 요소는 외양이지만, 그것만으로 캐릭터가 확실히 표현되는 것은 아니다. 동일한 로봇, 외양이 쉽게 구분되지 않는 쌍둥이, 복제된 캐릭터 이야기라면 이들을 구분하기 위한 외적인 표시 못지않게 이들의 개성을 드러내는 특성, 내적 자질도 중요하다. 한 존재가 상상된 세계의 질서와 관습에 따라 생각하고 행동할 수 있도록 형상화되어야 하며 이때 구체적인 형상의 옷을 입혀야 실재하는 것처럼 느껴질 것이다. 캐릭터의 특성은 이야기가 진행되면서 행동이나 태도, 대화 등을 통해서 제시된다. 소설처럼 서술자가 일방적으로 말해주는 일은 거의 없다. 또한 캐릭터의 내면도 표정이나 행동, 혼잣말 등을 통해서 추측할 수 있을 뿐 직접 제시되기 어렵다.

4. 문학텍스트 캐릭터에 대한 다양한 접근

앞에서 확인했듯, 매체와 장르에 따라 캐릭터의 창조와 해석은 크게 달라질 수 있다. 그러나 캐릭터에 대한 해석과 연구는 주로 희곡과 소설을 대상으로 가장 오래, 또 가장 많이 이루어졌다. 여기에서는 문학텍스트 캐릭터로 좁혀서 그간의 논의를 정리함으로써 캐릭터의 정의와 시각에 따라 얼마나 다른 해석과 창조가 이루어질 수 있는가에 대해 생각해보기로 하겠다.

캐릭터, 이야기 속의 인간

플롯인가 캐릭터인가

캐릭터의 존재론적 문제, 곧 캐릭터가 허구인가 실재인가에 대한 철학적 논의를 문학텍스트와 캐릭터 해석의 문제로 돌리면 서사론의 오랜 논쟁과 맞닿게 된다. 곧 서사를 지배하는 요소가 플롯인가 아니면 캐릭터인가 하는 문제이다.

아리스토텔레스는 성격묘사가 아무리 잘되어도 플롯이 잘못 구성되면 훌륭한 작품이 될 수 없다고 보았다. 플롯을 비극의 영혼이라 표현했듯, 플롯을 이야기의 핵심요소로 보았던 것이다. 그뿐만 아니라 많은 구조주의자들은 수많은 이야기를 플롯의 유형에 따라 나누어 이야기의 원형과 그 변형의 구조를 연구하고자 하였다. 이 일련의 연구에서 캐릭터는 그저 플롯 전개에 종속되는 기능적 요소일 뿐, 그 자체로 중요하지는 않다고 간주되었다. 반면, 서사에서 중요한 것은 캐릭터의 성격과 의미라고 보는 입장이 있다. 아무리 플롯이 훌륭해도 캐릭터의 의미가 살아나지 않고 생생하게 그려지지 않는다면 좋은 작품이 될 수 없다는 것이다. 이들은 캐릭터가 역사·사회적 현실을 반영하고 주제를 전달하는 핵심 요소, 나아가 작가를 대변하는 존재로 보려 한다. 이에 따라 오히려 플롯이 캐릭터에 종속되는 요소라고 파악한다.

이 대립적인 입장에 대해 헨리 제임스Henry James는 "사건을 결정하는 것이 인물이 아니라면 무엇인가? 인물을 설명하는 것이 사건이 아니라면 무엇인가?"라는 그 유명한 질문을 던지면서 균형을 잡으려고 했다. 그는 적어도 이 두 입장 중 하나가 맞고 틀린 것이 아니라 상호 의존적인 것임을 강조한 것이다. 몇몇 서사론자들은 이 차이가 서사물의 종류에 따라 다르게 나타날 수 있다고 보았다.[17] 숨가쁘게 전개되는 플롯의 전략이 중심이 되는 서사도 있고, 캐릭터의 특성이 중심이 되는 서사도 있다는 것이다.

플롯이 중심이 되는 서사는 캐릭터의 동적인 요소, 곧 행동 전개가 중심이 되는 유형이다. 캐릭터의 행동은 또 다른 행위를 유발하고 다른 캐릭터의 동기나 욕망에 영향을 끼친다. 긴 시간적 변화를 중심으로 한 일대기나 역사를 담은 서사, 사건의 흥미진진한 전개가 중심인 추리와 모험 서사를 예로 들 수 있다. 이처럼 캐릭터의 서사 내 기능을 강조하여 읽다 보면 유형화하여 이해하기 쉽고, 그러다 보면 새로운 인물을 찾기보다 플롯에 가치를 두고 해석하게 된다. 이와 달리, 캐릭터에 중심을 둔 서사는 캐릭터의 특징에 대한 표현이나 징후 등 정적인 요소들, 심리적 자질과 그 발전 과정에 초점을 두고 서사가 전개된다. 플롯이나 서술방식 등은 인물의 심리변화와 발전 과정을 설명하는 데 종속된다. 이런 서사는 캐릭터가 어떤 주제를 전달하기 위해 설정되었는지, 역사적·사회적 환경과 관련하여 무엇을 의미하는지에 주목해야 한다.

언어적 구축물인가 유사인간인가

서사에서 지배적인 요소가 무엇인가에 대한 미학적 입장 차이는 캐릭터의 개념에 대한 접근과 긴밀하게 연결된다. 야니디스Fotis Jannidis의 정리를 빌리자면 지금까지 캐릭터는 크게 2가지로 구분되어왔다.[18]

A. 담론에서 되풀이 되는 요소들에 의해 창조되는 효과이다.

B. 유사인간human-like으로서 인간세계와의 관련 속에서 상상할 구체적 존재, 인간에 관한 지식을 요구하는 실체로 간주되는 독립체이다.

캐릭터, 이야기 속의 인간

이 두 관점을 거칠게 나누어보자면 A는 문학에 대한 내재적인 접근의 시각을, B는 외재적인 접근의 시각을 보여준다. 다시 말해, A는 주로 신비평이나 구조주의 시학에서 보여주는 관점으로서 캐릭터를 담론에 의한 효과로 본다. B는 주로 현실과의 관계 속에서 해석하려는 시각으로서 캐릭터를 유사인간으로 본다.

A는 캐릭터를 단어 또는 단어로 묘사된 특성의 인식체계로 본다. 실제세계의 인간형상을 상상하기보다는 캐릭터에 대해 표현된 정보의 조합, 언어적으로 구성된 독립체, '적당한 이름에 붙여진 의미의 그물'로 이해한다는 것이다. 이렇게 파악하면 캐릭터가 텍스트 바깥 세계와 가지는 관련성보다는 이야기 내에서의 기능, 담론의 효과가 중요해진다. 반면 B는 캐릭터를 살아 있는 실제 인간의 표상으로 보고 이들이 역사적·사회적 환경과 관련하여 무엇을 의미하는가를 질문한다. 이런 관점에서 캐릭터를 인식하고 이해하기 위해 실제 인간에 대한 지식(인류학이나 사회학, 생물학, 심리학 이론 등)이 동원된다. 인간을 둘러싼 모든 지식정보와 가치, 판단이 개입하는 외재적인 접근이 필요한 것이다. 이런 경우는 캐릭터에 대한 연구가 인간에 대한 탐구로 확대되고, 실제세계를 어떻게 반영하고 재현하는가가 서사 분석의 핵심문제가 된다.

20세기 말부터 캐릭터를 좀 더 유연하고 포괄적으로 정리하려는 시도가 있었다. 슬로미스 리몬-케넌Shlomith Rimon-Kennen 등의 서사학자들은 문학적 서사를 텍스트 차원과 스토리 차원으로 나누어봄으로써 이 대립적인 견해를 종합했다. 그는 텍스트 층위에서 보면 캐릭터가 언어적 구축물의 일부(A)이고, 스토리 층위에서 보면 캐릭터가 비언어적인 구상물, 곧 유사인간(B)이라고 파악한다.[19] 독자가 소설을 읽을 때는 텍스트에 문자(언어)로 제시된 서술이나 캐릭터의 말과 대화 등을 통해 내봉을 이해한다.

캐릭터를 파악하려면 텍스트 곳곳에 흩어진 언어적 정보를 모아야 한다. 이런 관점에서 본다면 캐릭터는 언어적 정보의 집합, 언어적 구축물의 일부라고 할 수 있다. 그런데 독자가 이야기를 제대로 이해하기 위해서는 작품을 다 읽고 난 후, 읽은 내용을 시간적 순서에 따라 또 전후 맥락을 채워 정리해야 한다. 곧 텍스트에 제시된 것을 독자는 자신의 체험과 지식을 동원하여 하나의 일관되고 개연성 있는 스토리로 변환시켜서 이해하는 것이다. 이 과정에서 캐릭터는 실제세계의 인간과 유사한 요소들을 갖춘 어떤 존재로 상상된다. 이렇게 캐릭터에 대한 오래된 대립적 견해를 종합하고, 다시 캐릭터의 파악에서 독자의 지각과 수용을 강조하였다. 캐릭터에 대한 논쟁적인 개념은 이후에 더 세분화되고 정교하게 보완되었다.

인공적 요소, 모방적 요소, 주제적 요소

제임스 펠런James Phelan은 한 캐릭터가 텍스트에서 식별될 때, 개인에 관한 정보가 구현되거나 이행할 수 있는 기능을 고려하여 캐릭터의 개념을 정리하였다. 그는 데이비드 로지David Lodge의 캐릭터 논의를 점검하면서 캐릭터가 가진 3가지 요소를 추출해낸다. 그것은 인공적인 것, 모방적인 것, 주제적인 것이다.

캐릭터의 구성요소 중 첫 번째는 인공적(인조적)인 요소synthetic component 이다. 텍스트에 제시된 캐릭터는 진짜 사람이 아니라 작가가 언어를 통해 독창적으로 디자인하여 구축한 인공적 구조물, 언어적 구성물이다. 그러나 그것만으로 캐릭터는 온전히 설명될 수 없다. 캐릭터는 다른 요소와 상호작용함으로써 더 잘 재현될 수 있다. 두 번째는 모방적인 요소 mimetic component로서, 식별할 만한 특성에 다른 모순되는 특성까지 부여하여 가능한 사람과 유사한 이미지를 가지도록 효과를 만들어내는 것이다.

캐릭터, 이야기 속의 인간

문학적 능력이 있는 독자라면 이런 요소를 통해 캐릭터가 인간과, 인간세계의 관계에 대해 중요한 태도를 표현하는 존재라고 생각할 수 있다. 세 번째는 주제적 요소^{thematic component}이다. 캐릭터가 현실세계와의 관련 속에서 어떤 의미를 지니는지, 어떤 명제나 제언을 하기 위해 창조된 개인인지를 묻게 된다. 즉 캐릭터는 어떤 계층을 대표하고 또 사상을 표현할 수 있는데, 이 점에서 캐릭터는 주제적인 요소를 가지고 있다. 그러나 제임스 펠런은 주제적인 구성요소가 항상 나타나는 것은 아니라고 말한다.[20]

펠런은 이 중 인공적인 요소가 항상 현재적이면서 전경화되고 특권화되는 요소라고 본다. 인공적인 요소는 텍스트에 명시된, 고착된 요소들이므로 캐릭터에 대해서 지워버릴 수 없는, 불변의 생성조건이다. 반면 모방적이고 주제적인 요소는 다소간 발전할 수도 있는, 진행적인 분석요소가 될 수 있다. 텍스트에 명시된 동일한 인공적 요소를 읽고 독자마다 각기 다른 캐릭터를 상상하고 현실과의 관련 속에서 이해한다. 그러나 그런 상상의 근원은 텍스트에 있으므로 인공적인 요소는 특권적이고 불변의 조건이 되고, 모방적이고 주제적 요소는 진행적인 분석요소가 된다. 펠런은 이 3가지 요소를 모두 고려함으로써 캐릭터를 더 입체적으로 분석할 수 있으며, 어떤 요소에 중점을 두어서 분석하느냐에 따라 다른 결과가 나온다는 유연한 입장을 보인다.[21]

문학텍스트 캐릭터의 모방적 재현 조건

캐릭터 연구에서 획기적 업적을 냈다고 평가되는 우리 마르골린^{Uri Margolin}은 구조주의적 요소와 수용이론, 허구세계 이론을 종합하여 캐릭터를 설명하였다. 이 과정에서 그는 캐릭터가 다양한 양태로 존재할 수 있다고 보고 무엇으로 구성되는가를 지적한다.

텍스트상에 이름 붙여진 개인의 속성은 성격적 특성traits으로 간주되고, 이것이 합쳐져서 인간 혹은 존재의 환영을 창조한다. 펠런에 의하면, 이 비실제적인 개인은 허구적인 상태나 세계의 구성원으로 볼 수 있다. 이들은 인간 혹은 유사인간의 육체적·행동적·사회적·의사소통적, 그리고 심리적인 아주 다양한 관계와 속성을 가지고, 어떤 시공간 영역에 위치한다고 할 수 있다. 이러한 가상적 존재는 내적 상태, 지식과 믿음 세트, 기억, 태도, 의도, 즉 의식 내면성 혹은 인간성을 부여받는다.[22]

마르골린은 서사물의 캐릭터가 하나의 독립된 개체로 인지되고, 서사 흐름 속에서 존재하고 영향을 주기 위한 최소한의 조건이 무엇인가를 질문한다. 그리고 모방적·재현적 차원에서 인간의 이미지를 구성하는 필수적 요소를 2가지로 정리한다. 그 하나는 실제세계와의 조응 속에서 환영을 만들어낼 수 있는 정보이고, 다른 하나는 해당 서사 장르의 재현 관습에 따른 설정이다. 전자는 존재론적 조건이고 후자는 텍스트적 조건이다.

캐릭터가 실제세계의 인간과 유사한 존재로 느껴지게 하려면 가상세계에서 스스로 살아 움직일 수 있는 존재론적 조건을 갖추어야 한다. 이러한 능동성은 이야기 배경이 되는 사회의 지배적인 스키마schema에 따라 만들어진다. 즉 해당 사회의 문화 관습에 적절한 신체와 도덕적인 성격과 자기 감각, 사고 능력, 그리고 행동 능력 등을 가지고 있어야 한다는 것이다.[23] 한편, 텍스트에서 식별되는 개인은 서술조건의 참여자이거나 진술된 사건의 참여자, 혹은 '목소리이고 형상'이다.[24] 캐릭터는 해당 서사물의 장르적 특성, 캐릭터 재현 규칙에 따라 재현된다. 각 장르의 미적 전략과 수사적 장치, 장르관습에 따라 다르게 제시될 수 있다. 나아가 이야기에서 캐릭터가 어떤 역할을 하고 주변 인물과 어떤 관계이며, 또 독

캐릭터, 이야기 속의 인간

텍스트 층위: 담론에서 되풀이되는 요소들에 의해 창조되는 효과, 언어적 구축물	인공적(인조적) 요소: 작가가 언어를 통해 독창적으로 디자인하여 구축한 인공적 구조물	텍스트에 명시된 고착된 요소로서 불변의 생성조건, 캐릭터 해석에서 특권적 요소	텍스트적 조건: 해당 서사물의 장르적 특성, 캐릭터 재현규칙에 따른 설정
스토리 층위: 유사인간으로서 인간세계와의 관련 속에서 상상할 구체적 존재, 독립체, 비언어적 구상물	모방적 요소: 가능한 한 사람의 이미지를 가질 수 있도록 만들어낸 요소	발전할 수 있고 진행적인 분석 요소	존재론적 조건: 유사인간으로서 능동성을 갖추기 위한 조건. 해당 사회의 문화 관습에 적절한 신체와 성격, 지능과 감각, 행동 능력 등
	주제적 요소: 현실세계와의 관련 속에서의 의미, 계층이나 사상 등을 표현하는 요소		

표 1.1 문학텍스트의 캐릭터에 대한 논의를 정리한 표. S. 리몬-케넌은 그간의 논의를 텍스트와 스토리 층위로 구분하여 통합하였고, 제임스 펠런은 이를 인공적·모방적·주제적 요소로 나누어 재현과 해석의 차원에서 캐릭터의 요소를 나누었으며, 우리 마르골린은 캐릭터의 모방적 재현 조건을 텍스트적 조건과 존재론적 조건으로 나누어 캐릭터의 구성조건을 통합적으로 제시하였다.

자에게 어떻게 다가가는가 등도 중요하다. 이러한 서사적 기능과 관계에 대한 고려가 캐릭터의 텍스트적 조건이 된다. 마르골린은 이 두 조건을 종합하여 캐릭터가 갖추어야 할 구성적 조건의 집합을 다음처럼 제시한다.

1. 존재^{Existence}: 서사영역 또는 그 하위영역 어디에서든 텍스트상의 식별된 개인의 신분은 유일하고 안정적이며 명확하게 설정되어야 한다.

2. 개인화^{Individuation}: 모든 상황에서 텍스트상 명명된 개인은 외재적(시공간적 위치, 협력자), 혹은 내적(신체적 및 정신적 속성과 관계) 성격, 특성 또는 개인 특징 세트를 소유해야 한다.

3. 고유성 또는 유일성^{Uniqueness or singularity}: 각 개인과 각 상황에 대해, 이 상태에서 개인이 유일하게 충족시키는 최소한 하나의 확실한 묘사가 있어야 하며, 이에 따라 공존하는 다른 개인과 구별되어야 한다.

4. 계열적 또는 동시적 일치^{Paradigmatic or simultaneous unity}: 각 상황에서 서사적 개인의 속성은 어떤 종류의 일반적인 패턴에 따라 질서화할 수 있어야 하며, 그에 따라 개인이 속하는 유형, 타입 또는 카테고리를 정의해야 한다.

5. 통합적 또는 시간적 일치^{Syntagmatic or temporal unity}: 서사적 개인의 다양한 시간적 단계들은 하나의 초시간적인 패턴으로 연결될 가능성이 허용되어야 한다.[25]

위의 정리는 캐릭터의 필수적 조건을 중요한 순서대로 나열한 것이다. 마르골린은 리얼리즘 소설에서는 위의 5가지 요소가 모두 캐릭터 창조에서 중요한 속성이 되지만, 모더니즘 그리고 포스트모더니즘으로 변화하면서 점차 충족되는 요소가 줄어들었고, 포스트모더니즘에서는 그 중 어떤 것도 불필요하게 되었다고 지적한다. 다시 말해, 캐릭터 창조에 필수적인 조건도 사실상 캐릭터 재현의 방식 변화에 따라 얼마든지 달라질 수 있다는 것이다. 마르골린의 이 제안은 문학작품의 캐릭터를 규정하고 해석하는 데 있어 획기적이고 유연한 시각을 제공하고 있다.

캐릭터, 이야기 속의 인간

지금까지 보아온 대로 캐릭터의 개념은 매체와 장르에 따라, 서사를 보는 시각에 따라, 캐릭터를 인지하는 방식이나 이론적 배경에 따라 다르다. 그러므로 캐릭터를 성립시키는 구성 요건이나 속성 등을 통해서 캐릭터를 설명하려는 시도는 복합적이고 다양한 시각과 이론적 변화 양상을 포괄하고자 한 노력의 결과라고 할 수 있다. 그간에 축적되어온 풍성한 논의와 다양한 국면을 제대로 포착하여 해석하려면 캐릭터의 텍스트적 조건과 존재론적 조건 등을 모두 고려할 수밖에 없다. 앞으로 이 책에서 다루게 될 구성요소와 형상화 방식, 유형화와 장르, 캐릭터 관련 정보와 주제 등은 이런 포괄적이고 복합적인 논의 속에서 이루어질 것이다.

1 Fotis Jannidis, "Character", Hühn, Peter et al. Eds., *The Living Handbook of Narratology*, Hamburg University Press, 2013.

2 John Frow, *Character & Person*, Oxford Univ. Press, 2014, p. ⅴ.

3 https://en.oxforddictionaries.com/definition/character

4 http://www.oed.com/view/Entry/30639?rskey=jEuHjC&result=1&isAdvanced=false#eid

5 이 단어는 고대 그리스 아에스킬로스의 〈탄원자들〉에 처음 등장하였는데, 거기에서는 동전에 새겨진 인상적인 표시로 쓰였다. 즉 표시하는 도구, 구별하는 표식이라는 의미였다. 이 의미를 헤로도토스는 말하는 특성으로, 아리스토텔레스는 말 표현의 스타일, 에우리피데스는 도덕적이고 고귀한 가문과 같은 추상적인 실체, 그리고 플라톤은 개인적인 자질을 의미하는 것으로 정의했다. Warren Ginsberg, *The Cast of Character: The Representation of Personality in Ancient and Medieval Literature*, University of Toronto Press, 1983, John Frow, 앞의 책, p. 7에서 재인용.

6 데이비드 데스테노·피에르카를로 발데솔로, 이창신 옮김, 《숨겨진 인격》, 김영사, 2012, p. 13.

7 캐릭터는 프랑스어로는 personnage로 이탈리아어로는 personaggio로 번역되기도 한다.

8 Jen Eder, Fotis Jannidis, Ralf Schneider, "Characters in Fictional Worlds: An Introduction", Jen Eder, Fotis Jannidis, Ralf Schneider Eds., *Characters in Fictional Worlds: Understanding Imaginary Beings on Literature, Film, and other Media*, Berlin: De Gruyter, 2010, p. 8.

9 John Frow, 앞의 책, p. 10.

10 위키피디아에서는 좀 더 대중적이고 현대적인 개념 정의를 살펴볼 수 있다. (실제의 캐릭터와 구별하여) 허구적인 캐릭터는 18세기 이후 점차 문학적으로 배우가 연기하는 부분을 의미하는 것으로 발전하였는데, 이에는 '인간 존재의 환영'이라는 뜻이 포함된다. 문학에서는 독자가 주제와 플롯을 이해하게 인도하는 요소로서, 18세기 말 이후, 배우의 효과적인 인격화, 연기를 뜻했고, 19세기 이후에는 배우나 작가에 의한 인물창조 기술을 인물형상화로 부르게 되었다. 캐릭터는 어떤 유형으로 알려진 특정 계급이나 그룹을 대표하는 것을

의미하기도 한다. https://en.wikipedia.org/wiki/Character_(arts) 2019.1.20.

11 John Frow, 앞의 책, p. v.

12 Maria E. Reicher, "The Ontology of Fictional Characters", Jen Eder, Fotis Jannidis, Ralf Schneider Eds., 앞의 책, pp. 124~125.

13 위의 글, pp. 129~131.

14 《한국구비문학대계 1집 9책》에 채록된 〈콩쥐팥쥐〉의 콩쥐는 착한 마음씨로 계모의 학대를 이겨내고 두꺼비와 구렁이, 새와 황소의 도움으로 외갓집에 가다가 신발 한 짝을 잃어버리고, 이 신발을 찾아 나선 선비와 결혼한다. 그러나 결혼 후에 팥쥐의 흉계로 물에 빠져 죽어 연꽃이 되고 다시 불에 타서 구슬이 되어 자신의 원수를 갚아달라고 한다. 선비는 끔찍한 복수를 대신 해주고 콩쥐는 부활하여 행복하게 살았다. 송소용, 〈신데렐라 유형 설화의 비교 연구: 〈콩쥐팥쥐〉와 《오러와 오도》를 중심으로〉, 《인문사회과학연구》 16권 2호, 2015. 5.

15 마블코믹스에 등장하는 슈퍼히어로가 모여서 함께 지구를 지킨다는 내용의 영화 〈어벤져스The Avengers〉 시리즈에는 각각 작품의 주인공이던 호크아이, 헐크, 캡틴 아메리카, 아이언맨, 토르, 블랙위도우 등이 함께 등장한다. 이때 한 영화에서 이들을 식별하기 위한 준최대 캐릭터 세트를 어떻게 정하는가, 다시 말해 각 캐릭터가 탄생된 원래 이야기에 제시된 캐릭터의 내적 속성 중에서 어디까지 제시할 것인가는 관객에게 매우 흥미로운 문제이다. 또한 얼마나 새로운 내용을 덧붙여서 새로운 이야기마다 다시 최대 캐릭터를 만들어내는가도 함께 고려할 만하다. 복수의 슈퍼히어로가 함께 등장함에 따라 이들의 준최대 캐릭터가 가지는 속성은 기능적인 면으로만 축소되고 있지만, 한편에서 자신의 새로운 능력을 깨닫고 진화하거나 정체성 갈등으로 고뇌하는 영웅의 모습도 확인할 수 있다.

16 예를 들어 스테판 히스Stephen Heath는 영화의 인물형상을 네 가지로 나누어서 보았다. 첫째, 플롯 차원에서 중요하게 정의되는 개체인 대리인agent, 둘째, 도덕적 자질 일습을 갖춘 전달자 혹은 대리인의 인격화된 표현인 캐릭터, 셋째, 영화나 연극에서 행동하는 캐릭터, 배우인 인간person, 넷째, 영화에서 실재하는 환영적 감각으로 바뀌는 인간, 신체인 이미지image. 그는 이 중 어느 하나에 포함되거나 머물지 않고 네 가지 사이를 순환하는 존재를 인물형상으로 보고 있다. Stephen Heath, *Questions of Cinema*, Macmillan, 1981. p. 181; John Frow, 앞의 책, p. 11에서 재인용.

17 S. 리몬-케넌, 최상규 옮김, 《소설의 시학》, 문학과지성사, 1985, p. 57. 뮤어는 이를 행동소설과 성격소설의 차이로 보기도 한다. E. 뮤어, 안용철 옮김, 《소설

의 구조》, 정음사, 1981, pp. 7~39. 토도로프는 플롯 중심의 비심리적인 서사물과 인물 중심적인 심리적 서사물의 특징으로 보았다. T. 토도로프, 신동욱 옮김, 〈서사적 인간〉, 《산문의 시학》, 문예출판사, 1992, pp. 77~81.

18 Fotis Jannidis, 앞의 글.

19 S. 리몬-케넌, 앞의 책, pp. 49~56.

20 James Phelan, *Reading People, Reading Plots: Character, Progression, and the Interpretation of Narrative*, Chicago University Press, 1989, pp. 1~7.

21 영화서사 분석가인 에더Jen Eder는 이 세 가지 요소에 실용적인 요소를 추가하고 있다. 영화와 관객 사이의 의사소통과 관련된 실용적인 양식은 캐릭터 창조와 독자의 수용에 관한 것이 포함된다. Jen Eder, *Die Figure im Film*, Marburg, 2008; Uri Margolin, "From Predicates to People Like Us: Kinds of Readerly Engagement with Literary Characters", Jen Eder, Fotis Jannidis, Ralf Schneider Ed., 앞의 책, pp.400~401에서 재인용.

22 Uri Margolin, "The What, the When, and the How of Being a Character in Literary Narrative", *Style*, Vol. 24, No. 3, Literary Character(Fall 1990), Penn State University Press, 1995, pp. 453~468.

23 John Frow, 앞의 책, p. 24.

24 Uri Margolin, 앞의 글.

25 위의 글.

캐릭터, 이야기 속의 인간

제 장

캐릭터 구성

캐릭터 구성, 혹은 캐릭터 형상화^{characterization}라는 용어는 캐릭터의 속성, 혹은 그 속성을 부여하는 방법을 가리킬 때 쓰인다. 즉 주어진 캐릭터에 특성을 귀속시킨 결과나 그렇게 하는 전반적인 과정을 이르는 것이다.[1] 창작자의 입장에서는 캐릭터에게 이름과 속성을 부여하여 이야기 세계에 이런 속성을 갖는 대리자를 만드는 과정이 될 것이고, 독자의 입장에서는 텍스트에 흩어져 있는 여러 성격 지표를 모으고 거기에서 캐릭터의 특성을 추측해내는 과정으로 규정할 수 있다.

　서사물의 캐릭터가 독립된 개체로 인지되고 이야기 속에서 살아 움직이려면 최소한의 구성적 요건을 갖추어야 한다. 우선, 서사 안에서 식별^{identification}이 가능하고 통일성과 의미가 있으며 유일하고 안정적인 존재로 인식되어야 한다. 서사물에 제시된 정보를 통해 한 개체를 그럴듯한 존재로 상상하고 이해하기 위해서는 시공간적 위치나 사회적 관계, 신체적·심리적 요소와 성격 등 이른바 '개인특성세트'가 필요하다. 즉, 오랜 시간에 걸쳐 축적되어 쉽게 파악이 가능한 유형적인 캐릭터 정보나 특수한 시공간의 아비투스 지식에 의해 그려지는 캐릭터 모델, 그리고 일상 지식에서 특정한 장르 관습까지 인간과 사회에 대한 거의 모든 지식이 필요하다.[2]

이 장에서는 캐릭터가 서사 내에서 식별 가능한 존재로 성립되기 위한 기본적인 구성요소와 구성원칙, 명명과 식별 등에 대해 살피고, 이것이 서사적 관습에 의해 어떻게 형상화되는가에 대해 소설을 중심으로 다루기로 한다.

1. 캐릭터의 원자료: 창조와 발견

허구적 텍스트의 시공간적 배경이 다르고 관습이나 문화가 전혀 달라도 독자는 어렵지 않게 캐릭터에게 감정이입을 한다. 심지어 미래세계나 환상적인 시공간에서 벌어지는 이야기의 캐릭터도 마찬가지이다. 아마도 시공을 초월하여 인간이 지니는 보편적인 요소에 기대어 서사를 이해하고 행동을 읽어내기 때문일 것이다. 그렇다고 캐릭터가 누구에게나 이해되는 평면적이고 상투적인 특성을 가지고 있는 것은 아니다. 이해할 수 있는 조건을 가지고 있지만 동시에 개성적인 인물들도 얼마든지 있다. 어떤 경우는 캐릭터가 등장하자마자 그 지배적 인상으로 어떤 인간형인지 대번에 판단할 수 있다. 그렇다고 해서 어떻게 행동하고 어떤 사건을 만날지 모두 예측할 수 있는 것도 아니다. 대부분의 캐릭터는 이렇게 어딘가 낯익고 그러면서도 낯선 존재로 다가온다. 그렇다면 캐릭터는 창조되는 것인가, 발견되는 것인가?

캐릭터를 창조하기 위한 원자료는 다양한 데에서 나온다. 자기 자신을 포함한 실제 인간에 대한 경험에서, 인간의 무의식에 있는 이미지로부터, 또는 다른 허구적인 이야기나 예술작품 혹은 자연에서, 그리고 이 모든 것의 복합에서 만들어질 수 있다.[3] 물론 중요한 것은 이런 자료를 발견하고 가져온 요소를 그대로 쓰는 것이 아니라 여기에서 시작한다는 데 있다.

실제 인간, 혹은 자기 자신의 재현

캐릭터의 원자료 중 가장 쉽게 찾을 수 있는 것은 작가의 삶, 그 주변 사람들이다. 자기 자신을 포함하여 과거부터 현재까지 영향을 주고받는 인물들, 세심한 관찰을 통해 발견하는 인물들이 있다. 그들은 원자료로서 매우 훌륭하다. 그러나 완벽한 것은 아니다. 친밀하고 오래된 관계라고 해서 이야기를 수월하게 진행할 수 있을 정도로 모든 것을 알고 있지는 않다. 한계 상황에 처했을 때, 그들이 어떤 감정을 느끼고 어떤 판단과 행동을 할지 쉽게 상상해낼 수는 없다. 지배적인 인상이나 몇 가지 특징을 주변의 누군가에게서 '발견'하고 끌어왔다고 해도, 허구적 서사에서 어떻게 움직일지는 작가가 '창조'해내야 한다. 어떻게 하든 단순한 사실 이상의 것을 끌어내야 생생한 인물이 된다. 주변인으로부터 출발하기는 했지만 철저한 질문을 반복함으로써, 그저 아는 것 같은 주변인이 아니라 모든 것을 완벽하게 이해하는 자신만의 캐릭터로 바꾸어야 하는 것이다.[4] 한편 자신에게 친숙한 사람을 모델로 했다고 해서 그 모든 것을 고스란히 옮기는 것은 금물이다. 그대로 옮기다가는 상상력도 객관성도 잃기 십상이다. 가능하면 여러 요소를 해체하여 부분을 가져다 사용하는 것이 효과적이다.[5]

이효석의 〈메밀꽃 필 무렵〉의 주인공 허생원은 얼금뱅이의 나이 든 장돌뱅이이다. 게다가 장터에서 술 파는 아낙을 두고 젊은 남자를 시샘하고 또 부끄러워하기도 하는 그렇고 그런 사람이다. 반평생을 같이한 나귀가 눈곱이 끼고 털도 바스라질 만큼 세월이 흘렀건만, 그는 첫사랑을 잊지 못해 달 밝은 밤이면 어김없이 그날 밤, 성서방네 처녀를 만나 하룻밤을 보낸 이야기를 하고 또 한다. 봉평의 밤길과 허생원의 이야기가 서정적으로 결합된 이 소설은 이효석의 고향인 봉평에 실재했던 인물을 그린 것이라고 한다. 그가 고향에서 공부하던 무렵, 봉평장터에는 이 작품에 묘사된 그대로의 허생원이라는 장돌뱅이가 있었고, 장터에서 주막을 하는 충줏집도 있었으며, 허생원이 개울 건너 성서방네 처녀와 하룻밤 인연을 맺은 이야기가 입에서 입으로 전해졌다고 한다. 이효석은 이 이야기를 언젠가 작품으로 써보겠다고 학생 시절부터 벼르다가 고향을 떠난 지 15년 이상이 흘러서 소설로 완성하였다.

소설가 김소진은 자신의 유년기 기억에서 많은 캐릭터를 창조했고, 자신의 가족사와 그 주변 이야기를 소설로 썼다. 소설 〈눈사람 속의 검은 항아리〉는 유년기에 겪은 따뜻하고 재미난 에피소드를 옮겨온 것이다. 이 이야기는 수필 〈눈사람 속의 항아리〉를 거쳐 현재의 서술자 이야기가 더해지면서 중편 분량의 소설로 재탄생했다. 그는 미아리 산동네 기찻집에 올망졸망 함께 살던 사람들에 대한 기억을 살려 연작소설 〈장석조네 사람들〉의 개성 있는 캐릭터들도 창조해냈다. 김소진 소설 곳곳에서 거의 유사한 과거사를 지닌 채 반복해서 나타나는 아버지 캐릭터는 경제적 무능력자였던 김소진의 아버지와 매우 닮았다. 그는 〈나의 가족사〉에서 자신의 아버지를 다음처럼 소개한다.

아버지는 남쪽과 북쪽에 똑같이 처자를 둔 사람이었다. 함경북도 성진이 고향이었던 아버지는 6·25 당시 원산의 한 인민병원에서 약품관리를 맡았던 스물여덟 살의 혈기방장한 젊은 서무원이었다. (…) 원산 대철수 때 며칠 동안 후퇴했다가 다시 온다는 상부의 말을 순진하게 믿었던 아버지는 처자를 쑥밭이 돼버린 원산에 두고 온 뒤로 다른 실향민들의 운명이 그러 했듯이 다시는 그들을 만나지 못했다.[6]

이 같은 과거사를 가진 아버지는 〈고아떤 뺑덕어멈〉에서는 약장수 공연에서 만난 배우에게 반해 회춘을 하고, 〈춘하, 돌아오다〉에서는 아들의 등록금을 술집작부에게 가져다 바치고, 〈자전거 도둑〉에서는 혹부리 영감 가게에 몰래 넣은 소주병 때문에 아들에게 굴욕을 선사하며, 〈개흘레꾼〉에서는 개흘레나 붙이고 다녀 동네사람들에게 무시당하는 무능력한 캐릭터로 변형되어 나온다. 김소진은 부끄럽고 부정하고 싶은 아버지에 대한 기억을 문학적으로 형상화함으로써 성장과 화해에 이를 수 있었다고 고백한 바 있다. 자신과 그 주변에 대한 애정과 진솔한 묘사로 캐릭터를 생생하게 그려내고 이 과정에서 자신의 상처를 객관화시킬 수 있었던 것이다.

캐릭터를 창조할 때 의식하지 않아도 작가 자신의 모습이나 취향, 기억이 스밀 수 있다. 타인에 대한 관찰만으로는 알 수 없는 내면을 상상하고 만들어내는 자가 바로 작가 자신이기 때문이다. 관찰과 상상만으로 채워지지 않는 의문에 대해 답하는 가운데 자기 이야기가 섞여 들어가는 것은 자연스러운 현상이다. 이렇게 무의식적으로 기억 조각을 가져다쓰는 일이 의외로 많은데, 이 경우 '개인적 클리셰personal cliche'가 생기지 않게 주의해야 한다. 특정 시기 특정 상황에 처했던 자신의 이야기나 감정, 사고방식 등을 전혀 다른 상황을 다룬 다른 작품의 다른 캐릭터에게도 동일하게 이입해서는 곤란하다는 것이다.[7]

캐릭터, 이야기 속의 인간

무의식 속의 이미지나 느낌, 혹은 추상적 관념

무의식 속의 어떤 이미지나 느낌을 구체화시켜 캐릭터를 만들어낼 수도 있다. 데이비드 코벳은 모리스 샌닥Mourice Sendak의 〈괴물들이 사는 나라〉의 캐릭터가 어떻게 창조되었는지를 상세히 소개하고 있다. 샌닥은 어린 시절 심하게 아파서 침대에 누워 있는 때가 많았다. 한번은 샌닥의 아버지가 그의 고통을 줄여주고자, 창문을 보고 눈을 깜빡이지 않으면 천사가 지나가는 것을 보게 될 것이고, 천사를 보면 굉장한 행운아가 될 것이라고 말했다. 샌닥은 눈을 깜빡이지 않고 점점 더 길게 창문을 응시했지만, 천사를 보는 데는 실패했다. 어느 날 눈에 티가 들어가 아픈 눈으로 창문을 보았다. 이때 그는 광채가 나는 커다란 비행선 같은 것을 보았다.[8] 이렇게 그 기억 속의 이미지로부터 바로 〈괴물들이 사는 나라〉의 괴물들을 만들어낸 것이다.

김동리는 〈무녀도〉를 창작할 무렵 떠오른 이미지가 어떻게 작품으로

그림 2.1 모리스 샌닥이 그림을 그리고 글을 쓴 〈괴물들이 사는 나라〉(1963). 위의 그림은 주인공 맥스가 괴물나라 왕이 되어 한바탕 소동을 벌이며 즐기는 장면이다.

이어졌는지를 상세하게 밝힌 바 있다. 처음에는 그저 슬프고 로맨틱하고 동양적인 소설을 써보겠다고 생각을 했고, 그 무대로 과거에 써두었던 〈그 집 뜰〉이라는 시의 폐가 이미지를 떠올렸으며, 신비한 테마를 조성하기 위해 낭이라는 미소녀 캐릭터를 만들어냈다는 것이다. 그 과정에 대한 메모를 인용하면 다음과 같다.

> ① 스토리 – 낭만적으로
>   ‘낭만적’의 구체화 – 신비한 미소녀美少女를 주인공으로 할 것
>   ‘신비화’의 구체화 – 불구자로
>   ‘불구자’의 구체화 – 귀머거리, 벙어리… 소경? 절름발이?
> ② ‘플롯’의 스타일 – 고전식으로
> ③ ‘테에마’ – 신비적
>   신비적 – 동양적으로
>
> ① 스토리의 주인공이 될 ‘벙어리 미소녀’는 첫째 ‘동양적인 인간형’이라야 하며, 둘째, ‘무한에의 통로를 곁들일 인간형’이라야 한다.
>
> ‘벙어리 미소녀’의 이름은 낭이琅伊라고 한다.
> – 낭이는 동양적인 신비와 애수를 품은 여자라야 한다.[9]

이런 질문을 계속하면서 김동리는 신비와 애수를 ‘무한에의 통로’로 어떻게 결부시킬지 고민한 끝에 샤머니즘을 떠올리게 되었다. 결국 낭이가 아닌 다른 인물을 등장시켜 무당으로 만들고 이 두 인물을 연결시키기 위해 욱이를 창조해냈다. 처음에 폐가의 이미지로부터 상상을 시작하여 이것이 구체적인 테마로 연결되어 낭이라는 캐릭터가 먼저 탄생하고

캐릭터, 이야기 속의 인간

주제의식에 맞추어 중심적인 캐릭터는 더 뒤에 창조되었다.

　이렇게 작가가 전달하고자 하는 관념이나 주제의식으로부터도 캐릭터가 창조된다. 환경오염이나 인권 문제, 인종 갈등과 국제 이주, AI 윤리까지, 주변에는 지나칠 수 없는 문제로 가득하다. 이런 문제를 중심 갈등으로 내세우면 특정한 관념이나 가치가 지배적으로 드러난다. 이때 캐릭터가 평면적이고 단순하게 대립된 가치를 드러내고 지향할 가치가 뚜렷하면, 너무 뻔한 갈등과 해결로 서사가 전개될 수 있다. 예를 들어 공해를 일으키는 회사 사장을 그저 사악한 인간으로, 공장을 비난하는 사람들을 정직하고 현명한 사람으로만 설정했다고 가정해보자. 계몽적인 주제 전달 외에 얻는 것이 없다. 복잡한 문제를 선악구도로 단순화하면 많은 것들을 놓치기 쉽다. 아울러 일부의 캐릭터를 이런 정보 전달의 수단으로 이용하여 이야기의 전개와 관련 없는 목적을 수행하게 한다면 이 역시 캐릭터의 생명을 빼앗는 일이 된다.[10]

예술작품이 주는 영감

　이미 창조된 작품을 원자료로 하여 캐릭터를 창조할 수 있다. 임철우의 소설 〈사평역〉(1983)은 곽재구의 시 〈사평역에서〉(1981)에서 영감을 받아 쓴 소설이다. 가상의 공간명인 '사평역'을 제목으로 하고 있으며, 소설의 시작부터 곽재구 시의 "내면 깊숙이 할 말들은 가득해도 / 청색의 손바닥을 불빛 속에 적셔두고 / 모두들 아무 말도 하지 않았다"를 인용하고 있다. 첫 문장은 시의 첫 행과 동일한 "막차는 좀처럼 오지 않았다"이다. 시에서는 간이역에서 기차를 기다리는 사람들의 모습이 그저 이미지로 다가오지만, 소설에서는 이들에게 생명을 불어넣어 각각 개성적인 캐릭터로 살아나온다. "낡은 삼기에 콜록이고" "오래 앓은 기침소리"인 청각이미지는 쿨럭거리는 중늙은이인 아버지를 모시고 병원에 가려고 나선 농부의 이야기로 바뀐다. 이 농부를 포함하여 역장, 대학생 청년, 중년 사내, 춘심이, 서울 여자, 행상꾼 아낙네들, 미친 여자가 겨울밤에 우연히 이 간이역에 함께 있는 이야기로 변형된다. "내면 깊숙이 할 말은 가득해도" 아무 말도 하지 않는 이들의 모습은, 각 캐릭터의 시선과 의식을 옮겨가면서 관찰과 서술을 하는 독특한 전략에 의해 이야기로 만들어졌다. 톱밥 난로를 매개체로 하여 각자의 내면을 들여다보고 회상하는 이야기로 삶의 고달픔과 회한을 형상화한 것이다.

예술작품 혹은 자연물을 통한 상상도 캐릭터 창조로 이어진다. 전기적인 사실이 거의 알려져 있지 않은 네덜란드의 화가 요하네스 페르메이르Johannes Vermeer의 〈진주 귀걸이를 한 소녀Girl with a Pearl Earring〉(1665)라는 그림이 있다. 미국의 소설가 트레이시 슈발리에는 이 그림을 보고 허름한 옷을 입은 소녀가 당대 상류층이 아니면 할 수 없었던 진주 귀걸이를 하고 있는 것에 의문을 품었고, 어떻게 해서 이 소녀는 페르메이르의 모델이 되었을까라는 질문을 던졌다고 한다. 그리고 이런 상상에 미술사적 지식을 곁들이고 17세기 당시 네덜란드 도시 델프트의 일상을 살려내어 동명의 소설(1999)로 발표했다. 진주 귀걸이를 한 그림 속의 소녀는 그리트라는 이름을 얻고 화가인 페르메이르와 사랑을 나누는 이야기의 주인공이 된 것이다. 그리고 이를 피터 웨버Peter Webber 감독이 다시 동명의 영화(2003)로 제작하였다.

원자료의 이미지와 의미에 기대는 정도가 크고 분명하다면 의미의 겹침과 비판을 염두에 둔 패러디가 된다. 이른바 '구보형 소설' 군으로 불리는 일련의 패러디 소설들을 그 예로 들 수 있다. 이 작품들은 박태원이 자신을 모델로 하여 쓴 〈소설가 구보씨의 일일〉(1936)의 '구보'라는 캐릭

 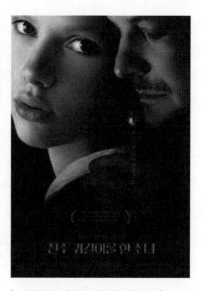

그림 2.2 트레이시 슈발리에의 소설 〈진주 귀걸이를 한 소녀〉(1999)

그림 2.3 피터 웨버가 감독한 영화 〈진주 귀걸이를 한 소녀〉(2003)

터를 주인공으로 내세우고 있다. 원자료인 박태원 소설은 일본유학까지 다녀왔으나 직업도 없고 결혼도 못한 채 무명소설가로 살고 있는 스물여섯 살의 구보가 어머니의 지청구를 들으면서 집을 나와 거리를 배회하는 하루 동안의 일을 다루고 있다. 그는 그저 행복을 꿈꾸는 젊은 예술가이자 소심하고 고독한 식민지 시기의 지식인으로서 매력적이다. 이 작품을 원자료로 하여 많은 구보가 탄생하였다. 최인훈이 발표한 〈소설가 구보씨의 일일〉은 총 15편의 연작소설로 구성된 작품으로 1970년대의 소설 노동자로 자처하는 독신 작가 구보가 등장한다. 1930년대의 소설가 구보에 비해서는 정치의식과 사회의식을 가진 소설가로 그려진다. 1990년대에는 주인석의 〈검은 상처의 블루스: 소설가 구보씨의 하루〉를 비롯하여 〈소설가 구보씨의 영화구경〉, 〈소설가 구보씨의 사람구경〉 등 다수의 작품들이 쏟아져 나왔다.[11] 이를 통해 하루 종일 하릴없이 배회하며 관찰하고 사유하는 산책자 '구보'가 장르와 작품을 넘나들며 존재하는 분명한 캐릭터 '구보'로 탄생하고 이른바 구보형 소설의 계보를 형성하게 되었다.

앞에서 보았듯, 캐릭터는 다양한 자료로부터 발견되고 창조된다. 또 각각의 소스에서 나온 캐릭터의 요소가 복합되어 다른 캐릭터를 창조하기도 한다. 이를테면 다른 예술작품에서 받은 영감에 과거의 기억이 결합되고, 이것이 작가의 문제의식이나 관념을 드러내기 위해 변형될 수도 있다. 중요한 것은 그러한 원자료로부터 얼마나 유연한 태도를 가지고 캐릭터를 재창조해내는가이다.

2. 캐릭터의 구성요소

캐릭터를 창조하려면 최소한의 구성적 조건의 집합에 대해 고려해야 한다. 먼저 서사영역에서 다른 캐릭터와 잘 식별되게 분명한 명명 혹은 지칭이 필요하다. 이어서 구체적으로 식별할 수 있는 '개인 특성 세트'가 따라주어야 한다. 개인 특성 세트라면 시(청)각적으로 상상하거나 인지 가능한 외적 요소로서, 신체적 특성, 시공간적 위치, 환경의 특성, 캐릭터가 스스로 느끼고 행동하고 판단할 수 있는 존재임을 보여주기 위한 정신적·심리적 요소, 그리고 사회의 한 구성원으로서 사회적 관계와 역할 등의 요소이다. 이러한 요소가 개인에 따라 차별적이고 안정적이며 명확하게 설정되어야 고유한 정체성을 지닌 개별적 존재로 인식된다.

매체와 장르관습도 고려해야 한다. 영화나 연극, TV드라마 등 배우

캐릭터, 이야기 속의 인간

를 통해서 캐릭터가 재현되는 경우와 만화나 애니메이션, 게임처럼 인공적인 디자인에 의해서 재현되는 경우, 그리고 소설이나 희곡, 시나리오처럼 문자를 통해 재현되는 경우, 각각 구성요소와 재현방식이 달라지기 때문이다. 영화나 드라마 등은 대사와 같은 언어적인 요소 못지않게 비언어적이고 시청각적인 요소가 중요하다. 즉, 언어적으로는 표현하기 힘든 표정, 손동작, 걸음걸이, 버릇, 말투 등 다양한 표현 요소를 총체적으로 동원하여 캐릭터를 실재하는 것처럼 구체화한다. 연극과 달리 영화나 드라마는 카메라 앵글을 통해 구성요소를 전략적으로 제시할 수 있는 이점이 있다. 카메라 앵글과 같은 매개는 소설에도 있다. 문자매체를 통해 표현되는 소설 장르는 서술자의 서술과 묘사, 논평 그리고 캐릭터의 말이 결합되어 제시된다. 캐릭터의 모든 행동과 보이지 않는 내면은 오로지 서술자의 말을 통해 전달되며, 말해지지 않은 요소들은 독자의 추측에 맡겨진다. 이러한 특성과 차이를 염두에 두고 캐릭터의 구성요소를 하나씩 살펴보기로 하자.

1 │ 신체적 요소

TV드라마나 영화, 연극 등의 캐릭터는 등장하는 것만으로 한눈에 식별된다. 성별, 나이, 체격, 목소리, 어조, 옷차림 등이 한꺼번에 제시되는 것이다. 문자텍스트의 경우는 조금 다르다. 어떤 작가들은 캐릭터의 육체적 특성에 대해 전혀 언급하지 않거나 디테일에 대한 묘사를 아낀다. 다른 정보를 통해 독자들이 짐작하도록 하기 위해서이다. 이렇게 매체와 전략에 따라 차이가 있기는 하지만, 대체로는 캐릭터를 그려볼 수 있을 정도의 육체적 특성에 대한 정보는 필요하다.

나아가 이런 특성이 나머지 다른 요소들(내면, 시공간적 환경, 다른 인물과의 관계와 역할 등)과 그럴듯하게 연결되는가도 중요하다. 또 인물의 육체적 특성이 당대의 사회적 관습이나 문제와 연관되는지도 생각해볼 필요가 있다. 이를테면 캐릭터가 여성인지 남성인지, 노인인지 청년인지, 건강한지 그렇지 않은지, 혹은 일란성 쌍둥이인지 등을 밝히는 것만으로도 많은 것을 추측하여 이해하게 한다. 그러나 이런 요소가 상식적인 그럴듯함으로 결합될 때 서사는 안정되지만 상투성을 벗어나지 못할 것이다. 반면 다른 요소와 모순되고 충돌할 때 긴장을 일으키게 되며, 이 긴장이 어떻게 성공적으로 서사를 이끄는가가 독자의 흥미를 좌우하기도 할 것이다.

모든 캐릭터는 인간인가

허구적 서사의 캐릭터가 모두 인간인 것은 아니다. 귀신이나 유령, 요정, 반인반신이나 반인반수 같은 반*인간적 존재, 동물이나 기계도 캐릭터로 등장한다. 셰익스피어의 〈햄릿〉에는 유령이 등장하고, 〈맥베스〉에는 마녀가, 〈한여름 밤의 꿈〉에는 요정이 등장한다. 더 거슬러 올라가 고대 그리스극에서는 인간의 문제를 결정하고 판단하기 위해 하늘로부터 기계장치를 타고 내려오는 신(데우스 엑스 마키나[deus ex machina])[12]도 등장했다. 브레히트는 그의 서사극 〈사천의 선인〉에서 관객에게 소격 효과를 주기 위해 먼 이국땅 사천에 내려온 세 명의 신神을 등장시켰다. 괴테의 〈파우스트〉에는 파우스트의 영혼을 사는 악마 메피스토펠레스가 등장한다. SF영화에서 외계인이나 로봇, 복제인간이 캐릭터로 등장한 것도 벌써 오래된 일이다. 심지어 〈그녀[her]〉(2013)라는 영화에는 인공지능 운영체제[os]가 '사만다'라는 이름과 목소리만 가진 캐릭터로 등장한다.

캐릭터, 이야기 속의 인간

사람들 식으로 말하자면 내 생일은 1990년 6월 3일이다. 먼저 각기 다른 라인에서 여러 개의 부품으로 만들어진 나는 그날에야 조립을 마쳐 비로소 한 개체로 특정되었고 원래 내 모통 뚜껑에 미리 새겨져 있던 제품번호도 그날에 이르러서야 내 전체를 대표하는 수치가 되었다. 몽블랑 볼펜 DB 258064.[13]

인용한 것은 이문열의 소설 〈오디세이아 서울〉의 한 부분이다. 인용부에서 짐작할 수 있듯, 서술자 '나'는 스스로 사고하고 말할 수 있는 인격성을 부여받은 만년필이다. 만년필은 자신의 '사물됨'에 대해 상세히 말하고 있지만, 이 부분에서 독자는 만년필의 인격성을 오히려 더 잘 느낄 수 있다. '사람들 식'이라는 표현을 통해 비인간임을 강조하려고 하지만, 제품번호로 내 전체를 대표하게 하였다는 서술이나 사용하는 단어와 시각, 어조 등으로 보아 오히려 평균보다 좀 더 지적인 존재로 볼 수 있다. 외양이나 행동특성이 인간과 다르더라도 '목소리'만으로 인격성을 내면화시켜 표현할 수 있다.[14] 이처럼 비인간 캐릭터도 '유사인간'을 재현하는 다른 형상일 뿐이다.

신체의 외양

캐릭터의 신체적인 속성은 성별, 인종, 외양(몸집, 몸무게, 피부색, 목소리 등), 나이, 건강, 몸가짐과 패션 센스, 의상, 소유물 등으로 드러난다.[15] 이 중 외양은 허구적 서사물이 생긴 이래로 캐릭터의 특성을 가시화시키는 중요한 요소였다. 구체적인 외양을 통해 추상적인 인격과 기질 등을 보여주려고 했기 때문이다. 서양에서는 인상학 이론의 발달에 영향을 받아 19세기까지도 많은 작가들이 용모를 성격과 연관시켜 표현하였다. 현재 이런 경향은 많이 사라졌지만 여전히 외모와 성격 사이의 환유적인 관계는 강력한 영향을 주고 있다.[16]

한국 고전 서사물에서는 등장인물의 외양이 매우 평면적으로 그려졌다. 고소설에서 주인공은 지고지순한 인물로 표현되는 반면 반동인물 또는 보조인물은 속악한 인물로 제시되는 것이 보통이다. 특히 선한 인물은 아름답게, 악한 인물은 추하게 대립시켜 그림으로써 외양의 미추가 심성의 선악을 대변한다는 관습적인 인식을 보여주었다. 이를 테면 〈임씨삼대록〉에 나오는 악인형 캐릭터 목지란에 대한 묘사를 보자.

> 흉악하고 박색인 얼굴은 얽고 맺은데다 금방울 같은 두 눈은 모나고 흉하였으며 입술이 위로 들려 이가 다 드러나 보이고 어금니가 길게 돋아 마치 수정궁水晶宮 야차夜叉나 우두나찰牛頭羅刹 같았다. 사람이 바로 보기에는 놀라울 지경이었으며 숨소리도 이상하여 쟁기를 메단 소 같고 형용이 헤아리기 어려워 한마디로 말하기 어려웠다.[17]

목지란을 흉악한 모양의 괴물로 묘사하여 그 간악함을 보여주고자 한 것이다. 정도만 다를 뿐이지 현대소설에서도 이런 문학적 관습이 나타난다. 1960년대 박경리의 소설에는 인물의 외양이 유형적으로 나타나는 경우가 많다. 긍정적 인물의 인상묘사에는 '깨끗하다', '맑다', '따뜻하다', '아름답다'와 같은 성상性狀형용사가 주로 쓰이며, 때로 '선량하다', '친절하다', '다정하다' 등 성격을 평하는 구체적인 표현이 덧보태지기도 한다. 다음은 〈노을진 들녘〉의 한 부분이다.

> 동섭의 얼굴은 <u>솔밋했다</u>. <u>입매가 맑았다</u>. 몸집도 영재보다 작아서 아주

캐릭터, 이야기 속의 인간

앳되게 보였다. 어느 전설에 나오는 소년 같기도 하고 신부의 의상을 입혔으면 알맞을 것 같은 깨끗한 감을 준다. 다만 그의 몸집에 비하여 손이 큼지막해서 선량하고 서민적인 느낌을 준다.

(…)

여자는 합승에 올랐다. 이마가 넓었다. 살이 엷은 얼굴은 얼핏 보기에는 삼각형으로 느껴진다. 화장기가 없는 피부는 투명할 이 만큼 희었고 까만 눈은 크고 맑았다. 신비스러울 만큼 맑았다. 입술은 해사하였다. 아침처럼, 흐르는 개울물처럼 청초한 인상이다.[18]

인용한 부분에서 묘사하고 있는 동섭과 수명은 긍정적 인물이다. 동섭은 세상과 유리되어 자라다가 운명적 고통에 시달리는 주실을 순수하게 사랑하고 보살피는 대학생으로, 수명은 영재의 상대역으로 나온다. 작가는 '솔밋하다', '맑다', '투명하다', '앳되다', '깨끗하다', '선량하다', '서민적이다', '청초하다', '희다'와 같은 긍정적 이미지의 단어를 사용하여 인물을 묘사한다. 또한 소년, 신부, 아침, 개울물과 같이 외양을 비유하는 단어도 수식어의 느낌을 강화한다.[19]

틀에 박힌 외양묘사는 '비교적 안정되고 지속적인 개인적 특성'을 보여주어 잘 알아볼 수 있게 하는 장점도 있지만, 캐릭터의 성격을 고정시켜 변화의 여지를 주지 못하는 단점도 있다. 이를테면 작은 키를 가진 남성은 '꼬마 나폴레옹 신드롬' 때문에 에고이스트인 남성으로 보이기 쉽다. 가늘고 곧은 머리카락은 별 특징이 없는 여자를 드러내는 전형적 표현이다. 조앤 K. 롤링은 해리포터의 고약한 사촌인 더들리 식구들을 뚱뚱한 외모로 자주 언급하여 엄청난 비난에 시달렸다고 한다.[20] 이처럼 캐릭터의 외모와 성격을 기계적으로 연결시켜서 오해를 빚는 경우가 얼마

그림 2.4 영화 〈해리포터와 마법사의 돌〉(2001)에 구현된 더들리 가족

든지 있다. 따라서 외양에서 연상되는 것과 전혀 다른 성격을 부여하는 전략은 독자에게 놀람의 효과를 주는 것은 물론 편견을 없애주는 좋은 방법이다.

> 생김생김으로 보아서 얼굴이 쥐와 같고 날카로운 이빨이 있으며 눈에는 교활함과 독한 기운이 늘 나타나 있으며 바룩한 코에는 코털이 밖으로까지 보이도록 길게 났고 몸집은 작으나 민첩하게 되었고 나이는 스물다섯에서 사십까지 임의로 볼 수가 있으며 그 몸이나 얼굴 생김이 어디로 보든 남에게 미움을 사고 근접지 못할 놈이라는 느낌을 갖게 한다.[21]

인용한 부분은 김동인의 〈붉은 산〉에 나오는 주인공 익호에 대한 서술이다. 얼굴과 체격, 나이, 인상에 대한 묘사에 이어 이런 외양에서 짐작되는 특성까지 부정적으로만 그려진다. 그러나 결말부에서 익호는 중

캐릭터, 이야기 속의 인간

국인 지주에게 저항하여 만주의 조선인들에게 민족의식을 일깨우며 생을 마감하는 반전이 이루어진다. 소출이 좋지 못하다고 죽임을 당한 송첨지의 복수를 하기 위해 지주를 찾아갔다가 그도 역시 살해당하는 것이다. 밥버러지에 건달 같아서 '삵'이라 불리던 그는 겉보기와 달리 의리 있고 용기 있는 사람이었음을 보여주는 결말이다.

버릇과 취향, 동작과 제스처, 말씨

앞에서 살펴본 성별, 나이, 인종, 외양 등은 캐릭터를 실재하는 어떤 존재처럼 생각하게 하고 다른 캐릭터와 식별하게 해주는 요소임에 틀림 없다. 그러나 이것으로부터 바로 성격적 특질을 판단할 수는 없다. 타고난 외양처럼 본인으로서는 어쩔 수 없는 외적 자질은, 헤어스타일이나 복장과 같이 인물에 의해 좌우되는 취향이나 특성과는 다른 것이다.[22] 후자의 경우 인과적 함축성이 더해져서 훨씬 더 풍부한 의미를 획득할 수 있다. 캐릭터의 패션센스와 취향은 묘사를 통해 자연스럽게 드러난다. 때와 장소에 따라 격식을 갖추는 사람인가, 특별한 취향을 드러내는가, 소유한 물건들이 오래된 것인가 새것인가 등의 묘사로 캐릭터의 잠재된 갈등이나 서사 전개에 필요한 특성이 표현될 수 있다.

박경리의 〈토지〉에서 최서희는 일상용품과 의상, 집안 꾸밈새까지 상당히 세련된 감각과 취향을 가진 것으로 그려진다. 특히, 간도에서 돌아와 진주에 마련한 집의 묘사에는 다소간 호사스럽고 과시적인 부분이 강조된다. 이는 자신의 권위가 손상당한 것에 대한 복수심, 또 손상당할 것에 대한 두려움, 가문을 되찾겠다는 집념 때문에 각박하게 물질에 집착하는 서희의 내면을 나타낸다. 나아가 '각박함의 중화제'이자 주변인을 압노하는 존재로 비치기 위한 서희의 선략으로 해석할 수노 있다.

동작, 제스처, 버릇이나 습성의 묘사는 쉽게 인지시켜야 할 필요가 있는 군소 인물이나 희극적인 인물을 형상화할 때 주로 쓰인다. 버릇이나 습성은 의지력으로 억제할 수 없고 자신도 모르는 사이에 보이는 것으로서, 작중인물의 겉치레를 벗겨 내면을 폭로하거나 그의 진짜 감정을 드러낼 때 특히 효과적이다. 곧 습관적인 태도나 일상적인 습성이 캐릭터의 숨겨진 본색을 돌연히 드러내어, 실상이 밝혀지고 작중인물의 실제의 정신 상태가 그 모순 속에서 극적으로 강조되는 것이다.[23] 전광용의 〈꺼삐딴 리〉는 일제 강점기에서 해방, 전쟁 이후까지 정치상황의 변화에도 불구하고 언제나 '꺼삐딴(captain)'의 자리를 고수하는 이인국 박사의 처세술을 풍자한 소설이다. 이인국 박사는 한마디로 이기적이고 권력지향적인 기회주의자의 전형인데, 이를 더 강하게 풍자하는 요소가 그의 결벽증적 성격화이다. 병원 안이 먼지 하나도 없이 정결한가를 늘 점검하는 습성은 그의 깨끗하지 못한 야망과 강하게 모순되어 부정성을 더욱 강조한다.

캐릭터의 목소리와 말씨도 성격을 드러내는 중요한 표지이다. 목소리의 높낮이나 빠르기, 말이 많고 적음 등은 사람의 인상을 크게 좌우한다. 여기에 말의 리듬, 문장 구조, 단어 사용의 특징, 이야기 방식은 개성을 드러내는 중요한 요소가 아닐 수 없다. 방언의 사용으로 성장한 지역과 배경을, 비속어나 유행어의 사용으로도 캐릭터의 계층을 효과적으로 드러낼 수 있다.

배우의 존재 자체가 이미 중요한 기호가 되는 극작품은 시각적인 요소가 이야기 전개에 중요한 의미를 제공한다. 이근삼의 〈원고지〉는 배우의 과장된 외모와 대조적인 형상화 자체만으로도 해석거리가 많은 작품이다.

캐릭터, 이야기 속의 인간

(가) 막幕이 오르기 전, 요란스러운 통속通俗 음악이 들린다. 음악이 차차 요란해질 무렵, 스포트라이트가 무대 전면(막 앞) 중앙에 서 있는 장녀를 포착한다. 꽉 몸에 낀 화려한 색의 블라우스와 캐프리 팬츠를 입고 있다.

무지무지한 젖통과 뒤로 사정없이 바그라진 엉덩이에 관중들은 첫 장면에 위압을

그림 2.5 김경빈이 연출하고 극단 산수유가 공연한 이근삼의 〈원고지〉 중 한 장면(2018)

느낀다. 입이 보통 여자의 서너 배는 된다. 빨간 칠을 한 아가리가 전안면의 3분의 2는 차지한다. 스포트라이트에 번쩍이는 귀걸이, 목걸이, 팔찌가 관중들 눈에 거슬린다. 나이는 스물 셋쯤, 이야기하는 동안 끊임없이 몸을 이리저리 흔든다. 음악이 멎는다.

(나) 졸음이 오는 지루한 음악과 더불어 철문 도어가 무겁게 열리며 교수 등장. 아래위 양복이 원고지를 덧붙여 만든 것처럼 이것도 원고지칸 투성이다. 손에는 큼직한 낡은 가방을 들고 있다. 허리에 쇠사슬을 두르고 있는데 허리를 돌고 남은 줄이 마루에 줄줄 끌려다닌다. 쇠사슬이 도어 밖까지 나가 있어 끝이 없다. 도어를 닫고 소파에 힘들게 앉는다. 여전히 쇠사슬을 끌고 다니면서, 가방은 자기 옆에 놓고 처음으로 전면을 바라본다. 중년에 퍽 마른 얼굴, 이마에는 주름살이 가고, 찌푸린 얼굴은 돌 모양 변화가 없다.[24]

(가)는 무대와 장녀에 대한 지문이고 (나)는 상녀의 아버지에 대한 지

문, 곧 캐릭터의 외양과 태도, 행동에 대한 묘사에 해당된다. 아버지는 원고지를 붙여 만든 양복을 입고 허리에 쇠사슬을 두른 지친 모습이고, 아내는 남편을 돈 버는 기계로 여기고 번역일을 재촉한다. 왜소한 형상의 부모들과 대조적으로 장녀의 모습은 '무지무지한 젖통'과 '바그라진 엉덩이' 그리고 '보통 여자의 서너 배나 되는 입'으로 과장되게 그려진다. 여기에 화려한 색의 블라우스와 캐프리 팬츠, 스포트라이트에 번쩍이는 귀걸이, 목걸이, 팔찌는 장녀의 소비적이고 화려한 취향을 드러낸다. 이야기하는 동안 끊임없이 몸을 이리저리 흔든다는 것으로 그녀의 불안정하고 과시적인 태도까지 보여준다. 이렇게 자녀와 부모의 외양을 대조적으로 형상화하여 부모 자식 간의 관계가 일종의 착취적 관계임이 드러난다. 외형적으로는 가족공동체를 이루고 있으나 이미 가족적 유대감이 해체된 등장인물들의 모습을 통해 가족관계뿐 아니라 각 개인의 삶에서도 진정한 의미와 가치를 상실한 현대인의 비극적 상황을 풍자적으로 그리고 있다.

모든 요소가 다 그렇지만, 육체적인 특성 자체가 어떤 의미를 가지며 어떤 갈등요소가 될지, 서사 전개에서 어떤 잠재적인 힘을 가지거나 문제를 유발할 수 있는지 잘 따져보아야 한다. 안이하게 그려내어 그저 문화적인 스테레오타입에 따라 해석되도록 두는 것은 바람직하지 않다. 공감능력이 뛰어나고 순종적인 남성, 스포츠와 모험을 좋아하는 여성이 더 흥미로운 서사를 만들어낼 수 있을 것이다. 성별의 선택부터 그 분명한 필요성을 생각해두어야 한다. 여성이거나 남성일 때 어떤 목적과 욕망이 허용될 것인지, 어떤 내적, 사회적 장애가 이 인물 앞에 나타날 것인지, 그런 장애를 극복하는 데 어떤 행동이 가능할지에 대해 고려해야 한다.[25]

캐릭터, 이야기 속의 인간

신체적 특성은 처음에 직접적인 효과를 주지만, 그 이유만으로 사용되어서는 안 된다. 성격이 차츰 밝혀짐에 따라 최초의 특징을 작중인물의 본성 중 기본적인 것을 가리키는 요소로 느끼게 만드는[26] 세심한 배려가 필요하다.

2 | 심리적 요소

캐릭터는 사실세계의 인간과 같이 기질·감정·느낌·욕구와 욕망·희망 등을 가지고 있으며, 의지에 따라 사고하고 결정하여 행동하는 존재로 상상된다. 이것은 겉으로 분명하게 보이지는 않지만 외부환경의 변화와 성장, 각성 등 서사상의 다양한 요소에 의해 바뀔 수 있는 부분이므로 캐릭터의 핵심적인 요소라 할 만하다.

기질적 요소

기질은 인간이 선천적으로 타고나는 정서적인 성질[27]로서, 보통 시간이 지나고 상황이 달라져도 비교적 변하지 않는 내적 성향들로 설명된다. 즉, 열정적이거나 냉정하거나, 낙천적이거나 우울하거나, 적극적이거나 소극적이거나 하는 개인의 본성을 말한다. 기질적 특성은 생물학적 영향으로 형성되기는 하나 개인을 둘러싼 환경이 그 영향을 조절한다.[28] 따라서 기질적인 요소는 단정적인 서술보다는 한 인물의 생활태도와 습관적인 분위기 등을 통해 드러내는 것이 보다 자연스럽다.

기질에 대한 생각과 교리는 고대 그리스·로마 시대의 사체액설四體液說로 거슬러 올라간다. 인간의 몸이 4가지의 체액으로 구성되어 있는데 체액이 균형을 이루지 못하고 어떤 체액이 더 넘치면 기질의 차이가 생긴다는 설명이다. 또한 이러한 체질이 인간의 성장과 노화의 순서에 따라 달라질 수 있다고 보기도 했다. 피가 넘치는 다혈질은 쾌활하고 사교적이며 행동은 현실적·타협적이나 즉흥적·가변적인 기질을, 황담즙이 넘치는 담즙질은 의지가 강하고, 독립적이고 성급하며 자만심이 강하고 감정이 무딘 기질을, 흑담즙이 넘치는 우울질은 정서적으로 예민하며 창조적이고, 자기중심적이고 비관적인 기질을, 그리고 점액이 넘치는 점액질은 냉담하고 둔감하고 인내가 강하며 행동은 온순하고 사려가 깊은 기질을 드러낸다는 것이다.

현재까지도 사람들의 성향을 표현하는 용어로 사용되기도 하는 이 체질학은 서양문학에서 상당히 오랫동안 캐릭터를 창조하고 이해하는 근거가 되었다. 예를 들어 16~17세기 영국 연극의 전성기 때 유행했던 유머희극comedy of humours은 기질적 속성만을 드러내어 풍자적으로 그려낸 것이다. 유머는 체액을 뜻하는 라틴어 '후모르humor'에서 온 것이다. 이 경우처럼 기질을 지배적으로 드러내어 캐릭터를 형상화하는 것은 캐릭터를 평면적으로 그려낼 필요가 있을 때 유용하다.

감정적 요소

체질과 기질은 인간의 유전적인 성향을 드러내는 것으로서 쉽게 동의하기 어려운 부분이 있다. 그러나 인간의 감정과 그것이 드러나는 방식은 인간의 내면은 물론 이후의 행동을 추측할 수 있는 중요한 요소이다. 감정은 인간이 살아가면서 부딪치는 문제를 반영한다. 누구나 자신이 겪는 일에서 어떤 감정을 느끼기 때문이다.

감정은 개인적인 것이지만, 나름의 논리가 있다. 하나의 감정은 다른 것과 구별되는 플롯을 가지고 있다. 어떤 경우에 수치심을 느끼고 어떤 경우에 분노를 느끼는가? 혹은 분노 대신에 죄책감을 느낀다면 왜인가? 분노는 자신에게 일어난 일을 부당한 모욕으로 해석했기 때문에 느끼는 것이다. 그러나 자주 분노를 느끼는 사람이라면 모욕을 당한다는 느낌에 특별히 취약한 것인지도 모른다. 레저러스Lazarus 부부의 연구서는 이런 방식으로 감정이 일어나고 통제되는 일반적 원칙과 감정의 기원과 영향, 관리 방법 등을 이에 해당되는 이야기를 예로 들어 심리적으로 분석하고 있어 캐릭터의 감정을 표현하는 데 참고가 될 만하다.[29]

독자는 캐릭터가 느끼는 감정을 그저 누군가의 목소리로 전해 듣기보다는 감정을 직접 느낄 수 있기를 원한다. 또 독자가 캐릭터의 감정에 공감해야 캐릭터의 결핍된 요소들을 채워 읽고 서사에 대한 흥미를 지속시킬 수 있다. 애커먼Angela Ackerman과 퍼글리시Becca Puglisi는 사람들이 느낌을 잘 전달하려고 할 때 언어보다는 비언어적인 표현을 쓴다고 지적한다. 캐릭터의 사고나 신념, 의견을 표현할 때는 대화와 같이 언어적인 것이 적절한 반면, 감정을 표현할 때는 신체의 언어와 행동, 본능적인 반작용, 그리고 심리적 반응(생각들)과 같은 비언어적인 것이 효과적이라는 것이다. 신체의 신호는 어떤 감정을 경험했을 때 몸이 외부로 반응하는 것이다. 느낌이 강할수록, 신체의 반응도 강하고 자각은 약하다. 신체의 신호와 캐릭터의 개성을 결합하면 육체 언어와 행동을 통해 감정을 표현할 수 있는 선택지가 많아질 것이다. 본능적인 반작용(숨쉬기, 두근거림, 약간 어지러움, 아드레날린 분비 등)은 이성적으로 통제되지 않는 원초적이고 즉각적인 반응이다. 본능적인 신체 반응은 누구나 경험하는 것이므로 독자에게 쉽게 전달될 수 있다. 심리적 반응은 감정적 경험과 상응하는 사고의 단계로 들어가게 한다. 감정표현의 방법으로 사고를 활용하는 것은 독자에게 캐릭터가 세상을 어떻게 보는지를 전달하는 효과적인 방

법이다.[30]

이 생각에 따라 애커먼과 퍼글리시는 흠모에서 걱정까지 75개의 감정을 정의하고, 신체적 신호, 내적 감각, 심리적 반응, 급성 혹은 만성의 감정 단서, 감정을 진정시키는 방식을 《감정분류사전》에서 제시하고 있다. 예를 들어 죄책감이라는 감정은 실재이든 상상된 것이든 범죄행위에 대해서 비난받는 느낌을 가리킨다. 캐릭터가 죄책감을 느끼고 있음을 표현하기 위해 다음과 같은 행동이나 반응을 그려낼 수 있다. 눈을 못 맞춘다든가, 볼이 상기되든가, 방어적인 반응을 보이고, 거리를 두고 사람과 장소를 피해서 돌아가거나, 너무 많이 혹은 너무 빨리 말하거나, 코나 귀를 문지른다거나, 입술을 깨무는 등의 신체적인 신호를 보낸다. 본능적인 반작용으로 위장 장애를 일으키고 가슴이 조인다든가, 목 뒤가 아프다거나 식욕 상실 같은 것이 나타날 수 있다. 심리적인 반응은 일어난 일

그림 2.6 디즈니 애니메이션 〈겨울왕국Frozen〉(2013)의 한 장면. 이 영화의 주인공 엘사는 감정을 조절하지 못하면 여름도 겨울로 만드는 저주와 같은 능력을 가졌다. 캐릭터의 감정이 마법이라는 소재를 통해 외화되는 사례이다.

캐릭터, 이야기 속의 인간

의 재연, 자기혐오로 가득 찬 생각, 사건을 변화시키거나 되돌릴 수 있기를 바람, 다른 사람과 짐과 고통을 나누거나 고백하고픈 욕망, 다른 것들로부터 물러나 내면으로 후퇴하거나, 다른 사람들이 알고 판단을 내리고 있다는 편집증세, 어느 것에도 집중하지 못하는 무능력함이 나타날 수 있다.[31]

그즈음 나는 알 수 없는 무력증에 빠져 일 년 넘게 소설 한 편, 에세이 한 꼭지 쓰지 못하고 있는 처지였다. 그건 나로서는 생경한 경험이었는데, 이상하게도 화난 사람처럼 자꾸 주먹을 움켜쥐었고, 혼자 있을 땐 책상 귀퉁이나 의자 팔걸이를 주먹으로 툭툭 내리쳤으며, 그러다보면 실제로 화가 났다. 나는 내가 왜 화가 나는지도 알 수 없었고, 그래서 화가 난 것을 주위 사람들에게 들키지 않으려고 자주 숨을 길게 들이마신 후 그대로 멈춰 있는 일을 반복했다. 그렇게 하루를 지내다가 집으로 돌아오면 온몸에서 열이 오르고 팔꿈치와 종아리가 아팠다. 그 상태에서 또 무언가 써보겠다고 한글 파일을 열면 깜빡이는 커서가 화면 아래로, 모니터 밖 방바닥으로 뚝뚝, 떨어지는 것만 같은 착시가 일었다. 나는 관절이 아예 없는 고무 인형처럼 의자에 널브러져 있다가 그대로 잠이 들곤 했다.[32]

인용한 이기호의 〈권순찬과 착한 사람들〉의 1인칭 주인공은 소설가이다. 1년 넘게 글을 쓰지 못한 스트레스가 몸에 어떻게 나타나는지를 화자는 상세히 묘사한다. 문제를 자각하고 있지만 스스로 어쩌지 못하는 자신의 처지를 '분노'와 '무력감'으로 표현하고 그것으로 인해 생기는 자기 몸의 변화를 구체적으로 묘사한다. 주먹을 움켜쥐거나 책상 등을 주먹으로 툭툭 내리치고, 이를 숨기려고 큰 숨을 자주 쉬어야 했고, 그 바람에 열이 나고 온몸이 쑤시는 경험, 거기에 착시까지 일어 결국 "고무

인형처럼" 널부러졌다는 것이다. "일 년 넘게 글을 쓰지 못해 무력감에 시달렸다"는 서술보다 감정과 신체의 묘사로 캐릭터의 상황이 훨씬 생동감 있게 다가오는 것을 확인할 수 있다.

어떤 감정은 다른 감정이나 행위와 넓게 연관되어 서사를 지배하는 중심 요소가 되기도 한다. 예를 들어 두려움은 사실 매우 큰 스펙트럼을 가지고 있다. 거의 모든 장면에서 어느 정도의 두려움이 나타날 수 있다. 캐릭터가 갈등할 때 적대자에 대한 공포뿐 아니라 패배나 굴욕, 상실, 죽음과 같은 자기 자신의 알 수 없는 미래에 대한 공포와도 대면한다. 따라서 그 원인이 되는 문제를 해결하지 않고서는 이 감정을 극복하여 벗어날 수 없다. 아리스토텔레스가 주장했듯, 비극의 카타르시스를 이끄는 중요한 감정 중의 하나도 공포이며, 숨을 막히게 하는 스릴러물에 몰입하게 하는 요소도, 판타지나 미스터리 서사에 따라다니는 중요한 감정도 미지의 것에 대한 두려움이다. 이처럼 두려움은 흥미로운 플롯과 결합되거나 삶의 이면을 포착하여 심오한 주제를 드러낸다.

두려움은 의식적으로 조절하기 어렵기 때문에 통제가 잘 되지 않는 원초적인 반응으로 나타나는 경우가 많다. 또한 두려움은 종종 다른 감정의 뒤에 숨어 있다. 분노가 두려움의 마스크 역할을 하거나, 원한도 그림자가 되는 두려움을 감춰준다.[33] 따라서 캐릭터의 두려움을 표현할 때 상당한 정교함과 상상력이 요구된다. 두려움과 관련된 캐릭터의 과거사, 미래에 대한 욕망이 현재 캐릭터의 고통, 신체적 반응과 변형된 감정들 속에 어떻게 스며 있는지를 상상해야 한다. 또 행복하고 긍정적인 캐릭터의 현재 속에도 그것의 상실을 늘 두려워하는 다른 자신이 숨겨져 있다는 것도 염두에 두어야 한다.

소설가 낸시 크레스Nancy Kress는 좌절감이 소설에서 가장 유용한 감정이라고 단정한다. 이야기를 앞으로 나아가게 시동을 거는 역할을 할 뿐 아니라 캐릭터의 성격을 설정하고 곤경에 처하게 하여 독자의 동정심을 불러일으킬 수 있기 때문이다. 좌절감도 다른 감정과 혼재되어 나타난다.[34] 이 감정은 특히 다음에서 살펴볼 결핍되거나 부정된 욕구와 욕망에 연결되어 풍성한 이야기를 만들어낼 수 있다.

동기적 요소: 욕구와 욕망

본능이나 감정의 차원에서 인간을 움직이게 하는 것 중에 가장 중요한 요소는 아마 욕구와 욕망일 것이다. 욕구란 생물학적인 본능에서 나오는 식욕, 성욕, 수면욕, 배설과 고통 제거 등, 기본적이고 무의식적인 것이다. 인간은 사회화 과정에서 이러한 원초적인 욕구를 적절하게 조절하는 방법을 배운다. 본능적인 욕구는 모든 인간에게 공통되고 친숙한 것이어서 공감을 끌어내기 쉽다. 이를테면 기본 욕구조차 충족될 수 없는 비인간적이고 폭력적인 환경, 한계 상황을 그리는 서사(전쟁이나 자연재해 등)를 심각하게 받아들이게 하는 요소가 될 수 있다. 또한 캐릭터의 사회적 위치와 본능적인 욕구 해결방식의 불일치를 통해 웃음을 이끌어내는 소극farce의 중요한 요소가 되기도 한다. 그러나 이런 기본 욕구의 장애는 대체로 외부에서 해결될 수 있는 것으로서 삶의 보다 본질적이고 지속적인 문제를 다루기에는 부족한 면이 있다.

인간의 행동을 추동하는 더 큰 힘은 욕망에서 나오며 서사의 캐릭터를 움직이는 힘도 욕망이다. 욕망은 내면 갈등을 일으키고 목적에 따른 행동, 때로는 병적이거나 비정상적인 반응과 행동을 유발하기도 한다. 드러난 욕망보다는 숨겨진 욕망, 부정된 욕망, 결핍에서 온 욕망이 이야기를 보다 풍성하게 만든다. 이 욕망은 현재 캐릭터의 특별한 개성과 증상을 제시하고, 과거의 개인사와 인간관계를 효과적으로 끌어오며, 그 해결 여부에 의해 미래의 변화를 만든다.

결핍에 의한 욕망은 의식적인 목적을 만들고, 이에 따라 강력한 필요, 야망, 신념, 가치, 규범 등을 가지고 지키게 한다. 반면, 부정된 욕망은 인간의 무의식에 억압된다. 이 욕망은 인간에게 스트레스를 주고 알 수 없는 병적인 행동이나 태도를 가지게 만든다. 캐릭터에 중심을 둔 성격소설, 심리소설은 대체로 억압된 욕망과 그 방어기제에 초점을 두고 진행된다. 인간이 욕망을 실현하려는 과정에서 억압적인 힘에 의해서 욕망이 거부되거나 부정되면 심리적인 외상(트라우마trauma)을 입는다. 이런 외상으로 만들어진 방어기제, 병적인 증상에서 캐릭터에게 어떤 문제가 있음을 추측하고, 그 원인을 찾아가는 과정에서 인물의 좌절된 욕망의 이야기가 드러난다. 이처럼 캐릭터의 심리에 초점을 둔 서사는 방어기제나 병적인 조작의 비밀을 풀어나가는 과정이 플롯의 중심을 이룬다.

인간의 욕망에는 어떤 동기가 있다. 그러나 캐릭터를 설정할 때, 이런 동기적 요소를 특정한 원인에만 고정시키면 캐릭터가 축소되기 쉽다. 따라서 동기에 대한 확고한 이해에 이를 때까지 상상할 여지를 남겨두는 것이 필요하다.[35] 이 외에 욕망과 결핍으로 인한 갈등과 이야기 동력에 대해서는 제8장에서 더 다루도록 하겠다.

사색적 요소

다음으로 생각해볼 것은 사색적인 요소이다. 인간은 욕구와 감정, 욕망만으로 움직이는 것이 아니라, 생각을 통해 이를 조정하고 행동에 옮길지를 결정한다. 캐릭터의 생각은 극에서는 긴 독백으로, 혹은 내면 서술이나 일기의 공개 같은 장치를 통해 주로 드러난다. 그 외에 자신을 잘 알아주는 콩피당트^{confident}나 대립적인 인물과의 토론 등을 통해서도 표현된다. 관념소설에서는 이와 같이 인물의 철학적 성찰이나 종교, 사상, 이념적인 문제 등 사색적인 요소가 글의 중심에 선다.

장용학의 〈요한시집〉은 전후 인간의 실존 문제를 제기하는 작품이다. 이 작품의 주인공 누혜의 선택과 행동은 "인간이란 어떤 존재인가, 어떻게 살아야 하는가"에 대한 지속적인 사색의 결과로 나타난다.

> 어느 날 아침 조회 때, 천명이나 되는 학생들의 가슴에 달려있는 단추가 모두 다섯개씩이라는 것을 발견하고 현기증을 느꼈다. 무서운 사실이었다. 주위를 살펴보니 주위는 모두 그런 무서운 사실 투성이였다. 어느 집에나 다 창문이 있고, 모든 연필은 다 기름한 모양을 했다.³⁶

누혜는 어느 날 모두가 일률적인 어떤 것을 고수하고 있음을 발견하고는 현기증을 느낀다. 그것은 일상적인 자아를 발견했을 때 오는 어지러움이다. 여기에서 누혜는 '산다는 것은 다른 데를 살고 있는 것'이라는 심한 괴리감을, 자유에의 길을 막는 벽을 느끼고 그 벽을 뚫어보기 위해 전쟁에 참가한다. 그러나 새로 찾아낸 삶의 양식이 자유의 노예라는 또 다른 모습일 뿐임을 깨닫고, 그 '자유'를 죽이기 위해 '죽음'을 택한다. 이 작품의 서두에 동굴 밖에서 비쳐 들어오는 빛을 발견한 토끼가 그 빛이 들어오는 바깥세상으로 나가기 위해 온갖 고생 끝에 동굴 밖으로 나가자 그 빛의 강렬함에 그만 죽어버렸고, 그 위에 '自由의 버섯'이 자라났다는 내용의 우화가 나온다. 이 우화는 현존재인 일상적인 자아로부터 실존하는 본래적인 자아로 나아가려는 의식의 상황을 상징적으로 그리고 있다. 이 우화처럼 누혜는 자신이 선택한 삶이 본래적인 삶이 아님을 깨닫고 자살한 것이다. 누혜의 실존적 고통과 사색내용은 그가 남긴 유서를 통해 드러난다. 일기나 유서와 같은 장치는 캐릭터의 사색적 요소를 보여주기에 적절하다.

캐릭터가 어떻게 판단하고 결정을 내리는가는 매우 중요하다. 갈등과 충돌의 시간을 보내고 최종적으로 내리는 윤리적 판단이나 선택이 바로 다른 캐릭터와 결정적으로 구별되도록 한다. 특히 주제적인 인물, 주동인물이 보여주는 이념이나 태도, 최종적인 윤리적 판단과 선택은 작가가 제시하려는 가치의 문제로 간주된다.

3 | 사회문화적 요소

캐릭터의 육체적 특성과 내면세계가 개별적인 존재를 그럴듯하게 성립시키는 요소라면, 이 캐릭터의 사회적 위치와 역할, 인간관계는 그럴듯함을 실제세계로 확장하여 이해시키는 요소이다. 캐릭터도 우리처럼 가족이 있고, 친구가 있고, 학교를 다녔고, 직장이 있고, 사는 동네가 있고, 사랑하는 사람이 있으며 계층문제로 갈등을 겪는다면, 우리가 아는 어떤 비슷한 사람을 떠올려 캐릭터를 더 구체적으로 상상할 수 있다. 이처럼 캐릭터의 사회문화적 요소는 그가 움직이는 세계를 우리가 살고 있는 실제세계와 비교하여 더 잘 이해하고 몰입하게 해준다. 이에 따라 캐릭터가 우리 사회의 문제 속에서 읽히는 것도 자연스러운 일이다.

근대 이후 사실적인 서사는 사회문화적인 특수한 배경 속에서 탄생하였다. 개인과 사회의 갈등을 합리적으로 해결할 수 있는 근대적 주체의 사고와 행동, 삶의 방식은 그대로 서사의 내용을 이루었다. 이런 서사의 캐릭터는 문제를 발견하고 갈등을 전면화시키는 캐릭터 모델로서 전형

캐릭터, 이야기 속의 인간

성을 획득하기도 한다. 즉, 캐릭터의 사회적 관계와 역할, 소속된 사회의 문제와 갈등은 캐릭터를 하나의 사회적 전형으로 파악하게 한다. 예를 들어 아버지, 교사, 축구회 회원, 도시 변두리 거주자 등 구체적인 사회적 위치를 설정하면 대체적인 이미지가 떠오른다. 그러나 사회적인 역할과 관계에 따르는 유형적이고 상투적인 이미지가 기계적으로 반영되고 그렇게 해석되는 것은 바람직하지 않다. 캐릭터가 속한 사회적 위치와 관계, 역할이 개인의 욕망과 신념, 기질 등과 충돌을 일으킬 때, 또는 캐릭터의 육체적인 요소에 따르는 사회적 관습과 가치가 이러한 다른 요소와 충돌을 일으킬 때 캐릭터는 훨씬 더 성공적으로 살아 움직인다.

캐릭터를 구성하는 사회적 요소로 가족, 배우자, 친구, 신분 및 계급, 교육, 직업, 환경(거주지역) 등을 든다. 가족관계에서도 부부, 부모자식, 형제자매, 숙질관계 등등 자신과 가족원이 가지는 관계는 복합적이다. 여성가족원이라면 누군가의 엄마이자 아내이고 할머니이며, 며느리이자 딸이고, 또 여동생이자 누나이고 조카이자 이모가 될 수 있다. 가족 구성원이 많다면 세대를 이어가며 이 관계는 더 확장될 것이다. 이에 따라 가족 내의 역할과 갈등도 더 복잡한 구도를 그린다. 한편 가까운 친구의 그룹, 사회계층, 혹은 신분, 직장 내에서의 위치와 역할, 생활 지역의 관습과 문화는 보다 심각한 문제를 드러낸다. 대개의 캐릭터 모델은 이처럼 사회 변화에 따라 탄생하고 성장하지만 결국은 쇠퇴와 죽음에 이르는 운명 속에 있음도 분명한 사실이다.

사회계층과 갈등

캐릭터가 속한 사회계층과 갈등은 사실주의적 서사물에서 중요한 구성요소이다. 사회계층이란 한 사회 안에서 구별되는 인간 집단을 말한다. 이런 집단은 사회구성원의 능력이나 지위의 차이에 따라 인습적으로 서열화된다. 곧 학력이나 직업, 소득, 젠더나 인종적 구별에 따라 인간 집단을 나누고 서열화하여 바라보는 것이다. 이러한 사회계층과 계층의식은 개인의 활동과 생활수준, 생활양식 전반에 걸쳐 영향을 끼친다.

자신이 속한 계층을 유지하려는 욕망과 또 이로부터 벗어나 새로운 계층으로 이동하고자 하는 욕망의 실현과정에서 생기는 문제는 현실적인 이야깃거리를 제공한다. 캐릭터는 소속된 사회계층의 공통된 특징을 드러냄으로써 특정 계층의 생활양식과 태도, 이데올로기를 드러내는 전형적 존재로 형상화될 수 있다. 자본주의 사회를 유산계급(자본가)과 무산계급(노동자)의 계급갈등으로 보면 권력과 이해관계에 의한 대립과 착취에 대한 사회적 투쟁이 필연적으로 요청된다. 리얼리즘적 성격을 띤 서사에서는 이런 계급갈등과 사회적 투쟁을 전형적인 인물의 설정을 통해서 보여준다.

조세희의 〈난장이가 쏘아올린 작은 공〉은 서울시 낙원구 행복동에 사는 난장이 가족이 강제 철거를 당한 후, 난장이는 추락사를 하고 그 자식들이 공장 노동자가 되고 갈등의 중심으로 나아가는 과정을 그리고 있다. 윤호와 경애 등의 인물은 자본가 계급을, 난장이 가족인 영호와 영수, 영희, 등 은강 노동자들은 노동자 계급의 전형성을 보여준다. 그러나 이러한 계급 혹은 계층 간 갈등의 성격이 후기산업사회로 올수록 보다 복잡하게 분화되고, 개인의 생활 방식과 문제가 다양해지면서 인물의 전형성을 드러내기가 쉽지 않게 되었다.

캐릭터, 이야기 속의 인간

사회정체성과 역할 갈등

동서양을 막론하고 서사의 중요한 갈등요소는 개인의 정체성과 역할 갈등이다. 갈등은 개인의 내부에서 혹은 자아와 세계가 충돌하는 지점에서 생겨난다. 아버지를 죽인 아들, 아이를 버린 엄마, 뒤바뀐 아이, 팜 파탈, 여장 남자, 바보 사위, 적대적 형제 등 현재까지 반복 재생산되는 세계문학 모티프들 중 많은 것은 이런 갈등을 보여준다. 인간의 자유의지로 바꿀 수 없는 것 중 하나가 인종이나 성별, 나이, 가족 등 출생과 관련된 것이다. 자신이 '타고난 것'이 부여하는 관습적 정체성 때문에 충돌과 갈등을 빚는 일이 많다. 타고난 성별sex과 성적 지향sexual orientation, 어떻게 해도 바꾸기 어려운 인종적 특성 때문에 불합리한 차별을 당할 수도 있다. 또 태어난 시대와 환경에 맞지 않는 가치관이나 능력을 가진 탓에 불운하게 살 수도 있다. 이처럼 생래적인 요소와 특수한 사회배경이 결합될 때 문제적 모델이 탄생한다. 이들이 겪는 불합리함과 좌절, 정체성 갈등은 사회문제를 발견하고 변혁으로 이끄는 중요한 원동력이 되기 때문이다. 이 중 사실적인 서사의 캐릭터를 만들고 읽어내기 위해 현재 가장 문제가 될 수 있는 젠더 정체성과 역할 갈등, 가족관계와 역할 갈등에 대해서는 이 책의 제5장와 제6장에서 구체적으로 살펴보기로 하겠다.

환경

인종이나 성별, 민족, 나이 등 타고난 조건은 기본적이고 보편적인 특성과 환경을 암시한다. 때로 특정 시기, 특정 지역에 살았다는 사실만으로도, 그리고 그것을 뚜렷하게 드러내는 것만으로도 겉으로 보이지 않는 많은 것이 설명된다. 작품 외부에 있는 기록을 참조할 수 있기 때문이다.

예를 들어 19세기 말 강화도라고 한다면 서구열강의 침입과 서구 문물의 직접적인 영향이, 전쟁 직후의 서울이 배경이라면 전후의 혼란상이 캐릭터를 설명할 배경 지식으로 작용할 것이다. 캐릭터를 어떤 환경에서 움직이게 하는가는 캐릭터 형상화에서 부차적인 것으로 보일 수도 있다. 그러나 사실세계에 근거한 시공간적 배경은 캐릭터의 기본적인 갈등과 특성을 제시한다. 특별한 시공간적 배경에서는 누군가에게 더 유리하거나 불리한 성격과 위치, 역할이라는 것이 있게 마련이므로, 이 경우 사회 환경과 개인의 문제를 첨예하게 드러내는 요소도 될 수 있다.

방이나 집, 거리, 도시 등 캐릭터가 움직이는 물리적 환경은 때로 캐릭터의 내면을 환기시키고 분위기를 조성하며 이야기의 전개를 암시한다. 오영수의 〈갯마을〉에서 바닷가 마을은 해녀의 딸로 태어나 바다에 순응하며 살아가야 할 주인공 해순의 운명을 암시한다. 염상섭의 〈표본실의 청개구리〉에서 '나'가 사는 좁고 어두운 방은 허무주의에 젖어 사회로부터 고립된 상황을 상징적으로 드러낸다. 강석경의 〈숲속의 방〉에서 주인공 소양은 자신이 속한 중산층 가정의 속물성을 혐오한다. 집에 속해 있지만 속하고 싶지 않은 그녀의 방은 다음처럼 묘사된다.

> 소양의 방은 말린 꽃들과 가지각색의 양초들로 채워졌다. 여고생 때면 한창 그럴 나이지만 소양의 유미적 취미는 기갈난 사람의 그것처럼 한정을 몰랐다. 한 번은 밤에 내가 좋아하는 음유시인 레날드 코엔의 노래가 들려와서 소양의 방에 들어간 적이 있다. 방엔 십여 개의 촛불이 작은 혼들처럼 피어있고 천장엔 말린 꽃 그림자가 성에처럼 깔려 있었다.[37]

작품 초반에 소개되는 소양의 방은 방주인의 독특한 성격적 특성과

캐릭터, 이야기 속의 인간

운명을 암시한다. 젊음의 특성으로만 해석하기엔 지나치게 유미적인 취미는 가족을 스스로 거부하고 고립될 뿐 아니라 또래에게도 소외되고 있는 소양의 위치를 설명해준다. 결국 소양은 젊음의 탈출구를 찾지 못한 채 방황하다가 이 자폐적이고 유미적인 공간에서 삶을 마감하고 만다. 이 작품은 주인공에게 밀착된 공간에 대한 묘사가 캐릭터는 물론 주제를 성공적으로 형상화하는 전략이 될 수 있음을 잘 보여준다.

위에서 살펴본 구성요소 외에도 캐릭터를 창조하거나 분석할 때 고려할 요소는 많다. 캐릭터 중심의 시나리오를 써야 한다고 주장하는 앤드류 호튼은 캐릭터 창조를 위한 체크리스트로 위에서 제시한 기본요소 외에도 인종적·민족적·사회경제적 측면과 습관들을 포함한 부모의 프로필, 신체적 능력과 한계, 인종적·민족적 배경과 종교, 출신 지역, MBTI 유형, 인생의 목표, 습관과 취향, 선호하는 것(정치성향, 채식주의자 여부 등) 등 매우 세부적인 것들을 질문하고 답하여 캐릭터를 창조할 것을 제안한다.[38] 살아 있는 인간의 모든 것을 상상하듯 캐릭터에 대해서도 여러 가능성에 대해서 질문해보라는 것이다. 그러나 이 요소들을 모두 제시해야 하는 것은 아니다. 한 서사에 모든 것을 제시하는 것이 불가능할 뿐 아니라 불필요하다. 지나치게 구체적으로 제시할수록 캐릭터는 허구 세계에 고착되어 죽은 존재가 되기 쉽다. 곧 수용자에게 상상하여 해석할 여지를 두어야 그 애매한 틈을 통해 캐릭터는 살아 움직일 수 있다. 이에 대해서는 '캐릭터 구성의 원칙과 방식'에서 더 상세히 논의하기로 하겠다.

3. 이름과 식별

희곡이나 시나리오의 시작 부분에는 보통 무대 및 등장인물 소개가 나온다. 배우가 연기를 통해 구현하는 것을 전제로 하므로 무대나 스크린에 등장하는 인물의 이름과 나이, 성별, 외모, 관계 등 기본적인 것을 제시한 후에 이야기가 시작된다. 그러나 소설에서는 등장인물이 얼마나 많은지, 또 각각은 어떤 특성을 가진 존재인지 명시되지도 않고 연속하여 집중적으로 서술되는 일도 없다. 육체적·심리적·사회적 속성 등 캐릭터의 기본 정보는 텍스트의 전체에 비연속적으로 흩어져 있다. 서사가 전개되면서 이런 속성과 정보가 점점 더 광범위하게 결합되어 최종적으로 하나의 독립되고 통일된 구성체로서 캐릭터가 완성된다. 그렇다면 캐릭터에 대한 정보는 무엇을 근거로 결합되는가.

서사는 상황이나 장면(사건)의 연속으로 전개된다. 한 장면이나 상황이 제시되면서 캐릭터가 등장하고, 보통은 그중 몇 명의 캐릭터만 중점적으로 그려진다. 도입부를 지나 이전 사건이나 상황에서 보이지 않았던 캐릭터가 등장했을 때, 이것이 첫 등장인지 아니면 재등장인지를 확인해야 한다. 이렇게 현재 활성화된 프레임에 나오는 캐릭터가 이전 장면에 등장했다는 것을 확인하는 것을 식별identification이라고 한다.[39] 식별을 쉽게 하기 위해 중요한 것이 캐릭터에 붙은 표식tag이다. 독자가 한 캐릭터를 다른 캐릭터와 구별하고 또 시간적 연속성 속에서 파악할 수 있도록, 캐릭터에는 적절한 표식이 있어야 한다. 보통은 이름을 붙이거나 지배적인 인상에 대한 뚜렷한 묘사나 인칭대명사를 이용한다.[40] 모든 서사물이 수용자를 위해 친절하게 정보를 제시하는 것은 아니지만 식별을 위한 표식과 최소한의 정보를 반복적으로 제시하는 것은 필요하다. 이것을 통해

캐릭터, 이야기 속의 인간

독자는 캐릭터를 식별하고 각 캐릭터의 특성을 종합하여 서사를 이해하기 때문이다.

1 | 명명법

사람이 태어나면 이름을 붙여 부르듯, 캐릭터에도 고유한 이름을 붙여서 부른다. 캐릭터를 식별하게 하는 것이 중요하므로 어감이 다르면서 독자가 쉽게 기억할 수 있는 이름을 붙이는 것이 보통이다.[41] 명명법 appellation은 그 특성과 효과에 따라 여러 가지로 나눠볼 수 있는데 대표적인 것이 유비에 의한 명명법[42]이다. 이것은 명명 방식의 특성을 독자가 유추하여 지각하는 구성 방법으로서 캐릭터의 성격과 명명 간의 유사성, 대조, 상징성 등을 중심으로 세분할 수 있다.

명명의 유사성

성격을 바로 짐작할 수 있게 이름을 붙이는 것은 가장 명료한 명명법이다. 에밀리 브론테의 〈폭풍의 언덕〉에 나오는 '히스클리프'는 이름 자체로 거친 성격을 암시한다. 이 이름에는 야생잡초 히스[heath]가 무성한 황야의 낭떠러지[cliff]라는 뜻이 들어 있다. 에밀리 브론테는 이 이름이 '문명에 물들지 않은 인간 본래의 자연적인 모습'을 의미한다고 말했다.[43] 〈춘향전〉의 춘향도 이런 명명법의 예이다. 춘향春香이라는 단어로 매력적인 용모라든가 청춘의 아름다움과 생동감을 드러낸다. 유사성을 드러내는 명명법은 이처럼 의미가 명료한 것이 장점이지만 동시에 이름 때문에 캐릭터의 이미지가 고정된다는 단점도 있다. 그러나 알레고리적이거나 희극성을 띠는 작품은 바로 이런 점을 선략석으로 이용하기노 한나.

그림 2.7 국내에서 뮤지컬로 공연된 〈폭풍의 언덕〉 (2013) 포스터에는 히스클리프만 강조되어 있다.

TV드라마 〈조강지처 클럽〉(2007)의 명명법은 이런 유형성을 의도하고 있다. 이 드라마는 남편한테 황당하게 배신당한 시누와 올케, 두 아내가 통쾌한 복수극을 펼친다는 내용의 풍자적인 가족이야기이다. 이 드라마에 나오는 길억, 이기적, 한복수, 나화신, 한심한, 복분자, 모지란, 공사판, 정나미 등의 이름만 들어도 금세 극중 성격이나 상황을 짐작할 수 있다. 아이를 조기유학 보낸 기러기 아빠의 이름은 '길억'이고, 그 아이를 따라나선 길억의 부인은 '정나미', 유부남을 사랑하여 가정을 버린 '모지란', 조강지처를 두고 한눈파는 남편의 이름은 '이기적'이다.

어떤 캐릭터의 용모나 성격적 특징을 다소간은 과장하고 유형화하여 보여주는 별명식 작명법도 효과적인 성격화 방법이다. 별명이란 것 자체가 타인들이 본인의 의사와는 무관하게 버릇·행동 따위를 기준으로 비웃거나 놀리거나 혹은 애정을 표현하기 위해서 부르는 이름이기 때문이다. 별명은 캐릭터의 희극적 결함을 강조하고 결점에 종속시켜 유형화시키는 효과를 준다.[44] 별명을 부름으로써 캐릭터의 한 가지 특성이 자동적으로 떠올라 풍자의 효과가 나타난다. 이무영은 〈안달소전〉에서 안달군

캐릭터, 이야기 속의 인간

을 "원래가 크지도 못한 키에다가 양쪽 어깨가 차악 내려앉고 그나마도 상반신에 비해서 하지가 짧은 편이라서 얼핏 보기에는 어딘지 생리적으로 결함이 있는 것처럼 보여진다"[45]고 표현한다. 이로써 성격적 결함을 인물의 명명과 신체로 표상하여 우스꽝스러움을 더하며 별명과 외모에 의해 운명과 모순되는 희극성을 드러낸다.

명명의 대조성

성격과는 대조적인 이름을 붙여 적절한 긴장과 강조 효과를 줄 수도 있다. S. 리몬-케넌은 조셉 콘래드의 〈서구인의 눈으로〉의 라주모프를 예로 들어 설명한다. 이 이름은 폴란드어로 '이성의 아들'이라는 의미를 가지고 있으나, 이 작품에서 라주모프가 자신이 이성적임을 자랑할 때 이성보다는 오히려 무의식적 동기에 지배되고 있다는 점을 주목한다.[46] 황석영의 〈삼포 가는 길〉의 주인공은 하루하루 일자리를 찾아다니며 살아야 하는 신세이지만 이름은 지위가 높고 귀하게 된다는 의미의 영달榮達이다. 전영택의 소설 〈화수분〉에서 날품팔이로 연명하다가 결국 길에서 얼어죽는 주인공의 이름 화수분은 '아무리 퍼내도 재물이 마르지 않는 단지'를 의미한다. 이태준의 〈손거부〉의 명명도 대조를 보이는 명명이다. 이름은 거부巨富이지만, 일정한 직업도 없이 개천둑에 집을 짓고 산다. 아들에 대한 기대로 이름을 대성大成이라고 짓지만 그는 저능아로 학교도 다니지 못하는 사건이 생겨 손거부를 더욱 좌절시킨다. 이런 이름은 반어적인 효과를 줌으로써 인물의 상황이나 성격, 주제를 강조한다.

명명의 상징성

캐릭터의 이름이 특별한 의미를 상징하도록 명명하는 경우도 있다. 구병모의 소설 〈여기 말고 저기, 그래 어쩌면 거기〉의 주인공은 '하이'이다. 하이가 9개월 때, 하이의 엄마는 음식물 찌꺼기를 버리러 나갔다가 15층 엘리베이터에서 추락사했다. 그것이 상처가 되었는지 어른이 된 하이는 높은 건물을 등반하는 무모한 시도를 거듭하여 40층 이상의 아파트까지 올라가는 신기록을 세운다. 그러나 결국 어느 날 44층 높이에서 행방불명된다. 어떤 다른 의도도 없이 무조건 높은 곳을 향해서 오르는 이 캐릭터의 이름을 하이high라고 명명함으로써, 그의 도전 행위가 단순히 충격에 의한 비정상적인 행동으로만 해석되지 않게 한다. 그의 이야기를 전달하는 '나'는 지도교수의 명령에 따라 무슨 일이든 해온, 결국은 상류사회를 향해 올라가려는 현실주의자이기 때문이다.

명칭의 유비는 문학작품이나 신화로부터 인유allusion하여 명명하는 데에서도 찾을 수 있다. 다른 작품에서 캐릭터의 이름을 빌려옴으로써 상호텍스트적인 의미 확장을 꾀하는 것이다. 이런 전략이 자칫 서사의 의미를 축소하고 환원시켜 해석할 여지를 주기도 하지만, 한편으로는 서사와 캐릭터를 다른 텍스트와 겹쳐 읽게 함으로써 해석의 지평을 넓히기도 한다. 박경리의 〈토지〉에서 가장 긍정적인 인물로 평가된 길상의 이름은 불교 경전으로부터의 인유를 기초로 하고 있다. 물론, 그가 절에서 자랐다는 것은 이 명명에 개연성을 부여하지만, 작품의 전체로 보아 그 이상의 의미를 가진다. 석존釋尊이 길상吉祥동자가 베어다 준 길상초吉祥草를 깔고 그 위에 앉아 깨달음을 얻었다는 데에서 유래한 길상은 범어 'śrī'의 번역으로 좋은 것, 반가운 것[47]을 뜻한다. 〈토지〉의 길상은 절에서 자라났다는 인연을, 원력願力을 걸고 관음탱화를 완성하며 이를 통해 생명에

캐릭터, 이야기 속의 인간

대한 참사랑을 자각하는 것으로 보여주었다.[48]

채만식의 〈인형의 집을 나와서〉(1933)의 주인공 '임노라'는 변호사인 남편에게 실망을 느껴서 가출한 후 경제적 역경과 성적 시련을 겪다가 제본공장 노동자가 되어 삶을 개척해나간다. 제목에서 짐작할 수 있듯, H. 입센의 희곡 〈인형의 집〉에서 중심 모티프를 가져와 한국적인 현실에서 가능한 이야기를 만들어낸 것이다. 제목과 주인공의 이름 '노라'도 그대로 가져와 사용함으로써, 이 소설은 1930년대에 한국의 가출한 아내 문제를 19세기 말 유럽을 흔든 여성해방론의 시각에 근거하여 해석할 수 있게 한다.

현대소설 가운데는 익명성을 강조하기 위해 고유한 이름을 붙이지 않거나 관계에 의해 지칭되고, 또 의미 없는 영문 이니셜로 불리는 경우도 많다. 이런 지칭으로 심리적·육체적인 불구화, 정상적인 관계의 단절, 정체성 결핍 등을 드러내는데 상징주의 극, 부조리극 등에서 자주 찾아볼 수 있다.

이름은 캐릭터에 대한 독자의 첫인상에 영향을 준다. 어떤 캐릭터는 이름만으로 그 민족 배경이나 성별, 나이를 짐작할 수 있다. 사실적인 이름을 붙임으로써 특정한 관습이나 세대의 특징을 떠올리게 할 수도 있다. 이름을 통해서 이 같은 기본정보를 드러내는 것은 자연스러울 것이다. 그러나 유행을 타거나 관습적인 것보다는 전통과 관습을 벗어난 이름이 미묘한 영향을 미친다.[49] 예를 들면 덜 대중적인 이름, 덜 남성적인 이름을 가진 남성, 덜 여성적인 이름을 가진 여성이 캐릭터로서 훨씬 많은 공란을 남긴다. 이름은 캐릭터를 식별하기 위한 것이지만 이런 기능과 관습을 의도적으로 거스름으로써 독립된 개인의 의미를 되묻게 할 수도 있다. 가브리엘 가르시아 마르케스의 〈백 년 동안의 고독〉의 명명법

이 바로 그렇다. 이 작품에 나오는 부엔디아 가문의 사람들에게는 호세, 아우렐리아노, 아르카디오, 우스술라, 레베카 등의 이름이 대를 이어서 반복해서 붙여진다. 이 때문에 독자들은 이 복잡한 가계를 구성하는 캐릭터들을 이름으로 식별하는 것이 매우 곤혹스럽다. 작가가 개개의 캐릭터를 혼동하도록 의도적으로 유사한 이름을 붙인 것은 복잡하고 혼란스러운 가계의 문제를 노출시키

그림 2.8 등장인물의 복잡한 가계도와 이름들을 모티프로 한 〈백 년의 고독〉 한국어본 표지

기 위해서라고 볼 수 있다.

2 │ 지배적 인상과 표식

임철우의 〈사평역〉은 간이역 대합실에서 막차를 기다리는 사람들 풍경을 그린 작품이다. 캐릭터에서 캐릭터로 초점이 이동하면서 각각 관찰한 바가 서술되기 때문에 외적 정보 외에 이름에 대한 정보는 없다. 대신 이들의 지배적인 인상을 드러내는 표식tag이 반복적으로 제시된다. 즉 역장, 쿨룩거리는 중늙은이, 노인의 아들인 30대 중반의 농부, 중년 사내, 청년, 미친 여자, 몸집이 큰 중년 여자, 바바리코트를 입은 처녀, 행상하

는 아낙네와 같은 표현이 그것이다. 초반에는 캐릭터의 이름이 아닌 이런 짧은 묘사가 식별의 표지가 된다. 이어서 이들 각각에 대한 짧은 스케치가 나온다. 이름도 모르는 캐릭터들에 부여된 지배적인 인상에 작은 정보들이 결합되는 것이다. 예를 들어 중년 사내에 대한 묘사를 보자.

그 곁에서 난로를 등진 채 불을 쬐고 있는 중년의 사내는 처음 보는 얼굴이다. 마흔은 넘었을까 싶은 사내는 싸구려 털실 모자에 때 묻은 구식 오버를 걸쳐 입었는데 첫눈에도 무척 음울해 뵈는 표정을 지니고 있다. 길게 자란 턱수염이며, 가무잡잡한 얼굴 그리고 유난히 번뜩이는 눈빛이 왠지 섬뜩하다. 오랜 세월을 햇볕 한 오라기 들지 않는 토굴 속에 갇혀 보낸 사람처럼 사내의 눈은 기묘한 광채마저 띠고 있다.[50]

'음울해 뵈는 표정', '길게 자란 턱수염', '유난히 번뜩이는 눈빛', '토굴 속에 갇혀 보낸 사람처럼' 같은 표현은 이 사내의 예사롭지 않은 과거를 짐작하게 한다. 이렇게 처음에 제시된 외모와 이에서 독자가 짐작해낸 것이 실제 그들의 과거사와 자연스럽게 연결된다. 사평댁과 춘심이를 제외하면 대부분은 끝까지 이름이 안 나온다. 이 작품처럼 캐릭터의 익명성 혹은 집단적 캐릭터를 강조할 경우, 지배적인 인상을 표현한 짧은 단어만으로 캐릭터를 구별하는 것이 가능하다.

장정일의 〈너에게 나를 보낸다〉에는 '바지 입은 여자'로 지칭되는 캐릭터가 나온다. 그녀는 표절시비로 위축된 소설가 '나'를 찾아와 소설 쓰기를 도우며 신분상승을 꿈꾼다. '바지 입은 여자'는 원래 공장노동자로 있을 때 바지만 입었기 때문에 이제는 짧은 치마만 입는다. 그러나 소설가 '나'가 그저 도색소설이나 쓰고 있다는 것을 알게 되자 '나'를 통해서

가 아니라 스스로 신분상승을 하기 위한 길을 찾는다.

> '바지 입은 여자'가 아무 언질 없이 야반도주를 하고 난 다음 국제 여관
> 은 반 폐업 상태에 빠졌고, 나는 술에 적셔진 채 세월을 보냈다. 그 광고감
> 독은 우리나라 대표적인 여성 내의 회사의 여성 내의 선전으로 큰 성공을
> 이룩한 중견감독으로 이번 여름에 새로 선보일 여성용 여름 내의 선전을
> 위해 모델을 구하고 있던 중이었는데 '바지 입은 여자'의 몸매는 물론이지
> 만 특히 그 엉덩이는 지금까지 감독이 찾아 헤매던 엉덩이였다. 그리고 그
> 녀의 엉덩이가 유명해지자 일류 청바지 회사들이 자기 광고에 그녀를 출연
> 시키기 위해 앞을 다투어 달려왔다. (…) '바지 입은 여자'는 서울에 입성한
> 지 세 달 만에 모델계와 영화계의 신데렐라로 부상했다.[51]

'바지 입은 여자'는 모델로 성공을 거두고, 서술자에 의해 비로소 정선
경이라는 이름으로 불린다. 주체성을 찾고 나서야 자기 이름으로 불리는
것이다. 그리고 이번에는 소설가이기를 포기한 '나', 한일남이 그녀에게
노동력을 제공하는 사람이 되기를 자처한다.

박경리의 〈토지〉에서도 의도적으로 캐릭터의 이름을 부르지 않고 지
배적인 인상으로 지칭하는 예를 찾아볼 수 있다. 최서희의 어머니는 별
당아씨로 불리지만, 구천에게는 '진달래꽃 여인'으로 불리며, 2부 초반에
새로 등장한 김거복이 변신한 후 한동안은 '검은 두루마기의 사내'로 지
칭되다가 마침내 김두수와 김거복, '검은 두루마기의 사내'가 동일인임이
등장인물과 독자에게 드러난다.

때로는 식별을 잘못된 방향으로 이끌거나 전략적으로 방해하거나 지
연시킴으로써 독자의 상상력을 자극하고 흥미를 유도할 수 있다. 잘못된
식별false identification은 앞서 등장한 캐릭터가 식별되었으나 나중에 실은 어

캐릭터, 이야기 속의 인간

떤 다른 캐릭터를 지시했던 것으로 밝혀지는 경우에 발생한다. 방해된 식별impeded identification은 어떤 특정 캐릭터를 분명하게 지칭하지 않고, 캐릭터에 대한 명확한 언급이 텍스트에 나타나지 않는 것이다. 지연된 식별deferred identification은 식별되지 않고 모호한 채로 있던 캐릭터의 정체를 독자가 최종적으로는 식별할 수 있는 경우를 말한다. 이 지연된 식별은 캐릭터가 어둠 속에 유폐되어 있음을 독자들이 알 수 있는 명시적 형태covert form와 그렇지 못한 은밀한 형태overt form로 나눌 수 있다.[52]

지연된 식별의 사례로 영화 〈스타워즈〉 시리즈에서 다스 베이더가 주인공 루크 스카이워커의 아버지임이 밝혀지는 장면을 들 수 있다. 다스 베이더는 줄곧 가면을 쓰고 등장하므로 관객은 그의 정체가 어둠 속에 가려져 있음을 알 수 있다는 점에서 지연된 식별의 '명시적 형태'라 할 수 있다. 또 영화 〈식스 센스〉에서 아동 심리학자인 말콤 크로우는 영화의 결말 무렵에야 자신이 망자임을 인지한다. 관객 역시 그 시점에 이르러서야 그가 영화 초반에 이미 총을 맞고 죽었으며, 그가 내담자로 인식한 '유령을 보는 소년' 콜 세어와의 관계로 인해 서사 내내 그 정체가 식별되지 못했음을 뒤늦게 깨닫는다. 즉, 관객이 그 캐릭터 정체가 어둠 속에 숨겨져 있다는 사실조차 최종 국면에 이르기 전까지는 알 수 없었다는 점에서 지연된 식별의 '은밀한 형태'라고 할 수 있다.

3 | 극화된 서술자 '나'

소설장르에서 정보를 전달하는 존재와 캐릭터 그 자체를 구별하여 이해하는 것이 중요하다. 극이나 영화, 드라마에서는 캐릭터에 대한 정보가 직접 제시되지만, 소설에서 캐릭터에 대한 정보는 서술자의 중개에 의해 전달된다. 서술자는 이야기 속의 인물과 상황 등을 평가하는 사람이기도 하고, 민감하게 지각하는 사람이기도 하며, 관찰하여 말하는 존재이기도 하다. 그리고 작가에 의해 설정된 허구세계 내의 다른 존재일 수도 있다. 그리하여 독자는 '관찰하는 정신'이라는 매개(중개자)를 통해서만 세계를 인식한다.[53]

이 중개자는 한마디로 정보의 저장고이다. 중개자는 서술하는 목소리이자 서술 세계의 텍스트적 시각으로서 '숨은 서술자'가 된다. 그러나 어떤 조건에서는 하나의 형상과 속성을 가지고 작품의 캐릭터로 등장하는 '드러난 서술자'가 된다. 전자의 경우는 신체도 없고 캐릭터로 구현되지도 않는 텍스트의 음성이나 의사소통적 위치로만 존재한다. 그러나 후자의 경우엔 완전한 신체와 속성을 지닌 식별된 캐릭터로서 허구세계 내의 존재이자 서술적 대리인이 된다. 후자처럼 허구세계의 캐릭터이면서 서술의 주체가 되는 서술자를 '극화된 서술자'라고 부른다. 극화된 서술자는 자신을 '나'로 지칭하는 1인칭 서술자 캐릭터이다. '나'로서 자신을 인지하려면 이야기 속에서 인식하는 주체이자 그럴 수 있는 육체적 존재, 또 장소를 차지하고 있어야 한다.[54] 이 서술자는 허구세계 내에서 다른 캐릭터와 관계를 맺고 있으면서 이들에 대한 정보를 제공한다. 곧 독자는 이 인격적 존재인 '나'를 통하지 않고 소설 속의 각 캐릭터에 대한 정보와 특성을 알 방법이 없다.

자기 이야기: 과거와 현재의 거리 혹은 자기 소외

극화된 서술자가 자신에 대한 이야기를 하는 소설에서는 현재 이야기를 하는 '나'와 이야기되는 존재인 '나' 사이의 관계가 이야기의 핵심이다. 이때 이야기의 과정은 대개 성찰과 반성적 행위로 이어진다. '극화된

캐릭터, 이야기 속의 인간

서술자'에 서술의 초점이 놓여 있기 때문에 한 사람의 내면을 중심으로 통일성이 생긴다. 또 주인공의 내면을 직접 제시하는 듯한 효과로 독자에게 인물에 대한 신뢰를 심어주고 친근감도 줄 수 있다. 주로 심리소설, 일기체나 서간체 소설 등에 '나'에 대해 이야기하는 주동적 캐릭터가 많이 나타난다.

이런 소설에서는 보통 '현재의 나'가 '과거의 나'에 대해 회상하고 이야기하는 서술방법을 선택하게 된다. 이를 서술적 자아와 경험적 자아로 구별하여 말한다. 이때, 반성적인 행위를 하는 서술적 자아와 그 대상이 되는 경험적 자아 사이의 인식론적 구별은 서술적 위치에 의해 언어적으로 구체화된다. 여기서 이중적 존재로서의 '나'가 모습을 드러낸다. 서술된 자기 자신의 과거 양상이나 위상을 자신의 것이 아닌 것으로 간주함으로써 자기 소외가 생길 수도 있다. 또 과거의 어떤 사실에 대해 자기 고백과 자기변호의 심리를 보일 때도 있다. 거울 속의 자신을 타인으로 취급하는 경우처럼 심지어 자신의 신체적 양상과 관련해서도 자기 소외가 생겨난다.[55] 1인칭 주인공 서술은 보통 현재의 나와 과거의 나의 통합된 자아를 보여주는 것으로 이해되지만, 이처럼 그 통합 이면의 거리와 자기 소외의 문제도 반드시 살펴보아야 한다. 서술적 자아에 의해 선택된 요소와 선택되지 않은 요소들에 대한 간극을 캐릭터의 창조와 분석에서 유의해볼 필요가 있는 것이다.

믿을 수 없는 서술자와 캐릭터

소설을 읽을 때 독자는 서술자가 전달하는 말 이외에 어떤 정보도 얻을 수 없다. 서술자가 제시하는 정보와 이야기의 선을 따라서 내용을 이해하는 수밖에 없다. 서술자의 말을 믿지 못하면 이야기의 내용에 몰입할 수도 없다. 서술자의 서술이나 스토리에 대한 논평이 전체 이야기에 대한 신뢰할 만한 설명이라고 독자가 받아들일 수 있을 때 그 서술자를 '믿을 수 있는 서술자reliable narrator'라고 부른다.

대부분의 서술자는 독자가 믿을 수 있는 존재이며, 대체로 작가의 대리인으로서 주제로 이끈다. 그러나 그 서술자가 소설 내의 캐릭터, 곧 극화된 서술자라면 문제가 달라진다. '나'와 다른 캐릭터의 관계에 의해서, 즉 지적·정서적·심리적 거리 때문에 제한되거나 잘못된 정보가 서술될 수 있고 심지어 왜곡된 견해가 덧보태질 수 있다. 이렇게 서술자가 객관적인 사실을 왜곡시키고 근거 없이 부정적인 서술을 한다면 독자는 서술자가 제시하는 정보나 논평에 의혹을 가질 수밖에 없다. 특히 극화된 서술자의 부정적인 인격과 태도[56]가 드러나고 다른 캐릭터와의 이해관계에 문제가 있고 제시된 정보가 상치된다는 것을 인지하는 순간, 서술자가 한 모든 이야기가 의심의 대상이 된다. 서술자를 믿을 수 없게 되어 서술자의 서술을 괄호 속에 넣거나 뒤집어 해석해야 하는 국면에 처하는 것이다.

채만식의 풍자소설 〈치숙〉을 예로 들어보자. 이 작품은 무능한 인텔리의 비극을 그린 지식인 소설로서, 생활로부터 유리되어 방황하는 지식인들에게 그들의 이데올로기마저 힘이 되지 못하는 상황의 논리를 역설적으로 그리고 있다. 청자를 앞에 두고 이야기하는 것처럼 설정하여 경어체를 쓰는 '대화체'로 되어 있고, 작품 내의 인물이지만 외부에 위치하여 독자에게 자신의 이야기를 편집하여 서술한다.

서술자인 '나'는 일제 강점기 평범한 서민으로서 사회주의 운동을 하는 아저씨에 대한 자신의 생각을 서술한다. 순박하지만 무식한 조카인 '나'는 아저씨를 세상에 해독을 끼치는 무능력자로 묘사하고 거듭해서 비

캐릭터, 이야기 속의 인간

판을 퍼붓는다. 아저씨는 일본에 가서 유학까지 했지만 가장으로서 생활력도 없고 무능력하며 감옥에 갔다 와 병까지 든 데다 조강지처를 두고 신여성과 살림까지 차린 한심한 인간이다. 반면 '나'는 어린 나이에도 먹고 살 길을 스스로 마련하고 열심히 일하여 일본인 주인의 신망을 얻었으며, 장차 내지인 여성과 결혼할 꿈에 부풀어 있다. 나는 어느 모로 보나 유학까지 다녀온 아저씨보다 훨씬 뛰어난 인간이라고 자부하고 있다. 이런 태도는 다음 대화에 잘 드러나 있다.

> "아저씨가 여기다가 경제 무어라구 쓰구 또, 사회 무어라고 썼는데, 그러면 그게 경제를 하란 뜻이요, 사회주의를 하라는 뜻이요?"
> "뭐?"
> 못 알아듣고 뚜릿뚜릿해요. 자기가 쓰고도 오래 돼서 다아 잊어버렸거나 혹시 내가 말을 너무 까다롭게 내기 때문에 섬뻑 대답이 안 나왔거나 그랬겠지요. 그래 다시 조곤조곤 따졌지요.
> (…)
> "아니, 그렇다면 아저씨 대학교 잘못 다녔소. 경제 못하는 경제학 공부를 오년이나 했으니 그게 무어란 말이오? 아저씨가 대학교까지 다니면서 경제 공부를 하구두 왜 돈 못 모으나 했더니, 인제 보니깐 공부를 잘못해서 그랬군요!"
> "공부를 잘못했다? 허허, 그랬을는지도 모르겠다. 옳다, 네 말이 옳아!"
> 이거 봐요 글쎄. 단박 꼼짝 못하잖나. 암만 대학교를 다니고, 속에는 육조를 배포했어도 그렇다니깐 글쎄…….[57]

'나'는 경제학을 공부한 아저씨의 글을 제대로 읽어내지도 못하면서 아저씨의 무능함에 대해 학문적인 반박을 하고사 한다. 나는 자신의 빈

약한 교양이나 잘못된 가치관, 왜곡된 지식 정보에 대해 자각하지 못하며, 나의 비판을 자조적으로 받아들이는 아저씨의 태도를 오해할 정도로 단순하다. 곧 이 대화를 통해 '나'는 일제에 편승하여 속된 욕망을 채우려는 무지한 출세지향형의 캐릭터임이, 아저씨는 일제 파시즘에 대항하여 비순응적인 태도를 끝까지 견지하는 순수이념형 캐릭터임이 서서히 드러난다. 따라서 아저씨에 대한 '나'의 비난은 나에 대한 정보가 서술되면서 점차 힘을 잃고, 급기야 '나'의 이기적이고 현실적인 욕망에 의해 해석이 뒤집힌다. 이 둘의 가치 대립과 심리적·정서적·지적 거리가 서술자의 정보와 어조의 불일치로부터 유추되어 '나'가 믿을 수 없는 서술자임이 밝혀지는 순간, 이야기의 의미는 정반대를 향한다.

4. 캐릭터 구성의 원칙과 방법

캐릭터를 구성하는 오래된 방법은 캐릭터의 특성을 먼저 정하고 이대로 진행하는 것이었다. 마치 극의 해설부에 등장인물 소개를 하고 시작하듯, 작품의 서두에 캐릭터의 특성을 전부 서술해놓고 이에 따라 이야기를 진행하는 것이다. 당연히 고정된 캐릭터에 대한 요약적인 서술이 말하기 방식으로 제시된다. 그러나 점차 플롯구조가 쇠퇴하면서 판에 박힌 듯한 캐릭터 구성방식도 쇠퇴하였다. 이후 이야기 전개에 따라 캐릭터의 특성이 서서히 드러나게 하는 방법이 나타났다. 독자가 직접 캐릭터의 특성을 추측하도록 극적으로 제시하는 방식이 선호되었다. 또 캐릭터의 내적 체험을 보여주기 위해 내면을 재현하는 방식도 나타났다. 이렇게 캐릭터의 구성 방법이 변화한 것은, "인간의 성격이 실제적으로 변

캐릭터, 이야기 속의 인간

화했기 때문이 아니라 그것을 재현하는 소설적 규약 내지 관습이 교체되고 변동된 결과"[58]라 할 수 있다. 이 절에서는 그간 논의되어온 캐릭터 구성에 대한 다양한 방법과 그 한계를 정리해보기로 하겠다.

1 │ 캐릭터 구성의 기본 원칙

작가들은 보통 캐릭터를 어떻게 구성할까? 캐릭터를 형상화하기 위해 누구나 떠올리고 기대할 만한 것, 서사적 소통을 위한 최소한의 관습적 규칙이라는 것은 없는가? 서구의 서사론에 막강한 영향을 미친 아리스토텔레스의 《시학》에서 우선 이런 원칙의 일부를 찾아볼 수 있다. 그는 캐릭터의 구성을 4가지 차원으로 구분하여 제시하였는데, 이 중 몇 가지 설명은 여성에 대한 심각한 폄하를 담고 있어 인용하기에 적절하지 않다.[59] 대신 채트먼이 하디슨Hardison의 해설을 빌려서 정리한 내용을 보자.

아리스토텔레스는 성격창조를 네 차원으로 구분한다. 첫째는 크레스톤chreston이며 이미 선함의 개념으로 논의한 바 있다. 둘째는 하르모톤harmotton이다. 이것은 하디슨에 의하면 '[등장인물들의] 특징들이 더욱 세세하게, 그리고 그들의 행위와 (반드시 혹은 아마도) 관련된 방식으로 묘사되는 [고유한] 특성들'이다. 호모이오스homoios라는 성격화의 셋째 윤리를 소개하는 데는 어려움이 있지만 보통은 유사함like으로 번역된다. 하디슨은 이것을 '개별화된 인물과 같음like on individual', 다시 말해서 '전반적인 윤곽을 불명료하게 하지 않고 매끄럽게 해주는 특질'로 표현한다. 그리스 비극과 같이 고도의 전통주의적 예술 형식에서 이러한 '유사함'이란 자연이나 살아있는 것들을 똑같게 복사함을 뜻하지는 않는다. 예를 들면, '아가멤논'을 묘사할 때 시인은 진실싱의 아가멤논과 진통직으로 연관된 '유사한' 특성들을 사용해야 한다. 네 번째는 호마론homaron 또는 일관성consistency이다. 즉 '연극의 끝부분에서 대화에 의해 드러나는 특성은 서두 부분의 대화에 의해 드러난 특성과 같은 종류이어야 한다'는 것이다.[60]

이 중 크레스톤, 곧 선함은 철학자로서 아리스토텔레스의 윤리관을 반영한 것이다. 그는 캐릭터의 성격이 인간성의 보편적인 차원에서 윤리적 목적에 부합해야 한다고 여겼고, 이런 목적이 캐릭터의 신분, 곧 고귀함과 천함에 연결된다고 생각했다. 그러나 이런 윤리적인 요소는 근대적인 자아 개념에 의한 캐릭터를 설명해주지는 못한다. 그러나 나머지의 기준, 캐릭터의 행동이 고유의 특성을 드러내도록 한다든가, 실제세계의 모사는 아니나 이에서 크게 벗어나지도 않는 그럴듯한 형상화, 서사미학에서 모든 요소에 해당되는 일관성은 그간 지속적으로 연구되고 지적되어온 캐릭터 형상화의 중요한 원칙을 포함하고 있다. 이를 바탕으로 캐릭터 구성을 위한 몇 가지 원칙에 대해서 생각해보기로 하자.

응집성과 일관성

캐릭터가 주의를 끌려면 수용자의 공감이나 감정적 일치를 이끌어내야 한다. 즉 진짜처럼 모든 요소들이 자연스럽게 어울리게 하는 응집성이 있어야 한다.[61] 때로 '성격'이라는 용어를 캐릭터를 가리키는 대명사처럼 사용하기도 하는 것은 그것이 한 인간을 가리키는 고정되고 일관된 어떤 특징이라고 생각되기 때문이다.[62] 적어도 한 서사작품 내에서 특별한 이유 없이 캐릭터의 요소가 바뀌어서는 곤란하다. 인종을 포함한 신체적인 요소나 가족관계 같은 타고난 환경은 상식적으로 처음과 끝이 같아야 한다. 바뀔 수 없기 때문에, '뒤바뀐 아이' '출생의 비밀'과 같은 모

캐릭터, 이야기 속의 인간

티프가 자주 나타나는 것이다. 작가의 실수에 의해 이름이 바뀌거나 시점이나 관계가 바뀐다면 서사를 이해하는 데 큰 혼동을 줄 것이다. 의도적으로 식별을 방해하거나 지연시키는 전략을 구사한 것이 아니라면, 마지막 부분의 특성이 처음에 나타난 특성과 일관성이 있어야 한다.

세상살이와 마찬가지로 캐릭터에게도 변화를 만들어낼 계기가 있다. 상처를 받거나 관계가 파괴되거나 성찰을 통해 깨달음을 얻거나 하여 개인의 도덕적 자질이나 가치관이 바뀌는 일이 있다. 인간의 욕망과 환경의 변화에 따라 취향이나 사회적 태도도 얼마든지 변할 수 있다. 근대 이후 이러한 변화하고 발전하는 캐릭터가 주목받고 있음은 굳이 강조하지 않아도 될 것이다. 중요한 것은 이러한 변화도 서사의 큰 틀에서 일관성을 유지하면서 일어나야 한다는 것이다.

한 작품의 자격을 따져 보는 확실한 방법은 인물의 동기와 행위가 일관성이 있는지 살피는 일일 것이다. 훌륭한 작가들은 이상하고도 기묘하고 때로는 확실히 자기모순처럼 보이는 인간성의 여러 가지 경우를 일관성 있게 표현할 수 있다. 이것이야말로 바로 소설이 갖는 가장 중요한 가치이다.[63]

브룩스와 워렌의 언급처럼 자기모순처럼 보이는 여러 가지 요소들을 큰 틀에서 일관성 있게 표현하는 것은 작품의 자격을 따져보는 확실한 방법이 될 정도로 중요하다.

어울림 혹은 그럴듯함

캐릭터는 허구세계에 조성된 환경, 설정된 사회의 규범과 질서에 맞추어 살아간다. 이런 환경이나 조건에 인물의 외양과 태도, 기질과 인격, 감정과 정서, 이념 등은 어울려야 한다. 또 독자들이 믿고 따라갈 수 있도록 인격의 요소와 행동이 일치해야 한다. 지식인이라면 선택하는 어휘와 태도에서 지적인 요소가 드러나야 할 것이며, 노인이라면 노화된 육체와 지나간 세대의 습관 등이 그려져야 그럴듯한 느낌을 줄 것이다. 역사상의 어떤 인물에 대한 묘사라면 기록에 근거한 특성이 나타나야 한다. 이순신 장군이 여성으로 형상화되거나 한글 창제에 참여했다거나 하는 근거 없는 왜곡이 있어서는 곤란하다. 물론 허구성을 강조하는 환상적인 역사물이라면 어떤 가정도 이야깃거리가 되지만, 상식적인 선에서 어울리는 캐릭터 구성이 이루어져야 한다.

박경리의 〈토지〉에서 길상은 처음에 부모도 모르는 고아로 절에서 데려온 아이, 서희에게 '등신 같은 종놈'이라 불리는 최씨 집안의 하인이다. 그러나 함께 간도로 떠난 후 주인 아가씨인 최서희와 결혼하게 된다. 길상이 특별한 교육이나 능력을 인정받는 사건 없이 신분차를 넘어서 결혼하는 이야기에 개연성을 부여하기 위해 작가는 무척 공을 들인다. 2부에서 청년이 된 길상은 자주 다음처럼 묘사된다.

"에구망이나! 나도 한분 봅세!"
"잘으 생깄궁, 헌헌장부으 앙이겠는가?"
"어느 에미나이가 저 총각으 꽉 잡을랑가 모릅지."
북새통에 거리를 나돌던 처녀아이들의 수군거리는 목소리가 들려온다. (…) 길상이 비록 하인의 신분일망정 준수한 외모와 침착한 행동거지, 학식도 녹록잖게 들었다는 점에서도 좋게 생각들 하는 것 같았다. 자연 혼담이 생기고 유복한 집안에서 딸을 주겠다고 자청해오기도 했다.[64]

부모 없이 자라 최참판가의 하인이 되었지만, 청년이 된 길상은 많은 사람들에게 호감을 얻고, 함께 일하는 일꾼들이 사이를 트지 못힐 만큼 불편을 느끼고 주눅이 들게도 한다. 그뿐만 아니라, 2부 이후에는 길상에게 초점화하여 삶의 문제에 대해 자주 성찰하고 올바른 판단을 내리기 위해 갈등하는 모습을 삽입해 그가 주제적 캐릭터의 자격을 갖추고 있음을 보여준다. 영리한 서희조차 그의 판단을 신뢰하며 의지하게 되는 사건을 그려넣어 그들의 결혼에 개연성을 부여한다. 결국 작품의 마지막에 이를 때까지 길상은 서희가 민족독립을 위해 은밀히 협조하고 진정한 사랑을 깨닫게 하는 정신적인 버팀목이 되어준다.

겹치기 효과[65]

캐릭터의 구성요소가 모두 다 작품에 드러날 필요는 없다. 서사를 구성하고 주제를 전달하는 데 필요한 만큼이면 된다. 이때 캐릭터의 대표적인 특성을 제시하고 이를 뒷받침하기 위한 작은 특성들을 추가하는 것이 효과적이다. 이런 겹치기에 의해 캐릭터의 성격은 점차 구체적으로 드러나고 마지막에 완전한 그림이 그려진다. 중요한 것은 겹쳐지는 순서와 내용이다. 지배적인 특성을 뒷받침하는 세부내용이 겹쳐져서 특성이 강화될 수도 있고, 반대로 지배적인 특성과는 대조되는 세부사항이 겹쳐지면서 캐릭터를 다른 국면으로 발전시키기도 한다.

김동인의 〈감자〉는 복녀에 대한 직접 제시에서 시작된다. "원래 가난은 하나마 정직한 농가에서 규칙 있게 자라난 처녀"라는 것, "마음속에는 막연하나마 도덕이라는 것에 대한 저품"을 가지고 있다는 것이 초반부터 강조되는 복녀의 특성이다.

그림 2.9 김동인의 동명소설을 영화화한 변장호 감독의 〈감자〉(1987)의 한 장면

복녀는 열아홉 살이었었다. 얼굴도 그만하면 빤빤하였다. 그 동리 여인들의 보통 하는 일을 본받아서 그도 돈벌이 좀 잘하는 사람의 집에라도 간간 찾아가면 매일 오륙십 전은 벌 수가 있었지만, 선비의 집안에서 자라난 그는 그런 일은 할 수가 없었다.[66]

선비의 집안에서 자라난 까닭에 함부로 몸을 파는 일을 할 수 없다는 것이 복녀를 설명하는 '중요한 특성'이다 그러나 이 부분에서 복녀가 젊고 예쁘다는 보조적인 특성이 제시된다. 동리 여인들이 보기에 몸을 팔아 돈을 벌기에 매우 유리한 상황이며, 몸을 파는 것이 주변인들에게 "보통 하는 일"이 된 현실이 복녀를 흔든다. 여기에 남편의 게으름과 몰염치함까지 합세하여 결국 복녀의 변화를 이끌어낸다. 이렇게 복녀는 게으르고 가난한 남편과의 결혼으로 "도덕이라는 것에 대한 저품"을 잃고 죽게 된다.

구성요소의 모순과 충돌, 공란 남기기

시작 부분에 제시된 캐릭터의 특성과는 부합하지 않는 다른 특성이 지속적으로 추가되는 경우가 있다. 이런 충돌과 모순은 독자와 관객의 주의를 집중시킨다. 분명한 개성을 제시하여 고정시키기보다는 서사 진

행에 따라 모순적인 요소, 수많은 목소리가 함께 나타나 독자를 긴장시키고 캐릭터가 살아 움직이게 하는 것이다. 앤드류 호튼은 이를 '케릭터의 카니발성'이라고 부르며 역동적인 캐릭터의 창조가 오히려 인간에 대한 깊이 있는 성찰에 이르게 한다고 보고 있다.[67]

로버트 맥키의 '햄릿' 분석은 모순되는 요소의 제시가 캐릭터 창조에서 얼마나 중요한지 구체적으로 알려준다.

> 그는 종교적인 인물로 보이지만 이내 신을 모독한다. 오필리아에게는 처음에 애정이 깊고 다정한 사람이더니 나중에는 냉담하고 가학적이기까지 하다. 그는 용감한 한편으로 겁쟁이다. 어떨 때는 차분하고 신중하지만 누군지도 모르면서 커튼 뒤에 숨은 사람을 칼로 찌를 때 보면 충동적이고 성급하다. 햄릿은 무자비하면서 인정이 많고 긍지와 자기 연민을 함께 가지고 있고 재치 있으면서 슬픔에 잠겨있고 지친 한편으로 활력이 있고 명쾌하면서 혼란스럽고 제정신이면서 미친 인물이다. 그는 순수한 세속성과 세속적인 순수함을 함께 지니고 있다. 상상 가능한 거의 모든 인간의 성질들이 그의 안에 모순으로 살아 있다.[68]

한 캐릭터에 다양한 모순이 발견되면 쉽게 파악하기 어렵다. 따라서 독자는 한층 몰입하고 집중할 수밖에 없다. 상상한 것이 적중할 때까지, 관습적인 요소에 따라 자연히 파악할 수 있을 때까지 관찰은 지속되기 때문이다.

캐릭터의 모든 것이 다 설명되어야 캐릭터가 복잡한 내면을 가졌음을 알 수 있는 것은 아니다. 말하지 않고 남겨두고 열어둔 부분으로부터 캐릭터는 생명을 얻는다. 〈위대한 개츠비〉의 주인공 개츠비는 사랑하는 데이지를 잃은 후, 그녀를 다시 차지하기 위해 엄청난 부를 축적한다. 그러나 결국 주류사회로 편입하는 데 실패하고 데이지의 잘못을 뒤집어쓴 채 피살당한다. 이 작품에서 개츠비는 비천한 가문 출신이라는 태생적 문제를 가지고 미국의 백인상류사회에 입성하려는 욕망을 지닌 캐릭터 모델이다. 이 작품에 대한 한 논문은 개츠비가 '백인 행세를 한 흑인'이라고 주장한다. 피츠제럴드F. Scott Fitzgerald가 창조해낼 때만 해도 흑인을 염두에 둔 캐릭터였는데, 1974년 로버트 레드포드가 출연한 영화 이후로 전형적인 백인으로 고착화됐다는 것이다.[69] 피츠제럴드는 주인공의 인종적 특성을 공란으로 둠으로써 20세기 초반 미국 사회의 문제를 훨씬 다각적으로 비춰볼 수 있게 한 것이다.

이처럼 캐릭터에 대한 핵심체험과 특성을 제시하면서도 접근할 수 없는 부분, 완벽하게 알 수도 설명되지도 않는 영역을 남겨두는 것이 중요하다. 호튼의 말대로 "우리 가운데 아무도 우리 자신을 포함해 어느 누구도 완전하게는 모른다"는 것을 암시하는 것이다.[70] 따라서 서사의 마지막이 작가가 준비한 대답이 아니라 질문이 될 때 캐릭터는 성공적으로 형상화되었다고 할 수 있다.

균형과 형평성

특별한 의도가 없다면 캐릭터에 대한 정보는 상식적이고 관습적인 선에서 해석될 수 있게 제시된다. 논증적인 글과 마찬가지로 허구적 서사에서도 캐릭터에 대해 객관적으로 관찰된 결과라는 느낌을 줌으로써 설득력을 높일 수 있기 때문이다. 19세기 이후 많은 소설가들은 이것을 위해 서술자를 숨기고 적절한 전략을 세우거나 거리를 조정하는 일에 몰두해왔다. 등장하는 캐릭터 전체에 대한 서술의 형평성도 중요하다. 특정 캐릭터에 대해 공을 들이는 만큼 군소인물의 형상화도 소홀히 하면 곤란하다. 다만 군소인물을 다룰 때 직유와 은유의 사용은 가능한 삼가는 것이 좋다.

캐릭터의 특성을 초반에 너무 한꺼번에 상세하게 많은 것을 제시하면 독자가 다 기억할 수 없다. 앞서 설명했듯 뚜렷한 이미지는 주되 서서히 겹쳐서 그리는 것이 효과적이다. 물론 한 캐릭터에 대한 서술로 일관되는 서사라면 적절한 반복과 상세한 설명을 덧보태는 수준이 적절하다. 그러나 어느 경우라도 이야기를 중단시켜 자연스러운 전개를 방해할 정도로 긴 신체묘사는 피하는 것이 좋다.[71]

2 | 직접 제시와 간접 제시, 내적 독백

캐릭터의 특성을 제시하는 가장 고전적이고 대표적인 방식은 직접 제시와 간접 제시이다. 직접 제시는 서술자가 직접 캐릭터의 기질적 특성과 평가의 내용을 전달하는 '말하기telling'의 방법이고, 간접 제시는 독자로 하여금 캐릭터의 기질이나 행동의 동기, 사고방식 등을 추측하도록 캐릭터의 외적인 행동과 모습 등을 '보여주기showing' 방법이다.

직접 제시

작가가 서술자의 목소리를 통해 캐릭터의 용모라든가 장소, 행동을 알리거나, 경우에 따라서는 보다 적극적으로 입장을 드러내어 서술하는 것을 직접 제시, 말하기라고 한다. 다음은 전영택의 단편소설 〈화수분〉의 앞부분이다. 극중 서술자인 '나'는 행랑채에 사는 아범과 그 가족에 내해서 상세하게 서술한나.

아범은 금년 구월에 그 아내와 어린 계집애 둘을 데리고 우리 집 행랑방에 들었다. 나이는 한 서른 살쯤 먹어 보이고, 머리에 상투가 그냥 달라붙어 있고, 키가 늘씬하고 얼굴은 기름하고 누르퉁퉁하고, 눈은 좀 큰데 사람이 퍽 순하고 착해 보였다. 주인을 보면 어느 때든지 그 방에서 고달픈 몸으로 밥을 먹다가도 얼른 일어나서 허리를 굽혀 절한다. 나는 그것이 너무 미안해서 그러지 말라고 이르려고 하면서 늘 그냥 지냈다. 그 아내는 키가 자그마하고 몸이 똥똥하고, 이마가 좁고, 항상 입을 다물고 아무 말이 없다. 적은 돈은 회계할 줄 알아도 '원'이나 '백 냥' 넘는 돈은 회계할 줄 모른다.

(…)

그들에게는 지금 입고 있는 단벌 홑옷과 조그만 냄비 하나밖에 아무것도 없다. 세간도 없고, 물론 입을 옷도 없고 덮을 이부자리도 없고, 밥 담아 먹을 그릇도 없고 밥 먹을 숟가락 한 개가 없다. 있는 것이라고는 보기 싫게 생긴 딸 둘과 작은애를 업는 홑누더기와 띠, 아범이 벌이하는 지게가 하나 – 이것뿐이다. (…)

아홉 살 먹은 큰 계집애는 몸이 좀 똥똥하고 얼굴은 컴컴한데, 이마는 어미 닮아서 좁고, 볼은 아비 닮아서 축 늘어졌다. 그리고 이르는 말은 하나도 듣는 법이 없다. 그 어미가 아무리 욕하고 때리고 하여도 볼만 부어서 까딱없다. 도리어 어미를 욕한다. 꼭 서서 어미보고 눈을 부르대고 '조 깍쟁이가 왜 야단이야' 하고 욕을 한다.[72]

서술자인 '나'는 아범(화수분)의 나이와 외양, 기질은 물론, 그 아내의 몸집과 지적 능력, 두 딸의 외모와 성정까지 세세하게 설명한다. 그들이 소유하고 있는 것은 아무것도 없다. 세간도 옷도 이부자리도 그릇도 없이 그저 먹이고 입혀야 할 두 딸이 있을 뿐이라는, 냉정하기 그지없는 이

캐릭터, 이야기 속의 인간

서술은 화수분 가족의 불행을 더욱 강조하는 효과를 준다. 결국 이 가난 때문에 그들 부부는 얼어 죽고 말지만, 그들의 희생으로 어린 딸은 살아 남는다.

위에서 확인할 수 있는 것처럼 작가(화자)가 서사적 정보를 권위적으로 지배하고자 할 때 사용하는 기법이 바로 말하기이다. 이 기법은 독자의 반응을 능률적으로 통어할 수 있고 장황한 사건을 요약함으로써 서술의 속도를 조절할 수 있다. 그러나 실제 생활에 필적하는 강렬한 장면을 제시할 때는 적합하지 않다.

간접 제시

간접 제시는 극적 제시, 장면적 서술이라고도 부른다. 관객이 작가의 주석이나 논평을 직접 듣지 못하는 상태에서 그저 무대 위에서 직접 제시되는 대로 이해하도록 하는 극의 방법과 유사하기 때문이다.

하성란의 〈곰팡이꽃〉에는 캐릭터의 취향과 내면을 간접적으로 찾아내는 엉뚱하고도 낯선 방식이 나타난다. 이 작품의 주인물은 쓰레기를 뒤지는 남자이다. 어느 날 쓰레기 종량제 사건으로 충격을 받은 남자는 같은 아파트에 사는 사람들의 쓰레기를 집으로 가져와 관찰하기 시작한다. 쓰레기는 정밀한 카메라의 눈으로 확대되어 타인에 대한 정보를 토해낸다. 남자는 쓰레기의 내용물을 파악하여 개개인의 취미와

그림 2.10 2004년 KBS TV문학관에서 영상화되어 방영된 하성란의 〈곰팡이꽃〉 중 한 장면

나이, 가족 관계 등을 정리하고 이를 수첩에 꼼꼼하게 적어놓는다.

　남자는 쓰레기봉투를 벌리고 쓰레기들을 집어 올린다. 녹차의 티백 찌꺼기와 두꺼운 오렌지 껍질, 다이어트 코카콜라, 모두 다 저열량의 음식들뿐이다. 돌돌 말린 비닐팩을 들어낸다. 미모사향의 섬유 유연제다. 미끌미끌하게 썩은 밥풀들이 달라붙어 있지만 시큼한 악취 가운데서도 비닐팩에서는 상큼한 향기가 난다. 남자가 복도에서 맡았던 그 냄새다. 쓰레기봉투 맨 밑바닥에 손도 대지 않은 생크림 케이크가 문드러져 있다. 하얀 우윳빛 생크림이 군데군데 벗겨진 사이로 포도 시럽이 잔뜩 발린 삼단 케이크가 드러나 있다. 그 위에 하늘하늘하게 곰팡이꽃이 피어 있다. 체리가 얹혔던 자리에는 생크림 위에 붉은 테두리가 남아 있을 뿐이다. 여자는 체리와 파인애플, 귤만 골라 먹은 것 같다. 아스피린 포장지, 작은 쪽지 하나도 꼼꼼히 펼쳐본다. 구례행 무궁화호 열차표 한 장. 지리산을 종주하고 있는 여자의 뒷모습이 떠오른다. 여자가 신은 노란 양말에 흙물이 밴다. 전화번호로 생각되는 일곱 자리 숫자들이 적힌 쪽지. 연체된 호출기 요금청구서가 들어 있다. 생크림을 닦아내자 여자의 이름과 호출기 번호가 드러난다. 최지애. 012-343-7890.[73]

　그는 아파트에 살고 있는 사람들의 취향을 환히 꿰뚫고 있다. 쓰레기야 말로 숨은그림찾기의 모범답안, 진실이라고 믿는다. 살을 잘 발라먹은 한 움큼의 닭뼈는 "손이 여러 번 가는 음식을 마다 않는 바지런한 여자"의 것이고, 왼손 고무장갑과 긴 머리카락, 쿨담배가 버려지면 "왼손잡이이고 머리카락이 긴 여자거나 혹은 장발의 남자"로 추론하는 식이다. 그는 섬유유연제와 슬리퍼를 통해 최지애라는 여자가 옆집에 살고 있다는 것을 알게 되고, 저열량의 음식과 버려진 케이크, 구례행 무궁화

표를 통해서 바다보다 산을 좋아하고 다이어트를 하고 있다고 추측한다. 하지만 그녀를 좋아하는 사내는 그녀가 바다를 좋아한다고 믿고 있고 생크림 케이크를 선물하며, 육중한 몸집을 가졌다. 그들의 결별은 남자가 보기에 당연하다. 모든 진실은 쓰레기에 있으므로.

쓰레기 뒤지기 모티프는, 작가도 밝혔듯, '가볼러지garbology'라는 사회학 연구방법에서 아이디어를 가져온 것이다. 가볼러지는 쓰레기장을 조사하여 그 지역에 사는 사람들의 생활 실태를 알아보는 연구방법이다. 이렇게 이 작품은 드러나지 않고 버려진 물건에 개인의 정체성과 취향, 현실의 문제를 알려주는 증거가 있음을 매우 세밀하게 추적하여 보여주고 있다. 또 주인공의 꼼꼼한 관찰과 치밀한 추론은 사람을 직접 만나지 않고도 사물을 통해 파악하는 재미도 준다. 허구의 내용이지만 캐릭터를 간접적으로 제시하는 방법에 대해 생각하게 한다.

권위 있는 서술자가 인물의 외면과 내면을 자유롭게 서술하고 성격적 특징을 단정적으로 제시하는 말하기의 방법은 캐릭터를 유형화시키고 일반화시킬 우려가 있고, 독자가 상상하여 해석할 여지를 차단한다. 반면, 텍스트에 나타난 여러 가지 암시로부터 캐릭터의 특성을 추론해내도록 하는 간접적인 제시는 독자의 참여를 유도하고 텍스트에 대한 흥미를 지속시킬 수 있으나, 동시에 주관적인 해석과 추론의 범위를 통제하기 어렵다는 문제가 있다. 또 요약적인 서술이나 적절한 생략이 어려우므로 다룰 수 있는 사건의 범위에 한계가 생기고 서술 속도도 조절하기가 힘들다. 따라서 서사의 길이와 성격, 작가의 미학적 기준에 따라 다를 뿐 어느 쪽이 더욱 효과적이라고 말하기는 어렵다.

극화된 의식, 내적 독백

최근에는 보여주기 방법의 변형으로 캐릭터의 내적 체험을 통해 심리 과정을 재현하는 방식이 쓰이고 있다. 이른바 내적 독백interior monologue이 그것이다. 독백은 원래 극의 개념으로 등장인물이 자신의 내면이나 상황을 관객에게 직접 드러내는 방식이다. 소설에서는 서술자가 이런 역할을 대신하였으나, 극의 기법을 가져다 쓰면서 서술자를 배제하고 그 대신 캐릭터 내면의 생각이나 지각 내용들을 직접 제시하는 것이다. 내적 독백은 소리 내어 말하지는 않았으나 이미 말로 표현된 생각을 자신에게 말하는 방식으로서, 독자로 하여금 작중인물의 생각의 흐름을 직접 확인하게 한다.

> 나를 학살함은 영국의 귀족정치이다 영국 놈같이 포악무도한 인종이 세상에 있을까 내게 처음부터 거역한 것두 그놈들 내 평생에 파멸을 인도한 것도 그놈들 그놈들에 대한 원한은 골수에 젖어들어 자나깨나 잊을 날이 없다 불측하고 무례한 허드슨 로오-이런 놈에게 나를 맡기는 행사부터가 글렀지 이놈은 사람의 예를 분별하지 못하는 놈이야.[74]

인용한 부분은 이효석의 〈황제〉 중의 일부이다. '나' 나폴레옹의 내면의 생각이 마치 혼잣말처럼 제시된다. 작품 중 그 누구에게도 말해지지 않은 내면의 말, 내적 독백이다. 내적 독백은 이처럼 청자도 예상되어 있지 않고 그 누구의 개입도 없이 직접적으로 의식을 나타내 보여준다. 곧 "마치 독자가 전혀 없는 것처럼 완전히 솔직한 상태로 제시"되며, 모든 독백은 자기 자신, 자신의 내면을 향한 이야기이다.[75]

캐릭터, 이야기 속의 인간

3 | 수사적 장치: 유사성과 대조, 과장과 희화화

유비: 유사성과 대조

캐릭터를 제시할 때 입고 있는 옷이나 물건, 사는 지역 등이 자연스럽게 소개되는데, 이렇게 인접한 요소들은 캐릭터의 성격을 인과적으로 파악하게 한다. 이를테면 소설의 공간적 배경은 인물이 처한 상황이나 행동의 물리적 공간이면서 때로는 심리적 상황도 보여준다. 예를 들어 현진건의 〈운수 좋은 날〉에서 얼다 만 비가 내리던 겨울이라는 계절적 배경은 운이 좋은 듯 보여도 사실 불운한 김첨지의 현실을 예고한다. 황석영의 〈삼포 가는 길〉 서두의 겨울 들판 묘사도 주인공 영달이 처한 현실을 암시한다.

> 영달은 어디로 갈 것인가 궁리해 보면서 잠깐 서 있었다. 새벽의 겨울 바람이 매섭게 불어왔다. 밝아오는 아침 햇볕 아래 헐벗은 들판이 드러났고 곳곳에 얼어붙은 시냇물이나 웅덩이가 반사되어 빛을 냈다. 바람소리가 먼데서부터 몰아쳐서 그가 섰는 창공을 베이면서 지나갔다. 가지만 남은 나무들이 수십 여 그루씩 들판가에서 바람에 흔들렸다.[76]

가지만 남은 나무들이 바람에 흔들리는 삭막한 현실은 어디로 갈지 정하지도 못하고 있는 영달의 뜨내기 신세를 강조한다. 영달의 내면과 처지가 이 구체적인 배경묘사와 어우러져 공간적 배경은 한결 적극적인 의미를 띠고 있다.

인과관계에 의해서가 아니라, 캐릭터와 관련이 없어 보이는 풍경 묘사나 다른 캐릭터의 존재가 최종적으로는 캐릭터의 어떤 특성을 강화시키는 역할을 할 때도 있다. 즉 캐릭터와 다른 요소 간의 유사성이나 대조에 의해 캐릭터의 특성이 강조되는 유추적인 인물구성법이다. 동일한 환경에 두 사람의 작중인물이 제시되었을 때, 그들의 행동 사이의 유사성이나 대조는 양편 모두의 특성을 두드러지게 한다.[77] 도스토옙스키의 〈카라마조프가의 형제들〉에서 형제들의 상호 대조적인 행동이나, 셰익스피어의 〈리어왕〉에서 두 언니의 잔인성과 코델리어의 선함이 대조되는 것을 그 예로 볼 수 있을 것이다. 박경리의 〈토지〉에서 김평산의 두 아들 김거복과 김한복 형제나, 조정래의 〈태백산맥〉에서 염상구와 염상진 형제는 대조적 형상화의 전형적인 예이다.

이윤기의 〈햇빛과 달빛〉(1995)은 대조적인 캐릭터 형상화가 핵심이다. 이 작품은 서술자인 '나'가 고향의 줄동창이자 사촌형제간인 고웅진과 고유진과의 인연을 통해 서로 다른 삶의 방식에 대해 성찰하는 내용이다. 고유진은 어린 시절부터 정해진 규범에 따라 모범적으로 살아 제도권 교육을 훌륭히 마친 엘리트로서 미국에 조명회사를 설립하여 전도유망한 사업가가 된다. 그는 고향의 자랑이며, 이제는 얼굴조차 대하기 어려운 유명인이다. 반면 고웅진은 규율에 얽매이지 않고 창의적이고 자유롭게 행동하여 걱정을 끼치기도 하지만, 융통성 있고 현실적이며 앞을 내다보는 혜안을 가져 주위를 놀라게 하기도 한다. 출생의 비밀 때문에 가출하지만 방황 끝에 안정을 찾는다. 이들에 대한 기억으로만 본다면 고유진은 고향의 '빛의 전설', 고웅진은 '어둠의 전설'에 해당된다. 그러나 나이가 들어 다시 만난 두 사람이 '나'에게 주는 느낌은 다소 다르다. '나'는 그들을 다음처럼 기억한다.

유진이와의 사귐은 밖으로 유익했고 웅진이와의 사귐은 안으로 유익했

캐릭터, 이야기 속의 인간

다. 유진이와의 사귐이 꿀처럼 달았고, 웅진이와의 사귐은 물처럼 담담했던 것은 이 때문일 것이다. 나는 현실주의자 유진이와는 현실을 살았고, 이상주의자 웅진이와는 꿈을 살았던 것 같다.[78]

이 두 캐릭터, 곧 현실주의자와 이상주의자의 대조적인 형상화는 각 캐릭터의 특성을 강화시키는 수사적 전략이자 주제 전달을 위한 핵심내용이다. 결국 이 소설의 제목 '햇빛과 달빛'은 누가 스스로 빛을 내는 햇빛과 같은 존재이고 누가 빛을 빌려 되쏘는 달빛과 같은 존재인가, 또 빛이 있기 위해 먼저 어둠이 있어야 한다는 당연한 진리를 진지하게 되묻는다.

과장과 희화화

캐릭터가 항상 사실적이고 객관적으로 전달되는 것은 아니다. 작가는 서사화의 목적과 필요에 따라 어떤 부분을 과장하거나 왜곡하고 희화화해 표현할 수 있다. 과장과 희화화는 캐릭터에 대해 분명한 거리를 두고 특성의 어떤 부분을 비판, 풍자하려는 기법이다. 예를 들어 이무영의 〈굉장씨〉는 '굉장씨'라는 별명부터 허세부리기를 좋아하는 캐릭터를 과장하고 희화화하고 있다.[79]

말버릇도 말버릇이지만 그는 본래 굉장한 것을 좋아하는 사람이다. 가장 집물은 더 말할 것도 없지만 몸에 지니는 단장이며 골통대, 심지어 주머니칼까지도 굉장히 부대한 것을 즐긴다. (…) 쥐가 오줌독에 빠져 죽은 조그만 사건도 그는 굉장 소리를 늘어놓지 않고는 설명을 못한다. 풍치는 사람이 대개 그렇듯이 말을 해도 몹시 부퍼서 정말 큰 사건을 설명할 때는 말

주변은 없는데다가 성미는 급해놓아서 거품만 부걱거린다. 그러고는 그저 굉장 소리만 연성 늘어놓는 것이었다.[80]

인용한 부분에서 그가 굉장씨로 불리는 이유가 집중적으로 서술된다. 그는 "뻐기는 맛, 우쭐한 맛, 펑펑대는 맛에만 사는" 사람이어서, 명함조차 "너비가 두 치에 길이 세 치나 되는 카드다. 직함으로는 전 면 협의원, 전 학문위원, 전 칠성 자동차부 주임, 전 진흥회장, 현직으로 칠성 농장주, 소방대 고문 – 이렇듯 굉장한 것"이라고 소개된다. 이 작품은 해방되는 날부터 굉장씨의 변모를 추적하여 시대조류에 편승하는 권력지향형 캐릭터를 과장되고 허풍스럽게 묘사함으로써 해방기 혼란상을 보여주고 기회주의적인 인간의 성격적 파탄을 풍자한다.

1   Fotis Jannidis, 앞의 글.

2   위의 글.

3   David Corbett, *The Art of Character: Creating Memorable Characters for Fiction, Film, and TV*, Penguin Books, 2013, pp. 12~24.

4   Orson Scott Card, *Characters & Viewpoint*, Cincinnati Ohio: Writer's Digest Books, 1988, pp.28~29.

5   낸시 크레스, 박미낭 옮김, 《소설쓰기의 모든 것 3: 인물, 감정, 시점》, 다른, 2011, pp. 19~20.

6   김소진, 〈나의 가족사〉, 《그리운 동방》, 문학동네, 2008, p. 71.

7   Orson Scott Card, 앞의 책, p.32. 그는 자가 정신분석을 통해 새로운 기억을 찾는 일이 이를 벗어나 캐릭터를 창조하는 방법이 될 수 있다고 주장한다.

8   David Corbett, 앞의 책, pp. 18~19.

9   김동리, 〈나의 비망첩〉, 《세대》, 1968.8.

10   Orson Scott Card, 앞의 책, pp. 36~39.

11   전우형, 〈1990년 이후 구보 텍스트 재매개의 계보학〉, 《구보학보》 12, 2015.

12   이 용어는 이후 초자연적인 힘이나 존재를 통해 우연적·마술적으로 갈등을 해결하는 결말을 뜻하는 것으로 의미가 굳어졌다.

13   이문열, 《오디세이아 서울 1》, 민음사, 1993, p. 15.

14   인간을 유의적으로 비판하거나 비유적인 주제를 전달할 필요가 있을 때 전략적으로 비인간을 의인화하여 창조하기도 한다. 〈화왕계〉나 〈귀토지설〉과 같은 설화에서부터 〈토끼전〉, 〈장끼전〉 등 고전우화소설, 〈금수회의록〉, 〈경세종〉과 같은 근대계몽기 소설과 1950년대 김성한의 우화소설까지 많은 예를 발견할 수 있다.

15   David Corbett, 앞의 책, pp. 126~140.

16   S. 리몬-케넌, 앞의 책, p. 100.

17   김지영 역주, 《임씨삼대록 1》, 소명출판, 2010, p. 39.

18   박경리, 《노을진 들녘》, 지식산업사, 1979, pp. 72~73.

19   이상진, 《토지 연구》, 월인, 1999, pp. 217~218.

20   낸시 크레스, 앞의 책, p. 48.

21   김동인, 〈붉은 산〉, 《한국소설문학대계 2》, 동아출판사, 1995, p. 2.

22 S. 리몬-케넌, 앞의 책, p. 101.

23 Robie Macauley, George Lanning, "Characterization", *Technique in Fiction,* New York: Harper & Row, 1964, pp.59~98. 로비 매콜리·죠오지 래닝, 〈인물구성〉, 김병욱 편, 최상규 역, 《현대소설의 이론》, 대방출판사, 1983, p. 263.

24 이근삼, 〈원고지〉, 《이근삼 전집 1》, 연극과인간, 2008, p. 185, 187.

25 David Corbett, 앞의 책, pp. 128~130.

26 로비 매콜리·죠오지 래닝, 앞의 글, p. 259.

27 성격심리학자 알포트^Allport^는 기질을 반응속도와 전형적인 기분을 포함하는 사람들의 특징적인 '정서적 성질'로 정의하고 기질이 생물학적 토대 위에 있으며 주로 선천적인 것으로 보았다. Capara·Cervone, 이한규·김기민 옮김, 《성격탐구》, 학지사, 2005, p. 126. 그러나 또 다른 학자들은 기질이 아동기를 거치는 동안에 생겨나 발달하고 잠재적으로 변화하는 것으로 보기도 한다.

28 스티븐 코슬린 외, 이순묵 외 옮김, 《심리학개론》, 피어슨에듀케이션코리아, 2012, p. 338.

29 그들은 감정을 분노·선망·질투 같은 위험한 감정, 불안-공포·죄책감·수치심과 같은 실존적 감정, 안도감·희망·슬픔과 우울 같은 삶의 나쁜 조건에 의해 자극되는 감정, 행복감·긍지·사랑과 같은 삶의 좋은 조건에 의해 자극되는 감정, 그리고 감사·동정심·미학적 경험의 감정 등 감정 이입의 결과들로 범주화하고 있다. 리처드 래저러스·버니스 래저러스, 정영목 옮김, 《감정과 이성》, 문예출판사, 1997.

30 Angela Ackerman, Becca Puglisi, *The Emotion Thesaurus: The writer's Guide to Character Expression*, CyberWitch Press, 2012. pp.1~2.

31 위의 책, pp. 82~83.

32 이기호, 〈권순찬과 착한 사람들〉, 《누구에게나 친절한 교회 오빠 강민호》, 문학동네, 2018, p. 72.

33 David Corbett, 앞의 책, pp. 143~144.

34 낸시 크레스, 앞의 책, pp. 272~289.

35 로버트 맥키, 고영범·이승민 옮김, 《Story: 시나리오 어떻게 쓸 것인가》, 민음인, 2002, pp. 533~534.

36 장용학, 〈요한詩集〉, 《신한국문학전집 30》, 어문각, 1975, p. 185.

37 강석경, 《숲속의 방》, 《우리시대 우리작가 21: 강석경》, 동아출판사, 1987, p. 24.

38 앤드류 호튼, 주영상 옮김, 《캐릭터 중심의 시나리오 쓰기》, 한나래, 2000, pp. 139~142.

39 Fotis Jannidis, 앞의 글.

40 Uri Margolin, 앞의 글.

41 오슨 스콧 카드는 주요 캐릭터의 이름 첫 알파벳을 다르게 지을 것, 이름의 길이와 발음패턴도 다르게 할 것, 화려하고 기괴한 이름을 많이 쓰지 말 것을 제안하며, 캐릭터의 이름마다 특별한 의미를 부여하는 것도 결과적으로 소설을 이해하는 데 큰 효과를 거두기 힘들다고 말하고 있다. Orson Scott Card, p.42.

42 S. 리몬-케넌, 앞의 책, pp. 104~105.

43 낸시 크레스, 앞의 책, p. 44.

44 앙리 베르그송, 정연복 옮김, 《웃음: 희극성의 의미에 관한 시론》, 세계사, 1992, pp. 21~23.

45 이무영, 〈안달소전〉, 《이무영 전집 2》, 신구문화사, 1985, p. 431.

46 S. 리몬-케넌, 앞의 책, p. 105.

47 전관응 대종사 감수, 《불교학대사전》, 홍법원, 1988, p. 201.

48 이상진, 《토지 연구》, 앞의 책, p. 248.

49 Linda N. Edelstein, *The Writer's Guide to Character Traits*, Writer's Digest Books, 1999, pp. 300~301.

50 임철우, 〈사평역〉, 《한국소설문학대계 83: 곡두운동회 외》 동아출판사, 1996, p. 74.

51 장정일, 《너에게 나를 보낸다》, 미학사, 1992, pp. 270~273.

52 Catherine Emmott, *Narrative Comprehension: A Discourse Perspective*, Oxford: Clarendon Press, 1997; Fotis Jannidis, 앞의 글, p. 29에서 재인용.

53 F. K. Stanzel, 김정신 옮김, 《소설의 이론: 〈걸리버여행기〉에서 〈질투〉까지》, 문학과비평사, 1992, p. 19.

54 John Frow, 앞의 책, p. 149.

55 1인칭 서술, 그리고 더욱 특별하게 영적인 자서전은 서사 역량의 명백한 담론적 표현이다. 주제와 자기의식의 문제를 추적하고자 하는 작가와 비평가는 필연적으로 가장 명확하고 가장 강력한 문학적 발현으로서 이 형태의 글쓰기에 이끌린다. Uri Margolin, 앞의 글.

56 채트먼은 믿을 수 없는 서술자의 특성으로 탐욕, 정신질환, 우둔함, 심리적·도덕적 문제, 순진무구함 등을 들고 있다. 한용환, 《소설학 사전》, 문예출판사, 1999, pp. 166~167.

57 채만식, 〈치숙〉, 《채만식전집 7》, 창작과비평사, 1989. pp. 271~272.

58 이호, 〈인물 및 인물형상화에 대한 이론적 개관〉, 한국소설학회, 《현대소설 인

물의 시학》, 태학사, 2000, p. 14.

59 아리스토텔레스는 열등한 여성도 선량할 수 있다는 점을 들어 모든 종류의 인간이 선량할 수 있으며, 용감하거나 똑똑한 것은 여자의 성격으로 적합하지 않다고 설명하고 있다. 아리스토텔레스, 천병희 옮김, 《시학》, 문예출판사, 2004, pp. 91~92.

60 S. 채트먼, 한용환 옮김, 《이야기와 담론》, 고려원, 1991, pp. 150~151.

61 Linda N. Edelstein, 앞의 책, pp. 7~8.

62 한용환, 앞의 책, p. 348.

63 C. Brooks, R. P. Warren, *The Scope of Fiction*, Printice-Hall Inc., 1960, p. 153.

64 박경리, 《토지 5》, 마로니에북스, 2013, p. 30.

65 Mark Axelrod, *Character and Conflict: The Cornerstones of Screenwriting*, Portsmouth, NH: Heinemann, 2004.

66 김동인, 〈감자〉, 《20세기 한국소설 1》, 창비, 2005, p. 284.

67 앤드류 호튼, 앞의 책, p. 27.

68 로버트 맥키, 앞의 책, p. 538.

69 Carlyle V. Thompson, "Why I…… believe that Jay Gatsby was black", August 25, 2000, https://www.timeshighereducation.com/news/why-i-believe-that-jay-gatsby-was-black/153166.article; F. 스콧 피츠제럴드, 신현욱 주해, 《위대한 개츠비》, 에피스테메, 2016, pp. 28~29. 주석 87 참고.

70 앤드류 호튼, 앞의 책, pp. 36~37.

71 로비 매콜리·죠오지 래닝, 앞의 글, pp. 257, 279.

72 전영택, 〈화수분〉, 《20세기 한국소설 3》, 창작과비평사, 2005, pp. 43~44.

73 하성란, 〈곰팡이꽃〉, 《문학동네》 15, 1998. 여름.

74 이효석, 〈황제〉, 《문장》, 1939.7, p. 3.

75 Robert Humphrey. 이우건·유기룡 옮김, 《현대소설과 의식의 흐름》, 형설출판사, 1984, p. 51.

76 황석영, 〈삼포 가는 길〉, 《한국소설문학대계 68: 삼포 가는 길 外》, 동아출판사, 1996, p. 393.

77 S. 리몬-케넌, 앞의 책, pp. 102~105.

78 이윤기, 《햇빛과 달빛》, 문학동네, 1996, p. 160.

79 이상진, 〈한국현대소설의 희극성 연구 시론〉, 《우리문학연구》 32, 2011.

80 이무영, 《이무영 대표작 전집 2》, 신구문화사, 1985, pp. 429~430.

캐릭터, 이야기 속의 인간

제 **3** 장

캐릭터 유형론

캐릭터에 대한 다양한 논의 결과, 그간 수많은 캐릭터 유형이 제시되어 왔다. 그것은 텍스트 내의 역할과 중요도에 따른 유형에서 시작하여 수세기를 거듭하여 등장하는 스테레오타입, 또 특수한 사회문화적 배경에서 탄생한 캐릭터 모델, 서사적 관련을 맺고 함께 등장하는 캐릭터 무리까지 무척 다양하다. 이 다양한 캐릭터 유형론은 캐릭터에 대한 접근 방법을 그대로 반영하고 있다. 접근법에 따라 크게 텍스트 내의 서사 기능과 미적 구조를 기준으로 한 것과 실제 인간과의 유사성에 초점을 둔 것으로 나누어볼 수 있다. 다시 후자는 캐릭터와 그 창조물의 특수한 역사와 문화적 배경을 고려하는 사회문화적인 접근과 캐릭터의 인간심리학 모델을 통해 캐릭터의 내면을 설명하는 심리학적 접근으로 범주화하여 볼 수 있다.

캐릭터, 이야기 속의 인간

1. 캐릭터의 행동과 텍스트적 기능

1 | 평면적/입체적 캐릭터, 혹은 정적/동적 캐릭터

캐릭터 유형론 중 현재까지 가장 널리 동의되고 있는 것은 텍스트에서 캐릭터를 어떻게 구성하여 제시하는가를 기준으로 한 포스터E. M. Forster의 분류이다. 포스터는 당시까지 극과 서사를 지배하던 유형적 캐릭터에 대해 비판하면서 소설의 인물을 평면적 캐릭터flat character와 입체적 캐릭터round character로 나누었다.

> 우리는 인물을 평면적 인물과 입체적 인물로 나눌 수 있다. 19세기에는 평면적 인물을 기질이라고 했고, 어떤 때는 유형이라고 했고, 어떤 때는 희화戱畫라고 했다. 가장 순수한 형태로는 단일한 개념이나 성질을 중심으로 인물들이 구성된다. 이 중에 하나 이상이 있으면 입체로 향하는 곡선이 시작되는 것이다.[1]

인용한 부분에서 말하는 '단일한 개념이나 성질'로 구성된 가장 순수한 형태의 캐릭터가 평면적 캐릭터이다. 즉 단 하나의 문장으로도 충분히 묘사될 수 있는 단순한 특질trait을 가진 캐릭터이다. 서사 내에서 이 특징적인 일면만으로 제시되므로, 독자에게 쉽게 인지되고 오랫동안 기억된다. 또 성격의 발전이 없기 때문에 배경이 달라져도 다시 소개할 필요가 없고 독자의 상상 밖으로 빠져나가는 일도 없다. 평면적인 캐릭터는 지나치게 단순하여 유형화되고 희극적인 느낌을 주기 때문에 진실성이 없이 보인다는 단점도 있다. 그러니 바로 이런 점에서 소설 미학적인 면에서나 흥미 면에서 성공할 수도 있다.

입체적 캐릭터는 상황에 따라 발전하거나 변화하여 캐릭터의 여러 면을 다각적으로 보여준다. 소설이 전개되는 과정에서 성격이 계속해서 변화하지만 대체로 성격을 온전히 드러내는 방향을 향한다. 입체적 캐릭터는 성격변화를 통해서 인생의 다양함을 보여줄 수 있다. 또한 극적이고 발전적이며 변화가 있으므로 행동적인 존재로 알맞다고도 할 수 있다. 이 점에서 동적 캐릭터로 불리기도 한다. 독자를 감동시켜서 특별한 감정에 빠져들게 할 수 있기 때문에 비극적 역할을 하기에 보다 적합하다. 변화하는 캐릭터를 주인공으로 선택하려면 많은 것을 함께 고려해야 한다. 가치의 충돌과 갈등을 드러내야 하므로 이에 개입된 주인공은 변화의 잠재력을 가져야 한다. 변화의 근거가 개연성이 있게 그려져야 하므로 변화의 전후에 감정흐름 또한 잘 잡아내야 한다. 그 기질과 동기가 복잡하다는 것을 알리기 위해 작가는 미묘하고 특수한 묘사를 하는 데 주력하게 된다.

캐릭터가 어느 정도로 평면적이거나 입체적일 필요가 있느냐는 플롯 속에서 그들이 어떤 기능을 담당하고 있는가에 따라 달라진다. 일반적으로 주변 캐릭터minor character는 평면적이고 정적인 성격을 가진다. 주인공은 입체적 캐릭터가 많지만 플롯의 전개과정이 중시되는 탐정소설이나 모험소설, 교훈적인 의도를 단적으로 드러내는 풍자적 알레고리소설의 주인공은 평면적 인물이 많다.

평면적/입체적 캐릭터 유형은 단순/복합, 정적/동적, 불변/발전, 일관성/비일관성의 특성들과 겹치거나 유사한 것으로 간주되어왔다. S. 리몬-케넌은 포스터의 분류가 선구자적 중요성을 지닌다는 것을 인정하는 한편, 이 양분법이 매우 환원적이어서 허구 서사작품에서 발견되는 정도의 차이나 뉘앙스를 무시한다고 비판하였다. 또 "평면적 인물은 단순한

캐릭터, 이야기 속의 인간

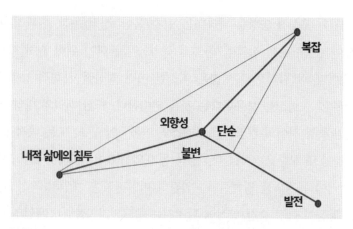

그림 3.1 요셉 이웬이 제안한 세 개의 기준(단순/복잡, 불변/발전, 외향성/내적 삶에의 침투)을 축으로 한 모형을 그림으로 옮긴 것(필자) 위의 가는 선은 캐릭터가 복잡하고 내향적이고 비교적 성격이 잘 바뀌지 않는 경우의 예를 표시한 것이다.

동시에 발전을 하지 않는 반면, 입체적 인물은 복잡한 동시에 발전을 한다"고 본 것은 심각한 문제를 내포하고 있다고 지적했다. 캐릭터의 특성이 복잡하지만 발전하지 않는 경우가 있듯 불변/발전과 단순/복잡의 판단 기준이 반드시 연결되지 않는다는 것이다. 그는 이러한 환원성을 피한 요셉 이웬Joseph Ewen 분류법²을 대안으로 내세웠다. 요셉 이웬은 연속적인 점들로 된 인물 분류를 제안하였다. 분류의 원칙을 명백히 하기 위해 세 개의 연속체 또는 축을 주창하였는데, "복잡성, 발전, '내적 삶'에의 침투"가 그것이다. 즉, 단순/복잡, 불변/발전, 외향성/내적 삶에의 침투를 각각 하나의 축에서 양쪽 극점을 이루는 것으로 파악하여 캐릭터의 특성을 좀 더 세밀하게 나누어볼 것을 제안하였다. 그 결과 정지되고, 발전하지 않는 캐릭터라도 다른 두 축에서 복잡하고 외향적인 특성을 보일 수도 있음을 확인할 수 있다.

우리 마르꼴린노 융통성 있는 의견을 개진하였다. 그에 따르면 서사적 개인의 구성적 양상을 나타내는 '단순/복합, 정적/동적, 일관적/비일관적'이라는 규준은 심리적·사회적 특성을 분류하기 위해 흔히 사용되는 것이다. '복합적'이라는 것은 최소한 여러 정신적·사회적 능력에서 나온 수많은 형질을 보유한다는 것을 의미한다. 또한 개인의 다양한 정신적인 특징 사이의 긴장과 스트레스의 역동적인 구조, 또는 내적 갈등, 비호환성 및 모순을 가리킨다. '정적/동적'의 구분은 다양한 시간적 변형의 양식이나 정도를 말해준다. '일관적/비일관적'은 개인의 특성, 레벨 또는 양상이 특정 순간/양상에 합쳐지는지 그렇지 않은지, 개인의 다양한 시간상 단계를 통합하는 통시적 패턴이 있는지 없는지를 말하는 것이다. 그는 단순, 일관, 정적 캐릭터가 같이 나타나고, 또 복합, 비일관, 동적 캐릭터가 같이 나타나는 경우가 많지만, 다른 조합도 얼마든지 가능하다고 말한다. 또한 텍스트적 기준과 표현적 기준이 혼합되었을 때 훨씬 더 많은 미학적 변화가 생겨날 수 있다고 지적한다.[3] 한마디로 평면적/입체적 캐릭터의 구별과 그 기준은 너무나 환원론적이어서 더 이상 유효하지 않다는 것이다.

2 │ 중심 캐릭터와 주변 캐릭터

캐릭터가 이야기 전개에서 주도적인가, 아니면 주변적인가에 따라서 흔히 중심 캐릭터와 주변 캐릭터로 나눈다.

중심 캐릭터

캐릭터 간의 대립과 갈등이 선명할 경우, 중심 캐릭터major character는 주동인물protagonist과 반동인물antagonist, 혹은 주인공과 적대자, 영웅과 반영웅, 지도적 인물과 코러스 인물 등이 된다. 주동인물은 작가가 주제를 표현하기 위해 긍정적으로 설정한 캐릭터이다. 그래서 다른 인물의 삶을 바꿀 수 있을 만큼 상대적으로 강력하며, 구조상 중심부에서 중요한 문제를 발견하고 행동하고 이야기를 주도한다. 이야기 전체를 통해 자주 나타나며 가장 많은 정보가 제공되는 캐릭터이다.[4] 주동인물이라면 독자가 끝까지 집중하여 읽을 수 있게 흥미롭고 또 신뢰할 만한 존재여야 하고, 공감할 수 있게 인간적인 존재로 그려져야 한다. 대개의 독자는 주동인물을 통해 이야기를 이해하고 그의 입장에서 갈등의 내용을 바라보기 때문이다.

반대로 작가가 제시하려는 주제에 부정적인 인물이 반동인물, 안타고니스트이다. 반동인물은 주동인물의 방해자이자 장애물, 주요 적대자로서 주인공과 대립하여 극적 구조에 선명함을 더해준다. 반동적 캐릭터는 하나의 강력한 캐릭터일 수도 있고, 권력, 조직, 환경 등 특정한 집단, 눈에 보이지 않는 힘으로 나타날 수도 있다. 내적 갈등에 초점을 맞출 경우, 자기 속의 또 다른 자아가 반동 캐릭터가 되기도 한다. 반동인물이 주동인물보다 지위나 능력이 높을수록, 또 도덕적으로 애매하게 보일수록 갈등과 긴장은 증가한다.

중심인물이고 초점이 맞춰진 캐릭터라고 해서 늘 행동적이고 자신의 문제를 스스로 해결해나가는 '영웅적 캐릭터'인 것은 아니다. 서사의 중심에 있지만 상대적으로 비활동적이고 힘없는 소수가 주동인물이 되거나, 때로 주체적으로 문제를 해결할 수 없는 희생자가 중심에 놓이기도 한다. 현대적인 서사에서는 반영웅이 좀 더 자주 나온다. 더 이상 하나의 프로타고니스트가 나타나지도 않고 오히려 캐릭터 집단이 나오는 일도 있다.[5]

주변 캐릭터

주동인물의 주변에는 보조적 캐릭터supporting character들이 있다. 이들은 이야기를 진전시키거나 전환하고 긴장을 없애주거나 정보를 전달하여 스토리라인을 풍요롭게 하는 역할을 맡는다. 앤드류 호튼은 주변 캐릭터 minor character의 기본 역할을 메신저, 중재자, 방해자라고 말한다. 새로운 정보를 제공하거나 여러 가지 의미에서 중심 캐릭터를 돕거나 의식적이든 무의식적이든 상황을 더 어렵게 만든다는 것이다.[6] 이들의 존재 이유는 여기에 있으며 등장하여 제 역할을 한 후엔 언제든지 주동 캐릭터에게 자리를 내주어야 한다. 주변 캐릭터로서 눈에 띄려면 조금은 이상하거나 과장되거나 강박적인 면을 보여줄 필요가 있다.[7] 그렇다고 너무 잘 만들어서 주인공보다 더 돋보이게 해서도 곤란하다. 또 주변 캐릭터를 너무 많이 창조하여 집중력이 떨어지게 해서도 안 되며, 한 명의 캐릭터로 충분할 만한 역할을 두 명의 캐릭터로 나누어 쓰는 것도 좋은 방법이 아니다.[8]

주변 캐릭터도 그 역할과 특성에 따라서 유형화할 수 있다. 주동적인 캐릭터를 돕거나 방해하여 그를 더욱 돋보이게 하는 캐릭터를 보통 '포일foil'[9]이라고 부른다. 대중적인 서사에 흔히 등장하는 콩피당트는 주인공의 생각을 정리하고 내면의 갈등을 털어놓게하는 역할을 하는 캐릭터이다. 주인공의 '신뢰할 만한 친밀한 동료' 혹은 심복으로서 친구, 하인, 유모 등 주인공의 분신과 같은 캐릭터가 이런 역할을 맡는다. 또 주동인물을 변화시키고 행동이나 결정을 하도록 결정적인 정보를 주거나 원인을 제공하는 촉매 캐릭터catalyst character가 있다. 이런 인물을 통해 어색하지 않게 문제가 되는 이슈, 주제, 갈등을 스토리에 집어넣을 수가 있다.

빅토리아 린 슈미트Victoria Lynn Schmidt는 주변 캐릭터를 주동인물과의 관

캐릭터, 이야기 속의 인간

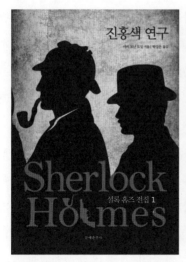

그림 3.2 아서 코난 도일 원작 〈셜록 홈즈〉의 여러 각색물에 등장하는 왓슨 박사나 〈돈키호테〉의 산초 판사는 콩피당트 유형의 대표적 캐릭터들이라 할 수 있다. (출처: http://weekly. cnbnews.com/news/article.html?no=124552; 뮤지컬 〈맨 오브 라만차〉의 한 장면)

계에 따라 긍정적 협력자, 부정의 자극제, 그리고 상징, 숨겨진 욕망으로 나누어 제시한다. 그가 말하는 긍정적 협력자와 부정의 자극제는 포일형 캐릭터에 해당된다. 긍정적 협력자로는 주인공이 문제를 해결할 수있게 돕는 현인이나 주인공의 눈높이에서 도와주는 멘토, 단짝친구, 그리고 위로하고 보호해주는 애정의 대상이 있다. 부정의 자극제는 주인공에게 문제를 일으키는 친구 같은 적수, 경쟁자이다. 주인공을 싫어하는 주변인으로서 자기밖에 모르는 익살꾼이나 실수를 하여 주인공의 계획을 망치는 비열한 어릿광대형, 또 주인공을 싫어하면서도 떠나지 않는 말썽꾼 친구, 주인공을 통제하여 자기 뜻대로 조정하려 들고 궁지로 몰아가는 탐정형, 주인공의 행동에 계속해서 제동을 거는 비관주의자형이 있다. 수인공의 숨겨진 욕망을 드러내는 존재는, 롱피낭트로서 그림자형

(때로는 부모로 등장하기도 한다), 과거를 상징화한 캐릭터로 과거에 대한 이야기만을 함께 나누는 방황하는 영혼형, 그리고 주인공이 닮고 싶어하는 역할모델로서 안정되고 다재다능한 닮은꼴 캐릭터가 있다.[10] 이 외에 분위기를 전환하는 조연으로 심각한 비극에서 웃음을 유발시켜 분위기를 희극적으로 이완시키는 캐릭터comic-relief character도 있다.

한편 작가를 대신해서 주제나 중심사상을 전하는 인물을 레조뇌르raisonneur, 주제적 캐릭터thematic character라고 부른다. 이 캐릭터는 주인공이 아니지만 주제를 훨씬 객관적인 시각에서 전달함으로써 신뢰성을 증가시킨다. 이 점에서 '작가적 관점의 인물'이라고도 부른다. 손창섭의 〈길〉은 시골 소년 최성칠이 서울에 와서 온갖 고생 끝에 다시 고향으로 돌아가는 이야기이다. 최종적으로 주인공은 귀향을 선택했지만, 그 과정에서 도시에 만연한 반사회적인 작태를 자각하고 비판하고 있다. 주인공의 순진무구한 시선으로 포착되거나 분석될 수 없는 부분은 주제적 캐릭터인 '신명약국 주인'의 목소리를 통해 좀 더 선명하게 전달되고 있다.

"그럼 어떻게 하면 국민이 다 잘살 수 있게 될까요?"
"결론은 간단하지. 첫째는 부정부패의 일소, 둘째도 부정부패의 일소, 셋째도 부정부패의 일소다. 여기에 협동과 단결과 노력까지 첨가된다면, 우리는 세계에서 으뜸가는 나라 축에 들 거다. 그렇지만 이게 안 되면 아무리 건설 건설 해도 밑 빠진 독에 물 부어넣는 결과밖엔 안 될 거다."[11]

신명약국 주인은 주인공의 사회인식을 교정해주는 보조자로 역할을 할 뿐 아니라, 작가 손창섭을 대변하여 1960년대 한국사회의 문제를 지적하고 대안을 내놓기까지 한다. 주인공 성칠의 시련 스토리와 그의 눈

캐릭터, 이야기 속의 인간

에 포착된 서울의 풍경뿐 아니라, 신명약국 주인과의 대화, 그 생각의 변화를 통해서도 주제를 전달하고 있다.

어떤 캐릭터는 단순히 분위기의 일부분에 지나지 않거나, 정보 제공을 위한 기능만을 하는 경우도 있다. 지난 시기의 이야기나 어떤 사건의 원인을 설명하는 이야기에 등장하는 캐릭터를 상상해보면 된다. 이들은 작품의 한 장면에 독립적으로 나타나 초점의 대상이 되지 않고, 어떤 캐릭터의 환상이나 기억 속에서만 등장하는 존재, 마음속의 골동품 같은 존재이다. 이렇게 행위의 세계 속으로 들어가지도 않고 재등장하지 않는 부재의 존재를 채트먼은 '비인물성'이라는 용어로 표현한다.[12]

어느 해, 마을에는 가뭄이 들었다고 했다. (…) 이때 자식 일곱을 거느린 과부는 가물가물 정신을 잃어가는 자식들을 보다 못해 죽물이나마 목을 축여주려고 바가지를 안고 기다시피 최씨네 문전에 가서 애절하게 구걸을 했다는 것이다. 전답문서와 바꾸어지는 금싸라기같은 곡식이 나올 리 없었고 과부는,

"오냐! 믹일 기이 없어서 자식새끼 거나리고 나는 저승길을 갈 기다마는 최가 놈 집구석에 재물이 쌓이고 쌓이도 묵어줄 사램이 없을 긴께, 두고 보아라!"

저주를 남기고 굶주려 죽은 과부와 그 자식들 원귀 때문에 최참판댁에는 자손이 내리 귀하다는 것이다.[13]

인용한 부분은 박경리의 〈토지〉 1부 중, 마을 사람들이 모여 최참판가의 손이 귀한 내력을 이야기하는 가운데 등장한 옛이야기이다. 이 이야기 속에 등장하는 과부는 과거 최참판가의 여인네들이 얼마나 비정하고 인색했는지, 그리고 그 때문에 절손의 저수를 받았고 현재 그럴 위기에

처했다는 것을 설명해주는 역할을 할 뿐, 더 이상 이 긴 소설에 등장하지 않는다. 그저 정보를 주는 역할을 하는 비인물성을 보여주는 예이다.

3 │ 구조주의적 캐릭터 유형론: 프롭, 수리오, 그레마스

캐릭터를 보면 기시감이 들 때가 있다. 고정된 유형, 뻔한 도식, 이른바 '전자레인지'식 대본으로부터 나온 반복되는 대사와 이야기 관습들 때문이다. 그렇다면 도대체 그런 공식과 캐릭터 유형들은 어디에 바탕을 두고 반복적으로 생산되는 것일까. 많은 문학가들이 각 지역에 오랫동안 전해져온 구전 설화, 신화 등을 수집하고, 그것들이 공통적으로 가지고 있는 요소에 대해 연구하였다. 그 결과, 거의 모든 이야기에 공통적으로 등장하는 몇 개의 캐릭터 유형을 찾아내었다. 이러한 접근법은 근본적으로 구조주의적 인식에 바탕을 두고 있다.

구조주의자들은 서사 전개상의 기능에 따라 인물을 유형화하여 파악한다. 곧 캐릭터를 실제 인간을 모방하여 창조한 유사인간이 아니라 이야기의 참가자, 행위자, 플롯의 산물로 본다. 그 대표적인 예로 프롭을 비롯하여 그의 영향을 받은 수리오와 그레마스의 캐릭터 행위론에 대해 살펴보기로 하겠다.

프롭의 7개 행위 영역

블라디미르 프롭Vladimir Propp은 《민담의 형태론》에서 자신이 수집한 러시아 민담 100편의 구조를 분석하여, 31개 기능의 시퀀스를 구축하여 제시하였다. 또한 이야기는 달라도 행위상 동일한 기능을 하는 캐릭터 타입을 7개의 행위영역으로 정리하였다. 악한, 증여자, 조력자, 공주(탐색 대상자), 파견자, 주인공, 가짜 주인이 바로 그것이다. 각 캐릭터가 담당하는 행위영역을 등장 순서에 따라 소개하면 다음과 같다.[14]

- 악한: 악한 행위, 주인공과의 전투 또는 다른 종류의 싸움, 추적.
- 증여자: 주술적 작용물을 전달하기 위한 예비 준비, 주인공에게 주술적 작용물을 공급함.
- 조력자: 주인공의 공간 이동, 불행이나 결여의 해소, 추적으로부터의 구조, 어려운 과제의 해결, 주인공의 변신.
- 공주(찾아야 할 인물)와 그녀의 아버지: 어려운 과제의 부여, 표식 부여, 가짜주인공의 정체 폭로, 주인공의 발견과 인지, 두 번째 악한의 처벌, 주인공과의 결혼.
- 파견자: (주인공을) 파견.
- 주인공: 탐색을 위한 파견, 증여자의 요구에 대한 반응, 결혼.
- 가짜 주인공: 탐색을 위한 파견에 이어 증여자의 요구에 대한 반응 그리고 특별한 기능으로 부당한 요구.

소설에서 하나의 캐릭터는 하나 이상의 기능을 수행할 수 있으며, 반대로 한 역할을 여러 캐릭터가 수행할 수도 있다. 즉 증여자가 조력자가 되고 또 악한이 파견자가 될 수도 있다. 서로 다른 성격을 가진 여러 명의 악한이 등장하기도 하고 이에 따라 여러 조력자가 나타날 수도 있다. 위의 항목을 보면 주인공의 행동영역이 비교적 좁다. 심지어 주인공과 악한이 싸우는 것도 주인공의 행위영역이 아니라 악한의 행위영역에 포함된다. 즉 주인공은 악한이 싸움을 걸어야 비로소 움직이는 수동적 존재이다. 이렇게 수동적인데도 불구하고 프롭이 본 민담에서 주인공은 탐색을 떠나 악한을 물리치고 자아를 찾는 캐릭터가 된다.

한 나라의 공주가 용에게 잡혀 가자 왕은 공주를 구해 오는 사람에게 그 나라의 절반을 주겠다고 한다. 여러 인물들이 나서지만 다 실패하고, 어느, 집의 영리한 셋째 아들이 공주를 구하러 길을 떠난다. 충직한 개와 함께 떠난 여행길에서 주인공은 마법의 물건을 건네주는 할아버지를 만난다. 주인공은 용과의 사투 끝에 공주를 찾아오게 되고, 그 결과 모두가 기뻐하는 행복한 결말을 맺게 된다.

인용한 부분은 가장 널리 알려진 민담으로 프롭이 제시한 행위영역을 모두 찾아볼 수 있다. 먼저 용과의 사투 끝에 공주를 구하는 셋째 아들은 주인공이고, 공주를 구하는 데 실패한 인물들은 가짜 주인공이다. 용은 악당, 용에게 잡혀간 공주는 찾아야 할 인물, 마법의 물건을 건네주는 할아버지는 증여자, 충직한 개는 조력자라고 할 수 있다. 주인공이 스스로 길을 떠나므로 파견자는 나타나지 않는다.

프롭이 제시한 내용은 현대 대중서사에서 흔히 발견되는 '영웅의 여행'의 이론적 근거가 되었다. 이 장의 4절에 나오는 융의 원형과 캐릭터 유형론을 이어서 읽으면 쉽게 확인할 수 있다.

수리오의 6가지 힘, 혹은 기능

프랑스의 미학자인 에티엔 수리오Etienne Souriau는 하나의 극적 상황 속에서 서로 결합될 가능성이 있는 힘들, 혹은 기능들을 여섯으로 나누었다. 그는 6가지의 힘, 혹은 기능을 결합해서 20만 개나 되는 극적 상황을 만들어낼 수 있다고 하였다. 이를 사자, 화성, 태양과 같은 점성술적 용어를 사용하여 제시하였는데, 롤랑 부르뇌프Rolland Bourneuf와 레알 우엘레 Real Ouellet는 이 기능을 소설에 적용하여 다음과 같이 정리하였다.[15]

캐릭터, 이야기 속의 인간

- 주동자(사자): 일에 앞장선 사람, 행동에 그 첫 역동적 충동을 부여하는 인물. 주제적 힘을 가진 자. 주동자의 행동은 어떤 욕망, 필요, 혹은 반대로 어떤 구속에서 생겨날 수 있다.
- 반대자(화성): 주제적 힘이 전개되는 것을 방해하는 장애. 반대의 힘.
- 대상(태양): 주동자가 추구하는 선과 가치. 주인공이 겨냥하는 목표나 공포의 대상.
- 발동자(저울): 상황의 중재자, 대상의 행동방향에 영향을 끼칠 입장에 있는 인물.
- 수동자(대지): 가치의 수혜자. 주인공의 욕망 혹은 공포의 결과.
- 보조자(달): 위의 각 힘들의 도움을 받을 수 있는 인물.

이 분류는 힘, 혹은 기능으로서 언제나 캐릭터에 대응되는 것은 아니다. 예를 들어, 대상인 태양, 곧 선에 해당하는 것이 캐릭터로 드러나는 것이 아니라 어떤 가치로 나타날 수 있다. 수리오가 나눈 이 기능을 이광수의 〈흙〉의 캐릭터 분석에 적용해보자.

〈흙〉은 주인공 허숭이 자기 스승인 한민교 선생의 사상에 감화를 받고 농촌운동에 뛰어들어 온갖 역경을 헤치고 농촌 계몽에 성공한다는 이야기이다. 전반부와 후반부에 인물의 기능이 변화하고 있으므로 나누어서 살펴보아야 한다. 전반부에서 주인공 허숭은 농촌계몽운동이라는 욕망, 혹은 필요에 따라 행동을 하는 주동자이고, 그의 스승 한민교 선생은 이런 목표와 가치를 심어준 발동자이다. 허숭의 아내 윤정선은 허숭과 불화하고 불륜을 저지르는 등 농촌사업에 방해가 되는 반대자이다. 살여울의 악질적인 부자로서 후반부에 허숭의 모든 사업을 방해하고 허숭을 감옥에 가게 만드는 유정근도 반대자이다. 반면 허숭에게 연심을 가지고 농촌운동에 헌신하는 유순과, 허숭을 돕는 작은갑은 중요한 보조자이다. 후반부에 작은갑은 농촌계몽을 주동하는 캐릭터가 됨으로써 보조자에서 주동자로 변모하고, 허숭은 작은갑에게 농촌계몽이라는 목표를 심어준 발동자이자 주동자로 남는다. 또 전반에 허숭의 반대자였던 정선은 농촌 사업에 헌신하는 허숭의 보조자로 바뀐다. 이 작품에서 가치의 수혜자인 수동자는 드러나지 않으나, 농촌계몽활동을 통해 개선된 환경에서 살아갈 살여울의 농민이 1차적인 수동자라고 할 수 있다. 나아가 이런 활동을 통해 욕망을 실현하고 스스로를 치유하게 된 허숭과 정선도 수동자가 될 수 있다. 이 작품의 전반부와 후반부의 변화를 반영하여 보기 쉽게 표로 만들어보면 다음과 같다.[16]

수리오의 기능 분류	〈흙〉의 전반부 인물 기능	〈흙〉의 후반부 인물 기능
주동자	허숭	허숭, 작은갑
반대자	윤정선, 유정근	유정근
대상	농촌계몽	농촌계몽
발동자	한민교 선생	허숭
수동자	살여울의 농민	살여울의 농민
보조자	유순, 작은갑	유순, 윤정선

그레마스의 6개 행위소

프롭과 수리오에 이어서, 프랑스의 언어학자이자 기호학자인 그레마스A. J. Greimas는 《구조 의미론》(1966)에서 행위소 모델로 이 접근을 일반화시켰다. 그는 모든 서사 캐릭터를 쌍으로 질서화된 6개의 행위소로 구성되는 심층 서사문법의 표현으로 보았다. 즉 욕망을 탐색하는 주체(영웅)

캐릭터, 이야기 속의 인간

와 욕망의 탐색 혹은 목표가 되는 대상, (대상의) 발신자와 수신자, 주체에 대한 조력자와 적대자가 그것이다. 이를 간단한 도표로 나타내면 다음과 같다.

발신자 → 대상 → 수신자
↑
조력자 → 주체 ← 적대자

그레마스는 발신자와 수신자의 의미를 매우 중요하게 여기고 있다. 전통적으로는 주체의 행동이 중요하겠지만, 발신자는 그 행동을 하게 만드는 추동력이면서, 조절하고 그 결과를 심판하는 관리자로서 의미가 있다. 프롭이나 수리오의 경우와 마찬가지로 하나의 행위소가 하나의 캐릭터로 실현될 필요가 없다. 하나의 캐릭터는 하나의 역할 이상을 수행할 수도 있고 하나의 역할이 여러 캐릭터로 나누어질 수도 있다.

이해를 돕기 위해 동화 〈신데렐라〉의 기본 서사를 그레마스의 행위자 모델로 분석해보자. 잘 알려져 있듯 이야기는 간단하다. 주체는 신데렐라이고 신데렐라가 욕망하는 것은 왕자의 사랑이다. 신데렐라는 무도회장에 가고 싶지만, 새어머니와 두 언니 때문에 왕자를 만날 기회를 가지지 못한다. 이때 요술할머니가 나타나 무도회에 갈 것을 권유하고 이를 도와준다. 그리고 최종적으로 왕자의 사랑을 얻는다. 이를 행위자 모델 구조로 제시하면 다음과 같다.[17]

요술할머니(발신자) →	왕자의 사랑(대상) →	신데렐라(수신자)
	↑	
요술할머니(조력자) →	신데렐라(주체) ←	새어머니와 두 언니(적대자)

신데렐라 서사에서 목표는 왕자의 사랑이다. 이처럼 그레마스가 제시한 행위자는 캐릭터가 아닌 추상적인 어떤 것이 될 수도 있다. 또 요술할머니가 발신자이자 조력자가 되고 신데렐라가 주체이자 수신자가 되는 것처럼 하나의 캐릭터가 하나 이상의 역할을 수행할 수 있다.

지금까지 살펴보았듯, 캐릭터를 서사 기능으로 환원하여 유형화하는 구조주의적 분석법은 프롭의 주장에서 시작되어 수리오와 그레마스를 거치면서 보다 정교화되었다. 이 연구결과는 미국의 비교신화학자인 조지프 캠벨의 영웅 신화론과 결합되어 현대 영화이론에 큰 영향을 주었다. 이에 대해서는 이 장의 4절에서 더 상세히 살펴보도록 하겠다.

2. 사회문화적 유형과 모델

광대, 바보, 감상적 연인, 고통받는 예술가, 부자 구두쇠, 미친 과학자와 같은 캐릭터 유형은 겉모습은 바뀌었을지 몰라도 지금도 얼마든지 발견할 수 있는 캐릭터이다. 이처럼 시공간을 초월하여 반복 재생산되는 유형적인 캐릭터가 있다. 보편적인 인간형을 중시했던 근대 이전 서사에서는 유형적이고 평면적인 캐릭터가 주로 등장하였다. 그러나 궁극적인 인간 탐구와 새로운 인간형의 창조를 특징으로 하는 근대소설 이후에는

캐릭터, 이야기 속의 인간

유형적이기보다는 개성적이고 입체적인 캐릭터가 등장하여 독자는 서사물 속에서 다양한 성격의 인물들과 그들의 내면세계를 경험할 수 있게 되었다. 또한 영웅과 귀족이 아닌 우리 주변의 보통사람들이 극과 소설에 등장하면서 사회 환경과의 관계 속에서 새로운 캐릭터 모델을 발견하게 하였다.

사실상, 세상에는 허구의 캐릭터로 끌어올 수 있는 수많은 캐릭터 모델이 있다. 이들을 통해 한 사회의 주요문제를 보여줄 수 있게 창조해내는 것은 작가의 몫이다. 따라서 캐릭터 모델의 원천으로서 실제세계의 지식은 결코 바닥나지는 않을 것이다. 여기에 가상세계의 상상된 존재물까지 포함하면 캐릭터의 원천은 무한하다고 할 수 있다. 이 절에서는 그중 반복적으로 형상화되어온 다양한 유형의 예를 살펴보도록 하겠다.

1 | 테오프라스토스, 《캐릭터》

경험적인 측면에서, 인간을 관찰하여 유형화한 가장 오래된 예는 아마 고대 그리스의 철학자 테오프라스토스Theophrastus의 작업일 것이다. 테오프라스토스는 스승 아리스토텔레스가 쓴 《니코마코스 윤리학》에 제시된 선함의 덕목에 영향을 받아 인간의 부정적인 성격을 묘사한 책을 썼는데, 이것이 역사상 최초의 성격묘사에 대한 서적이 되었다. 그는 인간의 성격을 30가지의 유형으로 정리했다. 그것은 가식꾼, 아첨꾼, 겁쟁이, 공연히 참견하는 사람, 눈치 없는 사람, 부끄러움을 모르는 사람, 낭설꾼, 구두쇠, 멍청이, 퉁명스러운 사람, 미신에 사로잡힌 사람, 감사할줄 모르는 사람, 의심 많은 사람, 불쾌한 사람, 허영심 많은 사람, 수다쟁이, 성가신 사람, 무뢰한, 상냥한 사람, 무례한 사람, 불결한 사람, 조

야한 사람, 인색한 사람, 거만한 사람, 허풍선이, 과두정의 집정자, 험담꾼, 탐욕스러운 사람, 만학도, 악한 사람이다.

테오프라스토스는 이 캐릭터를 간략하면서도 효과적으로 때로 유머러스하게 소개하고 있어 캐릭터를 연구하고 창조하는 데 좋은 보기를 제공한다. 예를 들어 무뢰한은 다음처럼 소개한다.

그림 3.3 테오프라스토스(B.C. 371~B.C. 287)

무뢰한은 말이나 행동이 상스러운 사람을 말한다. 무뢰한은 경솔하게 맹세를 하며, 남을 모욕하는 데 무감각하며, 모욕할 준비가 되어 있다. 그는 동네 불량배 같은 성격이며, 태도가 음탕하고, 뭐든 할 준비가 되어 있다. 그는 가면을 쓰지 않고 진지한 태도로 음탕한 춤을 우스운 합창에 맞춰 추기를 마다하지 않는다. 공연이 있을 때는 돌아다니며 사람들한테 동전을 거두며, 표를 미리 샀기 때문에 공연에 돈을 낼 필요가 없다고 주장하는 관객과 싸움을 한다.[18]

테오프라스토스가 제시한 캐릭터 유형은 대개 도덕적·사회적 결함과 나약함을 드러내고 있다. 엄밀히 따져서 악은 아니지만 당대 그리스인들에게는 도덕적으로 악한 인물에 해당된다.[19] 그가 관심을 둔 것은 대책

캐릭터, 이야기 속의 인간

없이 나약한 것이 아니라 오직 어리석음과 우스꽝스러운 면으로서의 기괴함이나 나약함, 도덕적 결함들이다. 이런 이유로 이 책의 내용은 고대 그리스 신희극의 태동에 큰 영향을 끼쳤고, 르네상스기에 서유럽에 알려져 17세기 영국과 프랑스에 상당한 영향을 주었다고[20] 전한다. 16~17세기 이탈리아를 중심으로 크게 유행했던 코메디아 델 아르테도 이러한 유형적인 캐릭터에 기반을 두고 있다.

2 | 코메디아 델 아르테의 캐릭터 유형

'코메디아 델 아르테commedia dell'arte'는 글자 그대로 아르테arte(기술)를 가진 사람들이 연기하는 코메디아commedia(희극)라는 뜻으로, 16세기 이탈리아에서 시작되어 18세기까지 유럽 전역에서 번성한 대중극이다. 젊은 연인들의 사랑이야기를 레퍼토리로 하여 카노바치오canovaccio라고 부르는 간단한 장면 목록을 중심으로 즉흥극을 공연했다고 전해진다. 플롯의 최소한의 윤곽을 표시해놓은 카노바치오가 있었지만 무엇을 말하고 어떻게 행동하며 어떤 기술을 써야 할지는 배우의 몫이었다. 재능 있는 배우들은 새로운 제스처와 특징을 더해 진부한 뼈대에 생명을 불어넣기도 하였다. 배우는 자신의 캐릭터를 완전히 이해하고 자유롭게 상상하여 연기했던 것이다.

이것이 가능했던 것은 캐릭터의 유형성에 있었다. 배우는 캐릭터에 정해진 가면과 의상을 걸치고 등장하므로 관객은 금세 캐릭터를 알아볼 수 있었다. 예를 들어 '판탈로네'를 연기하는 배우는 "타이트하고 앞에 단추가 달린 밝은 붉은색의 짧은 재킷과 같은 색의 밀착되는 바지를 입었다. 기깝 셔츠 칼라는 재킷 위쪽으로 젖혀져 있으며, 평범한 소매가 있는 길고 검은 외투나 롱 코트인 지마라로 몸을 감쌌"고, "튀어나온 매부리코에 흑갈색이나 갈색을 띤 반가면"을 썼다.[21] 시기마다 다른 타입을 표현할 때도 있어 완전히 도식화하기 어렵지만, 대체적으로는 노인 세대 캐릭터인 판탈로네와 도토레(박사), 젊은 세대의 한 쌍 혹은 두 쌍의 연인, 희극적 하인과 하녀, 대장, 이렇게 열 명 정도의 배우가 등장했다고 한다.[22]

우선 주체가 되는 연인과 대비 구도를 형성하는 부모 혹은 주인 역할을 맡은 캐릭터가 판탈로네, 도토레, 카피타노로 각각 상인, 학자, 무사 계급을 풍자한다. 대체적인 특성을 정리하면 다음과 같다.[23]

- 판탈로네Pantalone: 대체로 지독한 수전노인 베니스 상인으로 나온다. 가족에 대한 애정이 부족하고 엄숙하고 엄격한 외양에 의심이 많고 신중하지만 가끔 너무 순진하게 믿어 속임을 당한다. 남들의 시선에 개의치 않고 젊은 여인과 사랑에 빠지고 싶어하여 아들의 연적이 되기도 한다.
- 도토레Dottore: 법학자나 의사로서 자신의 지식을 활용하지 못하고 떠돌아다니는 인물. 거리의 약장수 유형과 흡사하다. 터무니없는 말을 학자 연하면서 표현하지만 부조리하고 어리석다.
- 카피타노Capitano: 우스꽝스럽고 비속한 군인. 늘 자신의 군사적 수훈을 과장하고 허풍을 떨지만, 사실은 비겁하여 주변의 비웃음을 산다.

코메디아 델 아르테는 하인극으로 불릴 정도로 하인의 역할이 중요하다. 잔니zanni는 하인 역할을 하는 캐릭터들의 공통적인 이름이다. 잔니는 주인의 약점을 가지고 골탕 먹이거나, 반대로 순박하고 바보 같아서 언제나 당하기만 하는 약자로 나오기도 한다. 주인계급과 달리 인간의 원초적 특성을 거리낌 없이 드러내어 대중의 공감을 쉽게 불러일으킨다.

캐릭터, 이야기 속의 인간

이들은 하인 외에도 도박꾼, 바보, 건달 등의 하층민 역할도 하였다.[24]

- 아르레키노^{Arlechino}(아르캥): 하인이자 희극적 제스처와 곡예가 중요한 광대. 무례하고 빈정대기 좋아하고 단순 무지하다.
- 브리겔라^{Brighella}: 음모와 계략, 속임수에 능한 인물. 자신의 쾌락 외에는 관심이 없으며 쾌락을 위해 돈이 되는 일은 무엇이든 한다. 기타 연주도 하고 춤도 추는 인물.
- 풀치넬라^{Pulcinella}(펀치): 움직임이 굼뜨고 멍청한 구석이 있지만 교활하기도 하다. 탐욕스럽고 잔인하며 생활이 문란하여 방탕한 부르주아의 전형으로 보기도 하지만 다양한 역할을 해서 성격을 하나로 정의하기 어렵다.
- 페드롤리노^{Pedrolino}(피에로): 아르레키노와 함께 주인을 위해 계략을 꾸미고 수행하지만 다른 하인보다 온화한 편이다. 프랑스에서는 꾸밈없고 천진난만한 부분이 강조되고 감성적이고 예민한 인물 피에로로 변형되었다.

코메디아 델 아르테 극단이 순회공연을 하면서, 틀에 박힌 희극적인 행동과 줄거리의 기교가 유럽 각국에 영향을 주었다. 이 유형화된 인물들은 이름도 성격도 변모되어 잔니를 비롯하여 할리퀸^{Harlequin}, 피에로^{Pierrot}, 스카라무슈^{Scaramouche}, 펀치^{Punch}, 스카팽^{Scapin} 등 유럽 희곡에서 히니의 정통적인

그림 3.4 피에로: 익살꾼. 무지하지만 순정의 캐릭터. 시대비판도 하고 비극적인 입장에 서기도 함. 흰색의 주름 잡힌 폭넓은 칼라가 달린 의상을 입고 얼굴을 하얗게 분칠한 특유의 분장을 하고 등장한다.

역할을 하는 캐릭터가 되었다. 프랑스에서 이탈리아 극단과 함께 일했던 몰리에르, 영국의 벤 존슨, 윌리엄 셰익스피어 등은 그들의 작품 속에 코메디아 델 아르테에 나오는 인물들과 문학적 장치를 수용했다.[25]

몰리에르의 작품에는 법학자나 의사로서 허풍을 떠는 캐릭터 도토레가 가장 자주 등장한다. 또한 익살꾼 하인인 잔니와 이해타산이 빠르고 활동적이며 창의적인 책사형 하인 아르캥이 변형된 캐릭터도 자주 나온다. 부르주아 계급의 판탈로네는 희극 〈수전노〉(1668)의 주인공 아르파공으로 변형된다. 아르파공은 17세기 당시 파리의 부르주아 계급으로 수단과 방법을 가리지 않고 재산을 불리려고 하는 수전노이다. 화를 잘 내고 의심이 많고 금전에 대해 편집증적인 증세도 보인다. 젊은 여자에게 사랑을 받을 수 있다고 믿어 고령과 추한 외모에도 불구하고 아들이 사랑하는 마리안과 결혼할 생각을 한다.[26] 수전노로서 순진하게 사람을 믿어 하인들로부터 속임을 당하고, 젊은 여인과 사랑에 빠지고 싶어 아들의 연적이 되기도 하는 판탈로네의 이야기가 아르파공의 형상화에 그대로 반영되어 나타난다. 그밖에 할리퀸과 피에로 등은 할리우드 영화의 단골 캐릭터로 현재도 계속 변형, 재탄생되고 있다.

3 | 모티프와 캐릭터 유형

사회문화적 캐릭터 유형은 그대로 주제를 드러내기 위한 하나의 모티프와 겹치는 경우가 많다. 모티프motif란 이야기의 주제가 되는 최소단위의 요소, 다른 작품에 옮겨져도 해체되지 않고 통일성을 유지하는 요소를 말한다. 즉, 전승을 가능하게 하는 핵심적 힘을 가진 요소로서, 캐릭터가 이야기의 원천이 되기도 하고 이야기가 캐릭터의 원천이 되기도 한

캐릭터, 이야기 속의 인간

다. 다시 말해서 하나의 캐릭터 특성 속에 이야기를 만들어내고 주제를 구현하기 위한 갈등과 문제가 내재되어 있다는 것이다. 문학 주제를 중심으로 하여 이야기를 분류하고 범주화한 목록에서 이러한 유형적 캐릭터를 발견할 수 있다.

아르네Antti Aarne—톰슨Stith Thompson의 세계 설화 분류안은 아르네가 수집한 2,500개의 플롯을 여러 범주로 분류한 것인데, 이 모티프 색인에서 캐릭터에 대한 것을 찾아볼 수 있다. 설화 분석의 중심 모티프로 등장하는 현자와 바보, 어리석은 괴물, 추한 귀신, 죽은 자, 악당과 사기꾼, 포로와 도망자, 버려진 아이, 잔인한 부모(계모, 이복형제) 등이 그러하다. 엘리자베스 프렌첼Elisabeth Frenzel의 작업도 유사하다. 프렌첼의 《세계문학 모티프Motiv der Weltliteratur》(1976)에도 앞서 살펴본 유형적인 캐릭터의 이야기가 모티프로 제시된다. 이재선이 정리한 프렌첼의 모티프 중 캐릭터가 중심을 이루는 것을 나열해보면 다음과 같다.[27]

간부姦婦의 서방, 거지, 경쟁자, 계집종, 고등 사기꾼, 고리대금업자, 고상한 야만인, 교화된 여자 죄인, 귀염둥이, 귀향자, 기인奇人, 노총각, 도둑맞은 아이, 독신녀, 독재자, 두 여자 사이의 한 남자, 뒤바뀐 아이, 똑똑한 바보, 마녀, 마법사, 매춘부, 모반자, 반역자, 배반자(밀고자), 버려진 아이, 버림받은 여인, 부랑자, 비방 받은 아내, 사랑에 빠진 노인, 사악한 유혹녀, 소인배, 순진한 바보, 순교자, 실연한 여인, 악녀, 악마의 아들, 악한, 여순교자, 여자 적, 요부, 우울증 환자, 우월한 하인, 위법자, 위선자, 유혹자, 은자, 의로운 도적, 이주자, 이중자아(이중인격), 염세가, 구두쇠(인색한), 예인, 잘못된 충고자, 놀이꾼(장난꾼), 적대적 형제, 조상彫像에 생명주기, 종(종복), 줏대 없는 매춘부, 찬탈자, 창부, 창피당한 지배자, 투기업자, 하녀, 흡혈귀

프렌첼은 이보다 앞서 모티프의 특수한 변형 내지 개별화로서 세계문학 테마에 대한 사전도 만들었는데, 이 저작은 신화·역사·문학작품에 등장하는 298개의 항목(인물)으로 이루어져 있다. 허구이든 실재이든 개별 인물이 바로 문학테마Stoffe가 될 수 있음을 보여주는 셈이다.[28] 홀스트 잉그리트 뎀리히의 《문학의 주제와 모티프》 역시, 프렌첼이 제시한 모티프의 많은 것이 들어가 있다. 즉 기로에 선 헤라클레스, 나이팅게일, 나폴레옹, 다윗, 네델란드인(방랑자), 로빈슨, 메데아, 메피스토펠레스, 베케트, 아브라함, 엘렉트라, 오딧세이, 율리시즈, 오르페우스, 오이디푸스, 요나, 욥, 잔다르크, 제우스, 카인과 아벨, 파우스트, 판도라, 프로메테우스, 피그말리온 등 신화나 전설, 성경, 혹은 역사상의 인물을 문학 주제와 모티프로 제시하고 있다. 이들이 언급한 인물들은 현재까지도 다양한 서사물로 변형되고 있을 정도로 이야기 가치가 충분히 있는 매력적인 존재들이다.[29]

프렌첼이나 뎀리히의 작업처럼 우리 고전문학의 소재를 캐릭터 항목을 통해서 접근할 수 있는 연구도 많다. 고전 서사는 대체로 인물을 중심으로 관습적인 전개방식을 보여주기 때문에 캐릭터에 주목한 연구 성과가 상당히 많이 축적되어 있는 편이다. 《삼국유사》에 나오는 신화적 역사적 인물 이야기를 재해석하여 풀어 쓴 저서를 비롯하여, 고전 시가와 서사의 캐릭터를 성격에 따라 범주화하여 정리한 연구도 적지 않다. 한국 고전 서사의 인물군상을 총망라한 《한국 고전소설 등장인물 사전》(2012)은 무려 882편의 소설을 대상으로 하여 21,844명의 등장인물에 대한 설명을 21권으로 나누어 수록하고 있다.[30] 한마디로 고전소설 캐릭터의 데이터베이스라고 할 만한 것으로서 작품 내 캐릭터의 이야기와 갈등, 역할, 캐릭터 간의 관계가 정리되어 있다. 서대석을 비롯한 일군의

캐릭터, 이야기 속의 인간

고전문학 전공자들이 《우리 고전 캐릭터의 모든 것》(전4권)이라는 제목으로 내놓은 85개 유형의 캐릭터도 같은 맥락에서 참고하기에 적절하다.

우리 옛 문학작품에 등장하는 캐릭터들은 대체로 평면적이고 유형적이다. 그러나 이것은 캐릭터 형상화 방식의 특성일 뿐, 실제 작품을 살펴보면 다채롭고 매력적이며 때로 낯설기도 한 캐릭터가 많다. 신화와 환상세계를 넘나들고, 힘들고 어려운 현실세계를 당당하게 살아가는 캐릭터는 현재의 우리에게 새롭게 다가와 공감을 불러일으키고 상상의 힘을 발휘하게 한다. 위의 연구 성과들은 텍스트에 직접 접근하기 어려운 독자들이 고전 캐릭터를 이해하고 재해석하며, 나아가 고전 캐릭터의 재유형화하고 현대적으로 변용하는 데 유용한 자료이다. 다만 이런 항목화 작업은 그저 개별 이야기를 인물 중심으로 정리한 것으로서 캐릭터의 변형과 주제화의 모델이 되기 위해서는 범주화와 유형화라는 후속 작업이 요청된다.

몇 편의 주요 저작에서 확인했듯, 오랜 시간에 걸쳐 반복되어 나타나고 변형되는 모티프와 캐릭터 유형을 수집하여 제시한다면 이처럼 세계문학의 주제를 모두 끌어올 수밖에 없을 것이다. 따라서 어떤 면에서 이러한 자료 축적과 분류는 비효율적인 작업이 될 수도 있다. 동시에 바로 이 점이 캐릭터의 창조가 무궁무진하게 이어질 수 있음을 확인시켜준다. 이 많은 모티프의 변형과 결합, 그리고 새로운 허구적 세계와의 만남으로도 우리는 낯익으면서도 낯선 캐릭터를 얼마든지 만날 수 있을 것이다.

4 │ 캐릭터 모델의 발견과 창조

근내 이후 사실직인 시사의 주인공은 유형적인 특성을 넘어서 개성을 지닌 한 인간으로 그려졌다. 작가는 사회문화적인 특수한 배경 속에서 문제적인 캐릭터 모델을 발견하고 이야기에 적극적으로 끌어들였던 것이다. 이 캐릭터를 구성하는 것은 사회의 일반적인 아비투스habitus 지식으로서,[31] 독자는 캐릭터의 사회적 위치, 교육환경, 계급 위상 등의 조건으로부터 어느 정도 예측 가능한 성향을 발견할 수 있다. 사실적인 캐릭터는 시공을 초월하여 반복되는 성격을 가진 것이 아니라, 특수한 시공간에서 탄생된 전형성을 드러내고 있다. 즉 한 사회에 널리 퍼져 있는 속성을 철저하게 재현하고 있는 캐릭터 모델이다.

예를 들어 한국에서 1920~30년대에 새롭게 나타난 신여성들, 즉 카페여급, 여학생, 모던 걸 등은 당시의 소설에 자주 등장한 캐릭터 모델이다. 신여성은 구여성과 대비되어 신문물을 수용한 적극적이고 독립적인 성격을 보여주었다. 남성작가들은 대체로 신여성들을 팜 파탈 유형의 캐

그림 3.5 전후 산업화 과정의 여공, 식모라는 캐릭터 모델은 중산층의 욕망과 불안을 비추는 매개적 성격을 갖기도 한다. [김기영 감독의 〈하녀〉(1960 개봉; 2010 재개봉)]

캐릭터, 이야기 속의 인간

릭터로 그려내어 당시 신여성을 왜곡시키고 환원시켜 보았다는 지적을 받기도 했다. 팜 파탈 캐릭터는 1950년대 '아프레 걸' '전쟁미망인' 등의 여성군 형상화에 다시 등장하였는데 외양과 역할, 학력과 환경, 취향 등에서 당대 사회의 특수한 문제가 반영되어 있다. 전체적으로 남성성을 위축시키고 가부장제적 질서를 흔들고 있다는 점에서 공통되지만, 이 여성들의 어떤 면모가 '나쁜' 지점, 위험한 요소가 되고 있는가에 대한 해석은 시대마다 다르다. 한편 1970년대 한국의 여공, 식모 등의 캐릭터 모델은 산업화시대 가족을 위해서 노동을 택한 희생적인 미혼 여성군으로 자주 등장하였다. 이들에게서 시대적 특수성을 삭제하면 가족 혹은 권력에 희생되는 소녀로 유형화시킬 수 있겠지만, 이들의 서사에는 도시화·산업화 속에서 억압된 욕망과 사회의 병리적 요소 등 간과할 수 없는 문제가 포함되어 있다.

5 | 캐릭터의 유형화와 개성화

캐릭터의 창조적 발견과 유행, 그리고 유형화의 과정은 문학 장르의 탄생과 소멸의 과정에서 흔히 볼 수 있듯 매우 자연스러운 일이다. 처음에는 개성적으로 창조된 캐릭터도, 문학적 패턴/고정관념이 생기면서 시대적·문화적 특수성은 사라지고 하나의 스테레오타입으로 굳어질 수 있다. 이런 점에서 모든 캐릭터 모델은 새로운 유형적 캐릭터가 될 가능성을 가지고 탄생한다. 그 예로 '바이런적 영웅Byronic hero'을 들 수 있다.[32] 바이런적 영웅은 바이런의 반자전적 서사시에 처음 등장하였다. 로맨틱한 영웅의 한 유형으로서 기존 사회에 반항하는 반사회적이며 비도덕적이고 개인적인 인물이었다. 이 매력적인 캐릭터는 이후 많은 서사에서

응용되어 자만심 있고 변덕스럽고 냉소적인 사람, 어두운 곳에 숨어 있는 이상적 영웅, 문제가 있고 신비한 과거를 가진 방랑자 기질의 캐릭터를 가리키는 용어가 되었다. 처음에 독특한 캐릭터였으나 점차 유럽으로 퍼지고 반복하여 등장하면서 상투적인 유형으로 굳어진 것이다.

2000년대 후반에 등장하여 대중적 서사물로 자리 잡은 한국의 칙릿 chick-lit 소설의 주인공도 유사하다. 처음에 이 캐릭터는 우리에게 퍽 낯선 존재였다. 현실의 문제점은 괄호 속에 둔 채 자기 욕망에만 충실하며 그저 자본주의에 대한 순응하는 소비적인 모습이 그러하였다. 그러나 이런 서사가 점차 늘어나고, 드라마나 영화로도 제작되는 등 대중의 호응을 얻었다. 칙릿의 서사는 가부장제와 같은 여러 억압으로부터 자유를 얻은 자아의 형상, 소비에 대한 욕망을 거부하지 않는 여성 주체의 자기구현으로도 읽혔기 때문이다. 그리고 현재 미혼의 주체적인 직장여성 캐릭터는 더 이상 허구적 서사에서도 현실에서도 낯선 존재가 아니다. 그런가 하면 조남주의 〈82년생 김지영〉의 주인공처럼, 특정 세대가 공통적으로 경험하고 해결해야 할 사회문제와 갈등을 디테일하게 재현하는 경우도 눈여겨볼 필요가 있다. 이를 통해 현재 우리가 처한 사회문제를 드러내는 사실적 모델을 확인할 수 있다. 물론 이런 모델이 전형성과 보편성을 획득할지는 오랜 시간이 지나야 알 수 있을 것이다.

위에서 확인했듯, 캐릭터의 유형과 실제세계의 캐릭터 모델 사이의 경계선은 역동적이고 종종 선을 분명히 긋기도 어렵다. 실제세계로부터 문학적 캐릭터를 창조해내지만, 반대로 실제의 인간이 문학적 캐릭터를 모방하여 닮아가기도 한다. 패턴이 끊임없이 양방향으로 흐르는 것이다. 이러한 경계선을 제대로 분석하기 위해 R. 슈나이더Ralf Schneider는 흥미로운 모델을 제안하였다. 슈나이더는 독서 이해에 대한 경험적 연구를 하

캐릭터, 이야기 속의 인간

면서 관찰한 '하향식' 및 '상향식' 프로세스를 기반으로 하여, 여기에 나타나는 심리적 또는 인지적 역동성을 설명하는 모델을 만들었다. 그에 의하면 하향식 프로세스는 캐릭터에 대한 정보를 하나의 카테고리에 통합하고 적용하는 것이다. 이를테면 교사나 미망인은 사회적인 캐릭터 유형으로, 성장소설에 나오는 영웅은 문학적 캐릭터 유형으로, 스토리 전체를 통해 변하지 않는 캐릭터는 텍스트적 캐릭터 유형으로 분류하는 식이다. 한마디로 캐릭터의 특성을 기존의 어떤 캐릭터 유형에 포함시킬 만한 관습적이고 낯익은 것으로 분석하는 것이 하향식 프로세스이다. 반면 상향식 프로세스는 독자가 캐릭터에 대해 주어진 정보를 기존 유형화된 범주에 통합할 수 없을 때 발생한다. 이때 캐릭터의 개성화가 나타난다.[33]

김유정 소설의 캐릭터 모델과 OSMU[34]

캐릭터가 강하게 부각되어야 높은 이야기 가치를 지닐 수 있다. 이 점에서 캐릭터는 이야기의 원형이자 콘텐츠의 핵심이다. 당시 사회문화적 특성을 드러내는 캐릭터 모델이 한 작품에 등장하는 개성적인 캐릭터가 되고 시대를 떠나 공감할 수 있는 보편적인 인간 특성까지 지닌다면 다양한 변형 가능성이 있는 거점 콘텐츠[35]가 될 수 있다. 그러한 예로 김유정 소설의 캐릭터를 들 수 있다.

김유정 소설에서는 여러 작품에 유사하게 등장하는 유형적이고 평면적인 캐릭터를 발견할 수 있다. 이런 캐릭터는 뚜렷한 성격과 반복적인 모티프가 결합되어 스토리텔링을 위한 캐릭터로 개발하여 활용하기 좋다. 또한 김유정 소설의 인물들은 대개가 하층계급으로서 분명한 직업 내지 계층적 특성을 보여주고 있다. 들병이, 소작빈농, 머슴, 마름, 까페 여급, 차장, 행랑어멈 등 당대 사회+소와 현실을 새현하는 모델 캐릭터로서도 적합하다. 한편 캐릭터의 태도와 행동방식에서 전통적 정서와 일상의 해학성을 느낄 수 있다. 남편에 대한 아내의 순종적이고 희생적인 태도와 남편의 거칠면서도 정이 느껴지는 행동, 우직하고 바보스러운 캐릭터들의 느리고 어리숙한 태도가 그렇다.

김유정 소설에는 명명법과 성격 유형의 면에서 작품 간에 공통점을 보이는 캐릭터가 있다. 여러 작품에 유사한 이름의 유사한 성격을 가진 캐릭터가 등장한다는 것이다. 전신재는 이런 캐릭터를 '덕만'류, '뭉태'류, '점순'류로 정리하여 제시한다. 〈산골나그네〉의 덕돌, 〈총각과 맹꽁이〉의 덕만, 〈떡〉의 덕희, 〈가을〉의 복만 등은 농촌을 배경으로 한 순박하고 바보 같은 캐릭터로서 유사점을 가지고 있는데 이들을 '덕만'류로 분류할 수 있다. 〈총각과 맹꽁이〉, 〈솥〉, 〈봄봄〉, 〈안해〉에 동일하게 '뭉태'라는 이름으로 등장하는 '뭉태'류는 건달형으로서 덕만과는 대조적이다. '점순' 역시 〈봄봄〉과 〈동백꽃〉에서 야무지고 당돌하여, 소박하고 우둔한 남성들을 리드하는 농촌 여자아이로 그려진다.[36]

인물 유형	해당 작품 – 해당 인물
'덕만'류	산골 나그네 – 덕돌, 총각과 맹꽁이 – 덕만, 떡 – 덕희, 가을 – 복만, 금 – 덕돌, 땡볕 – 덕돌
'뭉태'류	총각과 맹꽁이·솥·봄봄·안해 – 뭉태
'점순'류	봄봄·동백꽃 – 점순

이 유형을 확대하면 김유정 소설에서 (아내를 파는) 남편, (희생적인) 아내, (히스테리컬한) 누이, (난봉꾼인) 형, (이기적이고 약삭빠른) 행랑어멈 등으로 캐릭터를 목록화하는 것이 가능해진다. 이때 이들의 성격화에

캐릭터, 이야기 속의 인간

는 '아내를 팔다' '남편의 등쌀에 들병이로 나서다' '동생에게 히스테리컬
하게 대하다' 등의 사건과 행동유형이 따라간다. 예를 들어 '(아내를 파
는) 남편'의 경우는 다음처럼 정리할 수 있다.

인물 유형	해당 작품	해당 인물	직업	관련 이야기
'남편'류	가을	조복만	무직	'조복만'은 소장수인 황거풍에게 아내를 오십 원에 팔며 황당한 매매계약서까지 작성한다.
	소낙비	춘호	날품 팔이	'춘호'는 투전판에 나갈 밑천 이 원 때문에 치장까지 시켜가면서 아내에게 매춘을 권장한다.
	땡볕	덕순	날품 팔이	'덕순'은 병든 아내를 의학연구용으로 바쳐서 병도 고치고 월급도 받아 팔자를 고치려는 허망한 기대를 걸었다가 그 꿈이 깨어지자 실망한다.

이들은 무지하고 가난하기 때문에 자신의 우행으로 더 큰 문제가 생길
수 있다는 것을 모르는 '남편'류이다. 이 남편들 곁에는 이를 가능하게 하
는 캐릭터군으로서 순종적인 아내가 있다. 〈소낙비〉의 춘호의 처, 〈산골
나그네〉의 나그네 여인, 〈금따는 콩밭〉의 영식의 처와 같이 '순응하고 희
생하는 아내'가 그들이다. 그러나 김유정의 소설에는 〈정조〉의 행랑어
멈, 〈떡〉의 개똥어머니, 〈애기〉의 필수 아내와 같이 '현실적이고 이기적
인 아내'류도 등장한다. 현실적인 아내는 먹고살기 위해 생활전선에 뛰어
드는 '들병이'류, 즉 들병이가 된 아내들이다.

인물 유형	해당 작품	해당 인물	직업	관련 이야기
'들병이' 류	산골 나그네	나그네 여인	작부	거지 아내는 병든 남편을 살리고 옷을 얻기 위해 들병이가 되고 위장 결혼까지 한다.
	솥	계숙	들병이	계숙은 남편 뜻에 따라 들병이로 나선다. 근식은 계숙의 기둥서방이 되어 편하게 살아보려고 계숙과 떠날 꿈을 꾸나, 이때 계숙의 남편이 나타난다.
	안해	아내	가사	아내는 남편의 뜻에 따라 열심히 들병이가 될 연습을 하고, 동네 남자들과 어울린다.

들병이는 1930년대 궁핍한 농촌에서 유랑 농민의 아내들이 먹고살기 위한 최후의 방식으로 선택한 직업이다. 따라서 들병이로 나선 아내들은 대표적인 현실타개형 여성 캐릭터라고 할 수 있다.

김유정의 소설 중 〈형〉, 〈생의 반려〉, 〈두꺼비〉, 〈연기〉, 〈심청〉, 〈이런 음악회〉, 〈슬픈 이야기〉는 도시를 배경으로 한 작품이며, 이중 상당 부분은 자전적인 내용이다. 따라서 이 작품에 등장하는 '나' 혹은 초점화된 인물의 캐릭터와 사건은 김유정이 상처투성이의 우울증, 결핵 환자이며 염인증을 지닌 잠재적 말더듬 증상을 보인 불행한 작가[37]임을 전달할 수 있는 인포메이션 스토리텔링이 될 수 있다. 이 중 '누이'류에 해당되는 인물과 해당 정보를 보자.

인물 유형	해당 작품	해당 인물	직업	관련 이야기
'누이'류	생의 반려	누님	양복부 직공	누이는 불안정하며 히스테리컬하고 때론 우울하지만 가끔씩 착한 심성의 소박하고 인정 많은 모습이 된다.

캐릭터, 이야기 속의 인간

		제복	누나는 고달픈 직장생활로 동생에게 짜
따라지	톨스토이 누님	공장 노동자	증을 부리고 화풀이하다가도 동생이 집 을 나가면 동생을 걱정한다.
연기	누님		(동일)

'누나'는 〈따라지〉, 〈생의 반려〉, 〈연기〉에서 양순한 동생을 향해 세상의 설움과 고통을 퍼붓는 히스테리컬한 캐릭터이다. 그러나 동생에게 모성애적인 애정을 보이기도 하는 양면성을 지니고 있다. 누나의 피해의식은 결혼의 실패와 양복공장에서의 피로, 생활고, 병든 동생의 뒷바라지 등으로 인한 것이다. 이 점에서 당대 사회의 가난과 가부장제의 희생자이며 시대적 산물의 피해 여성으로 성격화되어 있기도 하다.[38]

위에서 살펴본 각 캐릭터유형은 해당 작품에 대한 더 상세한 분석을 통해 구체적인 사건을 덧보탤 수 있다. 처음에 제시한 '뭉태'류, '덕만'류, '점순'류에 대한 관련 이야기를 보태고 이 외의 주변 캐릭터 유형들, 곧 '카페여급'류, 호색한인 '이주사'류, 아첨 잘하는 '행랑어멈'류 등을 더한다면 스토리텔링을 위한 기본적인 캐릭터 모델 목록을 완성할 수 있을 것이다.

3. 인간의 심리와 캐릭터 유형

캐릭터에서 인간 존재에 대한 해명을 보여주고 읽어내고자 할 때, 인간 심리에 대한 탐구결과는 중요한 근거가 된다. 물론 문학작품을 정신분석적으로 접근하려는 시도는 종종 작가나 캐릭터를 정신질환자로 보려 한다는 의심과 비판을 받기도 했다. 그러나 오히려 텍스트 표면에서 읽어내기 어려운 인간의 내면을 포착하여 분석함으로써 훨씬 풍부한 의미를 찾아낼 수 있음이 확인되면서 심리학적·정신분석학적 연구결과의 적용은 더 확대되고 있다.

사실 심리학 자체는 캐릭터의 원형을 직접적으로 드러내지 않는다. 그러나 심리학적 연구결과는 캐릭터의 특징과 그 내면을 연결시켜 이해하고 풍부하게 창조해낼 여지를 마련해준다. 프로이트가 제시한 오이디푸스 콤플렉스, 이드·에고·초자아·의식의 위기 등 신경증적 갈등과 성심리 단계는 캐릭터의 창조와 심리적 분석에서 수많은 논의를 불러일으켰고 여전히 문학연구에서 중요한 시사점을 제공한다. 융이 제시한 집단 무의식과 원형은 할리우드 영화의 한 공식을 만들어내고 공감할 수 있는 수많은 캐릭터 유형과 플롯을 만들어냈다. 이 외에도 에릭 에릭슨의 정체성 갈등, 아들러의 동기간 경쟁, 롤로 메이의 실존적 갈등 등의 심리학 이론[39]에서도 캐릭터의 행동과 태도에 일관성을 부여할 수 있는 정보를 얻을 수 있다.

1 | C. G. 융의 심리 유형론과 MBTI

C. G. 융Carl Gustav Jung이 제시한 심리학 유형과 그 기준은 현재까지 영향력있는 성격유형연구에 중요한 토대가 되었다. 융은 리비도적 에너지가 어디를 향하는가에 따라 인간의 태도를 내향형과 외향형으로 나누었다. 객체보다 주체를 중시하고 내부의 자기 주관에 따라 판단하는 것이 내향적인 태도이고, 주체보다 객체를 중시하여 외부의 객관적 규준에 따라 판단하는 것이 외향적인 태도이다. 알려져 있다시피 외향형은 활발하

캐릭터, 이야기 속의 인간

고 결단이 빠르며 통솔력도 있고 사교적이지만, 내향형은 내성적이고 사려가 깊으나 결단력이 부족하다. 융은 여기에 합리적이고 독립적인가, 아니면 비합리적인가를 또 다른 기준으로 삼아 판단기능은 사고형과 감정형, 인식기능은 감각형과 직관형으로 나누었다. 이렇게 하여 8개의 성격유형을 제시하였다.[40]

융은 이렇게 만들어진 8개의 유형이 지니는 구체적인 특성을 각각 제시하고 있다. 이 중 내향형이고 판단기능상 비합리적인 감정형은 다음과 같은 특징을 보인다.

- 내향적 감정형

감정이 분화된 형으로서 내적인 기준에 의해 움직이므로 감정을 잘 표현하지 않고 감추며, 남들이 접근하기 어렵다. 남에게 영향을 끼치려 하지도 않고, 타인의 기분을 돋우려 하지도 않으며, 조용하고 확실한 감정상의 중간 위치에 있어, 내적인 조화, 침착, 자부심이 강한 인상을 주기도 한다. 반면 외향적 사고기능이 미분화되어, 객관적인 사실에 관한 자료에 압도되기 쉬우며, 너무 일을 세밀하게 하려고 하므로 효과적으로 끝내기 어렵다는 결점이 있다. 자신의 경향을 가치 절하시키는 느낌을 받으면 '나쁜 모략'이 있다고 의심하고 추리를 하게 되는데, 이는 열등한 외향적 사고의 과보상인 경우가 많다.

내향적 감정형과 모든 면에서 다른 특성을 보이는 외향적 감각형은 인식기능상 합리적인 특성을 보이는 감각형으로, 다음과 같은 특징을 보인다.

■ 외향적 감각형

현실주의자이나 사실이 무엇을 뜻하는가에 관해서는 별로 관심이 없다. 구체적인 사물에 대한 새로운 경험을 쉴 새 없이 쌓아가는 형으로서, 언제나 새롭고 강렬한 감각적 자극을 주는 대상을 향해 나아간다. 또 외부 현실을 재빠르게 객관적으로 파악하고 관계를 맺으며, 새로운 기계나 물건에 몰두하고 장단점을 즉시 파악할 줄 안다. 훌륭한 사회자, 기획 전문가, 미식가, 탐미주의자 스타일이며, 호색, 방종하며, 스릴을 즐기는 남성에게 많이 발견된다. 그러나 직관이 열등해서 생각하는 것을 중시하지 않고, 내향적 사고는 추상적이라고 여긴다. 여러 종류의 중독, 도착, 강박증과 성적인 대상에 대한 질투환상에 시달릴 수 있다는 결점이 있다.

융이 제시한 심리 유형론은 인간의 성격을 파악하는 다양한 유형론의 토대가 되었다. 그 대표적인 것이 MBTI 검사[41]이다. MBTI는 4가지 기질, 즉 보호자형(SJ), 창조자형(SP), 지식인형(NT), 선지자형(NF)을 기본으로 하여 인간의 성격을 총 16가지 유형으로 나눈다.[42] 이를 보기 쉽게 표로 제시하면 다음과 같다.

보호자형 (관리자형, SJ)	책임감이 강하고 안정되고 예측 가능한 것을 좋아하는 현실적인 전통주의자 유형	사실에 근거하여 사고하는 청렴결백한 논리주의자(ISTJ), 헌신적이며 성실하며 용감한 수호자형(ISFJ), 엄격한 관리자형(ESTJ), 이타적이고 사교적인 외교관형(ESFJ)
창조자형 (탐험가, SP)	자유를 중시하는 행동가, 다양한 경험을 즐기는 유형	대담하고 현실적인 만능재주꾼형(ISTP), 융통성 있고 호기심 많은 예술가형(ISFP), 명석하고 뛰어난 직관력 가진 사업가형(ESTP), 즉흥적이고 에너지 넘치는 자유로운 영혼의 연예인형(ESFP)

캐릭터, 이야기 속의 인간

지식인형 (분석형, NT)	독립적이고 미래지 향적이며 지적인 연구와 성취를 중 시하는 관념주의자 유형	상상력이 풍부하고 용의주도한 전략가형 (INTJ), 끊임없이 새로운 지식을 찾는 혁신가 이자 논리적인 사색가(INTP), 대담하면서도 상상력이 풍부하며 강한 의지를 지닌 통솔자 형(ENTJ), 지적인 도전을 두려워하지 않고 뜨 거운 논쟁을 즐기는 변론가형(ENTP)
선지자형 (외교형, NF)	열정적이고 창의적 이며 미래를 중시 하는 이상주의자 유형	영감으로 지치지 않는 선의의 옹호자형 (INFJ), 상냥하고 이타적이며 낭만적인 중재 자형(INFP), 넘치는 카리스마와 영향력을 가 진 정의로운 사회운동가형(ENFJ), 재기발랄 하고 자유롭게 어울리기 좋아하는 활동가형 (ENFP)

이 16가지의 유형은 허구
적인 캐릭터의 예를 통해 좀
더 구체적으로 이해할 수 있
다.[43] 영화 〈주유소 습격사
건〉(1999)의 캐릭터를 보자.
이 작품은 전직 야구선수인
'노마크', 오해와 편견으로
상처받고 악으로 버티는 '무
데뽀', 음악이 없으면 소화
도 못 시키는 인디밴드 락커
이자 가수 지망생 '딴따라',
엄격한 가족 분위기와 아버
지 때문에 가출한 화가 지망

▌ **그림 3.6** 영화 〈주유소습격사건〉(김상진 감독, 1999)

생 '페인트'가 그저 심심해서 주유소를 습격하는 이야기이다. 캐릭터의 명명에서부터 성격을 그대로 드러내어 희화화되고 있다. 이 영화의 캐릭터를 MBTI 유형으로 분석한 연구에 의하면, 노마크는 청렴결백한 논리주의자(ISTJ)이고, 페인트는 만능재주꾼형(ISTP)이다. 노마크는 주유소를 습격할 때마다 다른 캐릭터와 달리 순서에 따라 계산을 하여 행동한다. 또 위기상황에서 침착하게 사태를 살펴 위기를 넘기며, 원리원칙과 주관적인 사실과 진실에 집착하는 행동을 보이고 의지적인 추진력이 강하고 신속한 결론에 도달해내는 능력이 있다. '노마크no mark'라는 별명 역시 공격자가 마음대로 할 수 있는 상태라는 뜻으로, 이런 성격유형을 염두에 둔 명명으로 보인다. 그러나 동시에 '실패한 사람'이라는 의미로도 해석된다. 또 페인트는 자기 본위적이고 규칙과 법칙에 얽매이지 않으며 도구 사용법의 대가다운 면모를 보여 만능재주꾼형 성격을 그대로 보여준다. 심리적 성격유형을 이처럼 캐릭터 형상화에 반영한다면 적절한 사건을 만들고 성격의 일관성을 높일 수 있을 것이다.[44]

2 | 정신분석적 진단에 의한 유형

문학 연구는 프로이트를 비롯한 정신분석가들의 연구결과로부터 많은 것을 빌려 쓰고 있다. 이를테면 프로이트가 말한 꿈의 해석과정이 문학 분석가의 연구와 유사한 작업이라고 보고 꿈을 해석하기 위해 쓰는 방어기제(억압, 부인, 투사, 동일시, 퇴행, 합리화, 치환, 반동형성 등)를 작가와 인물, 독자의 심리를 해석하는 데 이용하기도 한다. 오이디푸스 콤플렉스와 엘렉트라 콤플렉스는 문학작품에 자주 등장하는 가족문제와 인간의 성장을 설명하는 유용한 해석도구로 일찌감치 자리 잡았다. 심리

캐릭터, 이야기 속의 인간

학적 연구결과에서 나온 인간유형 구분법을 소설 속 작중인물을 분석하고 창조하는 데 참조하기도 한다. 매저키스트, 새디스트, 과대망상증, 자기도취, 공포증, 편집광, 우울증과 같은 증상은 소설의 인물을 분석하는 데 중요한 암시를 주기도 했다.[45]

최근까지 연구된 정신분석적 진단 기준은 인간의 다양한 면모를 이해하는 데 참고할 수 있다. 정신분석가들은 환자의 성격구조를 분류할 때, 성격의 성숙 정도를 보는 발달적 차원과 성격의 유형을 살피는 유형적 차원을 함께 본다. 건강한 사람도 스트레스가 심하면 일시적으로 정신병적 반응을 보일 수 있고, 가장 망상이 심한 정신분열증 환자라도 멀쩡한 순간이 있기 때문이다.

다음의 표는 낸시 맥윌리엄^{Nancy McWilliam}이 제시한 것을 변형한 것인데, 분석적 진단 전문가들이 환자의 성격구조를 분류할 때 암묵적으로 사용하는 방법을 시각화한 것이라고 한다. 수직축은 성격유형을 정신병질(반사회성), 자기애성, 분열성, 편집성, 우울성과 조증, 피학성(자기패배적), 강박성, 히스테리적(연극성), 해리성으로 나눈 것이다. 수평축은 인간의 발달적 차원을 정신병 수준, 경계성 수준, 신경증 및 건강한 수준으로 나눈 것으로서 증상이 심각하여 치료가 필요한 상태부터 그저 하나의 지배적인 특성이 강할 뿐인 건강한 상태까지 각 범주마다 병리의 수준을 함께 고려해볼 수 있다.[46] 사람들에게 어떤 성격성향이 강하게 나타나기도 하지만 하나의 성격유형만 가지고 있지는 않다. 이 경우 두 유형의 성격조직을 조합하여(예: 편집-분열성, 우울-피학성) 더 적절하게 기술할 수 있다. 위의 표를 보고 인간의 성격을 상상하여봄으로써 개인의 갈등과 특이점을 더 잘 이해할 수 있을 것이다.

심리학자 윌리엄 인딕^{William Indick}은 이러한 심리학적 연구결과를 영화

유형적 차원	발달적 차원	신경증 및 건강한 수준	경계선 수준	정신병 수준
성격유형	설명			
정신병질 (반사회성)	다른 사람에게 영향력을 행사하고, 조종하고 이기려고 하는 구조적 욕구를 가지고 있다.			
자기애성	자존감을 유지하려는 시도를 중심으로 성격이 조직되어 있다.			
분열성	타인에게 휘말리지 않기 위해 친밀한 관계를 회피하고 내적인 환상으로 탈출하여 안전감을 보전하고자 한다.			
편집성	자기 내부의 부정적 속성, 고통의 근원이 자신의 바깥에 있다고 보고 위협을 느낀다.			
우울성과 조증	비정상적인 흥분상태인 조증과 비정상적인 우울상태를 주기적으로 번갈아 경험한다.			
피학성 (자기패배적)	습관적으로 스스로 부과한 고통과 고난을 견딤으로써 도덕적 승리를 얻으려 하고 자존감을 조절한다.			
강박성	본인의 의지와 관계없이 특정한 사고나 행동을 반복적으로 지속한다. 강박적 사고나 행동의 문제를 알고 불편함을 느낀다.			
히스테리 (연극성)	대인관계 면에서 관심을 끌기 위한 강한 반응, 감정의 과장과 극단적 변화, 높은 수준의 불안성을 보인다.			
해리성	각각 일정한 기능을 수행하는 여러 개의 부분 자기들로 파편화되어 있다.			

캐릭터, 이야기 속의 인간

의 캐릭터 창조와 분석에 이용할 수 있도록 정리하였다. 프로이트의 신경증적 갈등과 방어 기제, 융의 원형적 캐릭터와 남성 영웅의 여정, 에릭 에릭슨의 8단계 자아 정체성 위기, 롤러 메이의 자기애 문제, 아들러의 열등감과 동기 간의 대결 등 심리학 이론은 수많은 영화의 캐릭터 원형과 기본 플롯을 설명하는 중요한 근거가 되고 있다. 예를 들어 롤러 메이의 자기애 문제는 미국 할리우드 영화에서 미국 영웅, 카우보이 영웅, 외로운 운동가, 변절한 경찰, 갱스터, 사설탐정, 갈등하는 경찰, 미친 과학자/창조주, 괴물/창조물 등의 원형으로 나타난다.[47]

3 | 에니어그램

에니어그램Enneagram은 여러 고대 전통의 영적 지혜에 심리학이 접목되어 발전한 것으로 인간 성격의 설명 방법, 유형화 도구 중 하나이다. 최근 들어 에니어그램은 캐릭터 창조는 물론 분석의 도구로도 유용하게 활용되고 있어 주목을 요한다.

에니어그램은 인간의 성격을 생각하고, 느끼고, 행동하는 특성에 따라 9가지 유형으로 나누고 그 유형 간의 역동적인 연관성을 표시한 기하학적 도형을 말한다. 이 기하학적 도형은 성격의 좋고 나쁨을 의미하는 것이 아니라 단지 다르다는 것을 제시한다.[48] 9개의 유형은 영적인 존재인 인간이 자기 안에서 우주와 합치할 수 있는 9가지 본질적 가치를 반영하고 있다. 그것은 평화, 완전함, 사랑, 진실, 창조력, 지혜, 신뢰와 믿음, 기쁨과 충만함, 순수함 등을 말한다.[49] 사람들은 그 본질적 가치를 자신의 제한된 틀 속에서만 해석하고 절대적인 가치를 추구하여, 집착으로 왜곡될 수 있나. 에니어그램은 어떤 집착 때문에 균형이 깨졌는지 자각하고 자신의 본질을 재인식하도록 안내한다. 이런 점에서 에니어그램은 단순히 성격 분석 도구일 뿐 아니라 내면의 성찰 도구이기도 하다.[50]

9가지 성격유형과 내용을 소개하면 다음 쪽의 표와 같다.[51]

에니어그램이 여타의 성격유형 분류와 다른 것은 통합적인 인간 이해를 강조하기 때문이다. 즉 성격의 단순한 유형화가 아니라, 기본 유형에서 미발달 상태의 문제와 성숙과 발전을 향한 프로세스를 설명해준다. 9개의 기본 유형은 각각 고유한 장점을 가지고 있는데, 각 유형은 그것이 가장 이상적으로 발현된 단계부터 그렇지 않은 낮은 단계까지 다시 9개로 나누어져 있다. 예를 들어 탐구자형의 경우, 가장 높은 단계에는 지성과 창의력을 가진 자로서 훌륭한 탐구의 결과를 내놓는 인물형이 위치하고, 가장 낮은 단계에는 이런 장점을 발휘하지 못하고 성장이 정지된 괴팍한 은둔자형이 위치한다. 만일 괴팍한 은둔자가 보조자를 만나 지성과 창의력을 발휘하게 되는 서사를 만든다면 에니어그램 이론을 참조하여 개연성을 높일 수 있을 것이다.

에니어그램은 한 유형의 인간이 성장하고 변화하고 발전하는 과정을 반영하고, 또 건강하지 않은 경우라면 그들이 가진 결핍, 상처, 갈등에 대해서까지 알려준다. 예를 들어 제3번 '성취형'을 살펴보자. 이 유형은 다른 사람들에게 영감을 주고 동기를 부여하며 앞으로 나아갈 수 있게 도와줄 뿐만 아니라 개인적인 목표를 정하고 달성해나가면서 일을 효과적으로 유능하게 할 수 있는 사람들이다. 일에 관한 판단과 조직의 역동성에 대한 육감이 있다. 그러나 제3번은 자신의 감정을 지각하는 데 가장 큰 곤란을 겪는 사람들이다. 자신이 모르는 진정한 자아를 깨우치기보다는 자신의 성공으로부터 삶의 에너지를 이끌어낸다. 정말 열심히

힘의 리더 (본능, 습관, 일 중심)	보스형	"나는 내 운명의 주인이다": 강하고 관대한 리더가 될 수도 있고, 사람들을 위협하고 통제하는 폭군이 될 수도 있음	도전하는 사람 (8)
	조절형	"나는 드러나지 않으며, 그저 흐름을 따른다": 사람들을 화합하게 하며 갈등을 치유할 수도 있고, 수동적이고 고집스러워질 수도 있음	평화주의자 (9)
	완벽형	"나는 모든 것이 올바르게 되기를 원한다": 높은 인격과 이성을 가질 수도 있고, 완벽주의와 분노를 가질 수도 있음	개혁가(1)
관계의 리더 (감정, 정서, 마음 중심)	베풂형	"내게 오세요. 나는 당신을 도울 수 있어요": 치유의 힘과 너그러움을 가질 수도 있고, 사람에 대한 소유욕과 아첨하는 기질을 가질 수도 있음	돕는 사람 (2)
	성취형	"나는 최고가 되어야 한다": 비범함과 진실성을 가질 수도 있고, 성공과 지위를 맹목적으로 추구할 수도 있음	성취를 추구 하는 사람 (3)
	낭만형	"나는 나 자신에게도 비밀이다": 창조성과 직관력을 가질 수도 있고, 우울증과 자의식에 빠질 수도 있음	개인주의자 (4)
비전의 리더 (사고, 미래 중심)	관찰형	"방해하지 마세요. 혼자 생각할 시간이 필요합니다": 지성과 창의력을 가질 수도 있고, 괴팍한 은둔자가 될 수도 있음	탐구자 (5)
	회의형	"상황이 어떻게 되든 나는 의무를 다하겠다": 용기와 헌신을 가질 수도 있고, 반항과 불안을 가질 수도 있음	충실한 사람 (6)
	공상형	"나는 인생의 즐거움을 모조리 맛보겠다": 다재다능하며 정열적일 수도 있고, 충동적이고 인내심이 없을 수도 있음	열정적인 사람 (7)

일하며 그 일에 자신의 모든 에너지를 쏟아넣을 수 있다. 그러나 자신이 엄청나게 노력하는 모습을 내놓고 보여주지는 않는다. 일단 어떤 집단에 소속되기만 하면 그 집단의 모범이 되고, 집단의 기대와 가치를 구현하려는 경향이 있다. 자신이 동일화하는 것을 과장해서 긍정적으로 생각하여 성공한 순간에 대해서 이야기하고, 자기가 영향을 줄 수 있었던 사람들의 수효를 세며 칭찬받기를 원한다. 심지어 칭찬받기 위해 모든 일을 한다고도 할 수 있다.[52] 제3번 유형에 해당되는 캐릭터로 성서에 나오는 야곱을 들 수 있다. 그는 축복마저 가로채며 성공하려 할 만큼 기만적이었고, 성취동기가 유별나게 강했다. 그러나 얍복 나루터에서 장엄한 패배를 경험하고 '누구와도 경쟁하지 않는다'는 불경쟁 선언을 하면서 믿음의 조상이 된다. 진정한 경쟁은 자신과의 경쟁임을 보여준 것이다. 가룟 유다 역시 제3번 유형이다. 그는 두뇌회전이 빠르고 고위층과 교제할 만큼 사교성 있는 능력자였으나, 스승의 생각보다 자기 생각을, 하늘의 뜻보다 자기 뜻을 앞세우고, 성공에 집착한 나머지 비극적 인물이 되었다.[53]

　에니어그램 유형의 인물들을 통해 하나의 목적을 가진 집단 이야기를 만든다면, 서사가 보다 풍성해질 수 있다. 그 예로 애니메이션 〈나인(9)〉(2009)을 들 수 있다. 이 영화 속 캐릭터는 9명이다. 이들은 등에 적힌 숫자로 명명되는데, 이 번호와 성격, 관계 패턴은 에니어그램의 인물유형 번호와 유사하다. 영화 속 캐릭터의 번호를 중심으로 각각의 성격유형에 대해 생각해보자. 영화 〈나인(9)〉의 스토리는 비교적 간단하다. 인류가 종말을 맞은 황폐화된 지구, 한 과학자가 남긴 9개의 생명체가 탄생한다. 처음에 홀로 남은 줄 알았던 '9'(영화캐릭터 9)는 괴물기계군단을 피해 살아남은 생존자 무리, 1~8까지를 하나씩 만나게 된다. '9'는 이들과 함께 괴물기계군단과 싸우려 하고, 이 과정에서 디지털 커터 괴물을 깨어나게 하여 위기에 처한다. 원정대의 친구들이 디지털 커터에게 차례로 영혼을 빼앗기나 친구의 희생을 통해 용기를 되찾은 '9'의 성장과 용기로 디지털 커터의 에너지원을 빼앗아 전쟁을 끝낸다.

이 영화의 생존자 무리 9명을 에니어그램의 분류와 비교하여 정리하면 다음과 같다.

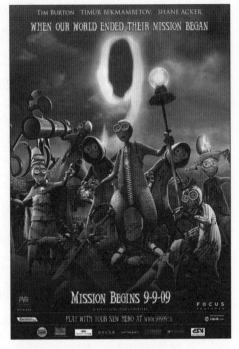

그림 3.7 애니메이션 영화 〈나인(9)〉

1. 오만한 리더(개혁자, 완벽형): 기계들과 싸우는 것보다는 숨는 것이 낫다고 생각하는 원정대의 리더.
2. 4차원의 발명가(돕는 사람, 베풂형): 9에게 목소리를 준 후 괴물기계군단에게 잡혀가 영혼을 빼앗긴 노인. 모두에게 도움을 주며 책임감이 강하다.
3. 쌍둥이 학자1(성취하는 사람, 성취형): 다른 사람들의 생각이나 의견을 중요하게 생각하지 않는다.
4. 쌍둥이 학자2(개인주의자, 낭만형): 겁이 많고 책 보는 것을 좋아한다.
5. 열혈기술자(탐구자, 관찰형): 기계 때문에 한쪽 눈을 잃었으나 도구와 기계 다루는 것에 매우 능통하다.

6. 별난 예술가(충실한 사람, 회의형): 혼자 있기를 좋아하며 말이 별로 없다.

7. 풍운의 여전사(열정적인 사람, 공상형): 자립심이 강하여 팀워크를 이루는 것이 어렵지만 대원들을 구출해준다.

8. 행동대장(도전하는 사람, 보스형): 1에 의해 움직이는 행동대장. 생각하지 않고 무조건 힘으로 하려 한다.

9. 인류의 마지막 희망(평화주의자, 조절형): 어리숙하나 시작한 일을 끝내기 위해 노력한다.

이 중 주인공인 '9'의 심리역동에 대해 생각해보자. '9'는 평화주의자로서 갈등이나 긴장을 피하려고 한다. 또 내면이 교란되어 타인과의 연결이 끊기거나 평화를 잃는 것을 싫어한다. 이런 이유로 자신을 망각하고 무뎌지게 하는 무감각의 방어기제를 사용한다. '9'가 자신에게 억압된 분노를 인식한다면 내면의 나태함에서 벗어나 진정한 평화를 얻을 수 있다. '9'는 영화 전반에서 괴물기계군단과 오만한 리더 '1'의 태도에 대해 수동적이고 무감각하기까지 한 모습을 보인다. 그러나 자기 실수로 디지털 커터를 깨우고 위기에 처하자, 괴물기계군단과 리더 '1'에 대한 자신의 분노를 인식하고 표출함으로써 진정한 힘을 찾는다. 그 결과 '1'과 '8'로부터 자신을 지키고 괴물기계군단과 맞서 싸워 진정한 평화를 얻는다.[54]

4. 융의 원형과 캐릭터 유형

원형archetype과 집단무의식에 대한 융의 이론은 신화, 종교, 전설 등 수많은 서사의 해석도구로서 큰 영향력을 보여주었고 영화를 포함한 현

캐릭터, 이야기 속의 인간

대 서사이론의 중요한 토대가 되고 있다. 융은 이 애매한 원형의 개념을 보편적인 인간 경험의 양상을 반영하는 원초적 이미지, "정신 속 어디에나 보편적으로 있고, 널리 퍼져 있는, 어떤 일정한 형식들(이 존재한다는 사실)"이라고 쓴 바 있다. 이어 원형이 신화학 연구의 모티프, 원시심리학의 '집단표상' 등과 유사한 개념이라고 설명한다.[55] 융은 인간이 강력한 내부의 힘들 혹은 원형들에 의해 좌우된다고 보았다. 그의 설명대로 원형은 집단무의식에 들어 있는 본능적 행동유형, 어디서나 누구에게나 통용되는 행동양식과 내용을 담고 있다. 모티프 혹은 집단표상과의 유사성으로 파악하자면 신화와 옛이야기는 집단무의식, 원형의 다양한 표현들로서, 우리는 이 이야기에서 모든 문화의 공통된 행동방식, 관계 맺는 방식 등을 찾아볼 수 있다.

이 원형 중 인간에게 가장 중요하고 핵심적인 원형 이미지가 바로 자기self 원형이다. 자아ego가 '의식하는 나'라고 한다면, 자기self는 무의식 속에 억압되어 있는 것들을 의식화하여 전체적인 인격의 통일을 이루는 '참된 나'이다. 융은 '자기'를 실현하는 가운데 만나게 되는 인격의 원형으로 페르소나와 그림자, 아니마와 아니무스를 들고 있다. 페르소나persona는 세계와 타인에게 보여주는 자아의 외적 인격, 공적인 마스크이다. 페르소나는 자아와 외부세계 사이를 중재하고 그림자를 감추어준다. 그림자shadow는 사람들이 감추고 싶어하는 유쾌하지 못한 모든 자질들, 인간 본성의 열등하고 무가치하며 유치한 측면들, 곧 인간 내부의 어두운 측면을 말한다.[56] 그림자가 의식화된 다음 단계에서 인식하는 것이 아니마Anima, 아니무스Animus로서 자기의 심층으로 인도하는 원형이다. 아니마는 남성적 자기의 여성적 측면을, 아니무스는 여성적 자기의 남성적 측면을 말한다. 아니마는 남성의 페르소나 때문에 소홀히 하기 쉬운 감

성과 예감 능력을, 아니무스는 여성이 소홀히 하기 쉬운 생각하는 힘과 지혜의 특성을 가지고 있다.[57]

윌리엄 인딕은 융이 제시한 원형으로부터 캐릭터 유형을 정리하여 제시한다. 먼저 영웅은 캠벨의 지적처럼 '천의 얼굴'을 가지고 여정에 의해 지속적으로 변화한다. 영웅이 재현하는 자기의 요소와 원형은 영웅, 페르소나, 그림자, 아니마, 아니무스, 여신, 현명한 노인, 마술사, 형태변환자이다. 여기에서 영웅은 자기의 1차적 상징이자 핵심 원형이고, 여신은 어머니나 여성적 멘토, 현명한 노인은 아버지나 남성적 멘토, 마술사는 주인공 지성에 대한 시험, 형태변환자는 개인적이고 육체적인 변신으로 기능한다.[58]

실상 융은 원형 자체와 원형 이미지의 구분 등 개념적인 혼란을 보여주었지만[59] 이 애매한 개념은 오히려 융 연구가들에 의해 다양하게 정리, 변형되었다. 또 구조주의자들의 캐릭터 모델과 연결되면서 공통된 서사 모델과 행위 기능을 찾아내려는 연구의 바탕이 되었다. 그중 몇 가지를 소개하면 다음과 같다.

1 | 성장단계의 원형: 캐롤 피어슨

캐롤 피어슨Carol Pearson은 《내 안엔 6개의 얼굴이 숨어 있다》(1986)에서 성장단계에 따라 큰 영향을 미치는 내면의 원형을 제시한다. 이 원형은 내면에 때로 억눌린 채 숨어 있는데, 삶의 고비마다 만나는 딜레마를 이 원형의 도움으로 헤쳐 나갈 수 있다고 본다. 그것은 고아, 방랑자, 전사, 이타주의자, 순수주의자, 마법사이다. 각 원형이 보여주는 모습을 설명하면 다음과 같다.[60]

캐릭터, 이야기 속의 인간

■ 고아: 온몸으로 고통을…, 받아들이다

　마치 엄마 없는 아이처럼 세상에서 버림받았다는 '심리적 추락'을 경험하고 삶의 무력감과 고통을 느낀다. 이로 인해 자신의 고통을 타인을 조종하는 도구로 사용하기도 한다. 결국 고통스러운 현실을 인정하고 공감의 방법을 배운다. 곤란한 상황을 예상해서 과도한 부담을 피하는 능력이 장점이며, 서로에게 공감하는 법을 배우는 것이 미덕이다.

■ 방랑자: 진짜 나를 찾아…, 떠나다

　사회적 역할과 제도, 가족, 기존 관습 및 조직 체계가 자신을 가두는 감금자, 그것을 물리쳐야 하는 '악당'이라 여긴다. 사회에 적응하기 위해 본모습을 숨기고 위험을 감수하며 타인과 '분리'하여 거리를 두며, 진정한 자신을 찾아 나선다. 진실한 자기표현과 독립심과 진취적 특성이 긍정적 가치이다.

■ 전사: 자신의 가치를 세상에…, 증명하다

　삶을 옳고 그른 것이 분명한 싸움으로 여기고 경쟁하여 자신이 '최고'임을 입증하려 한다. 위대한 전사가 되려면 자신과 싸워야 하고 그 힘으로 타인과 세상을 위해 싸워야 함을 깨닫는다. 긍정적 기여를 통해 이 세상에 자신의 존재를 증명하는 법을 배우는 것이 미덕이다. 자제력과 고결한 용기를 주어 유혹에 굴복하지 않게 도와준다.

■ 이타주의자: 사랑을 베풀 줄…, 알다

　자기보다 더 원대한 무언가를 위해 희생하는 것을 중요하게 생각한다. 지나치게 큰 희생으로 분노하고 타인에게 죄책감을 안기기도 한다. 결국 강요된 희생, 잘못된 희생의 문제를 깨닫고 자신의 가치를 증명하려는 욕구와 이타주의자 원형 사이에서 균형을 잡는다. 사랑하고, 베풀고, 헌신하고, 집착을 버리는 법을 배워 해로운 일을 하려는 마음이 들지 않게 한다.

■ 순수주의자: 다시…, 에덴동산으로 돌아오다

고통의 실체를 인정하고 자신이 한 단계 더 발전할 수 있는 기회로 인식한다. 낙원이 가깝다는 낙관적인 믿음을 가지고 행복해지므로 진실성을 훼손하면서까지 성공할 필요는 없다고 생각한다. 순수한 믿음으로 세상의 아름다움과 경이로움에 눈을 뜨고 신의 힘을 믿는다.

■ 마법사: 이제…, 삶을 변모시키다

스스로 운명의 수레바퀴를 잡으려고 한다. 곤란한 상황에서 자기 책임을 찾아내고 변화시키며 자신의 부정적 면모를 외면하지 않는다. 마법을 부리기 위해 주술원에 선 주술사로서 더 많은 힘을 가지고 '변화'를 일으켜야 한다고 믿는다. 즉, 자기 자신을 바꿈으로써 이 세상을 변화시킨다. 자기가 세상에 들이는 노력이 언제나 자신에게 되돌아온다는 사실을 깨닫게 한다.

캐롤 피어슨은 우리 내면에 있는 이 원형들이 인생의 단계에 따라 표면에 나타난다고 본다. 영유아기 시절에는 순수주의자로 있다가 외부의 문제에 부딪치면서 고아 원형이 지배적이 된다. 사춘기에 접어들면서 방랑자 원형이, 청년기에 방랑을 마치면서는 전사 원형이, 다시 장년기에 접어들면서 이타주의자 원형이 지배적이 되고 다시 순수주의자로 되돌아온다. 곧 고아 원형-방랑자 원형-전사 원형-이타주의자 원형이 인간의 성장에 따라 차례로 지배적이 된다는 것이다. 순수주의자 원형은 영아기의 미숙한 상태, 다시 중년기에 지혜로운 영혼의 단계에 나타나며

캐릭터, 이야기 속의 인간

마지막으로 노년기에 마법사 원형이 나타나면 삶을 변화시킬 수 있는 능력을 손에 넣게 된다. 각 원형이 조화를 이루지 못할 때 우리는 삶에 휘둘리기도 하는데, 예를 들어 고아 원형이 너무 많이 나타나면 자신을 희생양으로 여기게 되고 전사 원형이 지나치게 작용하면 과도한 성취에 집착하게 된다. 즉 어떤 원형이 지배적이고 어떤 원형이 가장 억압되어 있는지에 따라 개인의 성격이 다르게 나타난다.[61] 캐롤 피어슨은 삶의 여정을 성공적으로 통과하기 위해 각 원형의 의미와 문제, 힘을 파악하고 조화를 이루도록 해야 한다고 강조한다.

헐리우드 영화의 주인공들은 대개 '전사' 원형이 두드러지고, 신분상승 로맨스의 주인공은 '고아' 원형이, 모험 장르의 주인공은 '방랑자' 원형이 지배적으로 나타난다고 한다. 각 원형의 억압적 그림자는 부정적인 기질을 만들어낸다. 예를 들어 남에게 지나치게 의존하고 피해의식에 불평불만이 많은 캐릭터는 고아 원형의 그림자가, 경쟁에서 승리하기 위해 야망과 탐욕, 무자비함을 보이는 캐릭터는 전사의 그림자가 드리워진 경우라 할 수 있다. 여기에 나머지 원형이 어떤 상태인지를 함께 고려하면 다양한 캐릭터를 상상해낼 수 있을 것이다.

2 | 영웅의 여행과 캐릭터 원형: 크리스토퍼 보글러

드라마나 영화를 보다 보면 자신이 예상한 대로 캐릭터가 행동하고 이야기가 흘러가는 것을 확인할 때가 있다. 이럴 때 관객은 이 캐릭터를 고작 한두 시간 본 게 다인데도 그를 완벽히 잘 안다고 생각한다. 기능적으로 유형화된 캐릭터나 반복되는 이야기에 대한 레퍼토리 축적 덕분이다. 할리우드의 스토리 컨설턴트인 크리스토퍼 보글러가 제시한 캐릭터 원형과 영웅이야기 구조를 보면 그 이유를 더 구체적으로 확인할 수 있다. 그는 조지프 캠벨의 《천의 얼굴을 가진 영웅》[62]의 영향으로 이야기에 공통으로 존재하는 영웅여행담을 찾고, 이를 '작가를 위한 가이드'로 만들었다. 이 저서 《작가의 여행: 작가들을 위한 신화적 구조》(1992)는 수많은 아메리칸 영웅 이야기를 담은 영화는 물론 대중적인 서사작업에도 큰 영향을 미치고 있다.

그의 공식은 할리우드 작가의 개성을 죽이는 등 나쁜 영향을 주었다는 비난을 받았고, 보글러도 그 일부를 인정하고 변명하였다.[63] 그러나 여전히 많은 대중적 서사물들이 이 공식에서 그리 멀어지지 않았다. 따라서 우리가 알고 있는 얼마나 많은 이야기들이 보글러의 '영웅의 모험'이라는 공식에 따라 만들어졌는지를 확인하고 이로부터 벗어나기 위해서라도 이에 대해 꼼꼼하게 공부할 필요가 있다. 또 이 공식이 가지고 있는 변형가능성으로부터 '익숙하면서도 낯선' 캐릭터와 스토리의 창조에 대한 힌트를 얻을 수도 있을 것이다.

영웅의 여행

크리스토퍼 보글러는 캠벨이 제시한 영웅의 여행이 가진 "취약한 플롯 라인의 문제점을 진단하고 수정함으로써 스토리를 가장 훌륭한 상태로 바꾸어"[64] '영웅의 여행'을 12단계로 재구성하였다.

제1막: 분리
1. 영웅은 일상 세계에서 떨어져 나와
2. 모험에의 소명을 받는다.
3. 주저하거나 소명을 거부하다가

캐릭터, 이야기 속의 인간

4. 정신적 스승의 격려와 도움을 받아

5. 첫 관문을 통과하고 특별한 세계로 진입한다.

제2막: 하강/입문

6. 영웅은 시험에 들고 협력자와 적대자를 만나며

7. 동굴 가장 깊은 곳으로 진입하여 두 번째 관문을 통과하는데

8. 그곳에서 시련을 이겨낸다.

9. 영웅은 대가로 보상을 받는다.

제3막: 귀환

10. 영웅은 자신이 떠나왔던 일상세계로 귀환의 길에 오른다.

11. 영웅은 세 번째 관문을 통과해 부활을 경험하고, 그 체험한 바에 의해 인격적으로 변모한다.

12. 영웅은 일상세계에 널리 이로움을 줄 은혜로운 혜택과 보물인 영약을 가지고 귀환한다.

그가 제시한 이 12단계의 여행은 '분리 → 하강/입문 → 귀환'의 3막으로 되어 있다. 영웅은 일상세계의 안락함으로부터 벗어나 위험을 무릅쓴 모험을 해야 할 소명을 받는다. 영웅의 목표는 보물이나 연인을 차지하는 것, 복수를 하거나 불의를 바로 세우는 것, 꿈을 실현하는 것, 도전에 직면하는 것, 삶을 변화시키는 것 등이다. 그러나 영웅은 두려움과 공포 때문에 쉽게 결정을 못 내린다. 이때 정신적 스승이 나타나 도와줌으로써 영웅은 미지의 것에 대면할 준비를 한다. 첫 관문을 통과함으로써 두려움을 극복한 영웅은 드디어 본격적인 모험을 떠난다. 영웅은 도전과 시험에 들고 동료와 적을 만들며 특별한 세계의 규칙을 배우기 시작한

다. 그리하여 탐색해야 할 대상이 숨어 있는 가장 위험한 곳에 이르고 적대자와 대면하여 생사의 순간에 직면한다. 영웅은 적을 물리치고 보물을 획득하고 귀환 길에 오르지만 복수심에 불탄 세력이 쫓아와 방해하며, 다시 최후의 결정적인 타격을 받고 죽음의 고비에서 부활한다. 이때 영웅은 인격적으로 완전히 변모하여 일상으로 귀환한다. 보글러는 이런 공식은 일종의 뼈대로서 삭제와 첨가와 재배열이 얼마든지 가능하지만, 가장 중요한 것은 영웅이 최종적으로 습득하는 보물, 곧 가치를 찾는 것이라고 설명한다.[65]

영웅의 여행에 등장하는 캐릭터 원형

보글러는 영웅의 여행에 등장하는 캐릭터를 8개의 원형으로 제시한다. 그가 융이 제시한 원형으로부터 이런 기능을 추출한 것은 동일한 캐릭터 유형이 개인과 집단 차원 모두에 존재하는 것이라 여겼기 때문이다. 이 원형은 시간과 문화를 초월하여 전 인류의 신화적 상상력에서뿐

아니라 개인의 꿈과 인격에서도 상존한다는 것이다.

프롭이나 그레마스 같은 구조주의자들과 마찬가지로 보글러 역시 이런 원형은 불변의 역할이 아니라 일시적으로 수행하는 '기능'으로 보고 있으며, 한 캐릭터가 한 가지 이상의 원형 특질을 구현할 수 있다고 보았다. 그가 생각한 캐릭터 원형은 인간의 수

그림 3.8 보글러가 제시하고 있는 '영웅의 여행' 그림. 영웅이 '숭고한 자기' 외의 7개의 원형과 관계 맺고 있음을 나타내고 있다.

캐릭터, 이야기 속의 인간

만 가지 특질이 인격화된 상징으로, 캐릭터에 복합적으로 작용하며 영웅/작가의 인격의 다면성 또한 반영한다.[66] 이 기본 패턴에 해당하는 원형은 시대와 장르에 따라 고유한 캐릭터 유형으로 변주, 개량되며 캐릭터의 보편적 성격을 형성한다. 또한 한 캐릭터는 영웅의 여행 12단계를 거치며 일시적으로 다른 원형으로 행동하기도 한다. 이 캐릭터 원형을 정리하면 다음과 같다.[67]

■ 영웅Hero[68]

중심 캐릭터, 프로타고니스트. 영웅은 처음에 에고 덩어리에 불과하지만 정체성과 완전함을 찾아 여행하는 가운데 자신의 다양한 원형을 찾고 나중에 통합된 더 큰 자기self가 된다. 따라서 보편성과 고유성을 동시에 갖춘 존재이되 완벽한 인간이면 안 된다. 오히려 연약함, 불완전함, 기이함, 악함 등 흥미로운 결점이 있으면 영웅은 인간다워진다. 또한 냉소적이고 상처를 가졌거나, 내부의 악을 결코 극복하지 못하고 좌절, 파멸하는 비극적 영웅도 매력적이다. 영웅은 변화하는 영혼을 상징하며, 생사의 본질적이고 점진적인 진보의 단계가 영웅의 여행을 구성한다.

■ 정신적 스승, 현로Mentor

영웅을 돕거나 가르치는 긍정적 캐릭터. 일찍이 시험에 들어 이를 통과한 이전의 영웅이며, 지금은 지식과 지혜의 꾸러미를 전수해주는 존재로서 영웅의 가장 높은 수준의 영감을 표상한다. 현로賢老는 영웅에게 여행에 필요한 동기, 영감, 길잡이, 훈육(가르침), 권능을 제공하는데, 권능은 영웅이 모종의 테스트를 통과하는 등 대가를 지불해야 얻도록 되어 있다.

■ 관문수호자Threshold Guardian

모험의 여정에서 만나는 장애물이자, 영웅에게 위협적인 존재. 새로운 세계를 향한 입구를 지키는 힘 있는 문지기이다. 때로 설득하여 협력자가 될 수도 있다. 문지기는 나쁜 기후, 불운, 편견, 억압 등 우리가 대면하는 일상적인 장애물을 표상하기도 한다.

■ 전령관Herald

도전을 제기하고 중대한 변화가 도래할 것임을 알려주는 캐릭터. 대부분 1막에 출현해 영웅을 모험으로 이끌고, 변화의 필요성을 선포하는 역할을 한다. 동기를 부여하고 영웅에게 도전을 종용하며 스토리를 재미있게 진행시킨다. 어떤 힘이나 새로운 에너지에 관한 소식을 가져다주는 도구일 수도 있다.

■ 변신자재자Shapeshifter

자유자재로 변신하는 가장 가변적인 원형. 영웅의 관점을 지속적으로 변화시키는 힘을 가졌다. 영웅이 품는 사랑의 감정이나 로맨틱한 이성은 이 캐릭터의 핵심 특질이기도 하다. 심리적 차원에서 아니무스와 아니마의 에너지를 표현하고 변화의 촉매자, 전면적인 변화를 촉구하는 심리 기제를 상징하기도 한다. 팜 파탈, 옴 파탈 등의 전형적인 형태로 스토리에 의심과 불확실을 불어넣는 극적 기능도 한다. 어떤 캐릭터도 취할 수 있는 기능이자 가면으로서 현대의 스토리에서 매우 다양한 역할을 수행한다.

■ 그림자Shadow

영웅 내면에 깊숙이 억압된 어두운 부분을 표상하는 캐릭터. 영웅이 도전을 극복하고 우뚝 설 수 있게 하는 가치 있는 대적자이기도 하다. 영웅의 외현적인 캐릭터나 힘으로 표현되기도 하고 깊숙이 숨겨져 있는 내면의 어

캐릭터, 이야기 속의 인간

두운 힘으로 표현되기도 한다. 해로운 에너지가 될 수도 있고 창의적인 잠재력이 될 수도 있다.

■ **협력자**Ally

영웅의 동반자로, 민담에 등장하는 '도움을 주는 하인'을 모티프로 하고 있다. 동반자, 논쟁 상대, 양심, 웃음으로 긴장을 풀어주는 등 다양한 역할을 하고 단조로운 일도 하지만 영웅의 인간적 면모를 나타나게 하고 개방적이고 치우친 것을 바로잡는 역할도 한다. 정령, 천사나 수호신, 동물, 유령 등으로 등장하기도 하고, 정신적인 위기를 맞을 때 도움을 주는 내면의 강력한 힘을 표상하기도 한다.

■ **장난꾸러기, 익살꾼**Trickster

광대나 희극적 성격의 보조자. 악의 없는 장난으로 긴장을 완화시키는 역할을 한다. 자신은 안 변하면서 다른 이의 삶에 영향을 미치는 촉매 캐릭터가 된다. 다른 장르의 영웅들이 그림자를 속이거나 관문수호자를 넘어서려 할 때 쓰는 가면이기도 하다.

이 책의 후반부에서 보글러는 영웅의 여행 모티프가 어떻게 오래된 패턴과 조합되어 재창조되는지를 성격이 서로 다른 영화(〈타이타닉〉, 〈라이온 킹〉, 〈펄프 픽션〉, 〈풀 몬티〉, 〈스타 워즈〉)에 적용하여 보여준다. 각 캐릭터에 대한 구체적인 예시는 이 분석내용을 참조하면 된다.

한편, 스튜어트 보이틸라도 보글러와 유사한 작업을 하였는데, 스스로《신화, 원형, 그리고 시나리오 쓰기》의 자매편이라고 밝힌《영화와 신화》에서 이른바 '전통적인 영웅의 여정'을 도표화하여 이에 따라 영화 50편을 분석하여 보여주었다. 그는 영웅의 여정에 빈번하게 등장하는 원형과 주된 기능을 정리했는데, 영웅은 '봉사하고 희생한다', 조언자는 '이끌어준다', 관문수호자는 '시험한다', 전령관은 '경고하고 자극을 준다', 변신자재자는 '이의를 제기하고 속인다', 그림자는 '파멸시킨다', 장난꾸러기(트릭스터)는 '혼란을 일으킨다'이다.[69] 보글러의 설명에 비한다면 매우 축약되어 있지만, 기능에 따라 캐릭터를 이해하고 관계를 찾아내는 데 핵심적인 내용이라 할 만하다. 그리고 이에 따라 액션 어드벤처, 서부영화, 공포영화, 스릴러와 드라마, 로맨스, 로맨틱코미디, 공상과학 판타지까지, 또 고전으로 평가받는 영화에서 블록버스터까지 시대와 장르를 불문하고 이 공식이 유효할 뿐만 아니라 거의 무한대로 변형이 가능하다는 것을 세밀히 분석하여 확인시키고 있다.

보글러의 공식은 국외의 영화뿐 아니라, 국내의 영화나 드라마, 게임, 애니메이션 등의 창조와 분석에도 크게 영향을 주고 있다. 대개는 기본적으로 영웅서사구조를 가진 영웅물이지만 대중적인 로맨스물에서도 흔히 발견된다. 이에 대해서는 영상텍스트의 서사패턴과 연구결과에서 확인할 수 있을 것이다.[70]

3 │ 신화 속의 남신과 여신들: 진 시노다 볼린

미국의 정신분석학자인 진 시노다 볼린Jean Shinoda Bolen은 융 이론의 충실한 연구자이다. 그녀는 수십 년간 정신과 의사로 일하면서 임상을 통해 알게 된 사람들의 모습, 그들의 심리를 신화 원형 속에서 발견하였다. 이를 융의 원형 개념을 바탕으로 정리하여 여성과 남성 마음속에 활성화되어 있는 다양한 원형들을 그리스의 신들로 의인화시켜서 제시하였다. 이것이 《우리 속에 있는 여신들》(1984)과 《우리 속에 있는 남신들》

캐릭터, 이야기 속의 인간

(1989), 그리고 《(우리 속에 있는) 중년의 여신들: 50세 이후의 여성 원형》 (2001)이다. 여기에서는 이 중 여신과 남신의 원형에 대해 살펴보기로 하겠다.

(1) 여성 캐릭터의 유형: 우리 속에 있는 여신들

진 시노다 볼린은 여성이 외부의 힘과 내부의 힘, 다시 말해 사회가 여성에게 제시하는 표준 여성상과 여신 원형 사이에 끼여 있다고 본다. 따라서 자신의 감정과 행동을 구체화시키는 이 내부의 힘이 무엇인지를 파악하면 자신의 장점과 특징을 알 수 있고 가능성을 알고 발전시킬 수 있다고 주장한다.[7] 그녀는 여성들이 자신을 파악하는 데 도움이 될 여성의 유형을 제시하기 위해 7명의 그리스 여신을 선정하고 그들을 심리적 기능에 따라 세 그룹으로 나누었다. 그것은 처녀 여신들(자기중심적인 여신들), 상처받기 쉬운 여신들(관계지향적인 여신들), 그리고 창조하는 여신이다. 이를 좀 더 상세하게 설명하면 다음과 같다.

그림 3.9 라파엘, 〈신들의 회의The Council of Gods〉(1518). 가장 왼쪽의 데메테르부터 헤르메스, 아레스, 하데스, 포세이돈, 제우스, 아르테미스 등 12신이 그려져 있다.

자기중심적 처녀 여신: 아르테미스, 아테나, 헤스티아[72]

먼저 자기만으로 온전히 하나가 되는 처녀 여신들이다. 이들은 자율적이고 충분한 자질을 가지고 있는 여성들을 은유한다. 감정적인 애착 때문에 중요한 것을 포기하지도 않고 피해자가 되지도 않고 고통을 받지도 않는다. 한마디로 남성 중심적인 사회문화적 기대로부터 벗어나 있다. 자신의 능력을 개발하고 싶어하고, 이익을 추구하며 다른 이들과 경쟁하고 글과 예술의 형식을 이용하여 자신을 표현하며, 정돈되고 관조적인 삶을 원하는 원형이다.

아르테미스(사냥과 달의 수호신)는 경쟁심이 가득한 큰언니이다. 자주적이고 독립적이며, 자신이 정한 목표에 대한 집중력과 성취능력, 승부욕도 있으며, 길들여지지 않은 야성과 자연 친화력도 있다. 여성적 역할, 가정 내의 역할, 외양에 대한 관심은 부족한 반면, 고통받는 자와 힘없는 여성, 어린이를 배려하며 여성의 입장에서 남성과 대립하기 때문에 여성운동의 원형이라 할 수 있다.

아테나(지혜와 공예의 수호신)는 목표에 집중하여 실질적인 해결책을 찾아내는 전략가이다. 아르테미스와는 달리 가부장제 가치와 권리를 수호하고 강한 남자들과 동맹을 맺고 친구관계를 유지하여 '아버지의 딸'로 불린다. 공예의 여신으로서 숙련된 전문 직업인 이미지를 가지고 있다. 본능이나 자연적인 것보다는 의지와 지식에 의지하며 이성적이고 합리적인 사고방식에 가치를 둔다. 세상에 대한 현실적인 감각과 실용적인 태도를 중시하나 낭만성은 결핍되어 있다.

헤스티아(화로와 신전의 수호신)는 가장 나이가 많고 지혜로운 내부 중심적인 원형이며, 자기 자신에 초연한 '현명한 여성'의 기질을 갖는다. 자기 자신에 대한 자존감, 내부의 주관적 경험에 관심을 기울인다. 오로지 자신을 위해 가정을 정돈된 상태로 유지하며 집안일에서 평온을 느낀다. 고요한 본성과 기질, 집중력이 있어 혼자만의 공간에서 명상, 샤머니즘, 점술 같은 영역의 활동을 한다. 단순한 복장에 소박한 생활, 재활용의 경제성을 보여준다.

상처받기 쉬운 관계 지향적 여신: 헤라, 데미테르, 페르세포네[73]

헤라, 데미테르, 페르세포네는 각각 아내, 엄마, 딸이라는 전통적인 역할을 대표하는 관계지향적 여신들로서 자신의 의미를 상대방과의 성공적인 관계에서 찾는다. 신화에서 이들은 남신들에게 버려지거나 억압받는 등 상처를 받는데, 이때 심한 무력감과 분노, 우울증을 경험한다. 즉 사람과의 관계에서 애정과 유대감을 유지하지 못하면 상처받기 쉬운 원형들이다.

헤라(결혼의 수호신)는 신실하고 완벽한 아내를 욕망한다. 강인하고 지략도 있지만 남편의 성공이 곧 자신의 성공이라고 생각하여 남편을 위해서는 우정도 포기할 정도로 헌신적인 내조를 한다. 이것이 실패하여 남편에게 거부당하고 무시당하면 그 고통을 다른 사람들에게 전가하고 보복함으로써 분노를 표현한다.

데미테르(곡식의 수호신)는 양육자이자 어머니로서 강하고 지속적인 모성애를 가지고 있다. 다른 사람을 보살피며 그들에게 음식을 베풀고 정서적·심리적 안정감을 마련해줌으로써 자신의 모성본능을 충족시킨다. 성적 매력이나 신체에 대해 무관심하고 타인에게 베풀 때 감정적으로 몰두한다. 그래서 자식들이 곧 본인의 삶이라고 생각하고 희생하기 쉽다. 자식의 독립을 바라지 않고, 아이의 성장이 상실감과 우울증으로 이어지는 '빈 둥지 증후군'은 이런 원형에서 흔히 찾아볼 수 있다.

페르세포네(지하세계의 여왕)는 감수성이 예민한 처녀 원형이자 지하세계의 여왕으로서 두 가지 면모를 가지고 있다. 순종적이고 의존적이며 수동적인 '어머니의 딸' 유형이며, 에스더 하딩의 표현대로 "남자의 뜻에 맞추고 그의 눈에 들기 위해 자신을 치장하고 그를 유혹하려 하고 그를 즐겁게 하고 싶어"하는 여성이다. 지하세계의 여왕으로서 현실세계와 심리세계의 원형적인 무의식을 오가는 능력으로 두 차원의 세계를 중재한다. 미성숙, 천진함의 이미지를 가지고 반항하는 10대 소녀, 힘없는 존재, 혹은 희생양으로서의 소녀 캐릭터에서 이런 원형을 볼 수 있다.

창조하는 여신: 아프로디테[74]

아프로디테(사랑과 미의 수호신)는 여신들 중 가장 예쁘고 매혹적인 여성이다. 여성의 사랑, 미, 성욕, 관능의 즐거움을 관장하며, 충분한 성적 매력과 스타적 자질을 가지고 주목과 선망의 대상되는 유형이다. 많은 남성과 연애를 하고 아이를 많이 낳았지만 어머니나 아내가 되기보다는 상대에 의해 좌우되지 않고 독립적인 면모를 유지한다. 생식 본능의 원형이면서 예술적인 창조력의 원형이 되기도 한다.

(2) 남성 캐릭터의 유형: 우리 속에 있는 남신들

볼린은 신화 속 여신들에게서 여성 원형을 찾아냈듯, 그리스 신화 속 남신들에게서도 남성의 원형을 찾아내었다. 이 원형은 가부장제, 곧 아버지와 아들의 관계에 따라 아버지 원형과 아들 원형으로 나뉜다. 아들 원형은 다시 아버지와의 관계에 따라 총애받는 아들, 박대당한 아들, 양가감정의 아들 원형으로 나뉜다.

캐릭터, 이야기 속의 인간

아버지 원형: 제우스, 포세이돈, 하데스[75]

제우스, 포세이돈, 하데스는 차례로 하늘, 바다, 저승을 다스린 제1세대 올림피아 남신들이다. 이들은 아들이 자기를 무너뜨리거나 뛰어넘을지도 모른다는 두려움 때문에 그들을 증오하는 아버지와, 자식을 보호하거나 키울 수 없어 괴로워하지만 아무런 권한을 가지지 못한 어머니를 두었다. 결국 아버지 크로노스와 싸워 이긴 제우스가 모든 것을 다스리는 아버지 원형이 되고, 포세이돈과 하데스는 그 숨겨진 모습으로 억압된 아버지 원형이 되었다. 즉 권력, 의지, 사고 같은 의식과 정신의 세계(제우스), 억압되어 있고 인정받지 못하여 분리되어 있는 감정과 본능의 세계(포세이돈), 그리고 꿈을 통해서나 희미하게 보이는 비가시적이고 비인간적인 원형의 세계(하데스)이다.[76]

제우스(하늘의 신)는 의지와 권력의 세계를 상징하는 가부장제 문화의 지배 원형이다. 왕의 원형으로 권위와 권력을 갖고 목표달성을 위해 기꺼이 위험을 감수한다. 재빠른 결단력과 단호하게 목표물을 획득하는 관리 능력이 있고, 사업적 연계나 결혼을 통한 동맹을 통해 자신의 권력을 공고화한다. 왕가의 아버지 원형으로 한 가문을 일으켜 세우고 다음 세대들이 계승하여 자기의 의지를 실행에 옮기리라는 확신을 갖는다. 자신의 감수성과 감정적 반응에 무심하고 작은 것을 못 살피고, 힘이 정의를 만든다고 생각해 남들에게 학대를 자행하기도 한다. 과대망상증이나 과장과 오만함에 의해 진리로부터 멀어지기 쉽다.

포세이돈(바다의 신)은 억압된 감정과 본능의 세계를 상징한다. 정서가 불안하여 때로 파괴적인 감정을 드러내어 분별없이 주변을 파괴시키기도 한다. 제우스에게 패배한 아버지 원형의 일부로, 제우스와 닮았으면서 매사에 통제하려 드는 남성들의 내면에 억압되어 있다. 왕의 원형으로 일정 영역에 대한 지배권, 존경과 통제력을 얻고 싶어하나, 이에 필요한 요소인 전략적 사고, 의지력이 부족하고 자존심이 약하다.

하데스(저승의 신)는 영혼과 무의식의 세계를 상징한다. 천성적으로 혼자 있는 것을 좋아하는 은둔자이면서 내면의 소리를 듣는 좋은 조언자이기도 하다. 또한 납치자 원형으로 유령 같은 연인이거나 비밀스러운 관계를 유지하는 자이다. 지하세계의 원형으로 우울증의 원형적 이미지, 불분명함, 그림자의 세계를 나타낸다.

총애받는 아들 원형: 아폴론, 헤르메스

제우스가 총애한 아폴론과 헤르메스는 가부장제 사회에서 출세하도록 돕는 원형이다. 제우스처럼 감정적으로 냉랭하며 정신적인 활동과 관련된다.

아폴론(궁술의 신)은 제우스가 가장 아끼는 아들로, 법과 질서의 수호자로서 정의와 공정함이 보장되는 법규를 중시하며 반듯하게 성장한다. 한편 감정보다는 합리적 사고를, 직관보다는 객관적 평가를 선호하여 때로 냉혹하기 그지없는 자가 되기도 한다. 거만하고 자기도취에 빠져 있어 여성과의 관계에서 어려움을 겪는다.

헤르메스(전령의 신)는 영혼의 안내자, 전달자이며, 영혼과 집단무의식의 세계를 드러내는 남신이다. 경계를 쉽게 넘나들고 교역, 방문, 결연에 능하며 정신세계와 인간세계, 무의식의 세계를 이해하고 통합하려고 노력한다. 영리하고 간교하며 변신 능력이 뛰어난 책략가이기도 하다. 민첩한 행동력과 창조력을 가졌지만 안정적이지 못하고 사리분별력이 부족하다. 정서적으로 영원한 청년 같은 면이 있어 세상을 피상적으로 이해하고, 반사회적이며 충동적이라서 심리적 어려움을 겪는다.

캐릭터, 이야기 속의 인간

박대당한 아들 원형: 아레스, 헤파이스토스

제우스는 아들 아레스를 혐오하고 헤파이스토스를 버렸다. 제우스가 박대한 이 두 아들은 정신적이기보다 육체적이고, 감정에 의해 좌지우지된다. 즉, 가부장제에서 가치를 인정받고 성공하기에 어려운 속성을 가지고 있다.

아레스(전쟁의 신)는 제우스의 그림자로서 감정적이고 충동적이며 비합리적인 성격을 지닌 열등한 아들이다. 남성적인 체력, 신체를 통해 원초적인 공격성을 드러내기 즐겨하여, 광란의 전쟁 욕망을 상징한다. 학대를 받으면서 자라서 학대를 자행하거나 속죄양이 될 수도 있다. 규칙이나 원칙 준수에 어려움을 겪고, 책임감 있는 결혼 생활이나 성공적인 직장 생활을 영위해나갈 자질과 의욕을 갖고 있지 못하다. 가부장제 사회에서 제대로 평가받지 못하고 억압되기 쉬운 원형이다.

헤파이스토스(대장간의 신)는 창조적인 재능의 소유자로서 노동을 하는 유일한 남신이다. 미적 감각과 풍부한 표현력을 가졌으나 내성적이다. 그는 부모가 내버린 아들로 감정의 상처와 신체장애(큰 체구에 건장하나 발이 기형이다)를 가지고 있다. 가정 평화의 수호자로서 부모의 기분을 상하게 하지 않으려 자기 감정을 감추지만, 상처를 입기 쉬운 성격 때문에 '실제로 일어난 일'을 왜곡하기 쉽다. 또 '잘 어울리지 못하는' 내성적인 성격 때문에 계속하여 부적절한 일을 하여 비웃음이나 조롱을 사기도 한다.

양가감정의 아들: 디오니소스

디오니소스(술과 황홀경의 신)는 제우스와 인간 세멜레 사이의 자식이다. 혼자 힘으로 살아나기 힘든 태아 디오니소스를 제우스가 자신의 허벅지 속에 꿰매어 넣고 다녔다. 디오니소스에게 제우스는 제2의 자궁이지만, 불안정한 감정의 근원이기도 하다. 그는 긍정적인 잠재력과 부정적인 잠재력을 함께 가지고 있다. 그래서 황홀경의 순간과 모순적인 충동을 경험하는 남성(혹은 여성) 속에 있는 원형이라 할 수 있다. 또 신과 인간, 아버지와 어머니의 중간적 존재로서 두 세계의 중재자의 모습을 보이기도 한다. 한편 모성적 감정을 일으킬 수 있는 '어머니 없는 소년', 혹은 영원한 사춘기 소년으로 보여 여성들과 친밀하다.

진 시노다 볼린은 두 저서에 이어 《(우리 속에 있는) 중년의 여신들: 50세 이후의 여성 원형》을 내놓았다. 이 책은 융이 말한 중년의 위기에 접어든 여성들의 심리 원형을 살피고 자기 실현으로 나아가는 과정을 여신들의 이야기를 통해서 분석한 것이다. 진 시노다 볼린의 원형은 국내외 서사텍스트 창조와 분석에 참조가 되기도 하였다.

빅토리아 린 슈미트도 융의 원형에 영향을 받아 신화로부터 유사한 유형을 도출해냈다. 《캐릭터의 탄생》[77]에서는 신화 원형으로부터 여성과 남성, 조연 캐릭터 등 45가지 인간유형을 제시하고 캐릭터 유형의 이중성에 초점을 두어 설명하고 있다. 예를 들어 볼린이 사랑과 미의 수호신이자 창조적인 여성으로 본 아프로디테는 매혹적인 뮤즈이자 남자를 파멸에 이르게 하는 팜 파탈이라는 그림자를 가지고 있음을, 총애받는 아들 원형으로서 전령의 신과 영혼의 안내자인 헤르메스는 광대처럼 주변인을 즐겁게 해주지만 헌신이나 책임과 같은 덕목을 갖추지 못한 직무태만자의 그림자가 함께 있다는 것을 보여주는 식이다. 설명은 비교적 간단명료하지만 캐릭터를 입체적으로 그리는 데 중요한 힌트를 얻을 수 있어 볼린이 제시한 원형 설명과 함께 참고할 만하다.

캐릭터, 이야기 속의 인간

1   E. M. 포스터, 이성호 옮김, 《소설의 이해》, 문예출판사, 1975, p. 77.

2   S. 리몬-케넌, 앞의 책, pp. 65~68.

3   Uri Margolin, 앞의 글. 그는 유형성과 개성도 종종 단순과 복합, 예상된 인물과 예상되지 않는 인물과 유사어로 쓰이고 있다고 지적하고 있다.

4   Orson Scott Card, 앞의 책, pp. 64~66.

5   Tröhler, 앞의 글.

6   앤드류 호튼, 앞의 책, pp. 99~100.

7   Orson Scott Card, 앞의 책, pp. 61~64.

8   앤드류 호튼, 앞의 책, p. 101.

9   foil은 원래 '다른 것을 돋보이게 하는 장식, 뒤에 입히는 박'이라는 의미를 가지고 있다.

10 빅토리아 린 슈미트, 남길영 옮김, 《캐릭터의 탄생: 스토리텔링으로 발견한 45가지 인간 유형의 모든 것》, 바다출판사, 2011, pp. 181~208.

11 손창섭, 《길》, 동양출판사, 1969, pp. 461~462.

12 S. 채트먼, 앞의 책, p. 164.

13 박경리, 《토지 1》, 마로니에북스, 2012, p. 286.

14 블라디미르 프롭, 유영대 옮김, 《민담의 형태학》, 새문사, 2013, pp. 99~100.

15 롤랑 부르뇌프·레알 우엘레, 김화영 옮김, 《현대소설론》, 문학사상사, 1990, pp. 231~233.

16 이상진·조남철, 《현대소설론》, 한국방송통신대학교출판문화원, 2016, pp. 78~79.

17 류은영, 〈신데렐라 서사의 현대적 패러다임: 동화 《신데렐라》와 영화 〈미녀는 괴로워〉를 중심으로〉, 《세계문학비교연구》 42, 2013.

18 테오프라스토스, 이은중 옮김, 《캐릭터: 우리를 웃게 하는 30가지 유형의 성격들》, 주영사, 2014, p. 79.

19 사실상 그가 정리한 도덕적 악은 아리스토텔레스가 《니코마코스 윤리학》에서 제시한 선한 덕목과 비교하여 이해할 필요가 있다. 테오프라스토스는 아리스토텔레스의 신임을 얻어 그를 이어 리케리온 학당의 총장으로서 35년간이나 재임하였다. 찰스 E. 베넷·윌리엄 A. 해먼드, 〈해설〉, 테오프라스토스, 앞의 책, pp. 13~18.

20 위의 책, pp. 11~13. 한편 이 작업은 7세기 이류 수필가들 사이에서 가장 번성
    하였다. 이 시기에 홀 주교, 얼 주교, 토마스 오버베리 경, 니콜라스 브레튬, 사
    무엘 버틀러, 가브뤼에르 등에 의해 유사한 형태의 캐릭터에 대한 책들이 쓰여
    졌다. 이 중 라 브뤼에르의《캐릭터》(1688)는 얄팍한 속임수를 쓰는 당대 사람
    들에 대한 사실적 풍자를 보여주었다. pp. 24~25.

21 김희정, 〈이태리 가면 희극 코메디아 델라르테의 복식 특성 연구〉,《대한가정
    학회》47, 2009.

22 김찬자, 〈코메디아 델라르테 연구: 유형, 배우, 무대형태를 중심으로〉,《한국연
    극학》16, 2001.

23 김찬자,《코메디아 델라르테》, 연극과인간, 2005, pp. 65~75.

24 위의 책, pp. 76~97.

25 주성희, 〈슈만 〈카니발〉에 나타난 코메디아 델라르테의 수용양상 분석〉,《음악
    과 문화》29, 2013.

26 이경자,《진실추구의 총체적 희극: 몰리에르》, 건국대학교출판부, 1996, pp.
    96~106, 128~134.

27 Elisabeth Frenzel, *Motive der Weltliteratur*, Kröner, 1976; 이재선,《문학 주
    제학이란 무엇인가》, 민음사, 1996. pp. 403~408.

28 Elisabeth Frenzel, *Stoffe der Weltliteratur: ein Lexikon dichtungsgeschichtlicher
    Längsschnitte*, Kröner, 1962/2005.

29 이재선, 〈한국문학의 주제학적 연구〉,《어문연구》31-2, 2003. 여름.

30 조희웅,《한국 고전소설 등장인물 사전》, 지식을만드는지식, 2012.

31 Fotis Jannidis, 앞의 글.

32 Uri Margolin, 앞의 글.

33 Ralf Schneider, "Toward a Cognitive Theory of Literacy Character: The
    Dynamics of Mental-Model Construction", *Style* 35, 2001, pp. 607~639;
    Fotis Jannidis, 앞의 글.

34 이 부분은 이상진, 〈문화콘텐츠 '김유정', 다시 이야기하기: 캐릭터성과 스토리
    텔링을 중심으로〉(《현대소설연구》48, 2011.12) 중 4장의 내용을 발췌 요약한
    것이다.

35 박기수, 〈문화콘텐츠 스토리텔링의 생산적 논의를 위한 네 가지 접근법〉,《한
    국언어문화》32, 2007.

36 전신재, 〈농민의 몰락과 천진성의 발견〉, 전신재 편,《김유정문학의 전통성과
    근대성》, 한림대학교 아시아문화연구소, 1997, p. 313.

37 유인순, 〈김유정의 우울증〉, 김유정문학촌 편, 《김유정문학의 재조명》, 소명출판, 2008.

38 김유정의 여러 누이 중 그의 소설에 반복하여 등장하는 누이는 김유형이다. 김유형은 이혼하고 제복 공장에 다니면서 김유정과 함께 살았는데, 김유정을 먹여살리느라 자신이 극심한 고된 일을 하고 있다는 피해의식이 있었다.

39 윌리엄 인딕, 유지나 옮김, 《시나리오 작가를 위한 심리학》, INVENTION, 2017, pp. 11~19.

40 이부영, 《분석심리학: 융의 인간심성론》, 일조각, 1998. 제4장의 내용을 발췌함.

41 MBTI(Myers-Briggs Type Indicator)는 현재 가장 대표적인 자기보고식 성격유형 검사로 융의 기준을 바탕으로 하되, 여기에 판단/인식까지 지표로 하여 성격적 특성과 행동양식을 16가지의 유형으로 나눈 것이다.

42 MBTI의 기질에 따른 해석과 번역은 다소간 차이가 있다. 국내의 다른 논저에서는 순서대로 전통주의자, 경험주의자, 관념주의자, 이상주의자로 명명되었다.

43 영화 〈스타워즈〉의 캐릭터 중 리아 공주는 엄격한 관리자형(ESTJ-Overseer), 다스 베이더는 청렴결백한 논리주의자(ISTJ-Examiner), 한솔로는 만능재주꾼(ISTP-Craftman), 루크 스카이워커는 선의의 옹호자(INFJ-Confidant)로 볼 수 있다. 또 〈햄릿〉의 오필리어나 〈바람과 함께 사라지다〉의 멜라니 해밀턴은 용감한 수호자형(ISFJ), 〈오만과 편견〉의 다아시는 용의주도적인 전략가형(INTJ)라고 할 수 있다.
https://mypersonality.info/personality-types/fictional-characters/

44 김성훈, 〈MBTI로 본 영화 속 인물성격 분석 연구: 〈주유소 습격사건〉을 중심으로〉, 《영화연구》 28, 한국영화학회, 2006.

45 조남현, 《소설원론》, 고려원, 1982, pp. 144~146 참조.

46 Nancy McWilliam, 정남운·이기련 옮김, 《정신분석적 진단: 성격구조의 이해》, 학지사, 2008, p. 138.

47 윌리엄 인딕, 앞의 책, p. 338.

48 에니어그램 연구자들은 각 유형의 중립적인 성질을 보여주기 위해 번호를 붙여서 명명한다. 돈 리처드 리소·러스 허드슨, 주혜명 옮김, 《에니어그램의 지혜》, 한문화, 2011, pp. 23~25.

49 중세 이슬람교 수피파에게 9개의 점, 원은 신의 얼굴로 불렸다. 그 9가지의 성향은 각각이 신성의 일면을 보여주는 것이다.

50 김성훈, 〈에니어그램으로 본 영화 속 캐릭터 분석 연구: 〈고양이를 부탁해〉를 중심으로〉,《영화연구》25, 한국영화학회, 2005.

51 돈 리처드 리소·러스 허드슨, 앞의 책.

52 리처드 로어·안드레아스 에베르트, 이화숙 옮김,《내 안에 접힌 날개》, 바오로 딸, 2006, pp. 171~176.

53 김영운,《에니어그램으로 보는 성서 인물 이야기》, 삼인, 2014, pp. 106~132.

54 이지영, 〈에니어그램으로 본 영화 속 캐릭터의 성격분석: 〈9:나인〉을 중심으로〉,《에니어그램연구》9-1. 2012.

55 C. G. 융, 이부영 옮김, 〈집단적 무의식의 개념〉,《융 기본저작집 2》, 솔출판사, 2002. p. 156.

56 A. 새뮤얼·B. 쇼터·F. 플라우트, 민혜숙 옮김,《융분석비평사전》, 동문선, 2000, pp. 177~178, 226~227.

57 이부영,《그림자》, 한길사, 2004, pp. 43~44.

58 윌리엄 인딕, 앞의 책, pp. 175~202.

59 송태현, 〈카를 구스타프 융의 원형 개념〉,《인문콘텐츠》6, 2005.

60 캐롤 피어슨, 왕수민 옮김,《내 안엔 6개의 얼굴이 숨어있다》, 사이, 2007, pp. 13~15, 244, 306.

61 캐롤 피어슨, 앞의 책, pp. 16~17.

62 미국의 비교신화학자인 조지프 캠벨Joseph Campbell(1904~1987)은 제임스 조이스가 만들어낸 '원질신화monomyth'라는 용어를 사용하여 영향력 있는 연구를 해냈다(1949). 원질신화는 보편적이며, 전 세계 모든 곳의 이야기들, 신화 그리고 전설 등에서 발견될 수 있는 것이다. 그는《천의 얼굴을 가진 영웅》을 통해 이 중에서 소위 영웅 신화로 분류되는 계열의 신화를 상호 비교하여 유사한 패턴을 가지고 있음을 보여주었다. 그는 수많은 신화적 종교적 이야기를 영웅의 길이라는 단계를 만들어서 추상화시켰다. '분리/출발 → 시련과 입사식의 승리 → 귀환과 재통합'의 과정이 그러하다. 그는 융의 심리학에 기반을 두고 이를 읽어냄으로써 '영웅의 여행'이 주체 성장과정의 집단 무의식을 반영하는 성장담이라 보았던 것이다. 그의 신화분석은 막강한 영향력을 발휘하여 할리우드 영화에까지 영향을 미쳤다. 조지 루카스가 그에게 영향 받아 〈스타워즈〉를 만들었다는 것은 유명한 사실이며, 현재도 그의《천의 얼굴을 가진 영웅》은 시나리오를 구상하기 위한 필독서로 여겨지고 있다.

63 크리스토퍼 보글러, 함춘성 옮김,《신화, 영웅 그리고 시나리오 쓰기》, 비즈앤비즈, 2013, pp. 15~19.

64 위의 책, p. 41.

65 위의 책, pp. 48~61의 내용을 요약함.

66 위의 책, pp. 62~65의 내용을 요약함.

67 위의 책, pp. 67~119의 내용을 요약함.

68 영웅은 많은 신화와 민담의 주인공이자 현대 할리우드 영화 및 다양한 스토리텔링에서 주인공으로 기능하며, 무엇인가를 찾아 모험을 떠나는 존재다. 영웅은 모험의 단계를 거치면서 겪는 삶의 고비마다 세분화된 원형의 형태를 보여주며 성장한다.

69 스튜어트 보이틸라, 김경식 옮김, 《영화와 신화》, 을유문화사, 2005, p. 42.

70 최민성, 〈신화의 구조와 스토리텔링 모델〉, 《국제어문》 42, 국제어문학회, 2008; 김공숙, 〈텔레비전 드라마의 영웅서사구조분석: 〈시크릿가든〉을 중심으로〉, 고려대학교 석사학위 논문, 2013; 박은하, 〈21세기 TV드라마의 신데렐라 양상 연구: 〈시크릿 가든〉과 〈청담동 앨리스〉를 중심으로〉, 중앙대학교 석사학위 논문, 2014; 박경민·이강진, 〈성공 한류 드라마에 나타난 영웅서사의 변용 분석: TV드라마 〈태양의 후예〉를 중심으로〉, 《문화경제연구》 20-1, 2017.4 등을 참고할 수 있다.

71 진 시노다 볼린, 조주현·조명덕 옮김, 《우리 속에 있는 여신들》, 또하나의문화, 2003, p. 20.

72 위의 책, pp. 47~144의 내용을 요약함.

73 위의 책, pp. 145~240의 내용을 요약함.

74 위의 책, pp. 241~280의 내용을 요약함.

75 진 시노다 볼린, 유승희 옮김, 《우리 속에 있는 남신들》, 또하나의문화, 2006.

76 위의 책, pp. 69~71.

77 빅토리아 린 슈미트, 앞의 책.

제 장

장르관습과
캐릭터

캐릭터와 이야기의 성격은 긴밀하게 관련되어 있다. 사랑이야기에는
연인이, 탐정이야기에는 탐정이, 모험이야기에는 여행을 떠나는 주인공
이, 멜로드라마에는 이야기를 주도할 악인이 나온다. 서사물의 장르는
기본적으로 중심 캐릭터의 기능과 역할을 암시한다.[1] 각 장르마다 관습
적으로 요구하는 조건이 있고, 또 그에 적절한 캐릭터 유형과 내용, 재현
방식이 있다. 고대 그리스 비극 장르에서는 관객이 연민과 공포를 통해
압도적인 카타르시스를 느낄 수 있도록 완벽에 가까운 인간, 고귀하고
높은 지위의 선한 캐릭터가 주인공이다. 희극은 대개 비판의 대상이 될
만한 결함을 지닌 존재, 보통 이하의 인간형이 주인공이다. 판타지 장르
라면 캐릭터 중 누군가는 낯선 세계에 속해 있는 특별하고 애매한 면모
를 보여주어야 하며, 멜로드라마의 주인공은 출중한 외모와 능력은 물론
이상적인 사랑을 끝까지 지켜내는 남다른 의지가 있어야 한다. 물론 장
르란 오랜 시간에 걸쳐 형성된 문학관습일 뿐, 언제든 다른 장르와 교섭
하고 융합하며 새롭게 탄생한다. 또 미디어 환경의 변화에 따라 장르가

　　　　　　　　　　　　　　　　캐릭터, 이야기 속의 인간

분화되어 현재 소통되는 수많은 서사물의 장르 관습을 일일이 확인하는 일은 가능하지도 않고 필요하지도 않다. 그럼에도 불구하고 여전히 영향력을 발휘하고 있는 대표적인 장르관습은 캐릭터 창조와 변형, 분석을 위해서 고려할 기본요소를 제공할 것이다. 여기에서는 비극과 희극, 멜로드라마, 역사 드라마를 중심으로 장르관습과 캐릭터의 특성을 살펴보기로 하겠다.

1. 비극의 캐릭터

고대 그리스에서 시작된 비극은 보통 '숭고한 인물(영웅적인 인물)이 자발적인 의지로 특정한 인물이나 환경, 제도, 운명 등과 맞서 싸우다가 끝내 패배하고 마는 심각한 이야기'로 정의된다. 이 정의대로 비극의 주인공은 숭고하고 영웅적이어야 하고 문제와 대면하여 끝까지 투쟁할 의지가 있는 존재이다. 비극은 이런 주인공을 통해 인간의 한계와 삶의 문제를 가장 진지하게 제시한다.

비극은 인간의 한계를 벗어난 불가항력적 현실이 있다는 것을 깨닫게 한다. 비극의 주인공은 어떻게 해도 피할 수 없는 한계상황에 내몰린다. 벗어나기 어려운 갈등과 고통, 책임, 소외, 부조리하게 앞에 놓여 있는 죽음의 그림자, 불가항력적인 힘에 이끌려 저지른 실수, 합리적으로 설명하고 받아들일 수 없는 상황 등이 그것이다. 무지의 상태에서 아버지를 죽이고 어머니와 결혼한 오이디푸스(〈오이디푸스왕〉), 딸을 희생제물로 바친 남편 아가멤논을 배반하고 자식들에게 살해당하는 클리타임네스트라(〈오레스테스〉 3부작), 자기가 선택한 삶의 가지가 시대착오적인 것이었으며 어떻게 해도 빚에서 벗어날 수 없다고 판단한 아버지 윌리로먼(〈세일즈맨의 죽음〉), 이 비극의 주인공들은 이 상황에서 무엇을 어떻게 할 수 있을까.

비극의 캐릭터는 불합리한 현실로부터 벗어나려고 온 마음과 힘을 다해 거부하고 저항한다. 그러나 결국은 패배하고 이를 받아들일 수밖에 없음을 깨닫는다. 비극적 조건을 거부하고 저항하고 투쟁하지만 최종적으로 자신의 운명을 받아들이고 고통을 견뎌내고 혹은 죽음과 파멸, 패배를 감수하는 것. 이것이 비극성의 핵심내용이다. 비극의 주인공은 비록 표면적인 파멸에 이를지 모르나, 자신의 운명을 의미 있는 것으로 인정함으로써 한 차원 높은 자각, 도덕적 승리라는 역설적인 길로 나아간다.[2] 이렇게 운명적 조건으로부터 자유로워지고자 하는 인간의 비극적 투쟁, 자기 내면과의 틈 없는 대결은 창조적 원동력이 된다. 현대 비극의 본질, 현대에 우리가 되살려야 할 비극적 인식의 과정은 바로 여기에 있다.

1 │ 비극 캐릭터 구성요소

고대 그리스에서는 비극의 주인공이 보통사람보다 월등한 능력과 선의를 가진 인물, 신분이 높고, 고상한 인물이었다. 그러나 셰익스피어의 비극에 와서는 귀족계층이, 18세기 낭만주의 시대에는 민족적 위인이나 영웅, 19세기에는 시민계층이 비극의 주인공이 되었다. 오늘날 비극 캐릭터는 높은 신분의 고상한 인물이라는 조건과는 거리가 있다.

비극 장르의 중심 캐릭터는 자신에게 결정적인 책임이 없는데도 세계와 불화하고, 죽거나 죽음과 다름없는 좌절을 맛본다. 결국 운명을 수용

캐릭터, 이야기 속의 인간

함으로써 '비극적 깨달음' 혹은 '비극적 앎'이 무엇인지를 보여준다. 이런 내용을 진지하게 전달하기 위해 설정되는 비극의 캐릭터는 어떤 요소를 갖추어야 할까. 오랜 시간에 걸쳐 축적된 비극 이론에서 여전히 핵심적인 캐릭터 구성요소를 살펴보자.

비극적 결함: 하마르티아와 히브리스

하마르티아hamartia는 죄 또는 악행과 본질적으로 관계가 있는 운명적 실수를 말한다. 보통 판단 착오나 실수를 의미하며, 근대 비극에서는 비극적 결함tragic flaw으로 종종 설명된다. 아리스토텔레스는 비극적 서사의 주인공이 덕과 정의에 있어 월등하지도 않고, 그렇다고 악덕과 비행 때문에 파멸하는 것도 아닌 중간적 인물일 경우, 주인공이 불행에 빠지는 원인은 어떤 과실, 곧 하마르티아에 있다고 보았다.[3] 불합리한 운명은 비극적 결함을 지닌 주인공이 또 다른 함정에 빠지게 만들 수도 있다. 비극적 조건에 대해 무지의 상태에서든 자각의 상태에서든 그들은 실수를 범하고 그것이 불행한 결과를 초래한다. 중요한 것은 이 결함에 비해 주인공이 지나치게 큰 고통을

그림 4.1 소포클레스의 〈오이디푸스왕〉에서 신탁을 실현하고 극을 파국으로 이끌어가는 것은 바로 오이디푸스의 하마르티아와 히브리스라 할 수 있다. 작가 미상, 〈라이오스왕의 죽음〉(17세기 혹은 18세기)

받는다는 것이다. 작은 실수나 착오, 결점에 불과한 것이 외부의 우연한 사건, 숙명, 관련된 다른 힘들에 의해 조직되어 어쩔 수 없는 상황으로 치닫고, 결국엔 비극적인 파국에 이른다.

히브리스hybris/hubris는 고대 그리스 비극의 영웅이 신의 경고를 무시하고 법과 명령을 넘어서는 것을 말한다. 그 결과 영웅은 파멸하고 응당 받아야 할 벌을 받게 된다.[4] 넓은 의미에서 비극적 결함인 하마르티아와 같은 맥락에서 이해될 수 있지만, 하마르티아가 단순한 실수나 판단착오로서 도덕적 비난과 거리가 있다면, 히브리스는 일반적으로는 과도한 자존심, 자신감, 과대평가, 오만 등을 말하며 도덕적 비난을 받을 수 있는 행동의 원인이 된다. 그러나 히브리스는 동시에 비극적 투쟁의 창조적 원동력이기도 하다. N. 프라이Northrop Frye는 비극의 주인공들 대부분이 히브리스에 경도되어 있으며, 이 히브리스가 파국을 재촉하는 흔한 동인이 되고 있고, 도덕적으로 보아 당연한 전락을 초래하고 있다고 지적한다.[5]

고독과 소외, 나르시시즘과 내적 갈등

사회와 벽을 쌓고 고독에 갇히는 것, 세상으로부터 소외되는 것은 근대 비극에서 없어서는 안 될 조건이다. 또한 나르시시즘도 그 사회학적 상대물인 소외와 함께 근대 비극의 조건[6]이 된다. 이를 잘 드러내는 예가 아서 밀러의 〈세일즈맨의 죽음〉이다. 아서 밀러는 계급투쟁이나 자본주의 병폐에 의해 생겨난 소시민들의 인간소외를 비극의 소재로 삼았다. 〈세일즈맨의 죽음〉의 주인공 윌리 로먼은 미국의 급격한 경제발전 시기에 시대에 뒤떨어진 가치관을 가진 채 제대로 적응하지 못하고 점차 소외되어간다. 지나친 자존심과 허세, 나약함이라는 비극적 결함은 문제를 더 심각하게 만들고 결국 그는 빚만 진 채 해고되고 만다. 아놀드 하우저

캐릭터, 이야기 속의 인간

A. Hauser에 의하면 근대의 비극적 주인공은 "제어하기 어려운 성격 때문에" 비운에 빠진다. 근대 비극의 주인공은 자기 자신과 싸우므로, 파멸의 원인을 자기 안에서 찾아야 한다는 것이다. 윌리 로먼도 결국은 고립된 상태에서 자신의 문제를 인정하고 스스로 죽음을 선택함으로써 비극적 인식에 이른다. 이처럼 현대의 비극적 서사의 갈등요소는 주인공의 내적 대립에 있다. 파멸과 패배 속에 있는 주인공이 자신과의 싸움 끝에 결국 운명을 받아들이는 것이 서사의 내용을 이룬다.

2 │ 비극 캐릭터 유형과 예시

N. 프라이의 비극 캐릭터 유형

프라이는 다양한 유형의 비극과 캐릭터 특성을 제시한다. 전형적인 비극의 주인공은 지상과 천상의 중간, 천국의 자유 세계와 지상의 제약된 세계 중간에 있다고 말한다. 처음에는 신과 같은 속성을 (스스로) 가진 인물이지만 또 그 때문에 인간으로서 자신이 속한 현실에서 신의 가면을 벗고 희생된다는 것이다.[7] 이런 점에서 비극의 주인공은 자기기만에 빠져 있고 오만에 눈이 어두워져 있는 알라존alazon[8] 무리에 속한다. 대표적인 예가 아담, 그리스도, 프로메테우스 그리고 욥이다.

아담은 너무나 인간적이기 때문에 신의 세계로부터 추방당하여 '인간은 언젠가 죽어야 할 존재'임을 보여주는 존재이다. 아담은 선악과를 따먹음으로써 무한한 자유라는 행운을 버린다. 그렇게 타락하자마자 자연의 질서 속으로, 다시 말해 자유로부터 자연의 순환 속으로 전락하였다. 사실은 우리가 사는 일상 속에 들어온 것이지만, 애초에는 보다 높은 위치에 있었기 때문에 그것은 비극이 된다. 아담형의 비극은 주인공이 성

그림 4.2 파울 루벤스, 〈포박된 프로메테우스〉(1618)

공한 경험과 조화를 이루면서 끝나는 경우에 주로 나타난다.

그리스도는 너무나 인간적이면서 완전무결하게 순수했기 때문에, 이번에는 인간사회로부터 추방당하는 존재이다. 그리스도는 아무런 죄 없는 희생자형으로, 결정적인 도덕적 결함을 발견하기 어렵다. 그리스도형 비극은 운명에 대한 단순한 체념을 훨씬 넘어서 완전히 조용하고 편안한 분위기에서 끝나며, 비극적임에도 불구하고 주인공의 성공 또는 업적의 완성이 크게 강조된다. 대체로 영웅적인 생애의 최후가 이러한데, 실러의 〈잔 다르크〉의 잔 다르크, 셰익스피어 〈리어왕〉의 코델리아를 그 예로 들 수 있다.

프로메테우스는 인간을 도와주었다는 이유로 신들로부터 배척당한 불멸의 존재이다. 그는 신성과 인간성을 조화시킨 형태의 캐릭터로서, 충격과 전율의 장면, 잔인하고 폭력적인 상황의 주인공이다. 지나친 고뇌와 굴욕 속에 있거나 악역을 행하는 주인공이 프로메테우스형에 해당된다. 지체 절단, 희생제의, 악마적인 의식의 요소, 고문도구, 감옥과 정신병원, 폭도의 희롱감이 되는 처형, 학대 등이 그려진다. 책형에 처해있는 프로메테우스처럼 '눈앞에 환히 드러나게 당하는 그 굴욕, 즉 구경거리로 되는 것에 대한 전율'이 고통보다 한층 비참한 것이다.

캐릭터, 이야기 속의 인간

〈욥기〉의 욥은 자신을 희생자로 정당화하여 프로메테우스 같은 비극적인 인간이 되려고 시도했지만 결국 실패한(구원받은) 존재이다. 그는 하루 아침에 가족과 재산을 모두 잃고 욕창으로 고통받게 되지만 인간의 한계를 인정하고 끝까지 창조자를 믿어 구원받는다. 욥은 신성과 인간성의 변증법을 보여주는 반어적 캐릭터이다. 욥과 함께 오이디푸스도 대표적인 비극의 캐릭터이다. 이들은 사회적 또는 도덕적인 문제보다 형이상학적 또는 신학적인 문제를 제기한다.

프라이는 비극 캐릭터로 여성을 많이 언급한다. 대표적인 것이 어린아이처럼 용기 있고 순진무구한 유형이다. 중상모략을 당하고 있는 여성, 때로 자기가 낳은 자식이 사생아라는 의심을 받고 있는 처지의 어머니가 그렇다. 하아디 소설 〈테스〉의 테스와 같은 그리젤다 타입[9]의 캐릭터가 나오는 비극이 여기에 속한다. 또 좀 젊고 아름답다는 사실 때문에 미움을 받고 또 중상모략을 당하는 여성도 비극 캐릭터가 된다. 프라이는 〈테스〉부터 〈로미오와 줄리엣〉, 〈그리스도의 죽음〉, 〈오이디푸스왕〉 〈욥기〉, 〈결박된 프로메테우스〉까지 주인공이 처한 환경과 비극적 결함, 그것을 받아들이는 과정이 얼마나 다르게 나타날 수 있으며 이에 따라 얼마나 다양한 미적 스펙트럼을 표현할 수 있는지를 보여주고 있다.[10]

한편 비극의 주변 캐릭터 유형으로 예언자형, 코러스형, 탄원자형을 제시한다. 먼저 비극적 결말에 대해 인지하고 예언을 하기도 하는 주술사나 예언자형이 있다. 이들은 작가의 의지가 투영된 캐릭터로 파국의 발동자라고 할 수 있다. 반대로 비극의 진행에 대해 저항하여 직언을 잘하는 캐릭터가 있다. 〈햄릿〉의 호레이쇼처럼 주인공의 친구거나 주변인으로서 비극적인 진행상황을 아는 코러스적 캐릭터이다. 사회규범을 나타내는 캐릭터라고 할 수도 있으며 이 점에서 주인공의 오만함이 어느 정도인지를 알려주는 역할을 할 수 있다. 비극에 나타나는 연민과 공포를 가장 강렬하게 불러일으키는 주변 캐릭터로 탄원자형도 있다. 무력하고 가련한 모습의 캐릭터로 죽음이나 능욕에 위협당하는 여성 혹은 어린 아이가 이에 해당된다.

비극적 운명과 가문의 몰락: 박경리 〈김약국의 딸들〉

박경리의 〈김약국의 딸들〉(1962)은 김약국 집 다섯 딸의 비극적 운명과 가문의 몰락을 이야기한 소설이다. 김약국 집안의 운명적 몰락은 부모 세대의 성격적 결함에서 시작된다. 김약국의 아버지 봉룡은 "몸이 건장하고 눈에는 광기가 번득이는 혈기왕성한" 사람이었으며 몹시 오만불손하고 자기의 의사를 거역하는 것을 광적으로 싫어하는 사람이다. 전처가 시집 온 지 이태 만에 봉룡에게 매를 맞아 죽었다는 소문이 돌 정도이다. 김약국의 어머니 숙정은 갓 나서 어머니를 잃고 유모 손에 자랐으며, 사주가 세다 하여 결국 재취로 김봉룡에게 시집을 온다. 결혼 전 자신을 연모하였던 가매골 욱이가 찾아왔으나 숙정은 결코 만나주지 않는다. 그러나 이를 의심한 봉룡은 그녀를 심하게 문초하여 숙정은 비상을 먹고 자살한다. 결국 김봉룡의 오만하고 안하무인인 성격적 결함과 숙정의 지나친 결벽증은, 세상의 이해를 구하거나 타협할 기회도 갖지 못한 채 스스로를 소외시키고 파멸을 자초한 것이다. 그리고 숙정의 극단적 선택의 결과 "비상 묵은 자손은 지리지 않는다"는 저주가 이 집안을 지배하게 된다.

저의 아버지는 고아로 자라셨어요. 할머니는 자살을 하고 할아버지는 살인을 하고, 그리고 어디서 돌아갔는지 아무도 몰라요. 아버지는 딸을 다섯 두셨어요. 큰딸은 과부, 그리고, 영아살해혐의로 경찰서까지 다녀왔어요. 저는 노처녀구요. 다음 동생이 발광했어요. 집에서 키운 머슴을 사랑했죠. 그것은 허용되지 못했습니다. 저 자신부터가 반대했으니까요. 그는 처녀가 아니라는 험 때문에 아편장이 부자 아들에게 시집갔어요. 결국 그 아편장이 남편은 어머니와 그 머슴을 도끼로 찍었습니다. 그 가엾은 동생은 미치광이가 됐죠. 다음 동생이 이번에 죽은 거예요.[11]

이 작품의 중심인물이지만 집안을 위해 어떤 의지나 행동도 보이지 않는 김약국도 가족의 비극을 가져오는 성격적 결함을 지닌 캐릭터이다. 우유부단하고 소극적인 그의 성격은 가족의 비극을 고스란히 받아들이고 스스로 고독과 무위 속에 가둠으로써 다섯 딸들의 비극을 초래한다. "비상 묵은 자손은 지리지 않는다"는 주술을 증명하듯 피로 얼룩진 가족사, 살아남은 딸들에게 짙게 드리운 상처와 불안은 마지막에 중심인물인 용빈으로 하여금 운명적 결함을 인정하고 받아들이도록 한다.[12] 결국 이런 비극적인 가문의 마지막은 그 모든 비극적 투쟁을 거쳐 분복分福을 받아들이는 둘째딸 용빈의 자각과 출발에서 마무리된다.

폭력과 소외: 영화 〈한공주〉

영화 〈한공주〉(2014)는 밀양에서 있었던 집단 성폭행사건(2004)을 영화화한 것이다. 이 영화는 N. 프라이의 분류에 의한다면 '무지한 어린 희생양'의 순진무구의 비극에 해당된다. 주인공 한공주는 친구들로부터 집단 성폭력(윤간)을 당한 후 주변인들로부터 따돌림을 당하고 고립된다. 이혼한 엄마는 무관심하고 아버지는 합의를 이끌어내어 돈만 받으려

전 잘못한 게 없는데요.

한공주
HAN GONG-JU

이수진 감독 작품 | 천우희 · 정인선 · 김소영 · 이영란 4월, 세계가 먼저 주목한 빛나는 발견!

그림 4.3 이수진 감독의 영화 〈한공주〉(2014)

고 한다. 거기에 원칙을 무시하는 이기적 경찰, 학생을 끝까지 보호하지 못하는 교사, 외면하는 친구들까지 그 누구도 그녀의 고통을 이해하고 위로해주지 않는다. 주인공은 부조리한 사건에 의해 고통받지만 사회로부터 철저히 고립되고 소외된다는 점에서 현대 비극적 캐릭터의 전형적 조건을 갖추고 있다. '공주'라는 이름은 주인공의 운명을 더 강조하는 반어적 명명이다.

가해자들은 힘을 가진 부모에 의해 철저히 보호되고 은폐되고 피해를 입은 한공주는 오히려 부정한 인물로 낙인찍는다. 그녀가 당한 사건은 소녀의 순수성을 더럽혔고 그리하여 그녀의 흠[13]은 감염을 두려워하는 다른 소녀들에게 따돌림 대상이 된다. 영화는 이 부분을 섬세하게 다룸으로써 청소년 성범죄의 심각성을 제대로 포착하여 보여준다. 한공주가 지닌 음악적 재능은 이런 관계를 회복시킬 수 있는 돌파구처럼 보였지만 오히려 존재를 노출시켜 다시 고립되는 원인이 된다. 과거를 잊고 음악을 통해 또래와 어울리고 사회에 다시 적응해보겠다는 행동은 이 비극적 서사에서 주인공의 실수가 된다. 결국 공주는 자신도 모르는 실수, 이 하마르티아로 인해 어쩔 수 없는 상황, '비극적 파국'에 이른다. 수영을 열심히 배운 주인공이 강에 뛰어드는 마지막 장면은, 결국 자신의 부

캐릭터, 이야기 속의 인간

조리한 운명에 대한 저항과 수용의 과정이 철저히 자신과의 싸움이라는 것을 상징한다. 이 비극적 드라마는 주인공이 그런 상황에 처하기에는 아직 어린, 보호받아야 할 청소년이고, 무엇보다 사실에 근거한 드라마라는 데에서 더 긴 여운을 남긴다.

2. 희극의 캐릭터

희극comedy은 비극과 같이 가르침을 주는 장르지만 대상에 대한 인식과 판단에서 차이가 있다. 독자는 비극을 보면서 연민과 공포를 통해 가르침을 얻는다. 그러나 희극은 철저한 거리, 무대의 객관화를 통해 조소와 경멸, 환희를 느끼게 해서 독자를 교화한다. 희극은 인간의 우매함, 결핍, 악덕 등에 관심을 집중하고, 이것을 웃음과 기지를 통해 경쾌하게 그려낸다. 이 과정에서 인간의 부정적 요소가 교정되고 극복되는 것이다.[14] 그런데 희극은 비극과 달리 큼직한 도덕적 문제를 제기하지 않는다. 즉 비극이 인간 존재에 대한 철학적인 성찰을 목표로 한다면, 희극은 사회적 존재로서의 인간 삶의 구체적인 모습들을 문제 삼는다. 요컨대, 희극은 인간들이 살아가는 정상적인 삶의 범위를 벗어나서 사회적 가치를 파괴하는 이탈행위를 견제하는 장르라고 할 수 있다.[15]

희극은 사회적 통념과 인물이 보여주는 행동의 불일치에서 시작한다. 희극적 인물이 가지고 있는 인간의 무절제·사기성·위선·우둔함 등을 사회 통념에 빗대어 비웃는 것이다. 전통적으로 희극 작가는 사회적·도덕적 인습을 수용하면서 작품을 썼는데, 개인이 잘못하여 사회와 불일치를 이룬다고 보았다. 인물의 행동과 사회와의 불일치가 크면 클수록 웃음은 더 유발되고, 웃음을 통해 비판적 현실인식을 가지게 한다. 프로이트에 따르면 희극은 '가면 벗기기'로서 우리가 일상에서 억압해야 하는 충동들을 자유롭게 방출하도록 허용하는 메커니즘이다. 심리적 차원에서는 억압된 충동과 성적 공포나 증오를, 희극의 인물에 전가하여 추방하는 것이 심리적 해방감을 안겨준다.[16] 이 점에서 희극은 인간의 어리석음이나 잔인함, 실수, 탐욕 등 윤리나 이성에 억압당해왔던, 그러나 무의식의 영역에 잠재되어 있는 인간 본성에 대한 자각과 경고로 볼 수 있다.

1 │ 희극 캐릭터 구성 요소: 희극적 결함

아리스토텔레스는 희극이 보통 이하의 악인의 모방이라고 한다. 이때의 악이란 실수나 기형과 같은 것으로 인간에게 고통이나 파괴를 가져다주지 않는다. 그것이 전달될 때 관객은 그저 조소하고 경멸할 뿐이다. 아리스토텔레스는 또한 희극에서는 우스꽝스런 인물의 번영과 몰락이 분노의 감정을 자아내고 정화함으로써 관객에게 지적인 카타르시스를 준다고 강조한다. 실수나 기형이 되었든, 세속적인 집착과 고집이 되었든, 희극은 사회적 존재로서 인간의 불완전한 면에 그 초점을 두고, 그것을 자각하고 교정하는 것에 목적이 있다. 플라트너Ernst Platner는 이 불완전성을 인간에게 중요하지 않은 것과 중요한 것으로 나누어 설명한다. 중요하지 않은 불완전성은 외형적 결함이나 생활양식의 결함·감각의 오류·기억의 오류·취향의 오류 등으로 생기는 혼동과 오해와 같은 것이다. 반면 인간의 중요한 불완전성은 악·음탕함·인색함·자만심·나쁜 태도와 습관·무지·선입견·사려 없는 행위·우둔함 등이다. 중요한 불완전성은 고차원적인 희극의 요소로서 인간의 정신적·도덕적 결함이 그 주

캐릭터, 이야기 속의 인간

요 소재이다.[17] 정리하자면 웃음을 만들어내는 캐릭터의 요소, 곧 희극적 결함은 중요하지 않은 불완전성으로서의 신체적 결함, 중요한 불완전성으로서 성격의 결함, 도덕적 결함으로 나누어볼 수 있다.[18]

중요하지 않은 불완전성: 신체적 결함

중요하지 않은 불완전성은 형태(외모)의 결함이다. 추함이 아니라 우아함에 대조되는 뻣뻣함, 자연스러운 생명성에 반대되는 경직성이나 기계성에서 비롯되는 것이다. 외모와 형태가 주는 우스꽝스러움은 대체로 아무런 저의 없이 그저 웃음 자체에만 목적이 있는 소극farce의 요소가 된다. 왜곡되고 과장된 분장 등으로 웃음을 유발하는 것이다. 배우들의 제스처, 말하기의 특성 및 독특한 신체 특성 등 신체 표현도 웃음을 유발한다.[19] 방언의 사용, 빠른 템포의 말하기, 혀 짧은 발음, 독특한 악센트, 어조tone의 변화 등은 캐릭터의 특성을 보여주기에 적절하며, 대조적인 억양을 동시에 사용한다든가(장중한 어조와 경박한 어조의 교차 등), 상황의 변화와 상관없이 동일한 언어적 제스처를 일관되게 사용함으로써 기계적이고 경직된 느낌을 줄 때 웃음이 나온다.

찰리 채플린의 영화 〈모던 타임즈〉(1936)에서 주인공 찰리는 출근해서 되

▎그림 4.4 찰리 채플린의 영화 〈모던 타임즈〉 중 한 장면

근할 때까지 컨베이어 벨트 위의 볼트에 너트 조이는 일을 한다. 기계처럼 같은 일을 반복하던 그는 퇴근 후에도 같은 동작을 반복하여 웃음을 자아낸다. 자율성을 잃어버리고 기계의 한 부품처럼 변한 그의 모습은 산업화로 인한 인간 소외의 문제를 보여주는 것으로 웃음과 함께 비애감이 동반된다.

중요한 불완전성: 성격적 결함과 도덕적 결함

고차원적인 희극적 요소인 중요한 불완전성은 성격적인 것과 도덕적인 것이다. 성격과 태도 등이 인형처럼 고정되어 있어 거의 모든 상황에서 일관성을 유지하며 자기 방식만 고집하면서 맹목적으로 행동하는 경우이다. 사회적으로 보수적 세력의 완고함과 일방성, 융통성 없음이 상대적 바보를 만드는 성격적 결함에 해당된다. 전쟁무용담을 이야기하면서 으스대지만 위급한 상황에서는 겁쟁이가 되고 마는 '카피타노'나 현실에 맞지도 않는 현학적 지식을 자랑하는 '도토레'와 같은 코메디아 델 아르테의 유형적 캐릭터가 그런 예이다. 이들은 거의 모든 상황에서 똑같은 분위기를 연출하고 동일한 신체적 반응을 보이며 계속해서 실수를 하여 웃음이 배가시킨다.

도덕적 결함은 비열함·비속성·허세(허영심)·권력에 대한 욕망 등에 의해 드러난다. 이때 희극은 인생과 사회에 대한 비판으로서의 풍자가 초점이다. 현대의 풍자적인 희극 캐릭터 대부분은 이러한 도덕적 결함을 보여준다. 이는 특정한 개인이나 사회, 제도, 계층 등을 조소함으로써 대상의 가치와 의미를 격하시키거나 재평가하려는 문학적 시도로 볼 수 있다.

2 │ 희극 캐릭터 유형과 예시

N. 프라이의 희극 캐릭터 유형

N. 프라이는 《비평의 해부》에서 희극의 유형적인 캐릭터와 희극 공식에 대해 상세히 언급하고 있다. 그는 희극의 대표적인 캐릭터 유형을 알라존, 에이론, 보몰로초스, 아그로이코스로 나누어 설명하였다. 알라존과 에이론의 대립은 극적 전개의 기초를 만드는 중심 캐릭터이고, 보몰로초스와 아그로이코스는 희극적 분위기의 양극을 만들어내는 주변적 캐릭터이다.

에이론eiron은 외형상 약하고 겸손하고 못난 체하지만 영리한 캐릭터이다. 한편 알라존alazon은 강하고 오만하고 잘난 체하지만 우둔한 캐릭터이다. 그래서 에이론은 겉으로는 항상 알라존에게 패배하는 것같이 보이지만 실상은 예상을 뒤엎고 알라존을 굴복시키거나 골탕 먹이는 것으로 마무리된다. 알라존은 보통 사회의 발전을 가로막는 훼방꾼, 봉건적인 캐릭터이고 에이론은 문제를 재치 있고 지혜롭게 바꾸어나가는 캐릭터이다. 그리스의 신희극, 곧 낭만희극은 서로 결혼하고 싶어하는 젊은 남녀가 양친의 반대로 어려움을 겪다가 결혼한다는 공식을 따른다. 이런 희극에서 대립은 주로 신세대와 구세대

그림 4.5 애니메이션 〈톰과 제리〉의 한 장면. 이 만화영화에서 힘이 세나 매번 생쥐 제리에게 당하는 고양이 톰은 알라존형이고 영리한 생쥐 제리는 에이론형이다.

간에 벌어진다. 즉 불합리한 법률이나 우스꽝스러운 사회제도를 고집하는 기성세대와 그것에 반발하는 신세대 사이의 대립이 희극의 전형적인 대립구도이다. 이 대립에서 구세대는 훼방꾼이고 장애물이며 남의 말을 듣지 않는 권력자로서 알라존형 캐릭터이다. 알라존의 대립인물인 에이론은 신세대로서 힘도 없고 겸손하지만 결국 새로운 사회를 향한 유연성과 지혜로 알라존을 이겨낸다. 그러나 모든 희극이 에이론의 승리로 끝나는 것은 아니다. 좀 더 복잡한 사회 문제를 다루고 있다면 이렇게 간단히 새로운 사회의 도래를 그려낼 수 없기 때문이다.

보몰로초스bomolochos는 즐거운 분위기를 돋우는 어릿광대, 팔푼이 같은 캐릭터, 익살꾼, 재담꾼이다. 이 중 가장 오래된 것이 하는 일 없이 남의 집에 얹혀사는 식객이다. 식객은 극이 진행되는 동안 불쑥 침입해 마구 떠들어대고 큰 소리로 명령을 하고 장광설을 늘어놓음으로써 희극적인 분위기를 한껏 부풀려놓는다. 아그로이코스agroikos는 촌뜨기, 무뢰한 등의 의미를 가지고 있다. 즉, 인색하고 속되고 깐깐한 인물, 무뢰한, 숙맥, 융통성 없는 캐릭터이다. 편집적인 성벽 때문에 다른 사람들과 어울리지 못하는 근엄하고 융통성 없는 인물들까지 확대하면 알라존형 인물과 겹칠 때도 있다. 보몰로초스가 잔치의 흥을 돋운다면 아그로이코스는 반대로 즐거운 분위기를 깨는데 여기에서 웃음이 발생한다.[20]

비속한 상황, 비열한 인물: 전광용의 〈꺼삐딴 리〉

전광용의 〈꺼삐딴 리〉는 일제 강점기와 해방, 국토의 분열과 정부수립, 그리고 6·25전쟁을 겪으면서 시대의 큰 변화를 잘 이용하여 늘 '꺼삐딴(captain)'으로 살아남는 캐릭터의 처세술을 풍자한 작품이다. 이 작품의 희극적 대상은 주인공 이인국 박사로서 비속한 상황 속에 놓인 비열한 인물의 행태를 보고 독자가 웃음을 통한 주체적인 거리를 확보하도록 유도한다.

외과의사 이인국 박사는 일제 강점기에는 잠꼬대를 일본어로 할 정도로 완전한 황국신민으로 동화되어 살았다. 해방이 되고 소련군이 점령하여 친일민족 반역자로 감옥에 갇히자 소련 장교의 혹을 성공적으로 제거해주어 풀려난다. 소련의 세상이 되었다고 생각한 그는 친소파가 되어 영화를 누리며 아들을 모스크바로 유학 보낸다. 그러나 다음 해 전쟁이 일어나고 월남하여 아들의 생사도 알 수 없게 된다. 미군이 주둔하자 이번엔 딸을 미국으로 유학 보내며, 대사관의 미스터 브라운에게 잘 보여 '지상 낙토'라고 하는 미국에 갈 꿈에 부푼다.

> 대학을 갓 나와 임상 경험도 신통치 않은 것들이 미국에만 갔다 오면 별이라도 딴 듯이 날치는 꼴이 눈꼴 사나왔다.
>
> (어디 나두 댕겨오구 나면 보자!)
>
> (…)
>
> (흥 그 사마귀 같은 일본놈들 틈에서도 살았고 닥싸귀 같은 로스케 속에서도 살아났는데, 양키라고 다를까…… 혁명이 일겠으면 일구, 나라가 바뀌겠으면 바뀌구, 아직 이 이인국의 살 구멍은 막히지 않았다. 나보다 얼마든지 날뛰던 놈들도 있는데, 나쯤이야……)[21]

이 작품의 희극성은 인물의 도덕적 결함으로서의 '비열함', '이기성'에서 나온다. 그러나 이 캐릭터의 비속한 내면을 철저하게 사실 그대로 그리는 것 외에 어떤 희극적 장치도 쓰고 있지 않는 것처럼 보인다. 비꼼이라든가 과장, 대조, 왜곡 등 풍자적인 어조가 거의 드러나지 않아 독자는 시대의 급격한 변화 속에 성공적으로 살아남는 그의 파란만장한 삶에 몰입할 수 있다. 그러나 이야기가 진행되어감에 따라 점차 인물에 대해 심리적·도덕적 거리가 느껴진다. 외과의사로서 사회적 지위와 민족의 현실을 무시하는 태도 사이의 불일치, 최고의 자리를 유지하겠다는 그의 경직되고 무분별한 태도 때문이다. 그리고 마지막의 '혁명이 일겠으면 일구, 나라가 바뀌겠으면 바뀌구'라고 생각하는 부분에서는 주인공을 비웃을 수밖에 없다. 곧 그의 도덕적 태도에 동의할 수 없으므로 아이러니가 발생하고 이인국 박사의 삶은 비난과 풍자의 대상이 된다.[22]

순진함과 엉뚱함: 〈열 살이면 세상을 알 만한 나이〉[23]

동화에서 캐릭터의 희극적 결함은 보통 사소하고 무해한 것이다. 또 아동의 순진무구함과 미성숙함이 주로 소재가 되며 대체로 계몽적이고 따뜻한 웃음을 향한다. 동화의 희극적 캐릭터는 대개 호기심과 천진함으로 무모하고 엉뚱한 행동을 하는 아이이다. 이 무모함이나 엉뚱함은 생각의 편협함 내지 고집스러움과 같은 맥락에 있다.

노경실의 〈열 살이면 세상을 알 만한 나이〉의 여주인공 역시 순진함과 엉뚱함 때문에 유쾌한 소동을 벌인다. 주인공 희진이는 어른들의 말에 당돌하게 말대꾸를 하고 부당한 지시에 복종하지 않으며, 제멋대로 세상을 해석하고 이를 고집한다. 희진이의 희극적 결함은 이 '고집스러움'과 '세상에 대한 성급한 일반화' 같은 것이다. 희진이는 "남자애들이랑 싸우면 거의 이기고, 못 하는 운동도 없고, 무거운 것도 잘 들고, 길거리에서 떡볶이를 먹느라 고추장 국물을 늘 옷에 묻히고 다니고, 자고 나면 입가에 침이 허옇게 말라붙어 있고, 손톱 밑에 항상 까만 때가 꼬질꼬질 끼어 있"는 자신을 공주병 환자가 아니라, '공주'라고 굳게 믿는다. 자신을 공주라고 천연덕스럽게 말하고 또 주변 사람들이 그렇게 부르도록 하는 것은 물론이고, 자신을 공주로 대하지 않는 가족을 의심하는 부분은 독자에게 유쾌한 웃음을 선사한다. 환경에는 아랑곳하지 않고 근거 없는 주장을 하는 경직성이 주는 웃음이다. 이처럼 아이들의 심사숙고가 만들어내는 웃음은 특유의 단순함에서 생겨나는 것으로 아이들의 죄 없음, 진실과 닿아 있다.[24]

3. 멜로드라마의 캐릭터

다양한 서사장르의 일정한 특성을 지칭하는 용어로 두루 쓰이는 멜로드라마는 18세기까지 주제와 줄거리가 낭만적이며 노래와 반주가 삽입된 무대극을 의미했다. 19세기 유럽에서 대중적인 극으로 유행하면서 선악의 대결과 선의 승리, 유형적 캐릭터와 단순한 플롯, 적절한 스릴을 포함한 다채로운 연극적 효과와 해피엔딩이라는 기본 공식이 만들어졌다. 이후 영화를 거쳐 소설, 연극, TV드라마 등 여러 분야에서 통속적인 정의감이나 선정적인 내용을 다루는 격정극, 대중극을 지칭하는 용어로 굳어졌다. 멜로드라마는 처음부터 비극, 로망스, 자연주의극 등의 속성이 혼재된 장르였다. 현재도 멜로드라마는 가정드라마는 물론, 범죄, 미스터리, 로맨틱 코미디, 역사극 등 거의 모든 장르와 결합된 형태로 나타나며, 이런 형태가 더 증가하는 추세이다.

1 │ 멜로드라마의 특성과 플롯

멜로드라마melodrama 양식의 전형적 특성은 '강렬한 감정 표출, 도덕적 양극화와 도식화, 존재와 상황, 행위의 극단적 상태, 공공연한 악행, 선한 사람들에 대한 박해와 덕행에 대한 최후의 보상, 야단스럽고 모호한 플롯 구성, 비밀스러운 음모와 서스펜스와 아슬아슬한 페리페티peripety(운명의 급변)' 등으로 규정된다.[25] 이런 점에서 멜로드라마는 낮은 수준의 장르라고 할 수 있지만, 바로 이런 특징 덕분에 몇 세기를 거치면서 다양한 장르와 결합하고 변형되는 파급력을 보이고 있다.

멜로드라마의 주인공은 고통을 받되 반드시 그 보상을 받는다. 이 과정에서 성적인 것을 포함하여 분노와 선망·질투·불안-공포·죄책감·안도·슬픔·우울·행복·사랑·희망·연민 등 어떤 감정을 의도적으로 자극하기 위한 소재가 등장하며 상황은 과장되고 조작된다. 독자는 권선징악적 결말에 가서야 그 강력한 감정 상태로부터 벗어나 안정감을 느낀다. 그런데 이런 결말, 곧 멜로드라마가 보여주는 '엄격한 도덕적 정의의 준수'는 사실상 허구세계에서나 가능한 '시적 정의poetic justice'에 불과하다. 이것은 행복한 결말에 대한 대중의 꿈을 반영하여 심리적 안정감을 제공하기 위한 것이다.

멜로드라마에서는 플롯이 중요하다. 극적 상황과 서스펜스가 강조되며 극의 말미에 극단적인 반전이 이루어지는 패턴이 많다. 이 경우 대개 일련의 예기치 못했던 발견이 플롯을 계속 이끌어나간다. 주위의 반대나 외부의 문제로 두 연인이 결혼의 장애를 겪다가 결합하는 애정드라마도 멜로드라마의 주된 패턴이다. 핵심은 주인공이 스스로 행동하는 것이 아니라 행동을 당한다는 것에 있다. 다시 말해 주로 악행을 저지르는 반동인물들에 의해 서사가 움직인다는 것이다. 이 점에서 멜로드라마는 주인공의 도덕적 성격이 변화되거나 자각이 이루어지는 것이 아니라, 주인공이 처한 환경, 상황이 변화되는 운명의 플롯에 해당된다.[26] 이 같은 캐릭

캐릭터, 이야기 속의 인간

터 행동의 패턴을 두고 테니슨은 '3P'라는 용어로 설명한다. 비극의 캐릭터 행동은 '목적purpose → 열정passion → 인식perception'의 패턴에 따라 진행되지만, 멜로드라마는 '자극provocation → 고통pangs → 형벌penalty'의 패턴으로 진행된다는 것이다. 멜로드라마의 부정적인 주인공은 지나친 질투심이나 탐욕에 의해 자극을 받고, 이에 의해 순진한 주인공을 고통 속에 몰아넣는다. 그러나 최후의 순간에 반전이 일어나 악당은 자신의 악행 때문에 벌을 받는다는 것이다.[27]

2 │ 멜로드라마 캐릭터와 예시

멜로드라마의 캐릭터와 행동은 대체로 윤곽이 단순한데, 그것이 난해하거나 복잡하면 작품의 도덕적 구분이 약화되기 때문이다. 따라서 사회적 전형성이나 개성보다는 유형성이 강조된다. 극화될 때에는 과장된 연기와 수사법, 신파조의 대사를 통해서 유형성이 한층 강조되기도 한다. 또한 주로 플롯의 전개와 긴장에 초점을 둘 뿐, 캐릭터는 심리적으로나 도덕적으로 별로 변하지 않고 평면적이고 정적이다.

주동인물은 선하고 긍정적인 인물로서 관객의 동정심을 유발하고 지지를 받을 수 있어야 한다. 곧 인격적인 면뿐 아니라 외양과 배경, 능력 등 다른 면에서도 매력을 지닌 캐릭터여야 한다. 대체적으로는 용감하고 정직하고 도덕적이며 잘생긴 남주인공과 그를 사랑하는 여주인공이 중심 캐릭터가 된다. 여주인공은 아름답고 순수하고 해당 시기에 요구되는 여성의 미덕을 갖추고 있으며, 남주인공의 선함에 대한 강한 믿음과 사랑을 가지고 있다. 이 캐릭터들은 안타고니스트의 지속적인 음모에 의해 고통에 빠진다. 그러나 비극의 주인공과는 다르게, 자기 자신에 대한 성찰 내지 반성과 깨달음으로 향하지는 않는다. 내면적 동기나 자신의 욕망과 목적에 의해 행동하기보다는 오히려 외부의 자극이나 우연적 사건 등에 의해 충동적으로 행동하는 일이 많다. 악행을 견디고 이겨내는 것만으로 결국 갈등은 해결되기 때문이다. 이처럼 멜로드라마의 주인공은 자신의 문제를 해결하기 위해 적극적으로 나서지 않는, "효과적으로 억압된 개인"이다.[28] 이들은 수동적이고 소극적이며, 심지어 무능하기까지 한데도 멜로드라마가 제공하는 정서적 공감으로 독자를 잡아둔다.

멜로드라마에서는 안타고니스트의 설정이 매우 중요하다. 이야기는 거의 전적으로 악한의 조정에 따라 진행되기 때문이다. 주인공이 어떤 고통에 왜 빠지며 어떻게 빠져나올 수 있는지를 정하는 것은 안타고니스트이다. 따라서 애초에 어떤 탐욕과 질투에 의해 자극을 받았는지, 그 결과 어떤 목표를 향하는지에 대한 비교적 개연성 있는 설정이 필요하다. 주동인물에 비해 반동인물의 지위가 높고 더 능력이 있는 것으로 설정되어야 고통받는 주인공에 대한 연민이 더 강화될 수 있다. 그러나 최근에는 주인공보다 더 매력적이며 선악 구분조차 모호한 반동인물이 등장하여 이런 긴장을 더욱 높여주기도 한다.

한편 멜로드라마에는 단순하거나 지나치게 솔직한 성격, 혹은 희극적인 성격의 조역들이 등장하여 웃음을 준다. 이들은 멜로드라마에서 재미를 주고 긴장을 완화시키기 위해 사용하는 '희극적 이완comic relief'이라는 기법과 관련된다. 즉, 긴장된 장면에서 희극적 상황을 만들어 웃음을 준 후, 다시 다음에 이어질 어둡고 긴박한 장면과 대조시키는 것이다. '희극적 이완'은 멜로드라마 주제의 심각성과 인위적이고 가벼운 해결이라는 이중적인 면모와 어울리는 기법이기도 하다. 보통 희극의 조연으로 등장하여 분위기를 살려주는 어릿광대 유형bomolochos이나 상황파악을 못 하고 깐

캐릭터, 이야기 속의 인간

깐하고 융통성 없게 행동하여 분위기를 망치는 캐릭터[agroikos]가 긴장을 완화하고 웃음을 준다. 때로 이런 주변 캐릭터에 의해 심각한 정보가 유출되어 서사의 흐름이 바뀌기도 한다.

한국대중소설의 멜로드라마적 특성: 김말봉 〈찔레꽃〉

한국문학사의 대표적인 멜로드라마를 꼽자면 조일재의 번안극인 〈장한몽〉(일명 〈이수일과 심순애〉)이나 임선규의 〈사랑에 속고 돈에 울고〉(일명 〈홍도야 우지 마라〉) 등 1910년대에서 1930년대까지 신파극 시대를 풍미했던 작품들까지 거슬러 올라갈 수 있다. 이후 대중적으로 큰 인기를 얻었던 신문 연재소설 중 멜로드라마적인 대중소설의 획을 그은 작품은 아마도 김말봉의 〈찔레꽃〉(1937)일 것이다. 이 작품은 남녀 간의 사랑을 주제로 하는 전형적 연애대중소설로서 한 편의 통속적 멜로드라마이다. 우선, 부와 사랑이라는 통속적인 소재를 취하고 있다. 진지하고 순수한 사랑을 추구하는 캐릭터들은 세속적인 욕망을 채우려는 안타고니스트에 의해 사랑을 잃고 불행에 빠진다. 보통의 대중소설이 그러하듯 마지막에 모든 오해는 풀리고 선인은 구원을 얻고 악인은 그 대가를 치른다. 그 과정에 인물의 삼각관계, 우연적인 플롯, 안이한 해결 등의 요소가 동원된다.

이 작품의 정순은 이른바 '가련한 여인형'으로 멜로드라마의 전형적 여주인공이다. 멜로드라마의 여주인공은 "용모, 신분, 재능, 품성 등에서 독자가 동경하거나 중요시하는 이상적 점"을 갖추었지만 궁핍한 환경에 처해 있거나 문제가 발생하여 수난을 겪는다. 이때 "보편적 상식과 가치에 비추어 부당하거나 가혹한" 수난을 겪는데, 수동적이고 감성적이고 의존적이며 순종적인 기질 때문에 문제 해결을 스스로 하지 못한다.[29] 정순은 조만호 집안의 가정교사가 되어 아버지의 입원비를 내며 살아간다. 조만호의 부인이 음해를 하기도 하고, 약혼자 민수가 자신을 배신하고 주인집 딸과 사귀고 누명을 쓰는 등 시련이 이어져도 정순은 흔들리지 않고 자신의 본분을 지킨다. 그저 수동적으로 자기의 자리를 묵묵히 지킴으로써 결국 누명도 벗고 해피엔딩을 맞는다.

캐릭터 간의 양극성과 상황의 양극성[30]은 멜로드라마의 필수 요소 중 하나로, 사건과 갈등을 과장하여 보여줌으로써 독자들을 쉽게 자극한다. 〈찔레꽃〉에는 빈부의 대조가 뚜렷하다. 이 극단적인 대립은 인물들에게 허황된 욕심을 심어주고 갈등을 일으킨다. 또 독자들에게는 화려함과 풍요로움 속에서 대리만족을 느낄 수 있게 한다. 테니슨이 말한 '3P' 법칙대로 이런 빈부의 대립이 탐욕을 낳고(자극), 상대를 힘들게 하며(고통), 결국 마지막에 악인은 벌을 받는다(형벌). 마지막에는 빈자와 부자의 결합을 통해 차이를 해소하고 평균화하려는 통속적인 해결을 보이는데, 이는 우연한 애정으로 갈등이 해결될 것처럼 만드는 거짓 화해, '시적 정의'일 뿐이다.

한편 멜로드라마의 저변에는 사회를 유지시키려는 보수성과 다수의 가치를 따르는 안정성이 자리하고 있다. 추상성보다는 내용에 치중하고 사회정치적인 문제보다는 사회제도를 인정하는 도덕극에서 수용자들은 편안함을 느낀다. 〈찔레꽃〉의 경우도, 갈등의 안이한 해결의 밑바탕에는 이러한 멜로드라마의 부정적 요소가 자리 잡고 있다.[31]

한국 TV멜로드라마의 캐릭터와 젠더 문제

한국 TV멜로드라마의 갈등요소는 대체로 사랑과 성공의 경쟁, 빈부/신분 격차의 사랑/결혼으로 인한 갈등, 형제들의 인연과 결혼, 여주인공에 대한 사랑 등이다. 이런 갈등을 보여주는 캐릭터 설정에서 남녀 주인공의 특성이 유사하게 나타난다. 남주인공 대다수가 부자, 재벌 2세이거나 그룹, 회사의 후계자, 높은 직급의 회사원, 고시 합격자 등 전문직 종사자로서 '능력형'이자 '유아독존형'이 많다. 이에 비해 여주인공은 평사원이거나 임시직 직원, 디자이너, 주부 등으로 '캔디/생계형', '능력형', '청순가련형'의 순서로 나타난다는 연구결과가 있다.[32]

멜로드라마는 미덕과 악덕의 대립으로 진행되고, 이때 미덕을 드러내는 주동인물은 대개 여성이다. 이 때문에 멜로드라마의 여성은 수동적이고 의존적이며 감정적이고 정이 많고 친절하며, 정숙하고 순수하다는 전형성을 보인다. 한국 TV멜로드라마 캐릭터의 젠더 재현에서도 이런 캐릭터 구성 관습이 이어졌고, 멜로드라마의 양산은 가부장제적 남성성의 재생산에 기여해왔다. 여성 캐릭터는 최근까지도 가부장제 유지에 기여하고 남성의 시각적 쾌락을 만족시키는 기제로 작동하고 있다고 할 수 있다.

그러나 포스트 IMF시대에 들어서면서 한국 영화와 TV드라마 캐릭터의 젠더 재현에서 미세한 변화가 나타나고 있다. 1992년부터 2012년까지 20년간 시청률 상위에 위치한 TV드라마 여성 캐릭터에 대한 통계 연구에 의하면 평균연령이 높아지고, 사회적 신분수준이 획기적으로 높아졌으며, 비여성적인 외모의 자기 주도적이고 능동적인 여성상이 많이 등장했다. 전문 직업을 가진 독립적인 여성, 자유분방한 여성이 등장하고 가정주부 역할을 하는 전형적 여성은 줄어들고 있다는 것이다. 이러한 변화에도 불구하고 멜로드라마의 여성 캐릭터는 타 장르에 비해 그 변화가 적다. 여전히 날씬한 체형에 상냥한 말투를 가졌으며, 화려한 옷으로 치장한 유형과 수수한 자연미인형의 여성이 많이 나타나고, 남성보다 능

력에서 열등하게 묘사되며 타인과의 관계에서 여전히 수동적이고 의존적인 경우가 많다.[33]

멜로드라마가 로맨틱 코미디 장르와 혼용되면서 영화 캐릭터 설정에서 기존의 성적 역할과 특성이 전도되거나 변화하는 양상도 나타난다. 영화 〈엽기적인 그녀〉(2001)에는 엽기적인 언행을 일삼고 남자친구를 때리거나 괴롭히는 여자 주인공이 나오고, 〈조폭 마누라〉(2001)에는 조폭 여자 보스가, 〈싱글즈〉(2003)에는 자유롭게 성과 사랑을 향유하며 결혼 대신 일을 선택하는 여성 캐릭터가 등장한다.[34] 가부장적 이데올로기에 정면으로 도전하며 주체로서 당당하게 서는 여성을 재현하는 것이다. TV드라마에서도 이른바 '로코 멜로'에서는 여성의 성역할이 전보다 평등한 관점에서 재현되고, 주체적이며 개성이 강한 여성 캐릭터가 등장한다. 〈내 이름은 김삼순〉(2005)에는 촌스러운 이름과 뚱뚱한 외모를 가진 노처녀지만 당당하게 살아가는 전문 파티시에가, 〈시크릿 가든〉(2010)에는 무술감독을 꿈꾸는 스턴트우먼이, 〈커피프린스 1호점〉(2007)에는 남장 여성이 등장한다. 남성보다 능력 있고 주체적이고 독립적인 여성 캐릭터는 점차 더 많아지고 있다. 그러나 몇 편의 서사물에서 발견되는 표면적 변화가 전반적인 시각 변화를 반영하고 있는가에 대해서는 별도의 논의가 필요하다.

4. 역사이야기와 실존인물 캐릭터

역사이야기의 매력은 '실재성'(혹은 역사성)에 있다. 지금은 아니지만 언젠가 있었던 이야기라는 데에서 오는 낯섦과 낯익음이 끊임없이 역사

캐릭터, 이야기 속의 인간

를 현재에 불러들여 이야기하도록 한다. 그러나 그 실재성이 이야기의 발목을 잡기도 한다. 역사이야기는 누구든 확인해볼 수 있는 역사 기록으로부터 결코 자유롭지 않기 때문이다. 역사는 '과거에 대한 체계적이고 조직적인 지식'이라는 의미를 가지지만, 많은 역사학자의 주장대로 과거로부터 미래까지 연관되는 이야기history이자 과거의 사건으로부터 미래에 대한 필연적인 구상과 필연적인 암시를 찾아내는 역사Geschichte이어야 한다.[35] 역사이야기가 우리에게 주는 의미는 한마디로 여기에 있다.

1 │ 역사 재현의 문제와 역사이야기

역사가 이야기로서 가치를 지니게 하려면 현재화해야 한다. 활성화되지 않은 역사 자료를 새롭게 해석하고 현재적 가치를 부여함으로써 이야기는 생명을 얻는다. 동일한 역사적 사건도 반복하여 조명받고 새롭게 만들어지는 이유는 여기에 있다. 새롭게 활성화되기 위해서는 이야기가 얼마나 사료에 충실했는가보다는 어떻게 재현했는가가 중요하다. 그러나 역사 재현에는 언제나 까다로운 문제가 뒤따른다. 관련된 역사적 기록 중 무엇을 선택하고 참조할 것인가. 단순히 흥미를 위해 신선한 소재를 찾는 일부터 현재에 비추어 진지하게 역사적 사실을 재조명하려는 접근까지 이야기의 목적과 의도에 따라 소재 선택은 달라진다. 거꾸로 선택한 자료의 성격에 따라서도 재현된 이야기는 달라질 수 있다. 역사상의 빈자리를 채우는 것도 중요하다. 주지하다시피 역사상의 기록은 불완전하다. 누군가에 의해 선택되어 기록된 것이므로 그 이면에 버려지고 망각되고 삭제된 것들이 있음을 염두에 두어야 한다. 비어 있는 맥락, 곧 '밍긱의 영역dark area'을 싱싱을 통해 복원하여 채워 읽는 과정에서 역사이야기는 생명을 얻을 것이다.

그렇다면 불완전한 부분을 어떻게 채워서 이야기할 것인가. 역사를 이야기로 재현할 때 중요한 서사적 논리를 만들어주는 것이 개연성이다. 개연성은 역사적 사실의 재현에서도, 또 이야기라는 장르관습의 차원에서도 획득되어야 한다. 다시 말해 역사적 맥락이나 세계를 충실히 묘사함으로써 얻는 외적 개연성과 이야기 자체의 내적 규칙과 패턴에 따라 일관성 있게 사건을 묘사하는 데에서 얻는 내적 개연성[36]을 모두 고려해야 한다는 뜻이다. 외적 개연성과 내적 개연성 중 무엇에 더 강조점을 두는가에 따라 역사이야기의 성격은 많이 달라진다. 공임순은 역사소설에 대한 검토를 거쳐, 역사소설을 네 가지로 분류하여 공식화했다. 즉 역사적 기록에 가까운 다큐멘터리 형태의 이야기, 가장적인 이야기, 창안적인 이야기, 그리고 환상적인 이야기인데, 이를 보기 쉽게 표로 정리하면 다음과 같다.[37]

기록적	가장적	창안적	환상적
공적 역사	역사 〉 환상	역사 〈 환상	환상
가까운 과거의 역사적 기록에 가장 충실한 이야기	내적 개연성보다 외적 개연성에 더 의존	역사를 한 축으로 그 한도 내에서 상상력을 발휘	역사적인 시공간보다는 가능한, 상상된 세계를 창조

지난 세기까지만 해도 역사적 기록, 외적 개연성을 중시했지만 점차 기록보다는 환상적인 재현, 내적 개연성에 충실한 이야기가 증가하고 있다. 역사적 시공간을 환상적 가능성의 시공간으로 가정할 경우, 역사이야기는 환상이 지배적이 된다. 기록에는 없으나 상상 가능한 캐릭터를

캐릭터, 이야기 속의 인간

창조하고 혹은 역사적 인물에 허구적 측면을 최대한 가미함으로써 상상적 해석과 내적 개연성이 지배하는 서사가 완성되는 것이다. 지난 세기말 〈장미의 이름〉과 〈다빈치 코드〉 같은 팩션^{faction}이나, 복거일의 〈비명을 찾아서〉 같은 대체역사소설의 유행은 역사적 사실을 근거로 얼마나 자유로운 상상이 가능한지를 보여주었다. 이런 유행이 영화와 드라마까지 크게 확대되면서 현재 역사이야기는

그림 4.6 한 고미술사가가 우연히 발견한 사임당 일기와 미인도에 얽힌 비밀을 풀어나가면서 과거와 현재를 오간다는 설정의 타임 슬립 드라마 〈사임당: 빛의 일기〉(2017)

그 어느 때보다 역사적 사실로부터 자유로우며 역사 재현에 대한 수용자들의 기대와 비판의 수위도 낮아졌다. 이제 역사는 지나간 세계가 아니라 환상적인 가상세계에 불과한 것으로도 그려진다. 최근에는 '타임 슬립^{time slip}' 기법에 의해 현재와 과거를 연결하는 대체역사 판타지도 하나의 장르관습으로 자리 잡아가고 있다.

한편 역사이야기는 모험, 비극, 희극, 로맨틱, 추리, 판타지 등 타 장르와 혼합되는 일이 많아지고 있다. 이 중 멜로드라마적인 요소의 결합이 가장 두드러지는데, 모험과 선악의 대립, 낭만성, 수난-보상, 추리의

요소가 그 중심을 이룬다. 멜로드라마는 실존인물을 과장하고 미화시켜 낭만적인 영웅으로 둔갑시키고, 때로 민족주의적 요소를 가미하여 사회적 안정감을 반영하거나 계몽하는 데 유효한 장르적 요소이다. 그러나 집권 세력의 이데올로기를 드러내기 위해 활용하거나 비판하는 경우도 있으므로 유의하여 살필 필요가 있다.

2 | 역사이야기 캐릭터와 예시

실존 인물의 삶은 역사적 기록(공적 기록과 사적 기록)에 바탕을 두고 재현되고 이해된다. 보통은 분명한 이름과 지위, 가문, 당대의 사회문화적 관습과 관련 사건에 대한 기록을 근거로 재현되지만 언제나 비슷한 모습으로 형상화되지는 않는다. 예를 들어 나폴레옹은 예수 그리스도와 더불어 역사가와 작가의 관심을 가장 자극한 역사적 인물로 꼽힌다.[38] 1821년 나폴레옹이 숨을 거둔 후, 나폴레옹 이야기는 나폴레옹의 곁에서 지켜봤던 에마누엘 라스카즈가 쓴 〈세인트헬레나의 회상〉(1823)을 시작으로 20세기 말까지 거의 8만여 권의 저작으로 새로 창작되었다. 그러나 수만 권의 저작에서 각기 다르게 재현되었기 때문에, 나폴레옹이라는 인물이 하나의 전체로 드러나지 않는 것도 큰 특징이다. 이는 나폴레옹 전기가 지속적으로 새롭게 그려질 만한 여러 가지 매력을 가지고 있음을 반증하는 것이기도 하다.

매력 있는 역사적 캐릭터

그렇다면 어떤 인물이 역사로부터 반복적으로 호출되는가? 곧 누가 매력 있는 역사적 캐릭터인가? 가장 먼저 생각해볼 수 있는 것은 인물과

캐릭터, 이야기 속의 인간

관련된 풍부한 자료의 존재 여부이다. 자료가 풍부해야 새로운 조명도 가능하고 주변 역사의 확대와 구체적인 재현이 더 수월할 것은 물론이다. 다음은 공감적인 주인공이 될 만한 이야기성을 지니고 있는가이다. 혹독한 고난의 과정과 이에 상응하는 보상, 고귀한 인성에 의한 공감적이고 향상적인 전개는 영웅적 인물을 중심으로 한 역사이야기의 전형적인 플롯이다. 주인공은 또한 영웅이야기 구조에 어울리는 능력과 요소를 갖추고 있어야 한다. 주인공과 관련된 역사적 인물의 다양한 기록이 남아 있는가도 중요하다. 주스토리 라인을 풍부하게 하는 부스토리를 통해서도 영웅의 다른 면모를 부각할 수 있기 때문이다.

이 모든 것을 포함하여 역사이야기의 주인공은 인간적인 매력이 있어야 한다. 덕성, 삶의 지혜와 통찰, 업적, 어려움의 극복, 민족과 소속 집단을 위한 희생, 지도자적 면모, 탁월한 능력, 영웅적 특성, 선한 의지 등이 있어야 강한 공감을 얻어낼 수 있다. 나아가 현재의 관점에서 존중할 만한 요소를 갖춰야 한다. 영웅의 시각과 행동이 결과적으로 시대를 앞서나간 것이었음이 판명될 때, 혹은 현재 마주한 문제를 환기시킬 만한 내용을 담고 있을 때 역사이야기로서 현재적 가치를 가진다.

이와 같은 이야기 가치story-value를 지니고 있어 반복하여 재현되는 대표적인 인물[39]이 성웅 이순신이다. 그에 대한 자료는 〈난중일기〉를 포함한 〈이충무공전서〉, 〈선조실록〉 외에 관련 역사적 기록이 있고, 이를 바탕으로 정리된 자료도 상당히 많은 편이다. 이순신은 임진왜란 당시 주변의 모략으로 고난을 겪었고, 거북선을 발명하고 특별한 전투전략을 세웠으며, 적대자인 왜구와의 싸움에서 크게 승리를 이끌고 영웅적 죽음을 맞이했다. 또한 무인이면서도 문인적 기질을 가진 사람으로서 가족에 대한 애틋함과 이들의 죽음으로 인한 인간적 고뇌를 고백한 일기를 남겼으며, 지도자적 면모와 탁월한 능력, 선한 의지 등 인간적이고 매력적인 면모를 가졌다. 이순신 이야기는 전투의 스펙터클한 장면의 묘사가 가능하고, 가족에 대한 애틋한 감동적 요소, 전투에서 반전의 매력과 장렬한 죽음, 민족주의적 공감대가 있어서 다양한 장르의 이야기로 재현할 만한 요소가 많다.

이순신은 난세의 영웅으로서 어려운 시기마다 호출되어 재담론화되었다. 수십 종의 위인전을 비롯하여, 이광수의 〈이순신〉(1931)이나 김훈 〈칼의 노래〉(2001) 같은 소설, 드라마 〈불멸의 이순신〉(2004), 뮤지컬 〈이순신〉(2008)은 물론 전략시뮬레이션 게임까지 나와 있다. 이광수의 〈이순신〉이 충의로운 한 영웅의 자기희생과 국난극복에 초점을 두고 역사적인 의미를 그려냈다면, 김훈의 〈칼의 노래〉는 영웅의 개인적이고 절망적인 내면에 초점을 두고 인간적인 이순신을 그려냈다는 평가를 받았다. 한편 영화 〈명량〉(2014)은 명량대첩을 스펙터클하게 재현해내면서 민족의 영웅으로서 이순신을 그려냈다. 이 영화는 세월호 사건 후 강력한 리더십에 대한 시대적 요청과 맞물리면서 이순신 신드롬을 불러일으킬 정도로 크게 흥행하였다.

이와 같이 역사드라마는 영웅이야기의 전형성을 보인다. 캐릭터는 대체적으로는 내면적 고뇌와 성찰보다는 사건 진행의 기능적 측면이 강조되며, 스토리 진행의 동력은 주로 사건에 있다. 주인공이 사회나 집단의 이념을 대표하거나 갈등에 개입되는 일이 많다. 특히, 집단이나 이념 대립이 (유사)선악의 갈등과 대립의 기제로 변환되어 그려지는 일이 많다.

역사의 재해석과 개연성: 세조와 단종 복위운동

역사상의 사건은 어떻게 해석하는가에 따라 전혀 다르게 서사회된다.

캐릭터, 이야기 속의 인간

물론 시각 차이가 클수록 재서사화의 기대도 클 수밖에 없다. 1453년 10월, 숙부인 수양대군이 조카 단종의 세력을 몰아내고 정치적 실권을 장악한 '계유정난', 단종을 다시 복위시키려다가 실패하고 주동자와 연루자 수십 명이 다시 처형된 사건이 그렇다. 이 이야기는 소설과 극, 영화와 드라마 등으로 현재까지 새롭게 만들어지고 있는데, 무엇에 중심을 두는가에 따라 역사적 시각은 물론 중심 캐릭터도 크게 달라졌다. 한국 근대 역사소설의 효시로 꼽히는 박종화의 〈목 매이는 여자〉(1923)는 단종복위운동이 실패로 돌아갔으나 신숙주가 살아오자 부인 윤씨가 자결한다는 이야기이다. 왕이나 남성 귀족이 아니라 한 여성의 극단적 선택에 초점을 맞추어 신숙주의 변절을 비판적으로 그린 것이다. 조용만은 1933년에 이 작품을 〈신숙주와 그 부인〉이라는 제목의 극으로 각색하였다. 유치진의 극 〈사육신〉(1955)은 사육신의 단종복위운동이 발각되어 처형되기까지의 과정을 그린 것이며[40] TV드라마 〈한명회〉(1994)는 수양대군을 도와 계유정난을 일으킨 한명회를 중심인물로 하고 있다. 영화 〈관상〉(2013)은 이 시기 천재 관상가를 주인공으로 한 허구적 서사이고, TV드라마 〈공주의 남자〉(2011)는 김종서의 아들과 수양대군의 딸이 사랑에 빠진다는 이야기를 담고 있다. 이 일련의 사건에서 가장 중요한 인물은 단종과 수양대군인데 이들을 두고 극단적인 해석을 보인 소설이 이광수의 〈단종애사〉(1928)와 김동인의 〈대수양〉(1941)이다. 제목 그대로 〈단종애사〉는 수양대군에게 왕위를 빼앗긴 단종의 슬픈 이야기이고, 〈대수양〉은 수양대군이 정치적 역량과 통치 업적이 뛰어난 영웅적 인물임을 보여주는 이야기이다.

〈단종애사〉는 세종 23년에서 세조 2년까지, 즉 단종의 탄생에서 죽음까지의 역사를 일대기 형식으로 쓴 것이다. 이광수는 수양을 일제에, 단종의 폐위를 국권 상실에 비유하여 선하지만 강자에게 당할 수밖에 없는 현실을 그렸다. 그러나 이 작품은 그런 의도보다는 불행한 왕에 대한 연민이 훨씬 강조되어 있다. 반면 〈대수양〉은 세종 30년경에서 세조 원년까지 약 8년간의 이야기를 다루고 있다. 〈단종애사〉와는 정반대로 수양을 혼란스러운 조정을 수습하고 굳센 나라를 만들기 위해 필요한 군주로 그려 왕위 찬탈을 합리화하고 있다. 작품은 첫 장부터 문종과 대비하여 수양의 왕자다움을 강조하여 보여준다.

> 맏아드님 동궁은 그 마음으로든 몸으로든 약하고 부족하였다. 동궁이라면 장래의 이 나라의 주인이 될 귀한 몸임에도 불구하고, 너무도 약하고 부족한 점이 많았다.
> 둘째 아드님 진평(후의 수양)은 또 그 사람됨이 너무 과하였다. 나이가 들어가면서 더욱 그 성격이 억세고 커 가서, 그것은 재상감이 아니요, 오히려 왕자의 감이었다.[41]

뒤이어 전개되는 내용은 왕자의 자격을 두고 번민하는 세종의 내면에 초점이 있다. 세종은 맏아들이 아닌데도 태조에게 발탁되어 왕위에 올랐고, 이것이 가져온 문제 때문에 수양의 왕자다운 기상을 간파했으면서도 장자계승의 원칙을 고수하려 한다. 수양의 영웅성은 주변 캐릭터와의 유비로 한층 강조된다. 문종은 나약하고 투기심이 많아 걸출한 아우 수양대군을 꺼리고 싫어했고, 어린 단종은 대범하고 충성스러우며 국가를 걱정하는 숙부 수양대군을 신임하는 것으로 그려졌다. 그 수십 년 후 발표된 유주현의 〈수양대군〉(1993)은 수양에 대해 적당한 거리를 두고 그의 일대기를 중립적으로 그려낸 소설이다.

한국 TV역사드라마의 캐릭터

한국 역사드라마의 주동인물은 대체적으로 누구나 알 만한 위인, 거시사적 사건과 관련하여 반복 학습되어온 인물이다. 불운한 영웅이거나 고귀한 신분의 인물, 권력다툼에서 희생된 인물 등이 그들이다. 대체적으로는 강한 남성 캐릭터, 영웅의 면모를 갖춘 인물로서 이들을 통해 지배 엘리트 위주의 정치적 대립과 권력 문제를 그리는 일이 많다.

최근 들어 역사의 충실한 재현에 대한 기대가 느슨해지면서 주동인물의 성격도 크게 바뀌었다. 고귀한 신분의 인물이 아니라, 중인, 천민, 혹은 서자 출신의 비주류적 인물이 주인공이 되기 시작한 것이다. '뒤바뀐 아이', '출생의 비밀'과 같은 모티프는 여전히 주동인물의 숭고성을 보여주기 위한 상투적 전략으로 나타나기는 하지만 대체로는 다양한 계층의 인물을 내세워 인간의 보편적 문제를 재현하는 일이 많다. 〈허준〉, 〈대장금〉, 〈마의〉, 〈추노〉, 〈조선 여형사 다모〉 등의 TV역사드라마는 한의사, 요리사, 노비, 수의사, 여형사 등의 직업을 통해 다방면의 전통과 문화를 확인시킨다. 특권층이나 왕조사 중심 이야기의 단순 반복에서 벗어나 과거의 미시적이고 일상적인 민중의 삶을 재현하고, 신분을 초월한 개인적 능력의 중요성을 부각시키고 있는 것이다.

한국 역사드라마는 대체로 여성에 대한 억압과 배제, 차별이 심한 가부장제 사회를 배경으로 하고 있다. 이런 이유로 여성 캐릭터는 남성을 통해 성공하거나 권력의 암투와 관련하여 남성의 보조자가 되는 것으로 그려졌으나 이런 설정도 바뀌고 있다. 이를테면 1971년 처음 TV드라마로 방영된 후 〈장옥정 사랑에 살다〉(2013)까지 여러 차례 드라마화된 장희빈의 경우, 1970년대 초만 해도 팜 파탈형으로 그려졌지만 이후엔 권력투쟁의 희생양으로, 다시 신분상승을 꿈꾸었던 여인으로, 그리고 자신

의 인생을 스스로 개척한
인물로 형상화되었다.[42]
이처럼 〈대장금〉, 〈다모〉,
〈선덕여왕〉, 〈신사임당〉
등 여성 영웅을 내세운 역
사드라마도 많이 제작되
었다.

한국 역사드라마는 전
형적인 멜로드라마와 혼
합되는 일이 많아서 반동
인물이 주동인물과 거의
같은 비중으로 서사를 이
끈다. 역사드라마에서 반
동인물은 집단과 이념을
대표하는 개인이거나 힘
있는 보수 세력을 배후에

그림 4.7 강력한 반동인물 '미실'을 통한 극적 긴장, 주동인물 '덕만 공주'의 고난과 극복의 과정을 서사의 주재료로 삼은 〈선덕여왕〉은 한국 역사드라마의 멜로드라마적 성격을 잘 보여준다.

둔 것으로 그려지는 일이 많다. 냉정하고 치밀하고 권력지향적인 반동인
물의 음모와 악행에 의해 주인공은 지속적으로 고난을 당한다.[43] 역사드
라마의 갈등은 단순히 선악의 대립보다는 역사에 대한 해석과 이념에 의
해 설정된 입장의 차이여야 설득력이 있다. 또한 반동인물도 단순한 악
역보다는 주동인물과 역사적 견해를 달리하는 존재, 그 자체로 인간미
있고 매력이 있는 캐릭터나 관문수호자형 캐릭터로 설정함으로써 멜로
드라마의 한계를 넘어 역사적 사건을 둘러싼 오랜 논의를 현재에 되살릴
수 있을 것이다.

캐릭터, 이야기 속의 인간

1 Patrick Colm Hogan, "Characters and Their Plots", Jen Eder, Fotis Jannidis, Ralf Schneider Eds., 앞의 책, p. 134.

2 아놀드 하우저, 김진욱 옮김, 《예술과 소외》, 종로서적, 1981, pp. 183~184.

3 아리스토텔레스, 천병희 옮김, 《시학》, 문예출판사, 1985, p. 91.

4 J. A. Cuddon, *Dictionary of Literary terms & Literary theory*, Penguin Books, 1999, pp. 401~402.

5 N. 프라이, 임철규 옮김, 《비평의 해부》, 한길사, 1982, p. 294.

6 아놀드 하우저, 앞의 책, p. 173.

7 N. 프라이, 앞의 책, pp. 289, 303.

8 알라존은 강하고 오만하고 잘난 체하지만 우둔한 캐릭터이다. 주로 희극의 주동적인 캐릭터 유형으로 등장한다.

9 그리젤다는 중세 유럽의 이야기에 등장하는 정숙한 여인, 아이를 빼앗기고 남편에게 버림받아도 참고 견디는 여성이다. N. 프라이, 앞의 책, pp. 306~307.

10 위의 책, pp. 63, 296~312.

11 박경리, 《김약국의 딸들》, 나남, 1993, p. 365.

12 이상진, 〈운명의 패러독스, 박경리 소설의 비극적 인간상〉, 《현대소설연구》 56, 2014.

13 자신의 의사와 관계없이 한 행동, 혹은 무의식적 행동이 결과 금기를 어기는 것을 부정stain(흠, 얼룩)이라고 한다. 부정은 명백한 악행이 아닌데도 불구하고, 이로 인한 두려움과 고통이 인간을 힘들게 한다. 곧 부정은 오염 혹은 감염이 되고, 그것은 반드시 보복이 뒤따른다는 생각에서 두려움이 동반된다는 것이다. 폴 리쾨르, 양명수 옮김, 《악의 상징》, 문학과지성사, 2010, pp. 37~56.

14 이명우, 《희곡의 이해》, 박이정, 1999, p. 169.

15 오스카 G. 브로케트, 김윤철 옮김, 《연극개론》, 한신문화사, 1998, p. 65.

16 이종대, 《희곡의 세계》, 태학사, 1998, pp.160~161.

17 류종영, 《웃음의 미학》, 유로, 2005, pp. 192~193.

18 위의 책, p. 72.

19 예를 들어 '재주넘기, 높이 차기, 물구나무 서기, 개구리 뛰기, 엉덩방아 찧기, 다양한 슬랩스틱, 도약, 넘어지기(덮개 및 융단에 걸려 넘어지기, 바나나 껍질에 미끄러지기), 몸 부딪치기, 팬티나 바지 벗겨지기, 치마가 치켜 올라가기,

파이 조각 얼굴에 던지기 등'이 그러하다. 신영섭, 〈소극의 특성 고찰〉, 《연극교육연구》, 1997.

20 N. 프라이, 앞의 책, pp. 242~247.

21 전광용, 〈꺼삐딴 리〉, 《현대한국문학전집 5》, 신구문화사, 1981, p. 398.

22 이상진, 〈한국 현대소설의 희극성 연구 시론〉, 《우리문학연구》 32, 2011.

23 이상진, 〈한국 창작동화에 나타난 희극성〉(《현대문학의 연구》, 2008)의 한 부분을 발췌.

24 최윤정, 〈생각하는 아이들은 어른들을 웃게 만든다〉, 《책 밖의 어른, 책 속의 아이》, 문학과지성사, 1997, p. 141.

25 피터 브룩스, 이승희·이혜령·최승연 옮김, 《멜로드라마적 상상력》, 소명출판, 2013, p. 42.

26 N. 프리드만, 〈플롯의 諸 形式〉, 김병욱 편, 최상규 옮김, 《현대소설의 이론》, 대방출판사, 1983.

27 G. B. 테니슨, 오인철 옮김, 《희곡원론》, 동아학연사, 1982, p. 119.

28 존 머서·마틴 싱글러, 변재란 옮김, 《멜로드라마: 장르, 스타일, 감수성》, 커뮤니케이션북스, 2011.

29 최시한은 '가련한 여인 이야기'를 갈래, 스타일, 매체 등을 초월하는 하나의 상위 범주로 보고 그 구조, 유형 등을 탐색한 바 있다. 여인이 수난을 당해 가련하게 살아가는 이야기는 한국문학사에서 매우 흔하다. 연애 혹은 결혼이 그런 문제와 갈등을 일으키는 주요 사건 가운데 하나이고 수난이 중첩되는 '기구'한 여인의 삶을 통해 독자의 관심과 동정을 불러일으키는 이야기는 멜로드라마의 대표적인 제재이다. 최시한, 〈가련한 여인 이야기 연구 시론〉, 한국소설학회, 《현대소설 인물의 시학》, 태학사, 2000, pp. 49~70.

30 舟橋和郎, 황왕수 옮김, 《시나리오작법 48장》, 다보, 1990, 제7장 참조

31 이상진, 〈대중소설의 반페미니즘적 경향〉, 《한국현대소설사의 주변》, 박이정, 2004, pp. 94~99.

32 박은하, 〈텔레비전 멜로드라마의 이야기 구조와 남녀주인공의 특성〉, 《한국콘텐츠학회논문지》 14, 2013.

33 이화정, 〈멜로 장르 TV드라마에 나타나는 여성 주인공의 전형성〉, 《한국콘텐츠학회논문지》 13, 2013.

34 김정훈, 〈한국 로맨틱 코미디 영화에 나타난 남성캐릭터 재현에 관한 연구〉, 중앙대학교 석사학위 논문, 2013.

35 레이몬드 윌리암스, 김성기·유리 옮김, 《키워드》, 민음사, 2010, pp.

216~217.

36 H. E. Shaw, *The Forms of Historical Fictions: Sir Walter Scott and His successors*, Itaca and London: Cornell Univ. 1983, pp.20~21. 주창윤, 〈역사 드라마의 역사서술방식과 장르형성〉, 《한국언론학보》 48, 2004, p. 173에서 재인용.

37 공임순, 《우리 역사소설은 이론과 논쟁이 필요하다》, 책세상, 2000, pp. 140~143.

38 Thierry Lentz, 이현숙 옮김, 《나폴레옹》, 시공사, 2001, pp. 140, 148.

39 그간 드라마나 소설을 통해 자주 재현된 역사적 인물은 허준(〈허준〉, 〈구암 허준〉, 〈동의보감〉), 정약용(〈소설 목민심서〉), 허균(〈천둥소리〉), 왕건(〈태조 왕건〉), 장희빈(〈장희빈〉, 〈장옥정, 사랑에 살다〉), 광해군(〈왕의 여자〉, 영화 〈왕의 남자〉), 정조(〈이산〉, 〈정조암살 미스터리 8일〉, 소설 〈영원한 제국〉, 영화 〈영원한 제국〉, 〈한성별곡〉), 세종(〈대왕 세종〉, 〈뿌리 깊은 나무〉), 황진이(소설 〈황진이〉, 〈나, 황진이〉, 드라마 〈황진이〉), 그 외 의적 스토리(〈장길산〉, 〈홍길동〉) 등을 들 수 있다.

40 신명순의 〈전하〉(1962)는 이 사건을 선악의 대립으로 보는 문제를 재검토하는 토론 형식의 희곡이며, 오태석의 〈태〉(1974)는 박팽년 자손의 핏줄 잇기 모티프로 역사적 배경만 빌려왔을 뿐 허구적 개연성이 지배적인 아주 다른 작품이다.

41 김동인, 《대수양》, 백양사, 1984, p. 8.

42 주창윤, 〈역사드라마의 변천과 특성〉, 《한국극예술연구》 56, 2017.

43 안상혁·강보승, 〈현대 사극에서 악역 형상화의 특징〉, 《한국영상학회논문집》 9, 2011.

제 장

젠더와 캐릭터

〈종이봉지 공주〉라는 동화가 있다. 공주가 사는 곳에 용이 나타나 모든 것을 불살라버리고, 신랑감인 왕자를 붙잡아 간다. 용감하고 똑똑한 공주가 용으로부터 왕자를 구해내지만, 왕자는 고마워하기는커녕 종이봉지를 뒤집어쓴 공주의 꾀죄죄한 모습을 나무란다. 공주는 그제야 왕자가 겉만 보는 멍청이란 걸 깨닫고는 결혼을 하지 않는다. 이 간단한 이야기가 성인 내포 독자인 여성에게 어필한 까닭은, 용(적대자)에게 잡혀간 아름답고 연약한 공주를 용감하고 잘생긴 왕자(영웅)가 구출한다는 오랜 이야기 공식을 뒤집어놓았기 때문일 것이다. 아이러니컬하게도 그것이 통한다는 것은 남성과 여성 이미지에 대한 편견이 여전히 뿌리 깊다는 것을 증명하는 것이기도 하다. 비단 동화만이 아니다. 할리우드 영화에서 남성만의 영역으로 간주되던 액션 장르에 여성 히어로가 등장하여 남성보다도 훨씬 전략적이고 힘이 세고, 용감한 모습을 보여준다. 미래저항군의 리더가 될 아들을 지키기 위해 터미네이터와 대적하는 엄마(〈터미네이터〉), 외계 생명체와 맞서 싸우는 여주인공(〈에일리언〉), 아버지를

공주는 훌쩍 용을 뛰어넘어 동굴 문을 열었습니다.
동굴 안에는 로널드 왕자가 있었지요. 왕자는 공주를 보더
니 대뜸 이렇게 말했어요.
"엘리자베스, 너 꼴이 엉망이구나! 아이고 탄 내야. 머리는
온통 헝클어지고, 더럽고 찢어진 종이 봉지나 걸치고 있고.
진짜 공주처럼 챙겨입고 다시 와!"

그림 5.1 로버트 먼치Robert Munsch가 쓰고 마이클 마르첸코Michael Martchenko가 그림을 그린 〈종이봉지 공주〉. 국내에는 1998년에 번역되어 나왔다.

찾기 위해 전설의 섬으로 모험을 떠나는 여전사(〈툼 레이더〉) 등이 그렇다. 이 영화에서 '역할이 전도되었다'는 사실이 누군가에게는 좀 더 매력적일 테지만, 동시에 여전히 누군가에게는 불편한 지점이 될 것이다.

이야기는 우리가 사는 세계를 사실적으로 반영하지만, 젠더 재현에 대해서만큼은 오래도록 고정된 역할과 이미지에 갇혀 있었다. 독자가 서사텍스트를 읽으면서 캐릭터의 성별을 인지하는 과정에서도 이런 문화적 합의, 혹은 실제세계의 프레임이 작용한다. 캐릭터에 대한 몇 가지 표식만으로도 성별을 쉽게 인지할 수 있다면, 또 이것이 사회적 젠더 역할과 관습적으로 연결되어 있다면, 이런 캐릭터를 현실 모방적으로 읽어낼 가능성이 커진다. 반면 그 같은 표식이 없으면 그럴 가능성은 당연히 줄어들 것이다.[1] 이것은 캐릭터의 성별과 젠더 재현에 대한 고정된 생각이 캐릭터의 다양한 창조와 현실에 대한 해석을 방해해왔다는 뜻으로도 읽

힌다. 따라서 캐릭터의 성별과 젠더 재현의 문제를 파악하고 스테레오타입을 해체하려는 노력이 필요하다. 이를 위해 그간 여성 이미지 비평과 페미니스트 문학비평이 진행해온 연구결과를 참고할 수 있다.

1. 젠더 문제와 캐릭터 구성

1 | 성별의 차이와 고정관념

남성다움과 여성다움

일반적으로 남성은 가족·국가·인류를 대표하고 여성에 대한 특권을 가진 주체로 인식되어왔다.[2] 이에 걸맞게 남성의 이미지를 말할 때도 긍정적이고 주도적이며 유리한 면모를 표현하는 단어들이 나열된다. 이를 테면 '능동적, 모험적, 진취적, 독립적, 강건한' 같은 수식어가 그렇다. 반면 여성에게는 '영향 받기 쉬운, 조바심 내는, 매력적인, 종속적인, 몽상적인, 감정적인, 약한, 애처로운' 등의 수식어가 사용된다. 성역할과 이미지에 대한 한 조사 결과에 의하면 여성과 남성은 다음과 같은 차이가 있다.[3]

여성적 특성	남성적 특성
양보를 잘한다. 명랑하다. 수줍어한다. 애정을 갖는다. 아첨을 잘한다. 충성스럽다. 이해심이 많다. 온정적이다. 얌전하다.	자신감이 있다. 신념이 강하다. 독립적이다. 리더십이 있다. 모험심이 많다. 자기 충족적이다. 공격적이다. 개인주의적이다. 야망이 있다, 경쟁적이다.

캐릭터, 이야기 속의 인간

위에 나오는 성상형용사를 성적으로 구분하여 붙인 것은 생물학적 차이에 따라 남성 고유의 특성과 여성 고유의 특성이 다르다는 사고를 반영한다. 사회심리학이나 진화생물학의 연구결과는 남성과 여성의 생물학적 차이는 존재하며 이것이 생활과 일에서 미세한 차이를 낳을 수 있음을 확인시켜준다. 그러나 유전적·생물학적 요인으로 생겨난 몇 가지 특성[4]을 제외한 대부분은 남녀의 고유한 특성이라고 보기 어렵다.

성정체성과 역할에 대한 사회적 편견

주지하다시피 남자다움과 여자다움이라는 관습화된 이미지와 고정관념은 사회적 차별과 편견을 낳고 남녀의 사회적 역할과 성정체성을 공고히 하는 근거가 되어왔다. 즉, 과장되고 왜곡된 성적 고정관념을 계속 강화함으로써 이러한 성차를 기정사실화하고 내면화시켜왔다. 또한 자신의 성적 특성과 충돌하는 개인의 잠재력을 발휘할 수 없게 하고, 환원적인 특성에 종속시키는 결과를 낳기도 하였다.

여성은 의존적이고 종속적이고 약하다는 편견은, 그들을 사회적 약자이자 보호의 대상으로 보게 하여 여성의 의존성을 강화시키고 사회적 역할을 제한하였다. 여성의 수동적이고 감성적이고 직관적인 요소 등은 주로 감정노동에 적합한 것으로 판단하여, 주로 가정관리와 같은 '보이지 않는 노동'에 종사하도록 해왔다. 또 임신과 출산이라는 여성만의 생물학적 특성을 자녀에 대한 양육 책임의 근거로 간주함으로써, 어머니 일mothering이 가족 중심의 여성 억압기제로 작용하였다.[5] 동양의 유교적 담론에서 여성을 바라보는 관점도 크게 다르지 않다. 음양사상에서 볼 때, 여성은 남성(양陽)에 대비된 '음陰'의 영역에 속한 '낮고 비천한' 존재로 여겨졌다. '성설' 규범은 여성을 무성無性적 존재로 규정하는 것과 다르지 않다. 곧 남성과의 신체적 접촉을 최소화한 채 여성의 신체를 노동력 재생산과 모성 기능으로 제한해왔던 것이다. 여기에 내외內外의 개념은 여성의 공적 영역 진출이나 개입을 규제하는 기제가 되었다.

여성 이미지가 뿌리 깊은 편견과 불합리한 차별을 낳았듯, 남성 이미지도 남성의 삶에 부정적으로 작용해왔다. 가부장제는 남성 중심적인 사회체제를 유지하는 대표적인 이념이자 제도며 관습이다. 그러나 이 제도의 중심에는 남성이 아니라 특별한 속성을 갖춘 남성, 헤게모니적 남성성이 있다. 남성이라는 이유만으로 수월하게 안정된 자리와 힘을 차지할 수도 있지만, 헤게모니적 남성성을 갖추지 못한 경우엔 여성보다 더 혹독하게 내쳐질 수도 있다. 여성에게 강요된 역할과 문제에 비할 수는 없겠지만 남성들 역시 각 시대마다 요구되는 지배적인 남성이미지에 의해 억압당해왔다.

남자라면 누구나 가부장제가 요구하는 고정된 성 정체성과 역할manbox 때문에 갈등을 겪었을 것이다. 이를테면 일찍부터 굳건한 삶의 목표를 가지고 자신감 있게 행동해야 한다거나, 웬만한 육체적 고통은 너끈히 이겨내야 하고 작은 일에 휘둘리지 않고 성인군자처럼 포용력을 보여야 한다는 것, 또 여성스러운 행동이나 취향을 가져서는 곤란하고 나약하거나 의존적이어서도 안 되며, 무엇보다도 능동적이고 모험을 좋아해야 하며, 힘세고 용감하며 진취적인 기상을 가져야 한다는 것이다. 이런 편견은 남성들을 억압하는 족쇄가 되어왔다.

정체성 갈등과 콤플렉스

'여성을 위한 모임'은 한국사회의 성별 고정관념 문제에 대한 설문조사를 실시하고 그 결과를 바탕으로(1992~1994, 2012) 한국 성인남녀의 문

　　　캐릭터, 이야기 속의 인간

제를 몇 가지 콤플렉스 유형으로 제시한 바 있다. 이에 의하면 한국 남성은 사내대장부 콤플렉스, 온달 콤플렉스, 성 콤플렉스, 만능인 콤플렉스, 지적 콤플렉스, 외모 콤플렉스, 장남 콤플렉스를 가지고 있다. 오래 전의 설문결과이지만 현재도 다수의 남성들은 이런 심리적 갈등으로부터 자유롭지 않다고 판단된다.[6] 여성의 경우는 착한 여자 콤플렉스, 신데렐라 콤플렉스, 성 콤플렉스, 슈퍼우먼 콤플렉스, 지적 콤플렉스, 외모 콤플렉스, 맏딸 콤플렉스를 가지고 있다.[7] 다만 자녀 수가 줄어들면서 맏딸 콤플렉스가 아니라 어머니-딸 콤플렉스로의 변화가 생겨났다.[8] 연구에 따르면 1990년대까지도 한국의 여성들은 착한 여자, 예쁜 여자, 성적으로 순결하고 지적으로 적절한 여성이 되어야 하며, 직업이 있어도 가정 관리에 소홀함이 없어야 하며, 맏딸이라면 의당 가족을 위해 희생해야 한다는 강박에 시달리고 있었다. 이 시기를 배경으로 한 서사 텍스트에서 여성 캐릭터 중 상당수는 이러한 콤플렉스가 복합된 모습을 보여준다.

이 중 현재도 중요한 사회적 이슈가 되고 있는 외모 콤플렉스가 대중서사물에 어떻게 나타나고 있는지 살펴보자. 외모 콤플렉스는 여성의 이미지에 대한 과도한 요구와 집착이 만들어낸 것이다. 가장 큰 문제는 지금까지도 대부분의 여성이 이러한 요구와 집착으로부터 자유롭지 않다는 점이다. 여성들은 안정된 정체성과 성적 주체성에 대한 적극적인 욕망을 무엇보다도 '날씬한 몸' 만들기에 대한 욕구로 전환하고 있다. 이는 자신의 몸을 있는 그대로 사랑하지 못하는 자기 비하의 경험이고, 자신의 욕망을 존중하지 않고 억압하면서 몸과 마음을 극단적으로 황폐하게 만든다. 여성의 외모 콤플렉스는 '미녀 되기' 이야기의 양산[9]과 성형산업 등에 의해서 더욱 강화되고 있다.

심용화 감독의 〈미녀는 괴로워〉(2006)는 외모 및 성정체성을 둘러싼 한

그림 5.2 비현실적인 체형의 금발 인형이 아동에게 외모에 대한 잘못된 생각을 심어줄 수 있다는 연구결과 등으로 악명 높은 바비 인형. 이에 이 회사에서는 체형이나 피부톤, 헤어 텍스추어가 다른 다양한 인형을 출시하였다.

국사회의 권력관계와 위선을 풍자한 영화이다. 지나치게 뚱뚱한 외모 때문에 철저하게 은폐된 채 목소리로만 먹고사는 그림자 인생의 주인공이 전신성형 후 새로운 이름과 외모로 성공하지만 '가짜' 의혹에 성형사실을 공개한 후에야 인정받는다는 내용이다. 이 영화는 성형수술을 할수밖에 없게 만드는 사회적 압력 및 '정상' 혹은 '평균'에 대한 규범, 그리고 성형을 통해서라도 주류에 편입하여 계층을 이동하고자 하는 개인적욕망을 비판하고 있다.[10] 다른 대중적인 장르와 마찬가지로 게임에 등장하는 여성 캐릭터들도 모두 똑같은 미적 조건을 충족시키는 '미인'이다. 심지어 여아용 게임으로 '금발머리에 팔등신 핑크 미인'이 등장하는 '바비 패션 디자이너' 역시 정형화된 미인의 조건을 충족시키는 외양이 초점이다.

캐릭터, 이야기 속의 인간

따라서 여성 캐릭터를 창조할 때, 특히 시각적인 매체의 경우, 외모 설정에서 그 관습적인 요소와 대중의 요구에 대한 저항적인 검토가 필요하다. 요컨대 육체적인 요소가 그 어떤 것의 은유가 되거나, 어떤 영향력을 행사할 수 있는지 항상 유의하여야 할 것이다.

2 | 성별 고정관념과 캐릭터 구성의 문제

페미니스트 비평과 젠더연구 결과는 문학작품 속 캐릭터의 젠더문제를 포함하여 사회적인 고정관념을 수정하고 비판하는 데 기여해왔다. 마녀나 팜 파탈 캐릭터 유형의 설정은 남성의 불안과 죄의식을 투사하고 있다는 분석이나 젠더의 차이나 정체성, 역할 문제의 재현에 초점을 둔 논의들이 대표적이다.[11] 여기에서는 이 부분을 포함하여 성적 고정관념이 캐릭터의 구성에 어떻게 반영되는가를 살펴보겠다.

육체적 특성의 설정, 관습과 시선

캐릭터의 성별은 이를 인지할 수 있는 이름이나 '그', '그녀' 등의 대명사로 쉽게 파악된다. 또 목소리의 높낮음이라든가 육체의 골격 등 외양 묘사로도 자연스럽게 나타난다. 성별 표시 이상의 특별한 의도가 있다면 이런 묘사를 강조할 수도 있다. 성적 정체성에 대한 자의식이 강함을 드러내거나 그 반대의 경우, 혹은 갈등의 소지가 될 만한 요소가 있다면 당연히 추가적인 서술이 덧붙을 것이다.

남녀관계에서 외양은 텍스트 내의 다른 캐릭터를 매혹시키기 위한 요소이기도 하다. 남녀 육체의 성적 매력은 관련 서사를 진전시키는 데 필수적인 정적 모티프static motif가 된다. 문제는 그 필요한 징도를 넘어서는 데서 발생한다. 즉 남녀의 육체적 특성에 대한 묘사가 텍스트 바깥에서 성애적 감정을 부추기기 위한 필요에서 구성되고 있다면 문제는 달라진다. 여성의 육체는 미학적인 측면에서 아름다움의 메타포로 여겨져왔고, 나아가 (남성과의 관계 속에서) 성적으로 관능적인 이미지를 소비하기 위해 대상화되는 일이 많았다. 이럴 때 여성 캐릭터는 생각하고 행동하는 서사의 주체가 아니라 남성의 욕망을 충족시키기 위한 성적 이미지, '섹시한 램프'나 다름없는 수동적인 대상이 된다. 특히 대중적인 영상매체에서 이 문제는 반복해서 나타나고 있다. (2004년부터 10년간) 국내 뮤직비디오에 나타난 성역할에 대한 연구에 의하면 여성은 독립적인 이미지보다는 고전적인 이미지가, 동시에 신체노출도 압도적으로 많이 나타나 성적 대상으로서의 이미지가 강조되고 있었다.[12] 특정한 기호와 취향을 가진 남성 게이머를 겨냥한 '미소녀 게임'이나 연애 시뮬레이션 게임에서는, 여성 캐릭터가 남성의 보조자나 적대자로 나오며 '불필요한 노출과 신체의 강조, 관음증적인 초점과 시점, 무엇보다 게임의 맥락과 전혀 상관없는 성적 요소' 등이 특징으로 나타난다는 연구결과도 있다.[13]

남성의 특별한 육체적 특성의 서술 역시 단순한 성별표지뿐 아니라 사회적 갈등이나 문제와 관련된다. 과거에는 전투적이고 공격적인 성향의 강한 체격을 이상적으로 요구했다면, 산업화 과정에서 남성은 가족을 부양하고 보호하는 존재로서의 외모가 요구된다. 곧 인상 좋은 얼굴, 큰 키와 넓은 어깨, 탄탄한 근육질의 몸매가 이상적인 남성적 육체로 그려진다. 반면 왜소하고 약한 육체는 남성성 결핍의 증좌로서 사회적으로 능동적인 역할을 하기에 부적절하다는 암시를 줄 수 있다. 영상세대에게 외모는 능력을 나타내는 또 다른 조건이 되었다. 외모를 가꾸는 것은 남성의 일이 아니라는 관습 때문에 남성의 외모 콤플렉스는 복잡한 양상을

캐릭터, 이야기 속의 인간

그림 5.3 60대 장애인 여성 저격수, 모험가이자 기후학자인 중국인 여성, 레즈비언 영웅 등 다양한 체구와 성향의 여성 캐릭터가 등장하는 인기 게임 '오버워치'. http://mdesign.designhouse.co.kr/article/article_view/101/75253 참고.

띠고 있다.[14] 그러나 지난 세기말부터 남성은 적극적으로 몸치장을 하기 시작했고, 아름다운 남성 이미지에 대한 요구도 늘어나고 있다.

기질과 특성, 사회관계에서의 역할 재현

캐릭터를 식별하기 위해 어느 정도의 고정관념은 유용하고 필수적이기까지 하다. 동시에 관습적이고 상투적인 형상화가 가져올 한계와 위험은 늘 있다. 특히 고정관념이 사회적 정체성과 역할에까지 걸쳐 있는 경우라면 더욱.

선생님이 칠판에 이렇게 쓰셨어요.

아빠가 하시는 일: 청소하기, 전등 달기, 운동하기

엄마가 하시는 일: 밥하기, 빨래하기, 설거지하기

난 선생님이 잘못 쓰신 것 같아 손을 들고 선생님을 불렀어요.
"선생님, 틀렸어요."
선생님이 고개를 갸웃거리며 날 보았어요.
"설거지와 밥은 아빠가 하는 거예요."
내 말이 끝나기 무섭게 아이들이 '와하하' 웃었어요.[15]

　목온균의 〈엄마는 카레이서 아빠는 요리사〉라는 동화의 일부이다. 인용부에 나타나듯 교사는 성역할에 대한 어떤 자각도 없고 이 문제의 심각성도 인지하지 못한다. 결국 카레이서 엄마와 요리사 아빠를 둔 주인공이 다수의 아이들과 싸움을 벌이고 이 고정관념을 수정해준다. 이 페미니즘 창작동화는 전통적인 성역할과 직업관을 뒤엎음으로써 아동 독자가 고정관념으로부터 벗어날 수 있게 돕고 있다.

　사실 포스트 IMF시대에 들어서면서 캐릭터 창조에서 이런 인식의 변화를 발견하는 것이 어렵지 않게 되었다. TV드라마에서는 육체적 강건함을 보여주는 스턴트우먼이나 보디가드, 괴력 유전자를 타고난 여성 캐릭터가 나타나고, 가사도우미나 요리사와 같은 직업을 가진 남성 캐릭터가 등장한다. 그럼에도 불구하고 여전히 남녀의 고정된 이미지는 남아 있다. 심지어 남장 여자, 혹은 여장 남자처럼 캐릭터의 성적 특성을 전복시킨 경우까지도 기존의 상투적 이미지에서 벗어나지 못하고 있다. 대중적인 미디어 게임의 유형적 캐릭터에 대한 연구에 의하면, 남성 캐릭터는 과학과 이성에 기반을 둔 과학자, 여성 캐릭터는 자연과 감성에 기반을 둔 팜 파탈 캐릭터로 설정되고 있다. 여전히 이성적 정신을 남성성에,

비이성적 육체성을 여성성에 접합시켜 고정화시키고 있는 것이다.[16] 물론 대중문화에서 소비되는 이미지는 여자와 남자의 것이 아니라 여자다움과 남자다움이라는 추상적이고 허구적 개념에 불과하다고 할 수 있다. 그럼에도 불구하고 이런 이미지가 대중에게 미치는 영향은 결코 적지 않다.

서사 내 역할과 기능

캐릭터 역할과 기능도 성별 고정관념에 주로 의존하고 있다. 영웅이야기 공식에서 주동인물은 주로 남성으로서 호기심이 강하고 모험심이 있으며 진취적이고 용기 있고 강건하다. 반면 여성은 주로 종속적이고 얌전하고 영향받기 쉽고 약한 이미지로 설정되어, 주동인물도 반동인물도 되기 어렵다. 오랜 시간 동안 여성은 영웅이 구해내야 하는 행동의 수혜자, 혹은 보조자로 기능하였다. 이 공식에 깊이 의존하는 할리우드 영화에서도 남녀 캐릭터의 고정된 역할이 크게 바뀌지 않는 듯하다. 나오미 맥도걸 존즈에 의하면 2013~2017년 할리우드에서 제작된 영화의 주인공 중 80~90%가 남성이다. 그녀가 경험한 여성 배역 모집 공고에 설명된 여성 캐릭터는 약간의 노출을 한 상태로 대사 없이 서 있는 여성이거나, 주인공 남성의 과시용 여자친구, 남편에게 순종하고 가정 내의 평화를 유지하는 예쁘고 착한 엄마, 깡패에게 강간당하면서 우아하게 총을 맞고도 괜찮은 여성 캐릭터였다고 말한다.[17]

물론 여성이 주인공이 되는 서사가 아주 없는 것은 아니다. '수난-보상' 구조로 된 멜로드라마의 주인공은 주로 여성이다. 멜로드라마의 공식대로 여주인공은 초인간적인 고통을 이겨내고 결국 남성 캐릭터의 연민과 도움을 통해 구원되고 보상받는다. 스스로 문제를 해결하고 극복해나가는 캐릭터가 아니다. 고려 중기에서 20세기 초반까지 이른바 '전(傳)'

장르에도 여성이 주인공으로 등장하는 경우가 적지 않았다. 이 여성인물들은 부모와 시부모를 위해 자신을 기꺼이 희생하는 효녀와 효부, 남편을 위해 수절하는 절부와 죽음으로 절개를 지키는 열부로 그려졌다. 문면으로 파악할 때, 남성 유학자들이 유학 이데올로기를 전파하고 고착시키기 위한 수단으로 설정되었다고 볼 여지가 있다.[18]

뻔한 공식의 영웅이야기가 아니라 사실적인 서사텍스트에서도 여성은 중심 캐릭터가 되는 일이 드물었다. 인간문제를 발견하고 분석하고 갈등해결에서 주도적인 역할을 하는 캐릭터는 주로 남성이다. 여성이 문제해결 능력을 갖추고 지적인 사고를 하는 것이 개연성이 떨어진다는 시각 때문이다. 여성은 누군가의 어머니이거나 딸이거나 사랑의 대상, 그리고 아내라는 일반명사로 지칭되며 남성 캐릭터와의 관계에 따라 기능적인 역할을 하는 경우도 많았다. 물론 이런 지적은 지나간 시기의 작품에 해당되는 것이다. 여성문제에 대한 관심이 높아지면서 여성 캐릭터의 서사 내 비중도 역할도 중요해지고 있기 때문이다.

3 | 성별 고정관념의 해체와 캐릭터 재구성

여성다움이나 남성다움의 이미지와 성정체성은 문화적으로 고정된 관념일 뿐 실제로는 유동적이고 불안정한 구성물에 불과하다. 사회변화에 따라 자연스럽게 변화하게 마련인 것이다. 이를 반영하여 기존의 성정체성 담론의 문제를 발견하고 수정하고 해체하는 연구결과가 지속적으로 제시되고 있다.

캐릭터, 이야기 속의 인간

여성적 가치에 대한 재해석

전통적으로 평화주의, 협동, 비폭력적 화해, 공공생활의 조화로운 조절, 자연과의 친밀함, 연민 등이 여성의 자질에 속한다고 여겨져왔다. 이 견해는 평화주의 여성론, 생태주의 여성론과 접맥되기도 한다.[19] 일부 페미니스트들은 보살핌, 양육 등으로 대표되는 여성의 전통적 모성성이 바로 여성의 다름의 근거, 더 나아가 도덕적 우월성의 근거가 된다는 생각을 드러내기도 했다. 그러나 이런 '차이'는 여성의 육체적 특성과 관습적인 성역할로 인해 굳어진 또 다른 고정관념일 수 있다.

예를 들어 한강의 〈채식주의자〉(2004)에서 주인공과 다른 남성 가족원들과의 갈등에서 '채식 : 육식', 혹은 '식물성 : 동물성', 나아가 '자연친화적 : 야만적(폭력적)'이라는 대립관계를 읽어낸다면 이것은 이 서사를 젠더 고정관념에 의지하여 읽어낸 결과일 수 있다. 만일 캐릭터의 성별이 바뀌었다면 이런 식의 읽기가 진행될까. 물론 여성보다는 남성이 육식을 좀 더 즐기고, 어머니가 아닌 아버지가 가부장으로서 부조리한 힘을 행사하는 광경에 익숙하기 때문에 캐릭터

그림 5.4 한강의 〈채식주의자〉가 실린 연작소설집. 이 작품은 2016년 맨부커상(인터내셔널 부문)을 수상했다.

의 성별은 개연성 있게 설정되었다고 할 수 있다. 그러나 이 문제를 고정관념에 묶어서 해석하지 않으려면(창조하지 않으려면), 이에서 벗어나는 다른 캐릭터(이를테면 주인공의 언니나 엄마, 남편이나 형부)가 어떻게 그려졌는지에 주목해야 할 것이다. 차별이나 잘못된 편견뿐 아니라 여성 고유의 가치라고 믿어 의심치 않던 것들에 대해서도 경계를 열고 유연하게 사고할 필요가 있다.

남성해방운동과 남성성의 해체

그간 여성들이 고정된 성역할로부터 벗어나 성차별적인 제도를 바꾸고 조건을 개선하고자 노력해왔듯, 남성들 역시 '남성다움'의 이미지와 고정된 성역할로부터 벗어나 자기를 찾기 위해 분투해왔다. 미국에서 가족의 부양을 거부하고 집을 나온 히피족이 출현하고 이것이 남성해방운동으로 이어지면서 '남성학'이 하나의 학문으로 성립하였다. 그 출발점을 알리는 버클리 남성센터의 성명서는 남성의 문제를 매우 구체적으로 적시해주고 있다.

남성으로서 우리는 우리의 온전한 인간성 회복을 원한다. 우리는 불안하고 압제적인 남성적 이미지, 즉 강하고 말이 없고, 차갑고 잘 생기고, 이지적이고, 성취적이고, 여성의 주인, 남성의 지도자, 부유하고, 명철하고, 근육질이고, 그리고 강인한 모습으로 살아가기 위해 긴장하고 경쟁하기를 더 이상 원하지 않는다. (…) 우리는 남성으로서의 우리의 힘을 긍정하기를 원하며, 동시에 아이 돌보기, 요리, 바느질, 그리고 다른 '여성' 생활 국면에서 남성의 새로운 영역을 창조할 수 있기를 바란다.[20]

남성도 역시 고정관념에 의해 억압당해왔음을 선언하고, 고착된 남성성을 해체하고 재구조화하는 작업의 진행을 요구한 것이다. 이러한 변화는 지난 세기말에 이미 나타나기 시작하여, 이제 이전과는 다른 남성집단이 등장하였다. 양육자이자 가사노동자로서 능력을 발휘하는 양육자 계열의 남성과 외모와 패션 스타일에 집착하고 감각적인 소비를 즐기는 자아도취자 계열의 남성이 그들이다.[21] 한국도 지난 세기말 IMF 외환위기에 따른 경제적 여파로 여성의 사회적 지위 상승과 남성 정체성의 위기가 담론화되기 시작하였다. 21세기에 들어서는 균열되고 변화하는 남성성, 내부에 차이를 두고 있는 남성성이 이미 나타나고 있다. 이에 따라 과거의 고정된 시선으로 현재의 남성을 바라보는 데서 오히려 새로운 갈등과 문제가 생겨난다고까지 말할 수 있다.

이처럼 성정체성에 대해 그 어느 때보다도 다양한 시선과 주장이 나타나고 있으므로, 캐릭터의 성정체성을 어떻게 그려내는가에 좀 더 예민해질 수밖에 없다. 물론 작품의 문제의식이나 시대적 개연성을 위해 고정된 성역할이나 이미지를 강화하여 표현해야 할 때도 있다. 어느 경우이든, 문제적 지점을 제대로 짚어내기 위해서 캐릭터의 젠더 구성에 유의해야 한다.

2. 젠더 갈등과 캐릭터 유형의 예시

1 | 여성 캐릭터 유형: 성녀형과 마녀형

엄마, 엄마
그대는 성모가 되어 주세요.

신사임당 엄마처럼 완벽한 여인이 되어
나에게 한 평생 변함없는 모성의 모유를 주셔야 해요.

여보, 여보
당신은 성녀가 되어 주오
간호부처럼 약을 주고 매춘부처럼 꽃을 주고
튼튼실실한 가정부가 되어
나에게 변함없이 행복한 안방을 보여주어야 하오.

여자는 액자가 되어 간다.
액자 속의 정물화처럼
액자 속의 가훈처럼
평화롭고 의젓하게
여자는 조용히 넋을 팔아넘기고 남자들의 꿈으로 미화되어
가화만사성 액자로 조용히 표구되어
안방의 벽에 희미하게 매달려있다.

그녀는 애매하다
성녀와 마녀 사이
엄마만으로
아내만으로
표구될 수 없는 정복될 수 없는
여인에게 사랑은 별 같은 깃이지만
그러나 여인은 사랑을 통해 여신이 되도록 벌 받고 있는 거라고
그녀는 스스로를 영원을 표구하면서
세상을 배경으로 거늘이고 늠름하게 서있지.

캐릭터, 이야기 속의 인간

세상의 딸들은
하늘을 박차는 날개를 가졌으나
세상의 여자들은 날지를 못하는구나
세상의 어머니들은 모두 착하신데
세상의 여자들은 아무도 행복하지 않구나.

　　　　　　　　　- 김승희, 〈성녀와 마녀 사이〉[22]

　김승희의 이 시는 세상의 여자들에 가해지는 일상의 폭력을 문제 삼고
있다. 이 시에 표현된 대로 여성은 신사임당과 같은 현모, 가정을 헌신적
으로 지키는 튼튼한 가정부이자 남자에게는 매춘부와 같은 매력을 가진
완벽한 여성이 될 것을 요구받는다. 이 땅의 여성은 하늘을 박차고 나갈
생명을 부여받고 태어났지만, 결국 성녀와 마녀 사이에서 남자들의 꿈의
액자로 표구된 애매한 존재, 누구도 행복해질 수 없는 여자가 되어간다.

성녀와 마녀, 혹은 마리아와 이브

　성녀와 마녀, 혹은 천사와 악녀의 이분법적 시선은 그 역사가 오래되
었다. 고대 그리스 신화에도 한없이 희생하고 배려하는 어머니 데미테르
같은 여신이 있는가 하면, 여성적 매력을 한껏 과시하며 남신들과 자유
롭게 교류하는 아프로디테 같은 여신도 있다. 그러나 신화 속 여신은 그
저 다양한 여성의 원형 가운데 하나였을 뿐 어떤 억압기제를 의미한 것
으로 보기는 힘들다.

　이 시선이 여성을 억압하는 하나의 담론으로 자리 잡기 시작한 것은
중세 후반의 유럽에서부터라 할 수 있다. 이케가미 슌이치에 의하면 이
시기부터 극단적인 여성 숭배와 여성 혐오, 곧 성성聖性과 마성魔性의 대립

그림 5.5 중세에 재판에 의해 마녀로 판명된 여성은 화형에 처해졌다. 수십만 명의 여성이 마녀사냥으로 희생된 것으로 알려져 있다.

이 시작되었다. 당시에 가톨릭 성녀로 추앙받았던 여성은 세속을 떠나 신에게 일생을 바치는 여성, 기적을 일으키고 주변 사람들을 구원하는 여성, 청빈과 정결의 서약을 지키면서 '절대 권력을 가진 수도원장'에게 복종하는 존재였다. 그러나 이들은 실제 금욕생활을 하고 감금된 상태로 학대를 견디어냄으로써만 구원을 얻었다. 반면, 당시에 사회적으로 빈궁한 아웃사이더, 농촌의 하층민 여성, 여성의 출산을 돕는 여성, 혹은 비정상적이거나 통제하기 어려운 초월적 능력을 가진 여성은 '마녀'로 간주되었다. 사회는 이런 여성들이 악마로부터 받은 신비한 직관력을 받아 병을 치료하는 이단이라고 보고 위험시하였다.[23]

성녀의 원형은 마리아인데, 마리아는 처녀이자 어머니로서 성적 결합 없이 어머니가 된 완전무결한 존재이다. 성녀는 아름다움과 훌륭함 그 자체로서 아이를 사랑하고 겸양과 복종을 보여주는 존재이며, 성녀의 육체는 신비하고 이상적인 것으로 간주되었다. 이에 비해 마녀의 원형은 이브로서, 아담을 꾀어내어 신에게 반항하게 한 부정한 여인이다. 마녀의 육체는 혐오스럽고 불결하며 기만적이다. 마녀는 남성의 여성 기피, 여성에 대한 두려움이 만들어낸 결과라고 할 수 있다.[24] 잘 알려져 있다시피 이 두려움은 마녀에 대한 강력한 배제와 살해로 나타났는데, 14세

캐릭터, 이야기 속의 인간

기에서 18세기까지 지속된 마녀사냥이 그것이다. 수십만 명의 여성을 희생시킨 비이성적인 집단행동은 근대 이후 중단되었지만, 마녀 프레임으로 여성들의 어떤 측면을 비판하고 억압하려는 현상은 지금도 종종 나타나고 있다.

집안의 천사와 팜 파탈

중세의 여성에 대한 이중적인 시선은 이후에도 유사하게 이어졌다. 빅토리아 시대 대영제국은 여성을 억압하기 위한 담론적 장치로 '집안의 천사'라는 개념을 유포시켰다. '집안의 천사'는 '가정의 지배자이자 이상적인 어머니, 그리고 아내이자 딸'로서, '아늑하고 단란한 가정의 중심 역할을 하는 종교적, 도덕적 미덕의 원천'이 되었다.[25]

18세기 중반 이후 적극적이고 부르주아적인 남성성과 수동적이고 의존적인 여성성의 분리가 강화되었다. 또 19세기경 예술작품에서는 신화로부터 그 연원을 찾아 자연과 여성성을 동일시하고, 수동적이고 의존적인 여성성을 '영원한 여성성'으로 고정시켜 바라보기 시작했다.[26] 그러나 기존의 가치관이 붕괴되면서 이러한 시도가 여성 권리를 주장하는 활동가들의 공격으로 위협받자, 천사형 여성과 대조적인 팜 파탈 이미지를 만들어 여성을 공격하기 시작하였다. 순결한 이상을 가진 자연적인 여성형은 고정시켜둔 채 그 다른 극단에 정욕에 따라 본능적으로 행동하는 가해자 여성 유형을 만들어낸 것이다. 이 아름답고 사악한 팜 파탈의 이미지에는 남성을 파멸적인 상황으로 이끄는 매력적인 여성에 대한 혐오와 증오심, 공포와 욕망의 혼합. 사디즘과 마조히즘, 갈망과 거부, 쾌락과 죽음 등 모순된 남성의 심리가 반영되어 있다.[27] 중세의 '마녀'가 현대의 '악녀'로 새단생된 것이나.

〈백설공주〉의 재해석, 자기 속의 천사와 마녀

천사와 마녀의 이분법적 시선은 문학작품의 여성 캐릭터 이미지에도 그대로 나타났다. 길버트Sandra M. Gilbert와 구바Susan Gubar는 문학작품에 나오는 여성이 '천사' 또는 '마녀'라는 대립적 이미지로 그려진다고 보았다. 그 예로 그림형제의 〈백설공주〉를 들고 있다. 이 이야기의 백설공주와 계모는 '천사-여자'와 '괴물-여자' 간의 본질적이면서 모호한 관계를 극화하고 있다고 보았다.

백설공주는 유리관에, 계모는 마법의 거울 속에 갇혀 있다. 계모는 거울 속에 비친 자신의 이미지를 본질로 착각하고 거울의 목소리에 따라 움직인다. 이야기에서 '왕'은 나타나지도 않지만 왕비는 거울을 보고 내면화된 가부장적 가치관에 따라 판단하고, 남성의 눈에 아름다워 보이고자 백설공주를 질투하고 경쟁한다. 길버트와 구바는 계모 왕비를 자신의 이야기를 직접 짜려고 하는 주체적 여성으로 재해석한다. 계모가 백설공주를 살해하려는 것은 자신의 내부에 자리한 순응적이고 천사적인 요소를 추방하려는 것을 의미한다. 계모 왕비가 백설공주를 살해하려고 쓴 도구들은 모두 가부장제에 순응하는 이상적 여성상을 만들어내는 도구들이다. 즉 꽉 조이는 속옷, 독 묻은 머리빗, 독이 든 붉고 하얀 사과가 그것이다. 그러나 가부장들의 도움을 얻어 백설공주는 음모를

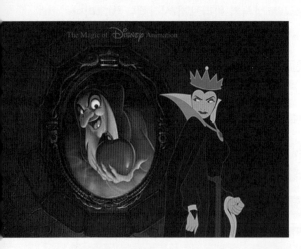

| 그림 5.6 디즈니 애니메이션으로 제작된 〈백설공주〉

캐릭터, 이야기 속의 인간

짜내는 왕비를 이긴다. 수동적이고 순응적인 공주는 왕자의 등장으로 구원을 받는다. 백설공주의 승리는 백설공주의 내부에 자리한 창조적이고 주체적인 기질을 반영하는 왕비를 살해한 것이다.[28] 이 분석은 아동들의 지속적인 독서물이 되어온 오래된 이야기들이 어떤 방식으로 성적 차별을 강화하고 여성을 온순하고 순응적인 여성으로 교육시켜왔는가를 보여준다. 이는 '다락방의 미친 여자'가 될 수밖에 없었던 〈제인 에어〉의 버사와 주인공 제인 에어에 대한 분석에서도 재확인할 수 있다.

열녀전列女傳, 동양 여성들의 다양한 유형

유향이 중국 고대 여성들의 행적을 정리한 《열녀전》은 동양의 다양한 여성의 활동을 확인해볼 수 있는 중요한 자료이다. 송명 이후 중국이나 조선에서 간행된 여성에 대한 서적은 남성 중심적 이데올로기에 의해 재단된 열녀만을 이야기하고 있다. 그러나 이 책은 역사상의 인물과 설화상의 인물을 기본 자료로 하여 당대 여성의 다양한 삶의 모습을 7개 유형으로 나누어 생동감 있게 제시하고 있다. 물론 가치를 서술하고 조합하는 방식에서는 한대 초기 사회가 추구한 유교적 여성상의 범주를 벗어나고 있지는 않지만 106명이나 되는 여성의 다양한 삶과 능력을 기록하여 서술했다는 점에서 동양 여성의 전통적 삶에 대해 참조할 가치가 있다.

모의전母儀傳은 어머니로서 모범이 된 여성들이 이야기이다. 현명전賢明傳은 아내로서 현명한 여성의 전기이다. 단순히 남편을 위해 희생하는 여성이 아니라 주체적인 삶을 추구한 여성들이 나온다. 남편이 아내의 충고에도 불구하고 자신의 재산 불리기에 급급하자 남편을 떠나는 부인도 등장한다. 인지전仁智傳은 지혜로운 여성들의 전기로서 주로 정치적 안목과 역사와 세계에 대한 뛰어난 통찰력을 지닌 여성이다. 예를 들어 아버지의 명성을 배경으로 하여 교만해진 아들이 장수로 임명 되자, 군주 앞에 나아가 인사의 잘못됨을 주장한 조괄의 어머니가 대표적이다. 정순전貞順傳은 예와 신의를 중시한 여성들로서 특히 부부간의 신의가 중심이다. 남편과의 관계에서 자유롭지는 않았지만 정절을 사회적인 관계에서 파악하고 있음은 눈여겨볼 필요가 있다. 절의전節義傳은 인간으로서 가쳐야 할 마땅한 도리를 실천한 사람들의

이야기인데, 주로 가족원에 대해 도덕적 의무를 실천한 사람으로 명분을 위해 자기희생을 감내하는 인물들이다. 변통전辯通傳은 고전에 관한 지식과 사리에 밝은 여성들의 이야기이다. 절대 권력에 맞서 은폐된 진리를 밝히고 잘 못된 관행을 고치는 계기를 마련한 여성들이 그들이다. 절대 권력의 횡포를 지적하여 아버지를 구해내고, 법에 어긋난 권력의 특혜에 냉정한 여인 군자의 모습이 그러하다. 얼폐전孽嬖傳은 나라 또는 가문을 망친 여인들의 전기이다. 하, 은, 주 고대 왕국을 멸망으로 이끌었던 말희, 달기, 포사의 전기가 실려 있다. 새로운 왕조가 들어설 때마다 왕이 여자에게 빠져서 정사를 돌보지 않았다는 '여자망국론'과 연결되는 내용으로 비판적 접근이 필요하다.

– 유향, 이숙인 옮김, 《열녀전: 비범한 여인들은 어떻게 살았을까》, 글항아리, 2013.

전후 한국소설의 두 여성형

6·25전쟁 직후, 한국에는 남성들의 사망과 실종으로 극심한 여초현상,

　　　　　　　　　　　　　캐릭터, 이야기 속의 인간

장기적인 인플레가 나타나고, 이로 인해 남성성이 매우 위축되었다. 전쟁의 공포와 죄의식을 극복하기도 전에 현대적 적응을 요구받아 남성의 거세불안은 더욱 극심해졌다.[29] 또 전후 미국문화의 급격한 유입으로 전통이 해체되고 개인적 욕망의 분출이 노골화되면서 새로운 여성 유형이 등장하였다. 이에 1950년대 남성 중심적 질서를 회복하기 위한 방안으로 현명한 어머니와 양순한 아내를 바람직한 여성상으로 키워내면서, 동시에 질서와 규범에서 벗어나 유혹의 눈길을 보내는 '위험한 여성'의 이미지를 생산해냈다. 위험한 여성에 대한 담론은 집밖으로 나온 여성들의 노동력과 가정 밖의 경험에 대한 남성의 두려움이 사회적으로 표출된 것이었다.[30]

박경리의 〈성녀와 마녀〉(1960)는 바로 그 점을 포착하여 보여주는 작품이다. 주인공 하란은 아름답고 부드럽고 조용하며 순종적이며 희생적이다. 대중소설에서 이상화되어 나타나는 여성 이미지 그대로이다. 반면 형숙은 소프라노 가수로서 독립적이고 당당하며 남성의 행복이나 가족을 배려하기보다는 자신의 행복과 향락을 우선시한다. 또한 결혼이라는 제도적 장치를 통해 정상적인 성적 관계를 추구하지 않는다. 곧, 하란과 형숙을 전형적인 성녀와 악녀로 형상화하고 있다. 문제는 형숙이 '악녀'로 여겨지는 이유가 남성의 권력과 위계질서에 도전하고 위협하는 데 있는 것이다. 자신의 아들을 망칠 여성이라는, 안박사의 저주 섞인 말 속에는 그런 두려움이 들어 있다. 따라서 성녀와 마녀의 대립과 마녀의 파멸이라는 표면적 서사는, 전후의 위축된 남성 이데올로기에 의해 주도된 성담론을 반영한다고 할 수 있다. 곧 '아프레 걸'의 팜 파탈적 이미지에 대한 경계를 담은 멜로드라마로 읽힌다.

그러나 박경리는 이 작품을 여기에서 마무리 짓지 않는다. 이 서사는 불안과 충동, 광기로 얼룩져 있으며, 인물은 지나칠 성노로 유형적이다.

심지어 사건이 진행되면서는 선악의 구분도 모호해지고 마지막에는 서사 전체를 전복시키는 열린 결말로 향한다. 이렇게 당대 가부장 담론을 내면화하고 전후파 여성에 대한 경계와 계몽을 강조하는 것으로 보였던 표면의 서사는 균열되고 수정되고 있다. 곧 작가는 성녀와 마녀의 대립이라는 뻔한 공식 속에 사회에서 수용되기 어려운 가부장제에 대한 비판을 모호하게 얼버무려

그림 5.7 1950년대 악녀형 여성인 '아프레 걸'의 대표적 사례인 이강천 감독의 〈아름다운 악녀〉(1958)

놓은 것이라고 해석할 수 있다.[31]

앞서 살핀 것처럼 여성에 대한 이중적 시선, 곧 천사형(성녀형)과 마녀형의 극단적 대립과 천사형 여성에 대한 남성의 지지는 가부장적 가치관을 내면화시키고 강화하는 역할을 해왔다. 그러나 이에 대한 지속적인 문제 제기와 여성 주체의 부상으로 점차 새로운 여성 캐릭터 유형이 나타나고 있다. 특히 젊은 세대를 중심으로 새로운 소비문화의 주체로 등장한 여성들은 그 어느 때보다도 강하게 남성들과 대립각을 세우고 있다고 해도 과언이 아니다. 학력이나 성취동기, 자기 확신, 비전, 리더십 등 모든 면에서 남성을 능가하는 '알파걸alpha girl'의 등장과 남성들의 여성 혐오적 시선, 급진적인 여성담론은 다양하고 새로운 캐릭터 모델을 양산하고 있다.

캐릭터, 이야기 속의 인간

2 | 남성 캐릭터 유형과 모델

남성성/들

중세 기사담의 전통을 이어 할리우드 블록버스터 영화까지 남성 영웅은 전지전능한 초현실적 존재이다. 그들은 외계의 침입으로부터 지구의 평화를 지키고, 상상을 초월하는 위험한 전투에서 살아남아 약자를 보호한다. 근대 이후 사실적인 서사에서는 어떤 위기에서도 가정을 지켜내고, 여성과 아이를 돌보는 신사, 부드럽고 강인하고 능력 있는 남성 캐릭터가 새로운 영웅으로 등장했다. 대개 멜로드라마나 계몽적 서사의 긍정적 주인공이 되는 남성 캐릭터들도 당대 사회가 요구하고 찬양하는 남성성을 갖추고 있다.[32]

그러나 모든 남성이 이런 특별한 남성성을 똑같이 가지고 있는 것도 아니고, 그래야 하는 것도 아니다. 코넬R. W. Connell은 남성성을 모든 남성의 본질이나 속성, 공통된 행동의 원천으로 보지 않는다. 남성성이 단수가 아니라 복수임을 강조하는 것이다. 남성성이 복수라면 남성 집단들 사이에도 지배와 종속의 관계가 성립한다. 즉 지배적인 남성성과 이에 종속되거나 혹은 이로부터 벗어나 주변화되는 남성성 등 다양한 남성성이 존재한다. 어느 시기에나 한 형태의 남성성이 다른 것들보다 문화적으로 칭송을 받는데, 이렇게 문화적 이상과 제도적 권력이 부합되어 사회적 삶에서 주도적인 위치를 점유하고 유지하는 남성 집단, 그 특성을 '헤게모니적 남성성'이라 부른다.[33] 그러나 헤게모니 패턴을 엄격히 실천하는 남성은 극히 소수일 뿐, 대다수는 그 주변에 다양한 형태로 자리한다. 사실상 현대의 문제적이고 주목할 만한 남성 캐릭터는 주도적인 위치에 있는 영웅이 아니라 그 주변의 다양한 캐릭터들이라 할 수 있다.

공모형 남성성, 마초 캐릭터

헤게모니적 남성성의 권력을 취할 수 없는 조건에 있지만, 그 욕망을 포기하지 않는 남성 집단이 있다. 이들은 계급적 취약성 등으로 인해 가부장제에서 얻는 이익을 오히려 여성보다도 쉽게 얻지 못하는 상황에 처해 있다. 이때 이들은 헤게모니적 남성성과 갈등하고 대립하기보다 남성성과의 공모를 통해 '가부장적 배당금'(일반적으로 가부장제 사회에서 남성이 여성에 대한 배제를 통해 얻을 수 있는 이득)을 챙기는 식으로 지배질서와 협상한다.[34] 이 과정에서 여성에 대해 적대감을 드러내는 한편 여성을 착취한다. 이 행동을 통해 헤게모니적 남성성을 가지지 못한 것에 대해 보상을 받고자 한다.

채만식 〈탁류〉의 장형보가 이런 예에 해당되는 캐릭터이다. 그는 남에게 혐오감을 주는 외모에 가진 것도 없다. 성공에 대한 야망은 커서 권력을 가진 고태수의 수족이 되어 재산을 차지할 간사한 술수를 쓴다. 그러나 고태수에 의해 욕망을 채울 수 없게 되자 그를 버리고 초봉을 겁탈하고 육체적·정신적으로 끊임없이 유린하여 광기의 상태로까지 몰고 간다. 박경리의 〈토지〉에서 몰락 양반 김평산은 재기를 꿈꾸는 과정에서 자신을 가장 존중하고 응원하는 아내 함안댁을 수시로 학대한다. 최참판가에서 내내 천덕꾸러기로 자란 하인 삼수는 조준구가 최참판가를 차지하자 그의 하수인이 되어 이른바 '가부장적 배당금'을 얻어내기 위해 애를 쓴다. 이 과정에서 자신의 남성성을 과시하고 조준구로부터 받는 모욕감을 벗어나기 위해 한때 조준구의 여자였던 삼월이를 구타하고 두리를 겁탈하고 막딸네와 불륜을 저지르는 등 악행을 일삼는다.

이처럼 남성성을 과도하게 의식하고 이를 이용하려는 남성을 보통 마초라고 한다. 마초^{macho}란 원래 지나친 남자다움, 때때로 용기 있음을 뜻하는 스페인어 'machismo'에서 온 명사이다.[35] 이후 신체적·성적·심리적·지적으로 남성은 우월하다고 여기며 행동하는 남성, 과도하게 남성성을 과시하려는 권위주의적 남성, 여성 차별주의자나 남존여비 신봉자를 지칭하는 단어로 굳어졌다. 'machismo 현상'이라고 하면, 자신을 잃고 불안해진 남성이 여성에게 성폭력을 일삼거나 구타하는 등 무모한 짓을 함으로써 남자임을 과시하는 행위를 말한다. 마초 이미지에 강하게 기대어 행동하는 것은 남성성에 의한 억압과 불안감이 그 원인이다.[36]

6·25전쟁 후 큰 인기를 끌었던 방송극 〈이 생명 다하도록〉(한운사, 1957)과 〈장마루촌의 이발사〉(박서림, 1958)에는 이런 캐릭터가 등장한다. 이 드라마는 성기능을 잃은 남성이 자격지심 때문에 여성을 학대하거나 멀리한다는 설정으로 남성성이 심하게 위축된 당대의 문제를 보여준다.[37] 최인호의 〈처세술개론〉(1971)은 소년성장소설로서 교양 있는 어머니에 의해 모범소년으로 자라난 주인공이 여성화의 위험으로부터 벗어나 가정에서 여성을 경멸하는 거친 사나이가 되어가는 과정을 그린다.[38] '계집애같이 예쁜 얼굴'의 소년이 막대한 재산을 가진 친척할머니의 상속자 경쟁을 벌이는 과정에서 교활한 친척소녀의 덫에 걸려들어 완전히 자격을 상실한다. 이후 그는 술주정뱅이이자 왕성한 정력을 가진 폭력적인 아버지를 모방하는 거친 남성으로 바뀐다. 권력을 얻지 못한 하위계급의 남자로서의 무력함을 초남성적인 면모의 과시로 채우려는 것이다.

지금도 대중 서사의 단골 이미지로 나오는 마초는 군사 독재 시절의 파시스트적인 기질, 보수적 남성들에게 지배적인 이미지로서 '힘이 센', '남자다운'의 뜻으로 사용된다. 최근에는 거칠고 투박하고 건장한 이미지만 남아, 인공적으로 잘 다듬어져 조각 같은 근육질의 아름다운 몸, 나아

가 남성의 신체성을 넘어 스타일을 통해 표현되며 상업성과 결속되어 나타나기도 한다.[39]

나쁜 남자 혹은 옴 파탈

남성적인 힘이나 사회적 경제적 권력을 이용하여 여성을 괴롭히고 불행에 빠뜨리는 나쁜 남자 캐릭터는 흔하게 발견된다. 에밀리 브론테의 〈폭풍의 언덕〉에서 히스클리프는 전형적인 나쁜 남자이다. 캐서린은 고아소년 히스클리프의 야생적 남성성에 매료되었지만, 부잣집 도련님인 에드가와 결혼한다. 분노와 복수심으로 워더링하이츠를 떠났던 히스클리프는 돈과 힘을 가지고 나타나, 에드가의 여동생을 유혹하여 결혼하고 캐서린이 불행하게 죽어가게 한다. 이 아름답고 위험한 사랑이야기는 치명적인 유혹과 복수를 해내는 나쁜 남자 히스클리프라는 캐릭터가 있어서 가능하였다. 박경리의 〈토지〉 1부에서 윤씨 부인을 겁탈하여 최참판가의 중심 갈등을 만든 장본인인 김개주도 나쁜 남자 캐릭터로 볼 수 있다. 그는 아들과 윤씨 부인에게는 특별한 애정을 가진 것으로 나오지만, '마치 수성獸性과 신성神性을 반반씩 지닌 것 같은 모습'의 동학장수로서 잔인하고 폭력적인 성향을 가진 인물로 그려진다.

후기산업사회 이후, 가부장적 권위주의가 줄어들고 인간의 내면적 자기애를 표출하기 시작하면서 외모를 지향하는 남성이 늘어났는데, 이런 남성을 '옴 파탈Homme fatale'이라 부른다. 옴 파탈은 팜 파탈과 마찬가지로 남성다움으로 여성을 유혹하여 나락으로 빠뜨리는 캐릭터이다. 이때 '남성다움'은 미적·성적 가치로서의 신체의 관능성·잔인성·폭력성에 사회적·경제적 부와 명성이라는 권력이 복합된 '나쁜 남자'의 이미지가 더해진 것으로, 여성에 대한 배려나 양보, 타협, 보호와 같은 친절한 이미지

캐릭터, 이야기 속의 인간

가 삭제된다.[40] TV드라마에 등장하는 옴 파탈형 캐릭터는 배우의 신체적 이미지에서 더 분명하게 나타난다. 야성적이고 관능적인 남성미와 잔인함 등 육체적으로 강한 인상을 주거나, 이지적이고 까칠한 인상의 우울한 모습, 독설적이고 교만하며 냉소적인 이미지 등으로 그려진다. TV드라마 〈나쁜 남자〉(2010)는 제목 그대로 치명적인 매력을 가진 남성이 여성들을 유혹하여 파멸에 이르게 만드는 옴 파탈의 이야기이다. 재벌가 홍씨 일가에 입양되었다가 파양된 '심건욱'은 복수와 야망을 위해 정체를 숨기고 홍씨 일가의 여성들에게 접근한다. 건욱은 뇌쇄적 매력으로 계산된 사랑을 하여 여성들을 불행에 빠뜨리지만 결국 복잡한 가정사와 자신의 정체를 알고 죽는다. 자신을 희생하는 가족주의적 결말, 사랑에 대한 순수한 열정 등이 캐릭터의 성격을 바꾸었지만, 옴 파탈의 매력이 이야기를 이끈 동인이 되었다고 할 수 있다.

무력한 남성 주체. 루저형 캐릭터[41]의 계보

당대의 헤게모니적 남성성을 가진 남성보다는 주변적 존재, 결핍되고 상처받은 남성 캐릭터가 주인공인 작품이 많다. 사회의 갈등과 문제를 드러내기 위해서는 권력의 중심에 선 인간보다는 주변적인 인간, 문제적 캐릭터를 내세우는 것이 훨씬 효과적이기 때문이다. 그중 하나가 무력한 남성, 바보형 인물이다.

우리 옛이야기 가운데에는 제 역할을 하지 못하는 '바보' 캐릭터가 많다. 예를 들어 〈바보 사위담〉은 대체로 남편 될 사람이 가족관계, 세상살이에 서툴러서 바보짓을 하고 이를 숨기려고 누군가의 지시대로 하다가 더 바보짓을 하게 되는 이야기들이다. 혼례식, 신방, 처가나 사돈에게 인사 간 자리 등 예를 차려야 하는 상황에서 벌어지는 일이 사건의 중심이다.[42] 바보 사위는 김유정의 〈봄봄〉에도 변형되어 나타난다. 세상일에 어둡고 어리숙하여 데릴사위가 되어 그저 노동력을 착취당하거나 하는 주인공 '나'는 1930년대 농촌에서 있었을 법한 바보 캐릭터이다.

남성을 무력하게 만드는 사회적 요인은 다양하며, 개인에 따라서 그 원인도 다르다. 그러나 식민화라든가 전쟁, 경제적 궁핍, 실업 등 다수에게 피할 수 없는 공통적인 사회현상이 있다.

제목부터 어리석음(痴)을 내세운 채만식의 〈치숙〉은 식민치하에서 지식인 남성이 또 다른 맥락에서 '바보'가 되고 있음을 보여준다. 신학문을 열심히 배웠다고는 하나 식민치하에서 써먹을 데가 없어서 아내의 삯바느질에 의지하고 신여성과 살림까지 차리는 아저씨는, 현실주의자인 서술자의 눈에 실패한 인생, 루저loser이다. 내객을 받아서 생활하는 아내에게 빌붙어 생활하면서도 그 상황을 제대로 파악하지 않는 〈날개〉의 주인공도 '박제가 된 천재', 역시 현실 적응에 실패한 루저이다. 개화 초기에 일본유학파로서 조국의 독립을 위해 나섰던 많은 지식인은 헤게모니적 남성성을 지닌 존재였지만, 식민화가 진행되면서 주변부로 밀려났다. 이른바 '룸펜 인텔리' 계열의 소설들에서 이러한 남성의 초상을 쉽게 찾아볼 수 있다.

전후에 남성성이 위축된 상황에서 다시 무력한 남성 캐릭터들이 등장하였다. 남정현의 〈너는 뭐냐〉(1961)는 무력한 남성 주체의 모습을 풍자적으로 그리고 있다. 이 작품의 주인공 관수는 소설 번역가로서 2~3년이 지나도록 제가 먹는 쌀값 한 번 제때에 낸 적이 없는 무능력한 남편이며 아내가 무슨 일을 하는지도 모르는 비사회적 인간, '온달형 바보'[43]이다. 한편 관수의 아내 신옥은 현대성에 맹목적인 열정을 바치는 허영심 가득한 인물로서 남편과의 관계를 물질적 주종관계 내지 계약관계로 보고 있

캐릭터, 이야기 속의 인간

그림 5.8 김수정의 만화 〈날자! 고도리〉

다. 이 작품은 이 같은 무력한 주체가 된 남성 지식인을 현실적이고 물질적 욕망에 가득 찬 아내와 대비시켜 심각한 정치풍자를 보여주고 있다.⁴⁴

무력한 남성 주체의 이야기는 산업화 시대를 거쳐 과도한 경쟁에 내몰린 남성들을 위로하는 만화로도 나타났다. 1980년대에 '고도리 신드롬'을 일으킬 정도로 직장인들 사이에 크게 인기를 끌었던 김수정의 〈날자! 고도리〉(《여원》, 1982~《직장인》, 1991)를 보자. 주인공 '고도리'는 입사 10년이 지나도 말단 직원에 머물러 있다. 걸핏하면 상사와 다투고, 주제넘은 행동을 하며, 사내 정보에 어두워서 골탕을 먹는다. 또 집에서는 아내를 타박하고 성적 능력도 부진한 못난 남편으로 종종 가장의 권위를 실추시킨다. 상식적이지 못한 그의 처신과 행동은 나수재라는 캐릭터와 대조적으로 그려져 그의 무능력함과 서글픈 신세가 더 부각된다. 그런데 고도리는 좌절하거나 기죽지 않고, 또 찌질하게 복수하려 하거나 배신하지 않고 당당하고 소신 있게 행동한다. 바로 이러한 인간적인 매력이 '고도리 신드롬'을 만드는 요체라고 할 것이다. 이 만화는 소모품적 존재로 전락한 직장인, 개인의 가치보다는 직장 내의 기능으로 더 존재 의미가 있는 샐러리맨의 이야기로서, 조직사회에서 무력한 개인이 가지는 의미, 조직에 순응해서 살아갈 수밖에 없는 이야기를 페이소스를 담아 전달하고 있다.[45]

1997년 이후 생계부양자로서 전망이 불투명해진 상태에서 페미니즘과 여성 주체의 부상으로 더욱 촉발된 '남성성의 위기'는 새로운 세기에 들어서면서 '신남성' 담론으로 모아졌다. 2000년대 이후엔 메트로섹슈얼에서 '초식남'[46]까지 새로운 남성형이 꾸준히 등장하고 있다. 그중 하나가 패배주의와 웃음이 결합된 독특한 정서를 담은 문화현상, 곧 루저 문화와 그 중심에 선 루저 캐릭터이다. 다양한 영역에서 조금씩 주목받고 있는 너드nerd(공부밖에 몰라서 사회성이 떨어지는 찌질하고 한심한 남성), 오타쿠, 히키코모리 등과 함께 루저는 헤게모니적 남성의 불안정화라는 전 지구적 흐름을 공유하고 있다.[47] 그 어느 때보다도 다양하고 또 매우 다른 남성 캐릭터 모델이 등장하고 있는 것이다.

후기산업사회의 이상적 남성형, 만능인 캐릭터

어떤 상황에 처하든 주어진 일을 잘 해낼 수 있는 전천후 인간, 직장이든 가정이든 취미활동이든 어느 분야에서이든 최고의 능력을 발휘함으로써 자신의 정체성을 확인하고자 하는 남성, 곧 '만능인 콤플렉스'를 가진 남성도 많다.[48] 대단한 임무를 수행해내는 영웅이 아니라, 그저 일상생활에서 자신의 직무뿐 아니라 나머지 일도 잘 해결해내는 매력적인 남성 캐릭터이다.

〈맥가이버MacGyver〉는 비밀임무를 수행하는 피닉스 재단 소속 첩보원의 활약상을 그린 TV시리즈물(1985~1992)이다. 기존 스파이와는 달리

주인공은 총을 두려워하며, 화학이나 물리학의 기본지식을 이용한 기발한 방식으로 위기를 극복한다. 문제를 해결하되, 폭력적이고 남성적인 방식이 아닌 평화적인 해결을 보여준 맥가이버는 가히 새로운 남성형이라 할 수 있다. 드라마의 폭발적인 인기에 힘입어 고유명사 '맥가이버'는 '어디서든 무엇이든 척척 해냄' 혹은 비폭력주의라는 뜻으로 일반명사화되었다. 또 총이나 흉기를 사용하지 않는 평화주의를 맥가이버주의라고 부르기도 한다.

21세기 들어 나타난 한국형 맥가이버 유형은 홍반장이다. 영화 〈홍반장〉(2003)은 '어디선가 누군가에 무슨 일이 생기면 틀림없이 나타난다'는 부제부터 영문 제목 'Mr. Handy'까지 모두 홍반장이라는 캐릭터의 정체성을 드러내고 있다. 그는 겉보기에 내세울 것 없어 보이는 평범한 이웃 남자이지만 사건만 터지면 곧바로 해결사로 등장하는 새로운 히어로이다. 영화가 나온 이후 맥가이버처럼 홍반장 역시 이웃에 사는 만능해결사를 뜻하는 일반명사로 등극했다. 홍반장이나 맥가이버는 만능 히어로로 하나의 유형을 이룬 성공적인 캐릭터라 할 수 있다.

그림 5.9 영화 〈홍반장〉(2003). 온갖 공구工具를 갖춘 모습의 홍반장과, '이 남자 공구(?) 하실래요?'라는 문구의 언어유희가 홍반장의 특별한 캐릭터를 짐작하게 한다.

1   Marion Gymnich, "The Gender(ing) of Fictional Characters", Jen Eder, Fotis Jannidis, Ralf Schneider Eds., 앞의 책, pp. 511~512.

2   서양에서 'man'이라는 단어는 남성을 뜻하면서 동시에 인간 일반을 뜻하는 추상적인 개념으로 쓰여왔다. 게르만어에 기원을 둔 'man'은 여러 가지 의미가 있는데, 소년이 아닌 어른, 여자가 아닌 남자, 짐승이 아닌 사람, 악마나 신이 아닌 인간이라는 뜻일 수 있다. 또 라틴어 'manus'는 보통 '손'이라는 뜻으로 남편이 아내에 대해 지니는 권위를 나타내는 법적 용어(로마법)이다. 고대 영어에서 'man'은 부하나 신하, 하인의 뜻으로 자유인이 아닌 자였고, 긍정적인 뉘앙스를 띨 때는 '지위가 높은 남자나 귀족의 행동'을 가리킬 때 한하여 사용되었다. 'man'은 18세기 이후에 인간 본성 일반을 뜻하는 추상적인 개념으로 쓰이게 되었다. 리오 브로디, 김지선 옮김, 《기사도에서 테러리즘까지: 전쟁과 남성성의 변화》, 삼인, 2010, pp. 33~34.

3   이옥·양옥승, 〈남성과 여성: 성역할의 사회화〉, 《여성학강의》, 동녘, 1994, p. 65.

4   세포생태학적으로 남녀의 생물학적 차이는 성염색체 Y의 유무로 결정된다. 남성은 테스토스테론이라는 남성호르몬에 의해 여성보다는 상대적으로 강한 육체, 진취적인 성향을 가지게 된다고 알려져 있다. 이 육체적인 특성은 남녀의 사회적 문화적 차이, 곧 성gender 정체감과 성역할, 삶의 조건으로 자연스레 이어진다. 한편 남성은 생물학적 성충동을 조절하고 극복하여 호모사피엔스 차원으로 끌어올렸으나, 여성의 경우에는 생리, 임신, 분만 등의 생리적 문제가 성에 의해 지배되기 쉽다는 시각이 남아 있는데, 이 점은 여성을 열등한 존재, 불완전한 인간으로 보는 근거가 되어왔다.

5   서강여성문학연구회 편, 《한국문학과 모성성》, 태학사, 1998, p.9. 이 문제에 대해서는 가족원으로서 어머니 캐릭터의 문제에서 더 상세히 다루도록 하겠다.

6   '여성을 위한 모임'은 1993년 5~6월 사이, 대한민국의 19세 이상 남성 751명을 대상으로 남성의 성역할에 대해 설문조사한 결과를 7가지 콤플렉스로 정리하여 제시한 바 있다. 여성을 위한 모임, 《일곱 가지 남성 콤플렉스》, 현암사, 1994.

7   '여성을 위한 모임'에서 한국여성에 대한 설문조사를 바탕으로 분석한 것이다.

착한 여자라는 소리를 듣기 위해 내면의 욕구나 소망을 억압하는 말과 행동을 반복하는 착한여자 콤플렉스, 자신의 배경과 능력으로 높은 위치에 오를 수 없다고 판단될 때 자신의 인생을 바꿔줄 남성에게 보호받고 의존하려 하는 신데렐라 콤플렉스, 성적 욕망과 흥미를 억제하고 성적 표현을 부끄러워하며 성에 대해 소극적이고 수동적으로 행동하려 하는 성 콤플렉스, 외모가 인생에 중대한 영향을 미친다는 생각에서 외모치장에 신경을 쓰는 외모 콤플렉스, 여성은 남성에 비해 지적 능력에서 열등하다고 여기고 행동하는 지적 콤플렉스, 자신의 능력과 관계없이 직장인, 주부, 어머니, 아내 등 상충되는 역할을 완벽하게 해내려고 하는 슈퍼우먼 콤플렉스, 맏딸로서 가부장적 가족제도의 유지를 위해 가족을 돌보고 희생해야 한다는 의무감에서 생기는 심리적 갈등인 맏딸 콤플렉스가 그것이다. 여성을 위한 모임, 《일곱 가지 여성 콤플렉스》, 현암사, 1993.

8 여성의 위한 모임, 《내 안의 여성 콤플렉스 7》, 창작과비평사, 2014.

9 드라마 〈백설공주〉(2004), 〈두근두근 체인지〉(2004), 〈미녀의 탄생〉(2014), 〈내 ID는 강남미인〉(2018) 등은 한국 사회의 외모지상주의 문제를 정면으로 지적하고 있다.

10 이 영화의 개봉 이후, 미용을 위한 성형에 대한 관심을 묻는 다양한 조사와 연구가 이루어졌는데, 2006년의 한 조사에서는 응답자의 70%가 성형은 바람직하고, 10%는 한 곳 이상 수술을 했다고 털어놓았다. 2007년의 조사에서는 응답자의 70%가 무료수술의 기회가 주어지면 성형수술을 받겠다고 대답해서 충격을 주었다. 2009년의 조사에서는 성형한 사람의 75.9%가 성형이 취업준비에 도움이 되었다고 답했다. 김선엽, 〈본질 강화로 귀결되는 성형수술의 역설〉, 《영화연구》 44, 2010.

11 Marion Gymnich, 앞의 글, pp. 507~508.

12 조수선, 〈국내 뮤직비디오에 나타난 성역할 고정관념〉, 《한국콘텐츠학회논문지》 14-7, 2014.

13 한혜원, 《엘리스 리턴즈》, 이화여자대학교출판문화원, 2016, pp. 97~101. 물론 여기에서 문제 삼은 게임 장르는 애초부터 성적 대상화와 자극을 목적으로 하는 분야이므로 게임 일반의 성적 대상화 문제와는 다소간 거리가 있을 수 있다. 그럼에도 불구하고 이러한 목적의 게임이 지속적으로 생산되는 것을 문제시할 필요가 있다. 최근의 한 연구에 따르면 '플레이 가능한 주요 여성 캐릭터'의 성적 이미지가 약화되고 있기는 하나, 여전히 여성은 '부차적 캐릭터'로서 대상화되어 그려지고 성적 이미지가 강조되고 있다. 이는 여성 캐릭터 창조에

이중화된 고정관념(인격화되고 동일시 가능한 일종의 명예남성honorary male 캐릭터와 성적 육체성으로만 존재하는 주변 캐릭터라는 구분)이 여전히 작용하고 있음을 보여주는 것이다.

14 여성을 위한 모임, 《일곱 가지 남성 콤플렉스》, 앞의 책, p. 165.

15 목온균, 《아빠는 요리사 엄마는 카레이서》, 국민서관, 2001, p. 10.

16 한혜원, 앞의 책, p. 74.

17 Naomi Mcdougall Jones, "What it's like to be a woman in Hollywood", TED 강연, 2017.11.14.

18 이승희, 〈한국 고전 여성인물전 연구〉, 인하대학교 박사학위 논문, 2018.

19 이정옥, 〈페미니즘과 모성: 거부와 찬양의 변증법〉, 심영희·정진성·윤정로 편, 《모성의 담론과 현실》, 나남, 1999, pp. 58~59.

20 Clyde W.Franklin II, 정채기 옮김, 《남성학이란 무엇인가Man and Society》, 삼선, 1996.

21 존 베이넌, 임인숙·김미영 옮김, 《남성성과 문화》, 고려대학교출판부, 2011, pp. 168~206.

22 김승희, 《흰 나무 아래의 즉흥》, 나남, 2014.

23 이케가미 슌이치, 김성기 옮김, 《마녀와 성녀》, 창해, 1992, pp. 65~67.

24 위의 책, pp. 125~130.

25 이 개념은 여성들을 속박시켜 온 기만적인 전략으로 비판받았으며, 동시에 영국에서 '근대화된 삶이 가져다준 불안감에서 도피할 수 있고, 종교적인 신앙심이나 근대적인 상업논리로는 더 이상 확인받을 수 없는 가치들'을 여성에게서 발견하려는 남성작가의 양가성을 드러낸다는 평가도 있었다. 박형지·설혜심, 《제국주의와 남성성: 19세기 영국의 젠더 형성》, 아카넷, 2004, pp. 118~130.

26 Melanie Ulz, "Deadly Seduction: The Image of the femme fatale around 1900", Städel Museum, *Battle of the Sexes*, Munich: Prestel, 2016, p.98.

27 이명옥, 《팜므 파탈: 치명적 유혹, 매혹당한 영혼들》, 다빈치, 2003, pp. 182~184.

28 샌드라 길버트·수잔 구바, 박오복 옮김, 《19세기 여성작가의 문학적 상상력: 다락방의 미친 여자》, 이후, 2009, pp. 112~119.

29 김은하, 〈전후 국가 근대화와 '아프레 걸(전후여성)' 표상의 의미〉, 《여성문학연구》 16, 2006.12. p. 180.

30 이임하, 《한국전쟁과 젠더: 여성, 전쟁을 넘어 일어서다》, 서해문집, 2004, pp. 62~94.

캐릭터, 이야기 속의 인간

31 이상진, 〈탕녀의 운명과 저항: 박경리의 《성녀와 마녀》에 나타난 성 담론 수정 양상 읽기〉, 《여성문학연구》 17, 2008.

32 고대 그리스에서는 전사이자 탁월한 지도자, 곧 영웅적인 남성이 우월한 남성이었다면, 유럽 봉건제에서는 숙녀에게 헌신하고 모험을 두려워하지 않는 기사도의 남성이 찬양되었다. 르네상스 시기에는 자유사상가, 과학적 탐구의 가치를 강조하고 지식을 추구하는 남성이, 북미의 서부개척 시기에는 건장하면서도 가정화된 부드러운 남성이 가장 훌륭한 남성으로 여겨졌다. 존 베이넌, 앞의 책, pp. 105~107.

33 R. W. 코넬, 현민·안상욱 옮김, 《남성성/들》, 이매진, 2013, pp. 124~125.

34 위의 책, p. 127.

35 위키백과(검색어: 마초), 자료검색일 2013. 2. 14. http://ko.wikipedia.org

36 여성을 위한 모임, 《일곱 가지 남성 콤플렉스》, 앞의 책, pp. 17~18.

37 권보드래·천정환, 《1960년을 묻다》, 천년의상상, 2012, p. 466.

38 김은하, 《개발의 문화사와 남성주체의 행로》, 국학자료원, 2017, pp. 60~61.

39 변지현·고현진, 〈국내 남자 아이돌그룹에 나타난 마초이즘〉, 《한국패션디자인학회지》 13권 2호, 2013.

40 한금주·이혜주, 〈옴므파탈 트렌드의 개념적 접근〉, 《생활과학논집》, 2006.

41 '변변치 않은 인물'로 대변되는 등장인물을 규정한다면 '루저loser' 내지 '사회적 약자underdog'라고 이름 붙일 수 있다. 루저는 사전적 의미로 (1)어떤 사건으로 인하여 이전보다 악화된 상황에 처하게 된 인물, (2)사람과의 관계에서도 일과 관련해서도 삶에서도 한 번도 성공적이었던 적이 없는 인물, (3)경기나 선거 등의 경쟁에서 패배한 사람을 말하며, 사회적 약자는 상대보다 열등해서 성공할 것이라 기대되지 않는 게 당연하고 종종 형편없는 대우를 받는 사람이나 단체 등을 가리킨다. 함춘성, 〈한국영화의 '루저' 캐릭터와 원형 이미지: 〈왕의 남자〉〉, 《영화》 4권 2호, 2012.
　　루저의 상징적인 성별은 남성으로 남성성의 헤게모니를 위태롭게 하는 경제위기와 페미니즘 운동의 성장과 더불어 출현한 하나의 문화현상으로 바라보기도 한다. 안상욱, 〈한국사회에서 '루저문화'의 등장과 남성성의 재구성〉, 서울대학교 석사학위 논문, 2011. p. 37.

42 이강엽, 《바보설화의 웃음과 의미 탐색》, 박이정, 2012, pp. 154~174.

43 장영우, 〈통곡의 현실, 고소의 미학: 남정현론〉, 《작가연구》 2, 1996, p. 386.

44 이상진, 〈한국현대소설의 희극성 연구 시론〉, 《우리문학연구》 32, 2011.

45 황민호, 《내 인생의 만화책》, 가람기획, 2009. pp. 221~222.

46 2006년 일본에서 처음 만들어진 말로, 연애와 결혼에 관심 없이 자기 혼자 사
    는 것을 즐기는 초식동물처럼 온순한 남성을 가리킨다.
47 안상욱, 앞의 글, pp. 34~39.
48 여성을 위한 모임, 《일곱 가지 남성 콤플렉스》, 앞의 책, p.219.

제 장

가족 구성원 캐릭터

세계 문학작품의 가장 보편적이고 핵심적인 갈등은 가족관계에서 시작된다고 봐도 과언이 아니다. 부모-자식 관계, 형제자매 관계, 가족이 공유하는 재산 문제와 애증이 엇갈리는 가족사는 물론이고, 가족과 가족 간의 갈등과 이로 인한 혼사 장애, 출생의 비밀까지, 가족을 둘러싸고 벌어지는 이야기 모티프는 무궁무진하다.

가족은 보통 결혼, 혈연 혹은 입양에 의해 형성되는 사회적 관계를 말한다. 가족 구성원 간의 정서적인 애착과 권리, 의무의 결과로 인간관계의 지속성을 제공하는 관계이기도 하다.[1] 사회에서 개인의 위치나 정체성 찾기가 종종 부모 혹은 가족의 영향과 투쟁으로 간주되기도 한다. 이처럼 가족 구성원으로서 가족 내 역할은 다른 사람과의 관계에서 자신을 어떤 존재로 인지하는가를 결정하는 중요한 요소가 된다. 가족은 인간 심리의 많은 것들이 구축되어 있는 도가니이다. 가족생활 에피소드는 한 인간을 고무시키고 부끄럽게도 하고 당황하게 하고, 무모하게 만들기도 한다. 따라서 이야기의 핵심 갈등에서 가족 배경이 자연스럽게 드러나지

캐릭터, 이야기 속의 인간

않는다면 캐릭터의 행동을 이끌어가는 것이 생각보다 어려워질 수 있다.[2] 특히 가족을 중심으로 한 서사라면 가족 내 관계와 역할, 가족의 관습, 역사, 욕망, 환경 등이 캐릭터와 자연스럽게 연결되어야 할 것이다. 종적이고 횡적인 관계의 확대와 생활 주기, 사회문화적 변화, 가치의 변화 등에 따라서도 구성원의 역할과 의미, 관계, 갈등양상이 달라지기 때문이다.

1. 부모 캐릭터의 구성과 유형

아버지와 어머니는 자식과의 관계 속에서 정체성을 획득하고 역할을 배운다. 부모는 자녀의 양육자이자 가치 전달자이며 자식들을 건강하게 사회화시키는 성장 모델이 되기 때문이다. 부모는 사회적 관습과 가족관 등에 의해 형성된 '아버지다움'과 '어머니다움'에 대한 요구로부터 자유롭지 않다. 한편 부모의 기질과 개성, 가정환경, 양육태도[3] 때문에 자식과 끝없는 갈등을 빚기도 한다. 부모의 정체성과 부모-자식 관계에서 오는 갈등은 수많은 서사물에서 다루어온 중심 모티프이자 여전히 가장 강력한 담론 중 하나이다.

1 │ 아버지 캐릭터의 구성과 유형

젠더가 사회적·문화적 구성물인 것과 마찬가지로 아버지다움 역시 사회적·문화적으로 만들어진 개념이다. 아버지의 역할과 특성을 지칭하는 아버지다움은 모든 생물학적 아버지가 본능적으로 자연스럽게 획득하는 불변의 것은 아니다. 시대의 변화에 따라 아버지의 역할과 지위가 변화해왔고, 이에 따라 아버지됨에 대한 인식도 변했다.

권력의 상징으로서의 아버지

유교사회에서 가족의 형성과 존속은 남성의 권리이며 의무였고 따라서 가부장은 가족이라는 왕국의 군주와 같았다. 가부장권은 절대적인 권력이었고[4] 이 때문에 장자 혹은 적자와의 관계는 단순히 아버지와 아들의 관계가 아니라 권력의 이동으로 이해되었다. 아버지에 대한 절대 복종, 효 이데올로기, 적자의 자격, 사생아와 적자의 문제를 포함하여 가부장권 때문에 벌어지는 형제간의 다툼은 이야기의 주요 소재가 되어왔다.

적자의 자격을 문제 삼아 아들을 박대하는 아버지의 이야기도 반복적으로 재생되는데, 대표적으로 사도세자와 영조의 이야기를 들 수 있다. 사도세자는 영조의 아들로 효성이 지극하고 총명했다고 알려져 있다. 그러나 천한 어머니에게 태어난 까닭에 성장과정에서 욕망을 표현하지 못하고 의심이 많았으며 공격적 충동을 억압해야 했다. 사도세자는 폭군적인 아버지 영조의 변덕스러운 지배욕 때문에 피해의식과 살해공포에 시달렸다. 아버지 영조는 권력상실에 대한 불안 때문에 아들을 냉정하게 대하고 거부하는 태도를 보였다. 영조는 아들을 '내부의 증오와 적의를 투사하는 대상'으로 삼고 결국 뒤주에 가두어 죽게 하였다.[5]

왕좌 다툼으로 흔히 재현되는 이 전쟁은 아버지의 권위를 물려받고자 인정받으려는 아들의 욕망과 갈등을 반영한다. 김유정의 〈형〉은 가계 계승자로서의 자질을 의심받고 학대받은 아들이 죽음을 앞둔 아버지를 거꾸로 학대하는 내용을 담고 있다. 이 소설에서의 장남인 형은 아버지로부터 내쳐져 난봉꾼이 되고, 가족과 동생들에게는 폭군으로 군림한다.

캐릭터, 이야기 속의 인간

버림받은 아들에게서 가장 강하게 나타나는 정서적 문제인 분노가 '형'의 캐릭터를 지배하는 것이다.

그는 원래 불량한 성질이 있었다. 자기만 얼려달라고 날뛰는 사품에 우리들은 그 주먹에 여러 번 혹을 달았다. 양자로 하여 자기에게 마땅히 대물려야 할 그 재산이 귀떨어질까 어른을 미워하든 중 하물며 시량까지 푼푼치 못하매 그는 독이 바짝 올랐다. 뜨거운 여름날이나 해 질 임시하여 식식 땀을 흘리며 달려들었다. (…) 형님은 기가 나서, 뒤꼍으로 달아나는 셋째 누이를 때려보고자 쫓아갔다. 어른에게 대한 모함, 혹은 어른을 속여셔라도 넌즛넌즛이 자기에게 양식을 안 댔다는 죄목이었다.
누이는 뒤란을 한 바퀴 돌드니 하릴없이 마루위로 한숨에 뛰어올랐다. 방의 문을 열고 어른이 드러누웠으매 제가 설마 여기야, 하는 맥이나 형님은 거침없이 신발로 뛰어올라 그 허구리를 너댓 번 차더니 꼬까라트렸다. 그리고는 이년들 혼자 먹어, 이렇게 얼르자 그 담 누님을 머리채를 잡고 마루 끝으로 자르르 끌고 와서 댓돌 알로 굴려버리니 자지러지는 울음소리에 귀가 놀랬다.[6]

가부장권 수호를 위한 여성가족원의 희생도 당연하게 그려졌다. 아무리 장애를 가졌다고는 하나 딸에게 의지해 살다가 눈을 뜨기 위해 딸 심청을 희생시키는 심학규는 무책임하고 이기적이며 의존적인 아버지이다.[7] 아버지를 봉양해야 했으나 딸이기 때문에 대를 이을 수 없는 심청은 아버지가 눈을 뜨고 새로 결혼하여 아들을 낳아 잘살기를 염원하며 자신을 희생한다. 바리데기는 딸이라는 이유로 태어나자마자 버려졌지만 훗날 온갖 고난을 이겨내고 저승에 가서 약을 구해와 아버지를 살리는 효녀이다. 심청이나 바리데기는 아버지를 살리기 위해 자신을 희생하는 딸로서 하늘의 감동을 이끌어내 황후가 되고 저승신이 된다. 기저에는 딸의 희생을 강요하고 장려하는 가부장제적 가치관이 깔려 있다고 할 수 있다.

가계부양자 아버지

현대의 아버지는 더 이상 그런 중심에 있는 존재나 힘의 표상으로 해석되지 않는다. 아버지는 가족을 지키고 부양하는 존재로서 집밖의 영역에 속하는 사람이다. 따라서 가계부양을 제대로 못하거나 직업적인 성취를 못 이루어내면 부권을 유지하기 어려워지고 가족과 갈등도 심해진다. 여기에 일과 가정의 분리로 가족 구성원과의 정서적인 교감도 어려워져 고립되는 일도 많아졌다.

이근삼의 희곡 〈원고지〉(1960)에는 원고지가 그려진 옷을 입고 쇠사슬에 묶인 채 착취당하는 아버지가 등장한다. 자식들은 화려한 의상과 취미를 자랑하지만 아버지는 자신의 꿈도 잃은 채 번역이라는 똑같은 일을 반복하는 지식노동자이다. 산업화시대에 경제력을 가지지 못한 남성은 아버지로서도 일그러진 모습을 보인다. 가정 밖의 경쟁에서 내쳐진 실패자는 가정 내에서 자녀의 온전한 모델이 되기 어려웠다. 아서 밀러의 비극 〈세일즈맨의 죽음〉의 아버지도 그렇다. 윌리 로만이 가족에게 보험금을 남기고 자살을 선택한 이유는 자신이 시대의 패배자라는 것을 깨달은 데 있었다. 성실한 세일즈맨으로서 자신이 믿어왔던 가치가 자식들에게는 구시대적인 것에 불과하다는 것, 그리고 남은 것이라고는 대출을 낀 집 한 채밖에 없다는 자각에서 오는 철저한 고립감은 그를 죽음으로 몰고간다. 이 사회비극은 미국 대공황 시대를 배경으로 아버지됨의 책무가 얼마나 무거운지를 보여준다.

캐릭터, 이야기 속의 인간

1996년에 발표된 김정현의 〈아버지〉는 당시 많은 대중에게 공감을 얻어내었고 그 영향으로 '고개 숙인 아버지'의 담론이 대두되었다. 이는 산업화 시대를 통과한 가장들의 피로와 자기 상실을 되돌아본 것이라 할 수 있다. 이후, 실패자 아버지, 경제적 무능력으로 인한 부권 상실을 조명하는 작품이 다수 창작되었다. 김숨의 〈럭키 슈퍼〉(2011)는 아버지 대신 어머니가 작은 구멍가게를 차

그림 6.1 1990년대에 큰 반향을 불러일으켰던 김정현의 〈아버지〉

려서 힘들게 사는 가족이야기이다. 무능력한 아버지, 더 이상 가장으로서 가족의 생계를 책임질 수 없는 아버지를 이 작품에서는 "팔리지 않은 채 유통기한이 한참 지나버린 간장"으로 비유한다. 직장을 그만둔 후부터 '아빠'의 이마에는 유통기한이 선명하게 찍혀 있다. 주인공의 눈에 아버지는 유통기한이 찍혀 있는 상품들이나 마찬가지이다. 이렇게 아버지의 전락과 무력함을 물질화하여 그리고 있다. 아버지의 실직으로 졸지에 생계를 책임지게 된 엄마는 점차 각박해지고 짜증이 늘어나며 몰염치해진다. 고3 아들의 뒷바라지에 불안해하면서도 더 이상 경쟁력이 없는 슈퍼를 고집스럽게 운영하는 현실 때문이다. 결국, 아버지의 이마에 새겨진 유통기한을 지우고 다시 써서 팔아먹겠다는 가족의 음모, 아버지의

구직에 대한 서글픈 기대에서 작품은 끝난다. 아버지의 존재의미는 오로지 가족의 생계를 위한 돈벌이에 있었고, 그 역할을 하지 못하자 유통기한이 지난 물건 취급을 받을 수밖에 없는 현실을 냉정하게 그리고 있다.

안정효의 〈악부전惡父傳〉(1992)은 위의 작품과 정반대로 가장의 책무로 인한 피로감을 폭력적 행동으로 드러내는 아버지를 그린다. 이 소설의 아버지는 끝없는 노동에 지쳐 가족을 구타한다. 그는 자식을 돌보기 위해 희생하고 인내하는 아버지가 아니다. 노동의 결과로부터 소외되고 착취당하여 지치자 폭력을 휘두르는 나쁜 아버지이다.

> 한 달 피땀 흘려 돈을 받아 집으로 돌아오면 생활비다 아이들 등록금에 옷값이다 뭐다 해서 거의 남는 것이 없었고, 그러면 아버지는 또다시 격렬하게 화를 내어 닥치는 대로 매질을 시작하고는 했다. 그래서 저녁만 되면 집 안에는 구석구석 공포가 스며들었고, 어서 날이 밝아 아버지가 도시락 두 개를 싸가지고 전차 정거장으로 나갈 때까지 모두들 숨을 죽이고 기다려야 했다.

> 그 시절에 현구를 가장 괴롭혔던 사실은 안방에서 어머니가 매질을 당하는 동안 나이 어린 그로서는 전혀 아무런 행동도 취할 수가 없다는 무력감이었다. 얻어맞는 어머니를 도울 수 없다는 좌절감과 절망감은 여덟 살이라는 나이에 벌써 현구의 마음속에 자신에 대한 혐오감과 열등감을 심어주기도 했다.[8]

이 작품은 산업화 시대 노동으로 내몰린 가장들의 피로감과, 폭력을 휘두르는 남성 가장 모두를 비판적으로 그린다. 문제는 '가족관계를 지

캐릭터, 이야기 속의 인간

속하기 위해서' 악한 아버지는 나머지 가족원들이 싸워서 이겨야 하는 적대자가 아니라 이해하고 설득하고 화해해야 하는 존재라는 데 있다.

사회화 모델, 멘토로서의 아버지

아버지는 성장을 위한 사회적 모델이다.[9] 아버지는 양육보다는 주로 사회적 규범이나 법에 따라 행동하도록 훈육을 담당하는 존재이다. 아버지가 자녀의 진로 선택과 업무습관 등 사회활동에 관해서 조언하고 영향력을 발휘하는 역할을 맡게 된 것은, 남성이 공적 영역에 속한 존재로 인식된 것과 맥락을 같이한다. 수많은 가족 드라마나 영화, 동화에 등장하는 긍정적 아버지형은 이런 특성으로 설명된다.

그러나 모든 아버지가 사회화 모델로서 훌륭한 자격을 갖추는 것은 아닌 것처럼 소설작품에 등장하는 아버지는 특히 멘토로서 제 역할을 하지 못하는 경우가 많다. 예를 들어 박경리 〈토지〉에서 악인의 전형으로 등장하는 조준구는 아들 조병수에게도 나쁜 아버지이다. 그는 장애를 가진 아들을 박대하고 버리며 오로지 자신의 물질적 탐욕을 충족시키기 위해서 온갖 악행을 일삼는다. 병수에게 그는 그저 나쁜 아버지일 뿐만 아니라 남의 것을 빼앗아 욕심을 채우는 부끄러운 어른, 아들이 수차례나 자살을 시도할 정도로 큰 상처를 준 극복해야 할 존재였다. 김소진의 소설에 나오는 아버지 역시 사회화의 모델이 되지 못하는 존재이다. 생계는 어머니에게 맡겨둔 채 개를 끌고 흘레나 붙이는 아버지(〈개흘레꾼〉), 약장사 공연에 나오는 배우를 보고 회춘하는 아버지(〈고아떤 뺑덕어멈〉)의 모습은 성인이 된 자식으로서도 받아들이기 어렵다. 아버지가 긍정적인 성장 모델이 되지 못한다고 하여 부정하고 거부할 수도 없다. 김소진의 고백처럼 그 아버지는 테제도 안티테제도 되지 못하는, 그저 언민으로 이해해야 하는 시대의 희생자로 그려질 뿐이다.

이승우의 소설 〈터널〉에 나오는 아버지는 방탕하게 세월을 보내는 인물이다. 떠돌아다니다 가끔 나그네처럼 들러서는 아들의 대학등록금까지 훔쳐서 집을 나가는 파렴치한이다. 그리고 "노름을 하고 여자를 만나고 술을 마시는 데 그 돈을 탕진"[10]한다. 아버지로서도 가장으로서도 또 남편으로서도, 제 역할을 못하고 자식의 앞길을 막는 유해하고 무익한 아버지이다. '나'는 아버지로 인한 울분 때문에 공황장애를 앓는다. 김애란의 〈달려라 아비〉의 아버지도 자식을 항상 기다리게 하고 외로움을 주고, 또 이혼 위자료가 없어 전처 집의 잔디를 깎아야 했다. '나'는 그런 아버지를 우스꽝스러운 모습으로 상상함으로써 책임감 있는 성인인 아버지의 모습과 거리를 둔다.

아버지 요인Father Factor과 아버지 유형

임상심리학자인 스테판 B. 폴터는 아버지를 모든 인간관계의 핵심요소로 보고 있다. 그는 아버지로서 자녀와 어떤 정서적 관계를 맺고, 어떻게 행동하고, 자녀의 성취와 자신의 직업에 대해 어떤 태도를 취하는가 하는 전반적인 방식에 따라 아버지 유형fathering style을 5가지로 나누고 있다. 물론 모든 아버지가 이 중 하나의 유형에만 해당되지는 않지만, 대체로 한 가지 유형에 뚜렷하게 치우치는 경향이 있고 지배적이고 일관성 있게 지속된다고 덧붙인다.

첫째, 성취지상주의형의 아버지이다. 외모와 성취의 중요성을 지나치게 강조한다. 자신의 의견보다 다른 사람의 의견이 더 중요하다고 강조한다. 심지어 이 부분을 두고 자식과도 경쟁한다. 그 결과 자녀들은 본인의 일에 무관심하거나, 남을 배려하는 마음을 갖지 못한다.

캐릭터, 이야기 속의 인간

둘째, 시한폭탄형 아버지이다. 자신의 분노를 주저하지 않고 자녀와 아내, 동료, 세상을 향해 내지르는 사람이다. 자녀를 통제하고 질서를 유지하는 방식은 소리를 지르거나 벌을 주는 위협, 혹은 학대이다. 그 결과 자녀들은 정서적 불안감을 느끼며, 혼란과 두려움으로 믿음을 갖지 못한다. 대신 타인의 마음을 읽는 능력이 발달해 흔히 말하는 '애어른'이 되곤 한다.

셋째, 수동형 아버지이다. 가족이나 직업, 개인적 문제에 대해 노골적으로 이야기하지 않으며 감정을 자제하며 자녀들에게 정서적인 거리를 두는 유형이다. 일에 대한 헌신, 정직, 책임감을 중시하지만 정서생활에는 개입하지 않는 등 일과 가정을 분리한다. 주로 베이비붐 세대의 아버지에 해당된다. 이런 아버지를 둔 자녀는 의사소통이나 인간관계 형성에서 소극적이고 정서적 유대감을 가지기 어렵다.

넷째, 부재형 아버지이다. 심리적으로 부재하는 것을 포함한다. 가족생활에서 벗어나고 자녀와 교류하는 데 관심이 없으며 이에 따른 책임감도 느끼지 않는다. 실제로 자녀를 버리고 부모로서 의무를 완전히 저버리는 아버지이다. 자녀들은 버림받고 거부당한 경험으로 깊은 정서적 상실감(슬픔과 분노, 나아가 공격성)을 가진다.

다섯째, 배려하는 멘토형 아버지이다. 가장 긍정적인 유형으로서 자녀가 자신의 꿈과 장점, 희망을 건강한 방식으로 추구하도록 힘을 불어넣는다. 결혼 상태나 직업적 상태에 관계없이 정서적 애착을 일관되게 유지한다. 그 결과 자녀들은 정서적 안정감을 바탕으로 자긍심, 공감, 일관성을 가진다.

– 스테판 B. 폴터, 송종용 옮김, 《모든 인간관계의 핵심요소: 아버지》, 씨앗을뿌리는사람, 2006, pp. 12, 134~269.

아비 살해와 아비 상실, 혹은 버려진 아이의 가족로망스

문학작품에는 긍정적인 모델로서의 아버지보다는 나쁜 아버지, 혹은 부정적인 아버지 캐릭터가 훨씬 많이 나온다. 본래 문제적인 캐릭터를 중심으로 삼기 때문이기도 하지만, 아버지 캐릭터에 기성세대의 보수적이고 부정적인 이미지를 씌워 새로운 세대에 대한 기대라는 보편적인 주제를 드러내기 위한 것으로도 볼 수 있다.

그리스 신화에는 아버지와 아들의 갈등이 극단적인 이야기로 나타난다. 티탄족인 우라노스는 아들 크로노스에게 성기를 잘려 왕좌를 빼앗긴다. 크로노스는 아버지로부터 자식에게 왕좌를 빼앗길 것이라는 예언을 듣고 자식이 태어나는 즉시 모두 삼켜버린다. 그러나 부인 레아는 기지를 발휘해 아들 제우스를 구한다. 결국 예언대로 제우스가 아버지 크로노스를 몰아내고 왕이 되며 아버지가 삼킨 형 포세이돈과 하데스도 살려낸다.[11] 라이오스는 아들 오이디푸스가 자기를 죽이고 자기 아내와 결혼할 것이라는 예언에 아들을 버리지만 결국 아들 오이디푸스 손에 죽는다. 오이디푸스 이야기는 프로이트에 의해 거세공포를 이겨내고 근친상간의 단계를 넘어서 아버지의 법을 규범화하고 초자아를 형성해가는 성숙과정을 설명하는 근거가 되었다. 이처럼 신화에서 아버지는 새로운 가치와 질서를 상징하는 아들과 대립하고 경쟁하고 살해당하는 상징적인 존재이기도 하다.

우리 신화 중에도 오이디푸스처럼 아버지로부터 버려졌으나 결국 아버지를 살해하는 캐릭터가 있다. 제주도 무속신인 궤내깃또는 탐탁지 않은 아들로 버려지지만 영웅이 되어 돌아와 마을신이 된다. 궤내깃또는 태어나자마자 아버지 소천국에게 버려져 무쇠함에 갇힌 채 동해바다로 향한다. 그러나 용왕국에 도착하여 용왕의 셋째 딸과 결혼하며 강남천자

캐릭터, 이야기 속의 인간

국으로 가 변란을 해결한 후 귀향한다. 궤내깃또가 군사를 이끌고 돌아온다는 소식에 도망치다가 부모는 모두 죽음을 맞는다.[12] 이처럼 가부장제하에서 아버지는 아들에게 모든 것을 물려줄 사람인 동시에 반드시 넘어서야만 하는 강력한 경쟁자이다. 그리스 신희극이나 낭만적인 희극의 공식에서도 새로운 세대의 훼방꾼으로 웃음거리가 되는 알라존형 캐릭터는 권력이나 재력에 눈이 멀어 자식들에게 불합리한 요구를 하는 아버지이다. 또한 영웅적 서사구조를 띤 옛이야기에서 아버지는 아들의 강력한 장애물이나 도전 상대로 등장한다.

한편 아버지의 부재는 주인공이 스스로 이상을 찾아서 여행을 떠나기 위한 필수적인 요소이기도 하다. 성장한 아들이 아버지를 찾아 떠나는 이른바 '부친 탐색담'은 세계문학사에서 반복되어 나타나는 원형적 모티프의 하나로서 우리 민담 〈유리왕 신화〉나 〈제석본풀이〉 등도 대표적인 부친 탐색담이다. 부재하는 아버지, 부정된 아버지를 찾는 영웅은 다른 모델을 찾거나 그런 탐색의 과정에서 스스로 성인이 되어간다. 성장모델의 결핍은 또 다른 멘토를 필요로 하고, 이상적인 멘토를 다른 계기를 통해서 만나는 것이다. 그런 아버지, 혹은 아버지성을 대신할 캐릭터가 부재하는 경우, 아들은 스스로 아버지가 되어야 한다. 데이비드 코벳은 이렇게 부모 그 자체가 이야기에서 빠지면, 그들의 존재는 종종 다른 캐릭터나 요소(멘토, 교도소장, 처벌자나 악한, 결코 오지 않는 구원자), 혹은 내면화된 죄의식, 힘, 혹은 안도감이 그 자리를 대신할 수 있다고 지적한다.[13]

조지 루카스의 〈스타워즈〉(1977~1983) 3부작은 전형적인 아버지 탐색담이다. 주인공 루크 스카이워커는 아버지 없이 성장한다. 은하계 황제에게 저항하는 반란이 일어나고 극비의 정보를 가진 레아 공주가 체포되자, 루크는 제다이 기사였던 오비완 케노비를 찾아가 그로부터 훈련을

그림 6.2 주인공 루크 스카이워커가 악당인 다스 베이더가 자기 아버지임을 알게 되는 〈스타워즈 5: 제국의 역습〉

받는다. 탈출 과정에서 케노비는 스스로 죽음을 선택하고 영혼으로 남아 계속 루크 옆을 지켜준다. 그는 부친 탐색의 과정에서 만난 이상적 멘토 캐릭터이다. 이 영화의 안타고니스트 다스베이더는 제다이 기사였다가 배신한 악인이다. 어느 날, 루크는 자기가 다스베이더의 아들이라는 사실을 알게 된다. 그리고 위험의 순간에 다스베이더의 희생으로 목숨을 구한다. 그렇게 루크는 성인으로서의 이행을 지체시킨 아버지를 받아들이면서 임무를 완성하는 것이다.

성장과정에서 아버지를 부정하고 반항하면서 상상하는 이야기도 중요한 모티프이다. 곧 가족로망스와 아비 상실의 문제이다. 프로이트는 부모와의 갈등에서 생긴 신경증적 증상으로 인해, 자신을 버려진 아이나 고아, 혹은 사생아로 상상하여 만들어내는 이야기를 '가족로망스'라 지칭한다. 자신이 버려진 아이(업둥이)라고 상상하는 아이는 부모가 보잘것없는 평민임을 깨닫고, 자신의 진짜 부모는 왕족으로서 언젠가 자기의 신분을 회복할 수 있으리라 믿음을 가지고 부모에게 반항한다. 자신이 사생아라고 상상하는 아이는 어머니와 아버지의 차이를 깨닫고 자신은 어머니의

캐릭터, 이야기 속의 인간

불륜에 의한 사생아이며, 현재의 아버지가 진짜 아버지가 아니라고 생각하여 아버지에게 반항한다.[14]

한국소설에서 아비 부재 혹은 아비 상실 모티프는 구체적인 사건과 연관된 사실적인 서사로 나타나는 경우도 많다. 식민 체험은 무력한 아버지(전통)에 대한 부정과 저항, 전쟁으로 인한 아버지의 부재나 상실은 이념에 대한 부정으로 해석되기도 한다. 최인훈의 〈광장〉(1960)은 주인공 이명준의 아버지 찾기 구조로 된 가족로망스로 볼 수 있다. 해방 후, 철학도 이명준은 아버지와 막역한 관계인 변성제의 후견에 의지하여 서울에서 살고 있다. 그는 일종의 양부라고 할 수 있는 변성제에 대한 불만을 숨기고 자기를 포기하지 않으려는 업둥이의 속성을 드러낸다. 어느 날 '빨갱이 새끼'라는 이유로 경찰서에서 폭행을 당하자, 그는 업둥이의 자리를 유지하는 것이 불가능함을 깨닫고 진짜 아버지 이형도를 찾아 월북한다. 그러나 항일투사이자 혁명가로 상상했던 평양의 아버지 역시 그에 걸맞은 권위를 지니지 못하고 있음을 확인하게 된다. 전쟁이 일어나자 이명준은 아버지 없는 재탄생을 꿈꾸지만 결국 실패로 끝난다.[15]

2 │ 어머니 캐릭터의 구성과 유형

어머니다움의 본질은 대체로 애정적 보살핌, 자기희생, 이타주의라는 특성으로 정의되어왔다.[16] 가정 내에서 자식을 생산하고 양육하며 정서적으로 교감하는 일이 주로 어머니의 역할이었고, 평화와 포용, 조화 등의 여성적 가치는 보살피는 존재로서 어머니의 이미지를 만들어냈다. 사회는 바뀌었지만, 출산과 수유, 양육의 과정에 충실하면 심리적 안정과 사회경제적 지위를 확보해주는 모성 보상 체계[17]에 따라 상당히 오랫동안 어머니는 집이라는 닫힌 사회의 존재로 지내왔다. 그러나 여성의 어머니 일mothering 수행이 출산과 더불어 자연적이고 본능적으로 이루어지는 것은 아니다. 그것은 남성의 아버지됨과 마찬가지로 문화적으로 결정되는 역할이다. 또 어머니 일 수행의 목적은 세대에 따라서 다르고 사회경제 체제에 따라서도 달라진다.[18]

위대한 어머니, 대모신

여성에게는 원초적인 모성으로서의 위대한 어머니, 대모의 원형이 자리해 있다고 한다. 대표적인 대모신 유형은 우주기원 신화에서 중요한 역할을 한 대지의 여신 가이아Gaia이다. 가이아는 자신이 낳은 신들이 세대교체하는 과정에서 스스로 권력을 잡거나 이를 행사하는 데 관심이 없으며, 대신 온당하게 권력이 행사되는지 지켜보고 또 강제하는 어머니의 역할을 한 여신이다. 생산의 여신이지만 세속적인 권력다툼으로부터 초월하여 생명을 포용하는 존재인 것이다. 모든 갈등과 다툼을 지켜보고 지혜를 나눠주고 끌어안는 긍정적인 어머니 캐릭터는 바로 이 원형에 바탕을 두고 있다. 우리 설화에 등장하는 마고할미는 가이아와 마찬가지로 태초에 지형을 창조한 여성거인이다. 제주에서는 설문대할망으로 불리는 마고할미는 전국적으로 전승되는 거인 설화의 주인공으로 여러 가지 이름을 가지고 있다. 그러나 이 이야기가 구비전승되면서 마고할미의 창조신으로서의 본질은 의미를 잃고 희화화되거나 원망의 대상, 심지어 악인형으로 그려지는 등 이야기 변이가 일어났다.[19]

대지의 여신에 바탕을 둔 만큼 대모신은 자연물로 형상화되거나 신비로운 여성 멘토, 마법사, 모든 것을 알고 지혜를 주는 할머니 캐릭터 등으로 변형되어 나타난다. 영화 〈아바타〉(2009)에서 외계종족 나비가 숭

┃ 그림 6.3 영화 〈아바타〉에 나오는 영혼의 나무

배하는 '영혼의 나무'는 그 누구의 편도 들지 않고 그저 수평을 유지하는 존재라고 표현된다. 영혼의 나무는 결국은 나비족을 도와 파괴자들을 응징하고 생명의 균형을 유지시킴으로써 대모신의 본질을 가장 잘 보여준다. 마우이족의 이야기를 애니메이션화한 디즈니 영화 〈모아나Moana〉(2016)의 탈라 할머니도 유사한 캐릭터이다. 탈라 할머니는 마우이족의 과거와 현재 미래를 아는 신비한 존재로서 주인공 모아나에게 문제를 극복하고 나아갈 수 있는 영감을 주는 대모신의 이미지로 그려진다. 최근에는 판타지 드라마에서 대모신이 변형된 캐릭터가 자주 등장한다. TV 드라마 〈도깨비〉(2017)에서 삼신할매는 자식을 점지해주는 역할에서 나아가 등장인물들의 갈등과 문제를 모두 알고 있으면서 이들이 문제를 잘 풀어가도록 뒤에서 돕는 역할을 한다. 〈흑기사〉(2018)에서 불로불사의 존재로 저주를 풀어나가는 장백희는 인생과 세속에 초탈한 포용적인 캐릭터로서 대모신이 변형된 것으로 볼 수 있다.

헌신적인 어머니, 가부장제의 수호자

자식에게 헌신적이고 포용적인 어머니 캐릭터는 가부장제의 보수 이데올로기를 옹호하는 존재로 해석되기도 한다. 남편을 잘 내조하고 자녀를 사회적으로 성공시키며 가족의 건강을 위해 자신의 욕망을 축소하고 사회생활을 자제하는 것은 분명히 가족을 위해 희생하는 숭고한 일이다. 그러나 가부장제적 가치와 그런 가정 질서를 따르는 행위는 가부장에게 종속된 존재, 가부장제를 존속시키는 조력자 역할을 한 것으로 해석할 수 있다. 어머니를 헌신적 존재로 그리는 계몽적인 서사는 여성을 가정 내 존재로 묶어두려는 의도와 무관하지 않다. 그러나 이 점에 대한 무자각은 동일한 어머니 일의 반복 재생산에 동조하는 결과를 초래한다. 따라서 자식에게 무조건적으로 헌신하고 희생하는 모습을 어머니의 전형으로 그리는 것은 문제가 된다.

자식에게 헌신적인 어머니로 가정을 잘 지켜내는 현모상으로 회자되는 신사임당은 분명 성공한 어머니이다. 사임당은 7남매를 낳아 이름난 학자, 철학자, 예술가, 뛰어난 부덕을 함양한 여인들로 길러냈다. 자식들이 각자 취향에 맞게 살도록 했으며, 효도와 우애, 신의와 지조, 청백 등의 덕행을 목표로 삼아 몸소 실천함으로써 교육하였다고 전한다.[20] 그러나 이를 위해 사임당은 철저하게 자신의 욕망과 갈등을 통제하고 금지해야 했다. 유교 이데올로기에 기초한 가부장적인 사회질서를 유지하기 위해 자기희생을 한 것이다. 신사임당을 단지 이율곡의 어머니로서뿐 아니라 글과 자수, 그림과 서예에 뛰어난 재인이자 가정과 충돌하는 여성적 욕망을 지닌 여성 캐릭터로 그려낸 TV드라마 〈사임당: 빛의 일기〉(2017)는 이 점에서 매우 의미가 있다.

모성의 전문화, 아이의 지배자가 된 엄마

현대의 어머니는 이전과는 비교할 수 없을 만큼 확대된 '어머니 신화'에 내몰리고 있다. 가정과 일의 세계가 점차 분리되면서 자녀양육은 여성의 전업이자 특별한 지식을 요하는 일이 되었다. '모성에 대한 전문화'가 강조되기 시작한 것이다.[21] 어머니는 그저 아이의 육체적·정신적 성장을 돌보는 일뿐 아니라, 사회와 부모가 규정한 조건에 적응시키고 아이의 결함을 교정하며 아이의 능력을 최대한 뒷받침해야 하는 의무 또한 가지게 되었다. 어머니는 '정보노동'은 물론 양육과 학교 성적 관리, 일상의 조직적이고 실무적인 노동도 감당해야 한다.[22] '어머니라는 전문가'가 된다는 것은 나머지의 욕망을 접고 아이의 성공에 모든 것을 건다는 것이며, 자식이 성인이 되어 독립하고 나면 그 공백을 스스로 메워야 할 처지가 된다는 뜻이기도 하다.[23]

자아실현을 가정 내에, 특히 자식 재생산에 고착시키면 이타적이고 희생적인 모성상과는 다른 모습이 나타난다. 냉정하거나 지배적이거나 거부적이고, 혹은 과소유적이거나 과잉 보호적인 면모를 보이는 것이다. 에릭슨은 이런 어머니의 모습을 지시하고자 정신병리적인 입장에서 '엄마'라는 용어를 사용하고 있다.[24] 교육열 과잉의 한국사회에서 이런 '엄마'의 모습은 결코 낯설지 않다. 지난 시대의 가치를 반복하고 지키는 희생적이고 이타적인 어머니가 아니라 한마디로 아이의 양육과 가사일에 시달리며 아이를 지배하려 드는 '엄마'이다. 아이들의 모든 스케줄을 관리하고 스파르타식으로 교육시켜 사회에서 성공하도록 만드는 '호랑이 엄마Tiger Mother'[25]도 이러한 유형에 해당된다.

이런 엄마는 동화에서 순수한 아이의 적대자로 설정되는 일이 많다. 가사일로 피곤하여 신경질적이며 잔소리를 쉬지 않고 해대는 여성이며,

그런 피곤을 이웃과의 소모적이고 비효율적인 수다로 해소하며, 자식의 교육에 정도 이상의 간섭을 하여 아이의 학원 시간표를 짜고 감시하며, 교우관계와 학교생활까지 지배하려 드는 인물이다. 남찬숙의 〈괴상한 녀석〉은 '나'(찬이)와 '석이'와의 우정을 기본 내용으로 성장기의 심리변화를 그린 장편동화이다. 이 작품의 엄마들은 자신의 자존심과 아이에 대한 과대욕망 때문에 거짓말을 서슴지 않고, 변덕과 편견이 심하며, 성적에만 가치를 두며, 지나친 간섭을 하고, 심지어 아이보다도 훨씬 덜 성숙하고 사회화도 덜된 존재로 그려진다.[26] 엄마와 자식 간의 갈등은 일그러지고 왜곡된 어머니의 모습으로, 다시 우울한 갱년기의 부정적인 어머니, 사회성이 부족한 아줌마 캐릭터로 변형되어 나타나기도 한다.

〈강남엄마 따라잡기〉(2007)부터 〈아내의 자격〉(2012), 〈SKY 캐슬〉(2018) 등 TV드라마에서 이러한 엄마의 문제적인 모습이 자주 그려진다. 나아가 성인이 된 자식들까지 자신의 욕망에 따라 간섭하고, 성취를 위한 수단으로 삼는 비뚤어진 엄마의 형상화도 종종 확인할 수 있다.

모성성과 여성성의 충돌과 욕망

여성의 사회진출은 늘어나고 있지만, '신데렐라 콤플렉스'라는 용어로 규정되듯, 가정(남성)은 남성과의 경쟁에 지친 여성에게 안정과 만족을 가져다주는 매력적인 도피처이다. 여성은 '자궁가족uterine family'에 속하고자 하는 욕망과 동시에 가족제도로부터 벗어나 자유로운 삶을 구가하고자 하는 일탈의 욕망을 동시에 지닌다. 가정 내 존재로 역할이 고착되면서 여성이 느끼는 상실감, 모성성과 여성성의 모순은 어머니 캐릭터의 창조와 분석에서 중요한 문제 중 하나이다.

1990년대 후반 '고개 숙인 아버지' 담론의 전개에 이어, 전통적인 어

캐릭터, 이야기 속의 인간

머니와 다른 충격적인 어머니상이 나타났다. 전혜성의 소설 〈마요네즈〉(1997)에는 병든 남편 옆에서, 윤이 나는 머릿결을 위해 마요네즈를 바르는 어머니가 등장한다. 이 작품의 어머니는 젊은 시절에는 남편 몰래 빨간 옷을 입고 친구들, 동네 아저씨들과 놀러 나가는 낭만적인 여성이다. 남편이 중풍으로 쓰러져 누운 후에 병간호를 하기보다는 남편을 외면하고 구박한다. 가족원으로서의 자기 역할보다는 한 여성으로서 자유로운 생활을 만끽하고 싶은 욕망에 차 있다.

이런 어머니를 둔 주인공의 직업은 대필작가이다. 주인공은 자서전을 대필하기 위해 보험여왕을 인터뷰하고 그녀의 희생적인 모성성과 사회적 성공에 감동한다. 그러나 집에 와서 만나는 자신의 엄마는 어린 아들을 돌보면서 임신한 몸으로 일하는 딸에게 자기 시중을 들지 않는다고 불평하고, 자신의 좌절된 꿈을 딸의 성공으로 보상받고 싶어한다. '나'는 모성신화를 사정없이 깨부수는 이런 어머니를 거부하고 보험여왕이 된 희생적인 어머니의 말에 귀 기울이고 그녀를 위해 글을 쓴다. 이 작품은 어머니에게 맹목적인 희생과 순종을 강요하는 모성환원론 때문에 딸까지 어머니를 거부하게 된 상황을 그린다. 월남한 성격 파탄자이자 알코올중독자인 아버지가 가족에게 가한 폭력, 그것을 고스란히 받아서 견뎌낸 젊은 어머니에 대한 회상이 중간에 삽입되지만, 이것이 어머니에 대한 '나'의 생각을 변화시키지는 않는다.

위의 서사에도 암시되지만, 우리 사회에서 어머니의 사회활동은 자아 찾기보다는 경제행위에 의미를 두려는 성향이 강하다. 또 여성의 경제행위는 여전히 보조적인 것 내지는 불합리한 것으로 여겨지며, 동시에 경제행위를 하더라도 가정 내에서 위치가 변화되지 않아 여성에게 이중의 부담을 안겨준다. 여성의 갈등은 가정 내 어머니로서의 양육 책무와 경제행위 사이에서만 생겨나는 것이 아니다. 사회참여 주체로서 여성의 자아찾기 욕망과도 충돌한다. 이 문제를 해결하기 위해서 여성은 '슈퍼우먼'이 되어 자신의 에너지를 소진하거나 아니면 그중 하나를 포기하는 수밖에 없다.

페미니즘 가족로망스, 어미 부정에서 여성의 연대로

앞에서 보았듯, 나쁜 엄마, 자신의 주체적 욕망을 위해 가정을 버리거나 소홀히 하는 어머니의 모습은 딸에 의해서 더 냉정하게 그려지곤 한다.

> 근대 여성들의 소설에서 가장 못된 악역은 이기적이고 억압적인 남성이 아니라 나쁜 엄마이다. 이 같은 어머니-악역의 연계는, 딸이 그 같은 엄마처럼 될 수도 있기 때문에 매우 경악할 만하다. 작가가 이러한 공포감을 해결할 수 있는 한 방법은 어머니를 아주 냉담하게 혹은 아주 경멸스럽게 묘사해서 마치 허구 속에서 딸이 그랬던 것처럼 독자가 그녀를 거부하게 만드는 것이다.[27]

주디스 키건 가디너Judith Kegan Gardiner의 언급처럼 어머니-악역의 연계는 딸에게 더욱 충격적이고 그래서 어머니에게 더욱 냉담하게 만든다. 이때 비이성적이고 이기적인 어머니를 냉정하게 단죄하고 부정하는 딸은 가부장제 이데올로기를 내면화한 '아버지의 딸'이다. 가부장제 사회에서 성공하고 싶은 여성인물은 어머니가 아닌 아버지 혹은 남성 구성원을 양육 주체로 삼는 것이다.

한편 헌신적인 어머니 모습에서 조금이라도 벗어나면 가혹한 비난을

캐릭터, 이야기 속의 인간

퍼붓는 것을 보고, 다수의 여성(잠재적 어머니)은 어머니가 되는 것을 두려워하는 '모성공포증Matrophobia'[28]을 가지게 된다. 어머니는 자유가 없고 희생적이고 순교자와 같은 존재라는 생각에서 어머니에 동화되는 것을 두려워하는 것이다. 이에 따라 어머니와의 동일시, 어머니를 모델로 한 학습을 거부한다. 어머니에게 작용하는 가부장제 권력을 비판하는 것보다는 어머니를 혐오하고 거부하는 것이 훨씬 더 쉽기 때문이다. 그리하여 어머니를 괴물처럼 그리거나 어리석은 존재로 희화화하거나, 죽어서나 향수의 대상이 되는 존재로 그린다.

오정희의 성장동화 〈송이야, 문을 열면 아침이란다〉(1993)에는 자신의 꿈은 접고 가부장제를 내면화시킨 채 아들과 딸을 차별하고, 또 이런 사고방식을 딸에게도 강요하는 엄마가 나온다. 송이는 이런 엄마를 불쌍히 여기지만 점차 거리를 두고, 급기야는 친구들에게 친엄마가 아니라고 말하기까지 한다. 곧 무력하고 희생적이며 이타적으로 형상화된 엄마에 대한 거부, 진정한 성장모델로서의 어머니 부재를 선언하는 것이다.

에이드리언 리치Adreinne Rich는 프로이트의 가족로망스를 부정하고 페미니즘 가족로망스Feminist Family romance를 주장한다. 이것은 어머니로부터의 단절이 아니라 '어머니-딸'의 관계를 통해 자기 정체성을 형성하고 발견할 것을 지시하는 이야기이다. 성인 여성은 유아기 때 겪었던 어머니와의 연대감을 다시 체험하려는 목적으로 아이를 필요로 한다. 따라서 아버지의 현존은 하나의 장애물이며 반동인물로 기능한다. 여성은 아버지에게서 분리되어 어머니와 연대하며 어머니와 동일시하고, 아버지에 대한 공동의 투쟁을 함께한다.[29]

영화 〈안토니아스 라인〉은 5대에 걸친 모계 가족의 삶을 그린 페미니즘 드라마이다. 안토니아의 엄마 일레곤다에서 시작하여 안토니아, 다니

엘, 테레사, 그리고 사라로 이어지는 남성 없는 가계가 이들의 가족이다. 안토니아와 그녀의 자손은 아버지로부터의 분리와 배제 속에서 어머니를 모방하며 평화롭게 성장한다. 남성과의 관계를 유지하기 위한 사회제도를 거부하고 결혼과 속박에서 자유로운, 자신이 진정 원하는 삶을 굳건히 가꾸어나간다. 이 영화는 여성 캐릭터가 최종적으로 권력에 굴복하거나 혹은 권력을 행사하려 하

그림 6.4 페미니즘 가족 로망스를 보여주는 영화 〈안토니아스 라인Antonia's Line〉(마린 고리스, 1995)

지 않고 남녀 구분 없이 평등하게 있는 그대로를 받아들이며, 차이를 인정하고 과감하게 감싸안아주는 여성적 가치를 구현한다. '어머니-딸'의 삶이 성공적으로 이어지는 페미니즘 가족로망스를 보여주고 있다고 할 수 있다.

3 │ 숙질 관계: 가부장권의 다툼, 또 다른 성장 모델

삼촌과 조카의 관계는 매우 매력적인 가족 서사를 만들어낼 수 있다. 숙질은 형제와 부모의 중간적 관계이다. 대체적으로는 부모를 도와 조카의 내면적 성장을 돕고, 부모의 부재 시 그 역할을 대신하기도 한다. 그

캐릭터, 이야기 속의 인간

러나 어린 조카로부터 장자 계승의 세습권을 빼앗는 악한 삼촌도 있다.

셰익스피어의 〈햄릿〉에서 숙부 클로디어스는 선왕인 아버지를 독살하고 어머니와 결혼하여 햄릿 왕자의 왕위를 빼앗는다. 소포클레스의 〈안티고네〉에서도 삼촌 크레온이 조카 장례 문제로 질녀 안티고네와 대립한다. 결국 안티고네의 자살을 시작으로 가족들이 연이어 죽게 된다. 왕권 다툼에서 밀린 삼촌이 어리고 힘없는 조카와 대립하고 결국 왕위를 차지하는 이야기[30]는 우리 역사이야기에서도 반복되어 나타난다. 조카 단종에게서 왕위를 빼앗고 살해한 삼촌 세조의 이야기는 여러 차례 서사화되었다. 뮤지컬로 더 잘 알려진 〈라이온킹〉도 숙질간 왕권다툼을 다루고 있다.

박현욱의 〈동정 없는 세상〉에는 19세의 주인공과 명문대 법대 출신이지만 백수로 살아가는 외삼촌의 이야기가 흥미롭게 펼쳐진다. 수능을 치렀지만 대학 가기보다는 여자친구와 하룻밤 자보는 게 소원인 '나'에게 삼촌은 친구 같은 존재이다.

책 고르는 거 하고는…… 그래, 세계명작소설들 뭐뭐 봤어?

- 대충 이것저것봤어. 삼촌, 근데 말이지……

나는 침대에서 일어나 앉았다.

- 이런 책들이 왜 세계명작인 거야?

- 궁금해? 그걸 알고 싶으면 인문학적 소양을 쌓아보렴. 야한 소설들만 보지 말고 다른 책들도 좀 읽어보고 말이지.

젠장, 또 인문학적 소양이다. 그놈의 인문학적 소양을 쌓으면 야설을 써도 명작이 되나보다. 나는 볼멘소리로 대꾸했다.

- 그럼 내가 인문학적 소양만 쌓으면 내가 쓴 야설도 소설이 되는 거야?

명호씨는 또 웃음을 흘렸다. 이번에는 싱긋.[31]

이 가족은 가족원으로서 관계에 따른 지칭 대신 서로의 이름을 부른다. 수직적 관계의 거부와 자유로운 가족 분위기에서 '나'는 외삼촌 명호 씨의 충고도 편하게 받아들인다. 삼촌은 부재하는 아버지를 대신해 사회적 금기와 억압을 가르치는 성장 모델 캐릭터가 아니라, 좋은 대학에 갔으면서도 백수로 지내며 누나가 벌어다 주는 돈만 축내는 한심한 루저일 뿐이다. 그러나 친구도 아니고 아버지도 아닌 삼촌은 비뚤어지려면 얼마든지 비뚤어질 수도 있는 '나'의 건강한 성장을 자연스럽게 돕는다.

김주영의 〈멸치〉(2002)에도 조카의 성장을 돕는 외삼촌이 등장한다. 그러나 이번에는 부재하는 아버지가 아니라 가출한 어머니를 대신하는 존재이다. 열네 살 소년인 '나'에게는 일곱 살 많은 외삼촌이 있다. 그는 인간세계와 떨어져 움막에서 자연과 더불어 살면서 나에게 동물들의 생태에 대해서 상세하게 가르쳐준다. 나는 외삼촌과 있을 때 '투명하게 연결된 하나의 혼합물'처럼 느껴질 정도로 친밀감을 느낀다. 마지막에 나는 외삼촌이 그랬던 것처럼 움막에 기거하면서 끼니도 거르고 자맥질을 하다가 하얀 멸치 떼를 발견한다. 일종의 환각처럼 주인공에게 다가온 장면이지만, 이것은 외삼촌을 또다른 성인모델로 삼아 자유로운 삶의 태도를 받아들이게 됨을 상징적으로 보여준다.

양귀자의 〈모순〉(1998)은 쌍둥이 자매인 이모와 엄마의 대조적인 삶을 바라보며 성장하는 주인공이 나온다. 주인공 안진진의 엄마는 폭력적인 알코올중독자 아버지를 대신해 가계를 부양해야 했고, 중풍에 치매까지 걸려 돌아온 아버지의 병치레로 쉴 새 없이 노동하는 불행한 인물이다. 반면 이모는 무엇 하나 부족함 없이 윤택하게 산다. 조카인 '나'에게 이모는 대리만족의 대상이다. '나'는 이모에게 스승의 날 일일교사직을 부탁하고, 연인 앞에서 이모를 어머니인 것처럼 속인다. 자신의 불행한

캐릭터, 이야기 속의 인간

삶에서 이모는 숨통을 트게 해주는 존재인 셈이다. '나'는 이렇게 이모와 친구처럼 지내지만, 이모는 결코 어머니가 되지 못하고, 안진진 역시 딸이 되지는 못한다. 어느 날 심심한 남편과 아이들의 부재로 인해 권태를 이기지 못한 이모는 자살하고 만다. '나'는 이모가 그랬듯 편한 삶을 보장해줄 남자를 선택하여 결혼한다. 어머니를 대신하여 결핍을 채워주고, 동시에 어머니와 반대되는 삶을 제시하는 모델인 이모를 따른 것이다. 이 점에서 모성공포증 때문에 어머니를 부정하고, 모성을 대체한 여성(이모)과 연대하여 새로 쓴 페미니즘 가족로망스라 할 수 있다.

2. 동기 캐릭터의 구성과 유형

동기 관계, 갈등과 경쟁

동기(형제자매)관계는 출생과 함께 시작되어 일생에 걸쳐 지속된다. 최근에는 평균수명이 높아지면서 그 지속시간이 더욱 길어지고 있다. 동기는 서로에게 최초이자 가장 강력한 또래 관계를 제공한다. 또 사회화의 대리인으로 사회적 발달 환경을 제공하고 사회화 기술을 가르치며 상호작용한다. 나이 차이는 있지만 가족 내에서는 수평적인 관계로서 대개 놀이친구이자 협력자이며, 정서적 친밀감을 가지고 가족 경험을 공유하는 관계이다.

그러나 동기는 유사성보다는 차이성이, 협력보다는 갈등이 더 크게 부각되는 관계이다. 연구결과에 의하면 동기간은 신장과 체중만 가장 비슷할 뿐 신체적·심리적·정신적 특성은 절반 정도만 비슷하고 성인이 되면 그 차이가 더 커진다고 한다. 성격은 더욱 차이가 나서, 보통 85%

정도는 다르다는 보고가 있다.[32] 혈연으로 맺어져 대개는 함께 성장하므로 오히려 갈등도 더 크다. 가정의 한정된 자원을 공유하므로 경쟁해야 할 경우도 있기 때문이다. 부모는 아이들의 기질과 연령에 따라 다르게 대하고, 때로 차별하고 편애하기도 한다. 형제는 똑같은 환경에서 자란다고 해도 체험하는 것이 서로 다르다. 여기에 가족의 정서적 분위기, 형제 갈등에 대한 부모의 반응, 성별, 기질 등의 개인차에 의해 대립과 갈등은 증폭될 수 있다.

따라서 형제자매는 같은 시공간에 존재하는 가장 친밀한 협력자가 될 수도 있고, 그 누구보다도 적대적인 존재가 될 수도 있다. 동기 이야기는 세계 어느 나라에서나 나타나는 중요한 모티프 중 하나인데, 주로 형제 간의 갈등과 경쟁, 우애와 협력 등의 상호 관계와 행동이 중심을 이룬다.

출생순서와 형제의 성격

출생순서에 따른 가족 내 위치와 역할도 중요한 요소이다. 가부장제 하에서는 특히, 가족의 질서와 관계 속에서 장남에게 부과되는 책임과 권리가 중시되었다. 가부장제의 영향이 아니더라도 맏이한테는 동생보다는 우월하고 사회화의 모범이 되어야 하며, 동생을 돌보고 배려해야 한다는 암묵적인 역할이 있다. 이런 역할 때문에 가족 내에서 권위를 가지고 경제적 배려를 받기도 하며 또한 동기간의 갈등과 대립이 나타날 수 있다.

아이의 성격발달에서 형제자매의 역할에 관심을 가졌던 아들러 이후 다수의 심리학자는 출생의 순서가 성격 형성에 영향을 미친다는 결론을 얻었다. 이들의 연구결과에 의하면 첫째아이와 외동아이는 책임감과 야망이 있으며, 체계적이고, 학교생활에서 더 성공적이며 활동적이고 자기

절제력이 있고 성실하다. 늦게 태어난 아이는 더 쾌활하고 따뜻하고 이상적이고 태평하며 순응적이고 이타적이고 참신하고 비전통적인 부분에 매료되는 경향이 있다. 중간으로 태어난 아이는 다른 형제자매들보다 더 반항적이며 충동적이고, 가족과의 동일시가 덜 밀접하며 덜 성실하다.[33]

대체로 맏이는 가족의 질서와 전통을 지키기 위해 책임감을 갖고 인내하며 가족을 이끌어가야 하는 자신의 역할에 순응하는 반면, 둘째는 새로움을 추구하며 투쟁적이고 자신의 운명을 개척해나가는 모습을 보인다. 박경리 〈토지〉에서 서희의 두 아들 환국과 윤국은 출생의 순서와 성격의 관계를 보여주는 전형적인 형제이다.[34] 큰아들 환국은 만주에 남은 아버지를 대신하여 어머니의 곁을 지키며 모범적인 아들로 성장한다. 명문 중학교를 우수한 성적으로 졸업하고 어머니의 소망대로 일본으로 유학하여 법과생이 된다. 뒤늦게야 아버지의 충고에 따라 그림공부를 하여 역량 있는 화가로 인정받는다. 참을성이 강하고 천성이 부드러우며, 누구든 존중하는 인품으로 조용하고 성실한 가장이 되며, 후반부에는 평사리 사람들의 대소사를 해결하고 포용하는 역할까지 해낸다. 반면 작은아들 윤국은 정열적이고 행동적이고 반항적인 인물이다. 진주고보 재학 중 맹휴에 가담하여 무기정학 처분을 받고 민족의식에 눈을 뜬다. 일본으로 유학하여 경제학을 공부한 후에 사회주의 성향의 비밀결사에 깊이 관여하며, 남매처럼 지내던 양현을 사랑하나 거절당하자 만주로 가기 위해 자원입대한다.

니시카와 미와가 각본을 쓰고 영화화한 〈유레루ゆれる〉(2006)에서도 전형적인 형제관계가 그려진다. 이 영화는 체제순응적인 큰아들과 자유분방하고 매력적인 작은아들의 가문 지키기에 대한 문제를 한 여성을 사이에 둔 애정 서사로 그리고 있다. 사진작가인 다케루는 고향을 떠나 농경

그림 6.5 니시카와 미와 감독의 영화 〈유레루〉의 한 장면

에서 자유롭게 살고 있다. 어머니의 기일을 맞아 오랜만에 고향을 찾는다. 미노루는 아버지의 주유소를 운영하면서 고향집을 지키고 있다. 이 주유소에는 어릴 때 친구인 치에코가 일하고 있다. 셋은 어릴 때 추억을 찾아 하수미 계곡으로 놀러갔는데, 이곳에서 치에코는 다리에서 떨어져 물에 떠내려간다. 이 사건으로 형 미노루는 체포되고, 재판이 시작되면서 다케루는 전혀 몰랐던 사실을 깨닫는다. 자신의 꿈을 접고 아버지가 바라는 대로 고향을 지키며 가업을 이어야만 했던 형 덕분에 동생은 자신이 하고 싶은 일을 할 수 있었던 것이다.

그러나 모든 형제가 이러한 전형적 성격을 보여주지는 않는다. 가족원으로서의 책무와 역할이 개인의 성격과 충돌할 때 문제적 캐릭터가 탄생한다. 한국사회에서 장남은 부계가족의 계승자이자 생계부양자로서 역할을 부여받았다. 이런 책무로 인한 갈등은 자신의 욕구를 앞세우기보다 집안을 더 우선시해야 한다는 '장남 콤플렉스'에 시달리게 하였다.[35] 장남의 책임이 개인적 욕망이나 기질과 배치되거나, 이 책임에 따르는 특권과 혜택 때문에 형제들과 경쟁과 갈등이 시작된다. 이때 형제의 자존감, 도덕적 태도, 부모의 정서적 친밀감 등이 갈등 해결에 매우 중요하다. 훌륭한 모범을 보이는 긍정적인 형도 동생의 열등감, 혹은 부모의 동생에 대한 박대로 갈등을 겪을 수 있다. 아폴론 원형인 모범적 장자 캐릭터는 모든 형제들과 경쟁관계에 있으며 적자로서 권위적이라는 결함을 보이기 쉽다. 반대로 동생보다 열등하고 소극적인 형이라면 권위를 위협당할 수 있다. 여기에 동생에 대한 부모의 편애까지 작용한다면 갈등은 더욱 심화될 것이다. 형이 낭만적이고 무책임하고 개인주의적이라면 가문의 문제(가문의 성공)로부터 도피하고, 부모와 동생에 대한 보호와 책임을 방기할 수 있다. 가문의 경제적 권리를 취한 상태에서 책임을 방기할 때는 갈등이 더욱 깊어질 것이다.

이창동의 〈녹천에는 똥이 많다〉는 열등한 형과 편애받는 동생의 갈등을 다룬다. 준식은 맏이로서 여러 면에서 부족한 사람이다. 어머니와는 격이 많이 달랐던 아버지는 아름답고 지적인 같은 학교 교사와 외도를 했고 그 사이에서 민우를 얻었다. 어릴 때부터 민우는 아버지의 특별한 사랑을 받았고 훌륭하게 성장하여 명문대 학생이 되었다. 반면 준식은 상경하여 학교 급사생활을 하며 야간고등학교와 야간대학을 졸업하고 기술교사가 되어 겨우 살아가고 있다. 그런데 그 민우가 불쑥 나타나 이번에는 아내의 마음까지 가져간다.

"당신은 삼촌한테 부끄럽지도 않아요?"
아내가 그의 앞을 가로막고 나섰다.
"부끄러워? 내가 뭘?"
"삼촌은 옳은 일을 위해 자신을 희생하며 고생하고 계신 분이잖아요. 그런데 당신은 뭐예요? 그저 자기 자신만 알고, 평생 가야 큰 소리 한번 못 질러보고. 당신이 꿈이 있어요, 이상이 있어요?"
(…)
"난 처음부터 네놈이 기분 나빴어. 넌 무엇 때문에 그렇게 당당하냐? 넌 어째서 그 나이가 되도록 정의와 도덕을 위해서 싸우고 있냐? 너는 왜 나처럼 가족을 먹여 살리기 위해, 직장에서 쫓겨나지 않기 위해 요리조리 눈치를 보며 살지 않냐? 너는 무슨 자격으로 높은 곳에서 그 모든 것을 초월하여 있을 수 있단 말이냐?"

(…)

옛날부터 동생이 선이라면, 그는 악이었다. 결코 그의 마음에 들진 않았지만, 그 배역은 한번도 바뀌지 않았었다. 지금도 마찬가지이고, 필경 앞으로도 그럴 것이었다.[36]

모든 면에서 열등감에 시달리는 형에게는 한 번도 우월한 순간, 선한 역할이 주어지지 않는다. 결국 준식은, 학생운동을 하다가 경찰에 쫓기고 있는 민우를 밀고하고 만다. 질투에 불타 동생을 죽인 카인처럼 준식도 "거대한 오욕의 세상, 모든 순결함과 품위를 잃어버린 세계"에서 살아가야 한다고 스스로를 설득한다.

동기간의 경쟁, 적대적인 형제

대체로 영웅 플롯에 나타나는 숙적과의 갈등과 대립, 경쟁은 동기간의 경쟁에 그 원형을 두고 있다. 아들러는 부모로부터 받는 사랑과 관심을 놓고 벌이는 동기간의 대결은 아버지와 아들 간의 오이디푸스 대결보다 무의식과 동기부여의 힘을 더 크게 갖는다고 생각했다.

경쟁으로 원수가 되는 형제의 원형으로 〈구약성서〉 창세기 4장에 등장하는 '카인과 아벨'을 들 수 있다. 이 둘은 아담과 이브의 아들들로서, 형 카인은 농부이고 동생 아벨은 목자였다. 카인은 '땅의 소산으로 제물을 삼아' 바치고, 아벨은 '양의 첫 새끼와 그 기름'을 바쳤다. 하느님이 아벨의 제물을 더 좋아하자 분함을 느낀 카인이 아벨을 돌로 쳐서 죽인다. 카인은 이 벌로 땅에서 저주를 받아 영원히 유랑생활을 하게 된다. 이들은 하느님의 사랑, 곧 '부모 형상의 사랑을 위한 경쟁에서 서로 끊임없이 대결하는 원형적 형제', '원수형제'[37]이다.

윌리엄 인딕은 존 스타인벡의 소설 〈에덴의 동쪽〉을 원작으로 엘리아 카잔이 만든 영화를 '카인과 아벨'에 원형

그림 6.6 파울 루벤스, 〈아벨을 쳐 죽이는 카인〉 (1608~1609)

을 둔 아들러의 동기간 경쟁이론으로 분석한다. 카인이 유랑을 떠난 '에덴의 동쪽'을 제목으로 삼은 이 이야기에는 아버지의 사랑을 놓고 경쟁하는 칼과 아론이 등장한다. 둘째인 칼은 자유분방한 성격을 가졌는데, 아버지가 형 아론만 편애하는 것에 불만을 가지고 형의 약혼자인 에브라에게 접근하여 친해진다. 사업에 망한 아버지의 복귀를 돕기 위해 칼은 돈을 벌어오지만, 아버지는 이를 거부한다. 칼은 아론에게 거리의 술집 여주인이 친어머니라고 알려준다. 충격을 받은 아론은 군대에 입대하고, 아버지는 쓰러져 반신불수가 된다. 결국 아버지는 칼을 이해하고 받아들이게 된다. 윌리엄 인딕은 칼과 아론을 나쁜 아이와 착한 아이의 이중성으로, 부모의 편애로 인한 갈등과 경쟁, 공통적인 연애상대에 대한 동기간의 애성 경생, 부모 한쪽이나 모두에게 인정받고 싶은 욕구에서 오는

잠재적 경쟁, 외적 목표 성취에 대한 경쟁, 도덕적 갈등의 요소 등으로 분석해내고 있다.[38]

오이디푸스의 아비살해 이상으로 심각한 원수형제와 살해문제는 오이디푸스의 저주를 받은 두 아들 에테오클레스와 폴리네이케스의 결투와 죽음이다. 오이디푸스가 추방당한 후, 이 두 아들이 테베를 번갈아 통치하게 되었는데 통치기간을 지키지 않아 결투를 벌이고 서로를 찔러 죽인다. 셰익스피어의 〈리어왕〉(1608)에서도 세 딸은 영토분할 때문에 비극적인 결말을 맞는다. 리어왕은 영토를 나누어주기 위해 세 딸들에게 아버지를 얼마나 사랑하는가를 묻는다. 큰딸 고네릴과 둘째딸 리건은 그들의 사랑을 과장하여 표현하여 국토를 나누어 받았으나 자식으로서 그저 효성을 다할 뿐이라고 덤덤하게 대답한 코델리아는 추방당한다. 그러나 국토를 물려받은 딸들이 노골적으로 아버지를 냉대하여 리어왕은 궁을 나와 미쳐가며, 프랑스 국왕과 결혼한 코델리아는 아버지를 구하기 위해 군대를 이끌고 영국으로 진격하였으나 싸움에 지고, 아버지와 함께 포로가 되어 교살된다. 아버지의 오만함과 우매함으로 인해 착한 딸은 추방당하고, 사악한 자매와의 싸움 끝에 결국은 죽음에 이른 것이다.

경쟁으로 대립하고 살해까지도 하는 형제이야기는 우리 서사에서도 중요한 서사 모티프이다.[39] 이른바 천지분리 신화의 한 형태인 〈천지왕 본풀이〉는 동기간의 경쟁과 원수형제 모티프를 보여주는 원형적 형제담이다. 천지왕은 지상에 내려가 바구왕의 딸과 관계한 후, 쌍둥이 형제를 낳으면 대별왕과 소별왕으로 이름을 지으라 하고 신표를 남긴다. 장성한 이들 형제는 아버지 천지왕을 찾아가 신표로 아들임을 확인받는다. 천지왕은 대별왕에게 이승왕을, 소별왕에게 저승왕을 하도록 했다. 그러나 이승을 차지하고픈 소별왕이 내기를 하자고 하고 속임수를 쓰자, 대별왕

캐릭터, 이야기 속의 인간

은 이승을 양보한다. 소별왕이 이승에 와보니 너무 살기 어렵자, 대별왕에게 다시 이승과 저승을 맞바꾸자고 한다. 대별왕은 활로 해와 달을 하나씩 쏘아 없애고 나무와 짐승이 말을 하지 못하게 하고, 귀신과 인간을 구분해주었다. 그러나 애초에 천지왕의 명을 제대로 듣지 않아 세상에는 온갖 어려운 일이 많아졌다는 내용이다.

　외적 목표 성취에 대한 경쟁과 원수형제 모티프는 〈오뉘 힘내기〉 설화에서 더욱 비극적으로 그려진다. 〈오뉘 힘내기〉는 오누이가 목숨을 걸고 힘을 겨루다가 온 가족이 죽는다는 내용이다. 홀어머니 밑에 힘이 장사인 오누이가 살았는데, 하루는 둘이 겨루어 지는 사람이 죽기로 내기를 한다. 내기의 과정에서 딸이 이기려 하자 아들을 살리기 위해 어머니는 딸의 일을 지연시킨다. 결국 딸은 내기에서 져서 죽고, 이 일을 안 아들은 자살하고 이에 어머니도 자신의 어리석음을 한탄하며 자살한다. 이 남매는 공존할 수 없는 두 힘의 대립을 상징하고 있다. 그러나 경쟁은 공정하게 이루어지지 않고, 제3자인 어머니가 부당하게 개입하여 모두의 죽음으로 끝이 난다. 물론 지역에 따라서 다양한 이야기의 변이가 일어나지만, 남매가 대결하고 누이가 희생당한다는 핵심내용은 유사하다. 이러한 남매의 경쟁과 희생 이야기는 현대에도 다양하게 변형되어 나타난다. 쌍둥이 남매가 갈등하고 대립하는 내용을 그린 TV드라마 〈아들과 딸〉은 남아선호사상 때문에 형제들과 불공정한 경쟁을 하고[40] 일방적으로 희생당했던 당시의 딸들에 대한 이야기이기도 하다.

　가부장제하에서 형제들은 가계계승을 두고 갈등하고 경쟁할 수밖에 없다. 양쪽의 우열을 가르는 일이 많으므로, 이를 다룬 이야기에서 형제의 성격을 대조적으로 형상화하는 일이 많다. 우리 옛이야기[41]에는 〈흥부와 놀부〉처럼 욕심 많고 사악하고 질투심 많은 형과 성실하고 온순하며 착한 동생이 불화하는 '착한 아우와 악한 형' 이야기가 대체적으로 많이 나타난다. 이런 이야기는 동생이 선한 성격으로 먼저 복을 얻으면 이를 욕심낸 형이 동생을 따라했다가 망하는 구조로 되어 있다.[42] 현우형제담賢愚兄弟譚은 어리석은 형과 영리한 동생의 갈등과 대립, 경쟁 이야기이다.[43] 대개 장자가 가계를 계승하고 가산과 가부장의 지위를 얻게 되므로 형은 가정 내 권력자가 되고 동생은 피지배자이자 약자가 된다. 이런 힘의 문제를 도덕적인 우열이나 지적인 우열로 균형을 맞춘 것이다. 곧 힘이 있으나 사악하거나 우둔한 형과 약자이나 착하거나 영리한 동생이 대립하고 결국 강자인 형이 패배하는 이야기는 알라존과 에이론의 대립 형태로도 볼 수 있다.

동기간의 경쟁은 애정 문제에서도 예외는 아니다. 한 여자를 두고 형제가, 혹은 한 남자를 두고 자매가 경쟁하고 질투하는 일이 흔하다. 유사한 환경에서 자란 또래인 까닭에 취향이나 매력이 비슷할 수 있기 때문이다. 이 소재는 형제 갈등에서 부차적인 문제로도 자주 등장한다. 김동인의 〈배따라기〉에 나오는 형제는 여자를 가운데 둔 경쟁자이다. 장에 갔다 돌아온 형이 방 안에 있던 동생과 아내의 옷매무새가 흐트러져 있는 것을 보고 오해하여 이들을 폭행하고 내쫓는다. 동생과 아내는 쥐를 잡으려 했던 것뿐인데 이를 오해하여 성급한 행동을 한 것이다. 이 사건으로 아내는 집을 나가 바다에 빠져 죽고 동생은 사라진다. 〈배따라기〉를 패러디한 김소진의 소설 〈겐짱 박씨 형제〉(《장석조네 사람들》)도 형수를 사이에 두고 벌어지는 형제간의 미묘한 관계와 오해를 다루고 있다. 형의 집에 얹혀사는 동생은 외모가 준수하고 기타도 잘 치고 그림도 잘 그리는 반듯한 청년이다. 이창동의 〈녹천에는 똥이 많다〉에서 형 준식은 시동생에게 유독 친절한 아내 때문에 상처받는다. 채만식의 〈탁류〉

에서 초봉, 계봉 자매 사이에도 남승재라는 남자가 있다. 초봉은 몰락한 집안을 살리기 위해 고태수와 결혼하고, 다시 박제호와 장형보에 의해 철저하게 희생당한다. 언니와는 달리 당당하고 자유로운 성격의 계봉은 주체적으로 자신의 길을 개척해간다. 결국 남승재는 초봉에 대한 연민과 계봉의 매력 사이에서 끝까지 마음을 정하지 못한다. 영화 〈파주〉(2009)에서는 형부를 사랑하게 된 여동생이, 영화 〈정사〉(1998)에서는 여동생의 남자친구를 사랑하게 된 언니가 등장하여, 한 사람을 두고 벌어지는 동기간의 미묘한 애정 갈등을 보여준다.

형이 죽은 후에 동생이 형수와 결혼하는 형사취수兄死娶嫂 제도도 형제와 한 여성의 결합과 갈등을 보여주는 이야기 소재가 된다. 실제로 형인 아서 튜더의 아내 캐서린과 결혼한 헨리 8세, 형인 고국천왕의 왕후인 우씨를 아내로 맞이한 산상왕이 있고, 〈햄릿〉에서 형이 죽은 후에 그 아내 거트루드와 결혼한 클로디어스도 그러하다.

형제의 우애

형제관계담에는 갈등과 대립을 어떻게 극복하고 어떻게 우애를 실현했는지를 보여주는 이야기도 적지 않다. 우리 민담 중 명의 형제, 바보형제, 명인 형제가 등장하는 현우형제담에서 형제는 경쟁하는 듯하면서도 결국은 힘을 한데 모아 공동의 목표를 이루어낸다. 〈서애와 겸암〉에서 동생인 서애는 형인 겸암보다 여러 방면에서 뛰어나고 조숙하여 출세가 더 빨랐다. 그러나 임진왜란이 일어나자 겸암은 벼슬에서 물러나 집안과 지역사회를 지켜서 서애가 국가를 위해 충성을 다할 수 있도록 한다. 나아가 형은 준비가 부족한 동생이 명나라의 원병을 청하는 과업을 완수할 수 있도록 돕는다.[44]

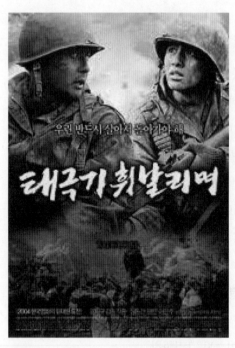

〈태극기 휘날리며〉는 한국전쟁을 배경으로 형제애를 그린 영화이다. 수재로 집안의 기대를 한몸에 받고 있던 동생 이진석과 동생을 뒷바라지하기 위해 학교를 그만두고 구두닦이 일을 하는 형 이진태는 전쟁이 일어나면서 헤어지게 된다. 국군의용군으로 소집된 동생을 찾으러 갔다가 진태까지 전쟁터에 끌려간다. 심장병을 앓는 동생을 전역시켜주기 위해 무공훈장을 타

그림 6.7 강제규 감독의 영화 〈태극기 휘날리며〉(2004)

야겠다고 결심한 형은 무모할 정도로 몸을 아끼지 않고 싸움에 임하고 동료가 죽어가도 아랑곳하지 않는다. 진석은 전쟁영웅으로 찬사를 받으면서 자신의 충고는 듣지도 않고 전쟁의 광기에 휘말려가는 형에게서 두려움과 경멸을 느끼고, 점차 형제의 우애에도 금이 가기 시작한다. 국군의 퇴각으로 헤어진 후에, 진태는 동생이 국군에 의해 죽었다고 오해하고 복수를 위해 북한군의 영웅이 된다. 이번에는 형을 찾기 위해 진석이 나서 극적으로 상봉하지만 진태는 진석을 살리기 위해 자신을 희생한다. 이 영화는 이념 대립으로 비극적 전쟁을 치러야 했던 우리 역사의 한 장을 일그러지고 위험한 형제애로 그리고 있다.

양귀자의 〈한계령〉에는 아버지를 대신하여 자신의 젊은 날을 희생한

캐릭터, 이야기 속의 인간

큰오빠가 등장한다. 일곱이나 되는 자식을 남겨놓고 갑자기 아버지가 세상을 떠나자 큰오빠는 생계를 온전히 떠맡았다. 그는 이를 악물고 동생들을 교육하고 당당하게 자립시켜 큰오빠의 신화를 완성하였다.

> 모두들 큰오빠의 신화를 가꾸며 살고 있었다. 여태도 큰형을 어려워하는 둘째오빠는 큰오빠의 사업을 돕는 오른팔의 역할을 묵묵히 수행하면서 한편으로는 화훼에 일가견을 이루고 있었다. 내과 전문의로 개업하고 있는 넷째오빠도, 행정고시에 합격하여 고급 공무원이 된 공부벌레 다섯째오빠도 큰오빠의 신화를 저버리지 않았다. 고향의 어머니나 큰오빠가 보기에는 거짓말을 능수능란하게 지어낼 뿐인, 책만 끼고 살더니 가끔 글줄이나 짓는가보다는 나 또한 궤도 이탈자는 결코 아닌 셈이다. 아버지가 세상을 뜨던 해에 고작 한 살이었던 내 여동생은 벌써 두 아이의 엄마가 되어 음악 선생으로 일하고 있는 중이었다.[45]

그러나 이 자랑스러운 신화는 정작 본인에게는 허망함만을 남겨주었다. 무려 25년을 헌신한 끝에 그는 대수술로 육체가 망가지고 이제 정신적인 허탈함으로 급격히 노쇠해간다. '나'는 고향친구 미화(은자)가 부르는 노래 '한계령'을 들으며 힘겹게 살았던 큰오빠와 형제들의 삶을 되새긴다. 희생과 존경, 협력으로 아버지 없이도 모두 우애 있게 성공적으로 살아냈지만, 이제 산을 내려와 허망함을 견뎌야 하는 것은 개인의 몫일 수밖에 없음을 노래가사에 기대어 쓸쓸하게 보여준다.

3. 부부관계와 캐릭터 구성

부부는 가족관계의 핵심이다. 그러나 부부는 부모-자식 관계나 동기 관계처럼 혈연적인 유대로 맺어진 가족 구성원이 아니다. 서로 다른 성장배경과 성격을 지닌 성인 간의 약속으로 맺어진 가족관계이므로 관계의 시작과 지속, 분리를 선택할 자유가 있다. 이 관계의 지속은 개인의 발달 경험과 사회관계, 가족 유형, 가족의 발달 단계와 환경 특성에 의해 민감하게 영향을 받는다.

한국은 가부장권을 중심으로 하는 부부 역할과 관계가 오랫동안 유지되어왔다. 20세기 초반까지도 조혼으로 인한 폐해가 심각하였고, 구습과 서구적 가치가 부딪치면서 적지 않은 갈등이 있었다. 서구의 부부 중심 가정을 모델로 한 신가정 개념이 수입되면서 아내는 근대적 지식을 활용하는 현모양처가 되고, 남편은 밖에 나가 일을 하여 가족을 부양한다는 부부간의 역할이 자리를 잡기 시작하였다. 부부간의 역할 분담을 강조한 가족관계는 변화하기 시작하여, 부부관계에서 우정, 사랑, 상호 매력 등이 강조되고, 성적 평등과 개인의 자유가 중요시되고 있다. 동등성과 다양성에 기초한 관계를 통한 개인의 성장이 중요하다는 점이 널리 받아들여지고 동반자적 관계를 지향하는 방향으로 부부관계는 변화하고 있다.

부부 권력과 역할 갈등

남편과 아내의 캐릭터를 구성하는 데 우선 고려해볼 것은 부부 권력과 가정 내의 역할 갈등이다. 부부 권력은 가족과 관련된 일의 의사결정에 미치는 부부의 영향력을 의미한다. 누구의 권력이 더 우세한가에 따

캐릭터, 이야기 속의 인간

라 가족 내의 역할과 삶의 방식이 달라진다. 유교적인 전통사회에서 '여 필종부女必從夫'라 하여 아내는 남편의 뜻에 따라야 한다는 사회적 규범에 의해 남편에게 강력한 가족 권력이 주어졌다. 그러나 사회 변화에 따라 부부 역할과 권력도 크게 변화되었다.[46] 부부 각자가 자율적으로 가정 내 자기 고유 영역을 결정하고 이 부분에서 결정권을 가지며 역할 분담을 하는 것을 정상적이고 이상적인 형태로 본다면, 역할 갈등은 이러한 자 율적인 선택을 가로막는 문제로부터 비롯될 것이다. 즉 비본질적인 요인 에 의한 일방적인 종속이나 역할의 전도, 부적절한 역할 분담 등은 부부 중심 이야기에 흔히 등장하는 갈등요소이다.

유교사회에서 아내를 억압, 통제하는 장치와 열녀烈女와 절부節婦, 그리 고 남편에게 본연의 의무를 다한 양처良妻 이야기는 고전서사에 흔히 등 장한다. 그러나 현재적 이야기 가치를 지니는 캐릭터는 이보다는 예외적 인 인물에게서 주로 발견할 수 있다. 신분도 낮고 무능한 남편 온달과 결 혼하여 가정사를 해결하고 남편을 장군으로 만든 적극적인 아내 평강공 주, 주색잡기에 빠진 방탕아 이춘풍을 혼내고 가정을 바로잡기 위해 분 연히 일어서 슈퍼우먼의 필살기를 보여준 춘풍의 처 김씨,[47] 상부살로 남 편들이 모두 줄줄이 죽고 난 후에도 씩씩하게 살아가는 덴동어미가 그렇 다. 그러나 이런 예외적인 캐릭터들도 결국은 가부장을 중심으로 한 가 정의 질서를 지향하고 그런 해결을 향한다. 이들의 예외성조차 문제의 발견과 변혁이 아닌 제도에 대한 절대적 지지를 위한 것이었다.

20세기 중반이 넘어설 때까지도 한국사회에서 부부 권력은 남편에게 있었다. 안석영의 〈안해〉(1937)의 남편은 폭군, 혹은 마왕, 동물과 같은 존재로 그려진다. 남편은 아내를 화풀이 대상으로 여기고 남들 앞에서 호령하고, 금지하고 억입하며, 처가를 무시하며, '아이를 낳는 식문만을 가진 가축'으로 취급한다. 또 이성理性에 눈을 뜨면 여성으로서의 천직을 잃기 쉽다고 경고하며 가정 내의 일에 최선을 다하도록 훈계한다. 김유정의 〈안해〉(1935)에서 남편은 들병이로 나서겠다는 아내에게 노래를 가르치고, 생계를 위해 아내를 어떻게 이용하는 것이 이익인지를 셈하며, 못생겼다는 이유로 수시로 폭력을 휘두르고 화풀이를 하는 파렴치한이다.

계집 좋다는 건 욕하고 치고 차고, 다 이러는 멋에 그렇게 치고 보면 혹 궁한 살림에 쪼들리어 악에 받친 놈의 말일지는 모른다. 마는 누구나 다 일반이겠지. 가다가 속이 맥맥하고 부아가 끓어오를 적이 있지 않냐. 농사는 지어도 남는 것이 없고 빚에는 몰리고, 게다가 집에 들어서면 자식놈 킹킹거려, 년은 옷이 없으니 떨고 있어 이러한 때 그냥 배길 수야 있느냐. 트죽태죽 꼬집어가지고 년의 비녀쪽을 턱 잡고는 한바탕 홀 두들겨대는구나 한참 그 지랄을 하고 나면 등줄기에 땀이 뿍 흐르고 한숨까지 후, 돈다면 웬만치 속이 가라앉을 때였다.[48]

인용한 부분에도 나타나듯 남편은 너무도 당당하게 아내에 대한 폭력을 정당화한다. 이때 아내의 역할이란 곤궁한 삶에 지친 남편의 분노와 폭력을 순순히 받아주는 것이라는 태도가 다소간 해학적으로 그려지고 있다.

한편 같은 시기 경제적으로 무능력한 남편과 남편을 대신하여 직업전선에 뛰어든 아내의 가정 내 역할은 보다 복합적으로 그려지기도 한다. 경제적 능력을 상실한 다수의 남편들은 이상의 〈날개〉(1936)에서처럼 아내에게 종속된 존재로 등장한다. 김남천의 〈이런 안해(혹은 〈이런 남편〉)〉(1939)에서 전향 지식인 남편은 여배우가 된 아내가 벌어다 준 돈으로 먹고산다. 남편은 아내를 대신하여 집안일을 도맡고 아내는 남편이

캐릭터, 이야기 속의 인간

집안일 하는 것을 외면한다. 그러나 이러한 역할 바뀜에 대해 자격지심을 가진 남편은 세속적이고 물질적인 생활의 영역에 아내를 위치시키고 혐오와 거리감을 드러냄으로써 무력해진 남성성을 은폐하고 정신적 순결성을 회복하고자 한다.[49]

가정이라는 울타리에 갇힌 아내, 남편의 공적 영역과 격리된 사적 영역에서 사회적 소통이 금지된 채 살아가는 여성의 정체성 찾기와 이로 인한 문제도 많이 그려졌다. 정연희의 〈갇힌 자유〉(1972)는 아파트에 갇힌 채 살아가는 아내의 자기 정체성 찾기를 다루고 있다. 날마다 남편은 '나'를 아파트에 가둬두고 출근한다. 문은 잠겨 있고 벽은 견고하며 불투명 유리에 커튼까지 쳐 있지만, 아내는 커튼 밖의 세계를 상상하는 것으로 만족한다. 그러나 '당신은 누구냐'를 묻는 전화 한 통에 '나'는 대답을 못하고 흔들린다. 인형과도 같은 삶 속에서 만족을 느끼던 '나'는 이 사건으로 삶의 주체로서의 본래적인 '나'가 누구인지를 묻게 된다.

아내와 남편의 소통불가의 상황, 가정 내 존재로서 아내가 말하지 못한 문제를 남편의 시선과 서술을 통해 그려내는 작품들이 있다. 한강의 〈내 여자의 열매〉(2000)는 식물이 되어가는 아내에 대한 이야기이다. 어머니처럼 살지 않겠다는 생각은 가부장적 세계에 대한 거부의식을 가지게 하고 그것은 알 수 없는 고통으로 이어져 아내는 결국 식물로 변하게 된다. 은희경의 〈아내의 상자〉의 남편은 아내가 왜 자신이 거세되었다고 느끼는지, 왜 종일 잠만 자는지, 왜 이사 온 옆집여자를 따라 다른 남자를 만났는지 조금도 이해하지 못한다. 그는 모든 것을 양보한 자신한테는 몸을 내주지 않고, 낯선 모텔 방에서 알몸으로 발견된 아내를 병원으로 보내고, 아내의 방을 없애버린다. 남편에게 아내의 방을 채운 상자 속의 물건들은 아내에 내해 알려주는 섯이 없는 무용한 섯일 뿐이다.

나는 아내를 위해 모든 것을 했다. 그것을 아내는 어떻게 갚아 주었던가. 아마 지금쯤 그녀는 자고 있을 것이다. 약을 먹을 시간이 되면 깨어난다. 그리고 다시 잠들기 전까지 하는 일이라고는 오직 나를 기다리는 것뿐이다. 그녀는 내 동의 없이는 그곳에서 한 발짝도 나갈 수 없다. 그녀는 아주 잘 있다. 내가 찾아와 주기를 기다리는 일로 내 사랑에 보답하고 있다. 오늘 그녀의 방은 없어졌다.[50]

자신을 설명하고 옹호해줄 누구도 가지지 못한 채 잠으로나 도피하는 아내는 남편에 의해 폐기된다. 인격적 존엄성을 가진 독립적 존재가 아니라 남편에 의해 강제적으로 갇힌 수동적인 존재가 된다.

부부 불화와 가족관계의 해체

부부 캐릭터 구성에서 핵심적 갈등을 만들어내는 요소는 부부 불화이다. 부부관계는 혈연적 관계가 아니므로 상호 합의에 의해 관계의 지속 여부를 결정할 수 있다. 그러나 사회적인 다른 관계와 달리 부부관계의 지속 여부는 가족구성원에게 심각한 영향을 미친다. 이 때문에 혼사과정부터 결혼생활까지 갈등과 불화, 관계의 해체 등은 가족 중심 서사의 중요한 소재로 등장한다. 우선 외부의 힘이 작용하여 생기는 갈등과 문제가 있다. 특별한 제도나 관습, 전통, 가족의 강력한 요구나 간섭 등이 본인들의 의지와 배치되는 경우도 있고, 질병이나 외부의 폭력, 상해와 사망, 경제적인 문제 등 의도치 않은 사고나 문제로 인해 안정적인 부부관계에 금이 가는 경우도 있다. 가장 어려운 문제는 스스로 약속을 깨는일, 어느 한쪽의 불륜이나 변심 등일 것이다. 이러한 갈등이 남편과 아내캐릭터 구성에서 또한 중요한 요소가 된다.

캐릭터, 이야기 속의 인간

고소설에 나타난 부부 불화 양상을 통계적으로 분석한 연구에 의하면 불화의 가장 큰 원인은 혼인제도 및 혼인 과정상의 문제이다. 이 중 대부분은 황실의 사혼賜婚/늑혼勒婚으로 인한 불화, 혼인제도 자체에서 비롯된 불만, 처첩제도 등 외부에서 비롯되는 문제이다. 특이한 것은 아내가 부부 불화의 가장 큰 원인 제공자이자 불화의 가장 큰 피해자로 형상화된다는 것이다. 마지막에 대부분 화해하지만 파경에 이르는 경우 처벌되고 축출되는 대상은 여성인물에 한정된다. 처벌자는 권력의 소유자이거나 모두 남성이다.[51] 근대 이후의 서사에서도 부부 불화에 대한 시선과 처리는 크게 달라지지 않았다. 폭력적인 남편과 매 맞는 아내, 집 나간 남편과 가정을 지키는 아내, 시가와 남편으로부터 버려지고 내쫓기는 아내, 생계를 위해 팔려가는 아내[52]의 이야기가 그러하다. 그러나 또 한편에는 남편의 부당한 요구와 행동에 저항하는 주체적인 아내도 있고, 가정으로부터 벗어나 성적으로 자유분방한 삶을 선택하는 아내도 있다.

현재적인 이야기 가치를 가지는 매력적인 캐릭터 모델은 당대의 새로운 갈등과 문제에서 탄생한다. 전통적인 결혼제도의 부당함을 고발하는 소설은 여성작가에 의해 먼저 나타났다. 김일엽의 〈자각〉(1926)에 나오는 아내는 유학 간 남편을 기다리며 모진 시집살이를 견디었으나 남편으로부터 갑자기 절연장을 받는다. 이에 결혼생활이 '노예의 삶'에 지나지 않았음을 뒤늦게 자각하고, 신교육을 받고 자립한다. 강경애의 〈어머니와 딸〉에 나오는 아내도 유학 간 후 이혼을 요구하는 남편을 떠나 노동자로 운동에 투신할 결심을 한다. 남성작가인 심훈의 장편 〈직녀성〉(1935)과 채만식의 〈인형의 집을 나와서〉에도 유사한 내용이 나온다. 〈직녀성〉은 조혼한 구여성이 모진 시집살이와 남편의 비합리적인 태도를 견디며 살디기 이혼하고, 자살 시도 끝에 유치원 보모가 된다는 내용이다. 채만식의 〈인형의 집을 나와서〉의 주인공 '노라'는 변호사인 남편에게 실망을 느껴서 가출한 후, 경제적 역경과 성적 시련을 겪다가 인쇄소 직공이 되어 노동운동에 투신한다.

남편의 일상화된 폭력과 중첩되어 나타나는 보다 큰 문제는 아내 강간이다. 김유정의 〈안해〉에서는 구타 끝에 이루어지는 성행위를 상호간의 만족스러운 것인 양 그리고 있다. 그러나 상식적으로 폭력에 이은 성행위가 아내에게 쾌락을 주는 것으로 상상하기는 어렵다. 전경린의 〈부인내실의 철학〉에서 고급공무원인 남편은 아내를 상습적으로 구타하고 강압적으로 성폭행한다.

> 결혼 생활 육 년째가 되었을 때는 위험해졌다. 남편은 희우를 때리지 않고는 그녀의 다리를 벌릴 수 없었다. (…) 그는 살다가 생긴 마음의 상처와 고립감과 불안과 좌절과 독선적인 성격으로 인해 속으로 뭉친 울화덩어리를 언제나 희우에게 외상外傷으로 돌려주었다. 한 번도 참지 않고 주먹으로 희우의 얼굴을 때렸고 희우의 머리를 벽에다 내던졌고 사과를 둘로 쪼개듯 강제로 허벅지를 벌렸다. 신중하고 약간은 태만하고 관습적이고 무신경한 고급공무원의 얼굴에서 아무도 그런 광증을 상상할 수 없을 것이다.[53]

아내는 폭력적인 일상을 떠나 가출하거나 이혼을 감행하지 않는다. 대신 기윤이라는 남자를 자기의 내실에 초대하여 사랑을 나눈다. 결혼과 가족관계를 유지하면서 자신의 일상 중심에서 당당하게 불륜을 저지르는 것이다.

불륜은 부부 불화의 중요한 원인 가운데 하나이다. 상당히 오래도록 남성들에게는 불륜이 용인된 반면, 여성들에게는 불륜의 결과가 냉혹했

캐릭터, 이야기 속의 인간

다. 불륜 때문에 살해를 저지르는 최악의 경우에도 남편과 아내에게 내려지는 처벌이 달랐다. 남편이 아내를 살해한 경우 자살로 위장하기 쉬웠고 감형되기도 했지만, 아내가 남편을 살해한 경우는 가부장 신분질서를 위배하는 강상죄로 치죄했다. 이 같은 부부 살해 이야기는 정당한 응징을 한 남성 권력자의 시선에서 쓰여진 교훈적인 일화에 주로 나타난다. 실제세계에서와 마찬가지로 이야기 세계에서도 남편을 살해한 아내들은 철저하게 응징된다. '억울하게 살해된 가부장의 희생을 딛고' 공동체의 질서를 더욱 공고하게 하기 위해, 간부 살해범의 이미지는 '음욕에 빠진 미인, 반성할 줄 모르는 뻔뻔함, 제거되어야 할 존재'로 그려졌다.[54]

아내의 불륜은 6·25전쟁 직후에 크게 사회적 이슈가 되었다. '혼란과 패륜, 그리고 부박한 미국식 퇴폐현상'의 근원으로 '전후파 여성Aprés-guerre girl'이 사회의 표면에 떠올랐으며 이들은 경계와 교정의 대상이 되었다. 그 중심에 '자유부인 신드롬'이 있다. 정비석의 〈자유부인〉(1954)은 당시 사회 지도층인 대학교수와 그 부인의 외도를 다루고 있다.[55] 이 작품의 남편 장교수는 젊은 타이피스트 여성에게

그림 6.8 정비석의 원작소설을 각색은 한형모 감독의 〈자유부인〉(1956)

야릇한 감정을 느끼고, 평범한 가정주부인 아내 오선영 역시 이른바 '춤바람'이 나서 불륜을 저지른다. 부부 모두 외도하는 내용이지만, 제목이 자유로운 삶을 갈구하는 부인을 중심으로 하는 까닭에 불륜의 초점은 아내에게로만 향했다. 어쨌든 이 작품 이후 '자유부인'은 바람난 아내를 뜻하는 말로 굳어졌다. 이후 성공한 남편을 둔 부유층 여성들이 소외와 결핍감을 성적 즐거움의 탐닉으로 채우는 '외도하는 아내' 캐릭터가 대중소설에 많이 나타났다. 김승옥의 〈강변부인〉(1977)의 아내는 쇼핑과 영화 감상, 친구와의 수다로 시간을 보내고 남편 몰래 다른 남자를 만나 육체적 쾌락을 즐긴다. 최인호의 〈도시의 사냥꾼〉에서는 남편과 별거 중인 아내가 우울증과 불면증에 시달리다가 새로운 사랑을 만났으나 불륜으로 구속된다. 이처럼 제대로 된 사회적 역할을 찾지 못한 가정 내 존재인 '아내'는 산업화시대의 남성 주체의 열등한 반려자로 더 나쁘게 그려졌다.

결혼제도의 변형과 해체

21세기 들어서는 일부일처제에 대한 부정, 결혼제도에 대한 회의와 비판을 담은 다수의 대중적 서사물이 부부관계와 윤리에 대한 인식 변화를 보여주고 있다. 이만교의 〈결혼은 미친 짓이다〉(2000)는 결혼을 하고도 과거의 애인과 지속적으로 관계를 가지는 여러 커플의 이야기를 담고 있다. 일부다처가 아니라 일처다부의 부부관계를 그린 이야기도 등장하였다. 박현욱의 〈아내가 결혼했다〉(2006)는 공식적으로 두 남편과 부부 관계를 유지하는 아내의 이야기이다. 아내는 남편인 '나'의 허락을 얻어서 두 번째 남편과 공개적으로 결혼식을 올린다. 남편과 합의하여 일부일처제를 부정하고 남편은 자유연애주의자인 아내와 결혼생활을 유지하

캐릭터, 이야기 속의 인간

기 위해 아내의 이중 결혼을 인정하는 것이다. 이 두 소설을 원작으로 제작된 동명의 영화와 영화 〈지금 사랑하는 사람과 살고 있습니까〉(2007)는 모두 결혼제도 자체를 문제 삼고 그 변화양상을 반영하고 있다.

하성란의 〈푸른 수염의 첫 번째 아내〉(2002)는 남녀 간의 이성애를 기본으로 한 결혼관에 이의를 제기한다. 이 작품은 동성애자임을 은폐하기 위해 거짓결혼을 한 남성과 이 때문에 결혼제도에 희생되는 여성의 문제를 다루고 있다. 결혼생활 중에 자신의 성정체성을 확인하여 결별에 이르는 남녀의 문제, 동성 간의 동거와 결혼을 그리는 서사물도 많다. 이제는 '미혼-결혼-이혼'이 아니라, '비혼-결혼-졸혼' 등 결혼제도에 대한 분명한 시각을 드러내는 용어가 만들어지고 제도로부터 자유로운 선택을 하는 사람들이 더욱 증가하고 있다. 이에 따라 부부관계와 남편과 아내 캐릭터 역시 가족 내 관계와 역할에 종속되어 그려지지만은 않고 있다.

4. 가족 형태의 변화와 갈등 요소

가족 형태는 가치관이나 인구 동태, 노동 형태 변화 등 여러 가지 사회적인 원인에 의해 변화된다. 지난 세기까지만 해도 보통 3세대 이상의 가부장적 직계가족이 동거하는 형태가 많았으나 점차 부부 중심의 2세대 가족 형태가 많아지고 현재는 1세대 가족이 증가하는 추세에 있다. 이 외에도 편부모 가족, 조손 가족, 독립 1인 가구 등 다양한 가족 형태가 나타나고 있다. 또한 한 자녀 이상을 둔 가족은 급감하고 있다. 이에 따라 가족원으로서 역할과 관계에서 급격한 변화가 일어나고 있다. 전통적인 가족관계에서 흔히 지적되는 세대 간의 가치관 갈등이나 시부모와 며느리 사이의 갈등, 가부장권을 둘러싼 형제 갈등, 성별에 따른 가족원의 역할 갈등의 양상이 매우 달라졌다. 또한 재혼 가족의 갈등, 노인이나 소년소녀 가장의 문제, 가족 구성원으로서 유대감의 상실, 다문화 가정(국제결혼 가정)과 이주노동자 가족의 권력관계와 소외, 문화 차이 등이 새로운 문제로 등장하고 있다.

가족사 서사와 가치관의 대립: 염상섭의 〈삼대〉

부모-자식의 종적인 관계가 세대를 더하여 확대되면 가족사 서사가 된다. 3대 이상이 함께 그려지는 서사에서는 가족 유사성과 세대 간 가치관의 차이가 크게 부각될 수밖에 없다. 이런 갈등과 대립은 공통된 관습과 혈연적 애정, 공동의 과거라는 화해 요소를 내포하고 있다. 특히 부모-자식 관계에서 나아간 조손 관계가 가족관계의 변수로 작용하기도 한다.

혼돈과 변화의 시대를 배경으로 3대가 주요 캐릭터로 등장하는 가족사 서사에서는 가족관계 속에서 시대의 변화, 가치관의 충돌과 갈등을 흥미롭게 전개시킬 수 있다. 염상섭의 〈삼대〉(1931)는 3대에 걸친 한 가족과 그 주변인 간의 갈등을 통해 식민지 시대의 사회적 변천과 정신사적 변화를 함께 보여준 1930년대 문제작의 하나이다. 이 작품의 3대는 모두 각 세대의 전형적이면서도 개성적인 캐릭터로 그려진다. 제1세대인 조의관은 봉건 세대를 대표하는 캐릭터이다. 그는 식민지 자본주의 사회에 기생하여 치부致富에 성공한 자들의 전형으로서, 양반의 족보를 사들일 정도로 명분과 형식에 얽매인 인물이다. 제2세대인 조상훈은 개화 세대를 대표하는 캐릭터이다. 그는 아버지의 재산으로 교육 사업에 힘쓰는 지식인이면서 축첩과 애욕에 빠진 이중인격자이다. 결국 가문의 온전한 후계자가 되지 못하고 가족이라는 삶의 근거를 상실한다. 제3세대 조덕기는 신세대이면서 중산층의 보수주의적 세계관을 가지고 있다. 그는 지식 청년으로서 민족의식과 사회의식을 지닌 심퍼다이저sympathizer이지만, 한편 소극적이고 도피적인 면도 지닌 우유부단한 인물이다.

이 세 인물은 아버지와 아들의 갈등과 아버지 넘어서기를 보여준다. 조상훈은, 평생 가문과 재산과 족보를 위해 노예처럼 일한 아버지 조의관을 이상적 모델로 삼을 수 없었다. 그는 보수적이고 고루한 아버지의 사상에 대한 거부로부터 자신의 입지를 세웠다. 새 시대가 요구하는 지식인으로 정치적 야심을 가지고 있었으나, 그것이 봉쇄당하자 교역자로서 또 사회사업가로서 타인을 위해 봉사한다. 그러나 3·1운동 실패 후 허무주의에 물들면서, 동료의 딸을 취하고 축첩을 하는 등 퇴폐적인 생활에 빠지게 된다. 그 아들 조덕기는 아버지 대신 가문과 재산의 상속권자가 되었지만 할아버지를 따를 수도 없었고 아버지를 이상형으로 삼을 수도 없었다. 그는 가정 내에서 세대 간의 갈등과 이념적인 갈등을 조정하는 역할을 담당하며, 가정 밖에서도 이념적으로 중립적인 입장을 유지한다. 이와 같이 이 작품은 식민지 중간층 집안의 필연적 몰락 과정과 세대 간의 갈등을 통해 역사와 사회의 변화를 포착하여 보여주고 있다.

전통적 가족관의 전복: 천명관 〈고령화 가족〉

천명관의 소설 〈고령화 가족〉(2010)은 연극으로 상연되고 영화화도 될 만큼 캐릭터가 가진 힘이 큰 작품이다. 이 소설은 사회적으로 극단적인 실패를 경험한 가족 구성원들이 '엄마'의 집으로 모여들면서 생기는 가족 내의 갈등과 화해를 다루고 있다. 일흔이 넘도록 화장품 외판원으로 일하는 엄마의 낡은 연립주택에는 폭력 전과자로서 오십이 넘어서도 엄마에게 얹혀사는 장남 한모, 이 집안에서 유일하게 대학교를 나왔지만 영화감독으로 실패하고 자살 시도까지 한 루저형 지식인 둘째 아들 인모, 두 번의 이혼 후 세 번째 결혼을 앞두고 있는 셋째 미연과 그녀의 딸 민경이 함께 살게 된다.

이 가족은 여러 가지 점에서 전통적인 가족 형태와 다르다. 대부분의 가족원은 성인이 되면 독립하여 가정을 떠나지만 이 작품은 반대이다. 모두 성인으로서 독립에 실패하고 뒤늦게 다시 가족이라는 울타리 속으로 되돌아온다. 전통 가족은 아버지를 중심으로 혈연관계로 맺어지지만, 이 작품은 엄마와의 관계를 중심으로 이루어져 있다. 큰아들 한모는 사망한 아버지의 전처가 데려온 자식이고, 셋째 미연은 엄마가 외도로 낳은 딸로서 서로 혈연적 관계가 없다. 또한 각각은 가족 구성원으로서의 전통적인 역할을 수행하고 있지 않다. 장남은 경제적으로 무능력할 뿐 아니라 자신의 욕구에만 충실하여 가족들에게 피해만 준다. 유일한 지식인으로 조카의 성장 모델이 되어야 할 둘째는 오히려 조카에게 돈을 뜯어내 여자와 바다에 놀러간다. 셋째는 경제적으로 조력을 하지만 바람기 때문에 남편들과 계속 갈등을 빚는다. 집안의 노인 가장이 된 엄마는 외도하여 딸을 낳은 사람으로서 현숙한 아내-어머니상과는 거리가 멀다. 그러나 이 작품은 한 식구食口로서 소소한 일상을 같이 하면서 정서적·경제적 공동체로 재결합하는 과정을 통해 새로운 가족의 의미를 보여주고 있다.

1 이광규, 《한국가족의 구조분석》, 일지사, 1975, p. 27.

2 David Corbett, 앞의 책, pp.166~167.

3 부모의 양육 태도는 부모의 나이, 신념, 직업, 결혼관계, 개인적인 사회망 등 다양한 요소의 영향을 받는데 이에 따라 부모 자식 간의 다양한 갈등이 나타난 다. 권위 있는 부모와 허용적인 부모, 방임적인 부모, 권위적이고 독재적인 부 모 등 다양한 양육 태도에 따라 자녀들의 성장 과정과 갈등도 달라지는 것이 다. Tom Luster, Lynn Okagaki, 박성연·도현심·전승원 옮김, 《부모-자녀관 계》, 학지사, 1996, pp. 377~381.

4 한국의 격변기에 아버지 찾기, 혹은 아버지 부재 모티프가 소설에 자주 등장하 는데 여기에서 아버지는 아버지 그 이상의 상징성을 띠고 서사화되었다. 이때 잃어버린 아버지란 전통, 민족, 국권, 자주 국가 등을 의미하였다. 어려운 시기 를 자주적으로 이끌어갈 강력한 존재의 부재가 부권 상실, 가부장권의 약화 등 으로 비유되어 그려졌던 것이다.

5 김영진, 〈역사 속의 아들과 아버지, 사도세자와 영조〉, 《한국의 아들과 아버 지》, 황금가지, 2001, pp. 65~75.

6 김유정. 〈형〉.《김유정단편선: 동백꽃》, 문학과지성사, 2010. pp. 366~367.

7 김영진, 앞의 책, p. 100.

8 안정효, 〈악부전〉,《악부전》, 동서문학사, 1992, pp. 19, 21~22.

9 여성의 사회 진출이 늘어나면서는 아버지는 자녀를 훈육하고 억압하고 복종시 키는 엄격한 존재가 아니라 자녀를 돌봐주고 함께 놀아주는 자상하고 친근한 존재, 멘토로서의 역할이 강조되기 시작했다.

10 이승우, 〈터널〉, 《심인광고》, 문이당, 2005, p. 218.

11 제우스가 가부장제 문화의 지배 원형으로서 권위적 아버지형이라면 포세이돈 은 억압된 감정과 본능을 가진 비합리적이고 폭력적인 캐릭터이며 지배권이 없어 매사에 통제하려 드는 아버지형이다. 또 하데스는 제우스의 그림자로서 내면세계의 주관성, 우울증, 열등감을 가진 은둔자 아버지형이다.

12 이종석, 〈궤내깃또, 아버지도 무서워한 영웅〉, 서대석 엮음, 《우리 고전 캐릭 터의 모든 것》, 휴머니스트, 2009, pp. 152~163.

13 그는 또한 영웅이 고아로 설정되는 일이 많은 것은 가족에 대한 심리적 부담감 없이 가볍게 모험을 떠날 수 있기 때문이라고 지적하고 있다. David Corbett,

앞의 책, p. 167.

14 마르트 로베르, 김치수·이윤옥 옮김, 《기원의 소설, 소설의 기원》, 문학과지성사, 1999, pp. 38~39. 마르트 로베르는 프로이트의 가족로망스라는 용어를 문학이론으로 모델화시켰다. 즉 업둥이형 로망스와 사생아형 로망스를 구분하여 이를 통해 리얼리즘과 모더니즘, 혹은 리얼리즘과 낭만주의적 소설화 방식의 차이를 설명하고 있다.

15 이수형, 〈〈광장〉에 나타난 해방공간의 나라 만들기와 가족로망스〉, 《현대소설연구》 38, 2008.

16 베리 쏘온·매릴린 얄롬 엮음, 권오주 외 옮김, 《페미니즘 시각에서 본 가족》, 한울아카데미, 1991, p. 21.

17 문소정, 〈한국여성운동과 모성담론의 정치학〉, 심영희 외 편, 《모성의 담론과 현실: 어머니의 성, 삶, 정체성》, 나남출판, 2000, p. 84.

18 임정빈·정혜정, 《성 역할과 여성》, 학지사, 1997, pp. 225~244.

19 권태효, 〈마고할미, 여성 거인의 서글픈 창조의 몸짓〉, 서대석 엮음, 앞의 책, pp. 300~317.

20 김명희, 〈조선시대 모성성 연구: 허난설헌과 신사임당을 중심으로〉, 서강여성문학연구회 편, 《한국문학과 모성성》, 태학사, 1998, pp. 56~60.

21 이연정, 〈여성의 시각에서 본 '모성론'〉, 한국여성연구회 편, 《여성과 사회》 6, 창작과비평사, 1995, p. 178.

22 엘리자베트 벡-게른스하임, 이재원 옮김, 《내 모든 사랑을 아이에게?: 한 조각 내 인생과 아이문제》, 새물결, 2000, pp. 149~160.

23 변혜정, 〈어머니되기의 환상과 실제 그리고 적응〉, 《결혼이라는 이데올로기》, 현실문화연구, 1993, pp. 134~136.

24 에릭슨이 정리한 엄마는 가정과 지역사회에서 '관습과 품행'의 문제에 있어 권위의 소유자이고, 자신의 '괴리'는 질책하지 않으면서 자녀에게는 '존경'을 강조하며, 자녀들이 순수한 형태의 감각적이고 성적인 즐거움을 자유롭게 표현하는 데 대해 단호한 적의를 보이지만 실상 자신은 그것을 포기하지 않고 성적인 표현을 탐닉하며, 자녀에게는 극기를 가르치지만 스스로는 절제하지 못하고, 전통의 가치를 우월하다고 하면서도 스스로는 '낡은 사람'이 되기를 원하지 않는다. Erik H. Erikson, 윤진·김인경 옮김, 《아동기와 사회》, 중앙적성출판사, 1988, pp. 338~340.

25 '호랑이 엄마'의 양육태도와 교육 방식은 중국계 미국 여성으로 예일대 법대 교수인 에이미 추아Amy Chua가 쓴 자전적 에세이 *Battle Hymn of the Tiger*

캐릭터, 이야기 속의 인간

Mother(2011)가 출간되면서 세계적인 관심과 논란을 일으켰다.

26 이상진, 〈한국 창작동화에 나타난 '엄마'의 형상화와 성역할 문제〉,《여성문학연구》6, 2001.

27 주디스 키건 가디너, 신은경 옮김, 〈여성의 정체성과 여성의 글〉,《페미니즘과 문학》, 문예출판사, 1990, p. 231.

28 에이드리언 리치, 김인성 옮김,《더 이상 어머니는 없다》, 평민사, 2018, pp. 267~269.

29 서강여성문학연구회, 〈'딸'의 서사에서 '어머니/딸'의 서사로 다시 본 모성성〉,《한국문학과 모성성》, 태학사, 1998, pp. 11~15.

30 디즈니 애니메이션 〈라이온 킹〉(로저 알러스·롭 민코프, 2011)도 삼촌 스카에게 왕위를 빼앗긴 어린 사자 심바가 스스로 성장한 끝에 왕위를 탈환하는 이야기이다.

31 박현욱,《동정 없는 세상》, 문학동네, 2001. p. 163.

32 양혜영,《형제라는 이름의 타인》, 올림, 2001, p. 53.

33 Stephen M. Kosslyn 외 6인, 앞의 책, pp. 350~351.

34 박경리의 〈토지〉에는 대조적인 성격의 형제자매가 많이 등장한다. 거복과 한복, 김이평의 아들 두만과 영만, 정한조의 두 딸 순연과 복연 등이 그런데, 대체로 동생이 집안을 돌보고 지키는 긍정적인 캐릭터로 나와 전형적이지는 않다.

35 여성을 위한 모임,《일곱 가지 남성 콤플렉스》, 앞의 책, pp. 182~193.

36 이창동,《녹천에는 똥이 많다》, 문학과지성사, 1992, pp. 171~172.

37 차별성이 적은 형제 사이에서 서로 원수처럼 갈등하는 테마를 말한다. 르네 지라르, 김진식·박무호 옮김,《폭력과 성스러움》, 민음사, 1993, p. 236. 지라르는 클라이드 클루콘을 인용하여 신화에서 형제 갈등보다 더 자주 나타나는 갈등은 없으며, 이는 일반적으로 형제 살해로 귀결된다고 보고 있다. 그는 신화와 비극 속에 나오는 원수형제를 분석하여 희생의 문제에 접근하고 있다. 같은 책, pp. 93~98.

38 윌리엄 인딕, 앞의 책, 2017, pp. 283~289.

39 우리 구전 설화 60여 편을 대상으로 권혁래가 분석한 결과에 의하면 절반 이상이 불화담이고 협력을 보여주는 것은 전체의 1/4 수준이다. 형제간의 불화, 적대적인 형제 모티프가 압도적으로 많이 나타나는 것이다. 권혁래, 〈옛이야기 형제담의 양상과 의미: 1910~1945년 설화, 전래 동화집을 대상으로〉,《동화와 번역》19, 2010.

40 김승필, 〈오누이 장사: 되살아오는 누이 장사의 혼〉, 서대석 편, 앞의 책.

41 우리 전통서사에서는 '아내들의 노력으로 형제 갈등을 해소한 이야기, 교훈에 감화되어 갈등을 해소하고 우애를 실현한 이야기, 부모의 애정을 독차지하기 위해 형제를 모해謀害한 이야기, 형제가 동거공재同居共財하며 어려움을 극복하고 잘 살아간 이야기, 근검성실하게 재산을 모은 후 형제를 도와 우애를 실현한 이야기' 등이 중심 소재로 등장한다. 조춘호, 《한국문학에 형상화된 형제갈등의 양상과 의미》, 경북대학교출판부, 1994, pp. 108~124.

42 권혁래, 앞의 글.

43 이강엽, 〈현우형제담의 경쟁과 삶의 균형〉, 《문학치료연구》, 2016.

44 이강엽, 《고전서사의 짝패 인물: 둘이면서 하나》, 앨피, 2018, pp. 187~199.

45 양귀자, 〈한계령〉, 《원미동사람들》, 문학과지성사, 1987, p. 268.

46 권석만, 《인간관계의 심리학》, 학지사, 2014, pp. 375~376.

47 최혜진, 〈춘풍 처 김씨, 억척아줌마의 남편 길들이기〉, 서대석 편, 앞의 책.

48 김유정, 앞의 책, p. 218.

49 이상진, 〈불안한 주체의 시선과 글쓰기〉, 《여성문학연구》 37, 2016.

50 은희경, 〈아내의 상자〉, 《1998년도 이상문학상 수상작품집》, 문학사상사, 1998, p. 58.

51 최기숙, 〈고소설에 나타난 '부부불화'의 통계분석을 통해 본 '부부 갈등'과 '결혼생활'의 상상 구도〉, 《동방학지》 149, 2010.

52 김유정의 작품 〈소낙비〉, 〈가을〉, 〈정조〉, 〈산골나그네〉, 〈정분〉, 〈안해〉 등에 나타나는 '아내팔기 모티프'가 그러하다. 최성윤, 〈김유정 소설의 여성인물과 '정조'〉, 《김유정의 귀환》, 소명출판, 2011, pp. 131~133.

53 전경린, 〈부인내실의 철학〉, 《물의 정거장》, 문학동네, 2004, pp. 272~273.

54 홍나래, 〈본부독살미인 김정필: 가부장 시역 범죄를 일상의 법죄로 바라보게 하다〉, 홍나래·박성지·정경민, 《악녀의 재구성: 한국 고전서사 속 여성 욕망 읽기》, 들녘, 2017, pp. 100~103.

55 〈자유부인〉은 대학교수와 그 부인의 외도를 다루었다고 해서 대학가의 거센 항의를 받았고, 또 지도층의 비리를 파헤치고 국가의 이익을 실추시켰다는 이유로 작가가 치안국으로 소환되는 수모를 겪기도 했다. 강진호, 〈전후 세태와 소설의 존재방식: 정비석의 《자유부인》을 중심으로〉, 현대문학이론학회, 《현대문학이론연구》, 2000.

제 장

더블, 캐릭터의
분열과 통합

거울속에는소리가없소
저렇게까지조용한세상은참없을것이오

거울속에도내게귀가있소
내말을못알아듣는딱한귀가두개나있소

거울속의나는왼손잡이오
내악수握手를받을줄모르는-악수를모르는왼손잡이요

거울때문에나는거울속의나를만져보지를못하는구료마는
거울이아니었던들내가어찌거울속의나를만나보기라도했겠소

나는지금至今거울을안가졌소마는거울속에는늘거울속의내가있소
잘은모르지만외로된사업事業에골몰할게요

거울속의나는참나와는반대^{反對}요마는

또꽤닮았소

나는거울속의나를근심하고진찰^{診察}할수없으니퍽섭섭하오

— 이상, 〈거울〉

인간과 신, 인간과 자연, 현실과 초현실, 문명과 야만, 선과 악, 미와 추, 진짜와 가짜, 미자각과 자각 등 가치나 의미의 대립과 이분법적 시선은 늘 있어왔다. 이처럼 세상을 보는 이분법적 사고, 자아에 대한 이중시선^{double vision}을 반영하고 있는 것이 바로 더블이다. 이상의 〈거울〉에도 나타나는 것처럼 더블은 원래의 자아에서 분리된 또 다른 자아, 분신을 의미하는 도플갱어, 혹은 정반대의 자아를 의미하는 말이다. 즉 주체의 분열과 인간의 양면성을 극화하려는 시도이거나, 그러한 차이를 없애고 대립을 통합해내려는 시도라 할 수 있다. 이 장에서는 다양한 더블캐릭터에 대한 논의를 통해 이러한 인식과 시도에 대해 살펴보겠다.

1. 더블, 존재의 지속과 분열

인간의 양면성 혹은 성격 분열

인간은 누구나 어느 정도 양면성을 지니고 있다. 압도적인 리더십을 가진 제우스와 같은 통치자는 언제든 독재자로 보일 여지가 있다. 무한한 희생을 보여주는 데미테르형 양육자는 동시에 과잉보호형의 엄마가 되기 쉽다.[1] 에니어그램에서도 지적이고 분석적인 5번 유형은 세상을 예리하고 폭넓게 이해하여 새롭게 발견해내는 개척자가 될 수도 있지만,

건강하지 못할 때는 공격을 두려워하고 타인에 대해 적대적인 이방인이 되기도 한다. 이처럼 인간의 어떤 특성이나 행동이든 긍정적/부정적, 건강한/건강치 못한, 밝은/어두운, 사회적/개인적인 면 등으로 달리 해석하고, 또 상황과 조건에 따라 다른 조명도 가능하다.

또 사회적인 요구와 역할에 따라 본래의 자신과는 다른 모습을 보이기도 한다. 예컨대 집에서는 아버지로서 자상함을, 직장에서는 상사로서 냉혹함을 보여주다가 친구들 사이에서는 분위기를 띄워주는 어릿광대가 될 수 있다. 특히 같은 시공간에서 모순되는 역할을 감당해야 한다면 불가피하게 다른 가면을 쓰고 나타나야 할 때도 있다. B. 브레히트 Bertolt Brecht의 서사극 〈사천의 선인〉에서 셴테는 신으로부터 착하게 살아야 한다는 말을 들었기 때문에 악덕 고용주인 사촌오빠 슈이타로 변장하는 일이 필요했다. 필요에 따라 착한 여자에서 나쁜 남자로 변장하는 캐릭터 창조를 통해 브레히트는 이 세상에서 선하게 산다는 것이 무엇인지, 가능하기나 한 것인지 질문을 던지고 있다.

일관성이 없고 모순된 성격은 심리학적 접근으로 해명될 때도 있다. 해리성 정체성 장애Dissociative Disorders가 그것이다. 해리장애는 선택적·국소적 기억상실을 일으켜 자아를 파편화시키거나, 두 개 이상의 인격 상태 혹은 빙의, 반복되는 기억상실로 정체성 장애를 가져올 수 있다. 성격적 분열 혹은 파편화는 공통적으로 상반된 가치를 동시에 요구하고 욕망하는 인간의 본능에서 나온 것이라 볼 수도 있다. 더욱 복잡해진 현대사회의 문제와 병리적인 현상을 반영하는 것이라고 할 수도 있다. 어찌 해석하든 더 이상 평화로운 공존, 이상적인 전체의 상을 꿈꿀 수 없는 최근에는 좀 더 극단화되고 더 다양한 분열과 파편화 양상이 나타나고 있다.

정체성 혼란과 식별 문제

더블 캐릭터는 인간 존재의 지속적인 동일성, 정체성 문제를 심각하게 제기한다. 정체성이란 자기의 연속성, 단일성, 독자성, 불변성을 속성으로 한다. 지속적으로 변화하는 상황에서도 변화하지 않는 자아의식, 통일된 자아를 말하는 것이다. 인간은 살아가면서 수없이 정체성의 갈등과 위기를 겪는다. 이런 위기를 제대로 극복해내지 못할 경우 자아 상실, 혼돈, 분열 등의 문제를 겪게 된다. 실제세계의 정체성 문제는 허구적 서사에서 좀 더 복잡하게 그려질 수도 있다. 캐릭터의 식별문제가 함께 얽혀서 나타나는 경우가 그러하다. 때로는 캐릭터 식별 기준을 모호하게 하거나 전략적으로 혼동시켜 정체성 문제를 다루기도 한다. 허구적 서사의 수용자는 캐릭터와 함께 성장하면서 정체성을 스스로 자각하는 존재가 아니라 캐릭터를 관찰하고 추측하여 해석하는 존재인 까닭에 정체성을 파악하는 데 더 어려움을 느낀다. 이때 개인의 정체성을 가시적인 것과 비가시적인 것, 육체적 동일성과 정신적 동일성 등 무엇을 중심으로 판단해야 하는가의 문제가 함께 제기된다.

사람을 식별할 때 대개는 외양상의 동일성을 먼저 본다. 특징적인 외모와 목소리, 태도와 버릇 등은 감각적으로 쉽게 인지할 수 있기 때문이다. 그러나 이런 판단을 언제나 신뢰할 수 있는 것은 아니다. 변장을 하고 흉내를 내서 마치 다른 사람인 것처럼 속이는 일은 얼마든지 가능하다. 고래로 중요한 모티프가 되어 온 '진짜/가짜 이야기'는 이처럼 유사한 외모의 다른 인간이 벌이는 정체성 혼란을 다룬다. 이런 설정은 가시적인 육체란 얼마든지 변형할 수 있는 껍데기에 불과하므로 육체성보다는 정신적인 동일성을 정체성의 근거로 삼아야 함을 보여준다. 그러나 이에도 문제가 따르기는 마찬가지이다. 해리성 정체성 장애로 인해 심리적인 분열이나 기억의 상실, 이인화異人化, 한 사람 안에 다른 정체성을 가진 인격이 나타나는 경우에도 똑같은 문제에 봉착하게 된다. 이 경우 어떤 인격을 중심으로 정체성을 파악할 것인가, 또 어떻게 정체성 통합에 이를 것인가.

영화 〈뷰티 인사이드〉(2015)는 육체적 동일성으로 사람을 식별하는 문제를 전략적으로 뒤집어 보임으로써 정체성 문제를 다룬다. 주인공 김우진은 18세가 된 어느 날부터 자고 일어나면 다른 모습이 된다. 외모·성별·나이·목소리·인종과 국적까지, 정신적인 부분을 제외한 모든 것이 바뀐 채로 하루를 맞는 것이다. 영화는 인간의 육체적 특성은 모두 바뀔 수 있으므로 중요하지 않고 내면의 아름다움에서 인간의 정체성을 찾아야 한다는 메시지를 전달한다. 그러나 그를 사랑하는 여주인공은 정체성 혼란 때문에 정신과 치료까지 받는다.

TV드라마 〈킬미, 힐미〉(2015)는 해리성 정체성 장애로 7중 인격을 가

│ 그림 7.1 해리성 정체성 장애를 겪고 있는 주인공이 등장하는 TV드라마 〈킬미, 힐미〉(2015)

　　　　　　　　　　　　　　　　　　　캐릭터, 이야기 속의 인간

진 재벌 3세의 이야기이다. 성별, 나이, 인격과 기억이 다른 7개의 인격을 가진 존재이지만 육체적 동일성은 유지되기 때문에 재벌 3세라는 사회적·물질적 토대는 변하지 않는다. SF나 판타지는, 동일한 육체적 특성을 지닌 복제인간, 영혼이 바뀐 캐릭터, 처음부터 육체가 없는 보이지 않는 존재 등 이보다 더한 설정도 얼마든지 나타난다. 인간의 정체성을 둘러싼 다양한 레퍼토리가 이미 축적되고 있기 때문에 캐릭터의 동일성을 무엇으로 규정할 것인가에 따라 새로운 이야기 전략을 얼마든지 세울 수 있다.[2]

양립불가의 시공간, 동시 공존

존재의 지속과 정체성 문제는 실상 시공간적 인식과 연결된다. 한 인간이 동시에 여러 공간에 존재하는 것은 불가능하다. 한 공간의 다른 시간대에 존재하는 것도 불가능하다. 인간이 죽음을 초월하여 다른 세계의 다른 시간에 영속할 수 있다면 엄청난 정체성 혼란이 생겨날 것이다. 그럼에도 불구하고 인간은 시공간의 한계를 초월하여 존재할 것을 꿈꿔왔다. 시간의 한계를 초월하는 것은 영원불멸의 욕망을, 공간의 한계를 초월하는 것은 무한한 자유의 욕망을 드러내는 것이다. 이러한 욕망은 판타지나 SF 서사의 캐릭터를 통해 구현된다. 예를 들어 영화 〈매트릭스Matrix〉(1999)나 〈엑시즈텐즈eXistenZ〉(1999)에는 현실과 가상현실에 동시에 존재하는 캐릭터가, TV드라마 〈W〉(2016)에는 허구 세계와 실제 세계에 동시에 존재하는 캐릭터가, 〈알함브라 궁전의 추억〉(2018)에는 증강현실 게임 속 유저이자 현실의 존재인 캐릭터가 등장한다. 모두 공간의 더블[3]로서 두 세계가 연결되면서 겪는 혼란이 서사의 중심을 이룬다. 또한 같은 공간에 동시에 존재하는 문제를 타임 워프time warp(시간

왜곡)나 타임 슬립^{time slip} 기법으로 그려내는 이야기도 많이 등장하고 있다.

2. 더블 캐릭터의 개념과 유형

더블 캐릭터의 개념⁴

누구에게나 이중적인 면이 있으므로 인간의 본성을 다룬 거의 모든 서사와 캐릭터 창조에서 더블을 찾아볼 수 있다. 더블 개념이 너무나 막연하게 확대되어 사용되어 사실상 거의 모든 것들이 더블로 해석될 수 있을 정도이다. 로버트 로저스^{Robert Rogers}는 이 문제를 해결하기 위해 정신분석학적 관점에서 더블을 이론적으로 정교화하였다.

그는 더블의 본성을 4가지 기준에 따라 설명하였다. 첫째, 암시적인 더블과 명시적인 더블이다. 지금까지 더블은 주로 명시적이고 분명한 예로 국한되어 왔지만, 암시적이고 잠재적인 분열 양상도 나타난다는 것이다. 둘째, 더블은 정확하게 이중적으로 나뉘는 이중 분열뿐 아니라 근본적으로 심리 내적인 갈등을 직접적으로 나타내거나

그림 7.2 에곤 실레, 〈자기 성찰자, 혹은 죽음과 남자〉(1911)

캐릭터, 이야기 속의 인간

그것에 의해 간접적으로 만들어진 것으로 여겨지는 다중 분열도 포함한 다고 한다. 셋째, 복제로 된 더블과 분할로 된 더블의 구분이다. 복제가 똑같은 존재를 하나 더 만드는 것, 증식에 의한 것이라면, 분할은 하나를 구별이 가능하고 상호보완적인 부분들로 나누는 것을 말한다. 넷째, 주관적인 더블과 객관적인 더블이다. 주관적 더블은 다른 사람들과 그들의 관계에 상관없이 갈등하는 욕망, 성향, 혹은 태도를 묘사하는 것이다. 객관적 더블은 다른 사람들에 대해 정반대이거나 양립할 수 없는 태도를 재현한 갈등을 보여준다. 예를 들어 도스토옙스키의 〈카라마조프가의 형제들〉에서 잔인한 폭군이자 비열한 생물학적 아버지 표도르 카라마조프와 이상적이고 순수하고 위엄 있고 이해심 많은 조시마 장로는 객관적 더블이라 할 수 있다.[5]

더블 캐릭터의 유형과 장르

로저스의 제안을 근거로 더블 캐릭터를 유형화해보면 다음과 같다.

먼저 가장 좁은 의미의 더블로서, 복제로 된 더블인 도플갱어이다. 도플갱어Doppelgänger는 독일어로 '이중으로Doppel 돌아다니는 자Gänger'라는 뜻이다. '자기 자신을 보는 사람'이라는 뜻으로 처음 사용되었고, 의학 용어로 자기 환영Autoscopy, 자기상 환시, 자기와 똑같은 사람이라는 뜻으로도 쓰인다. 도플갱어는 동일한 외양을 지녔으나 다른 성격이나 행동방식을 보여주는 존재, 자기와 같으나 자기가 아닌, 자기가 조절할 수 없는 존재이기 때문에 사람들에게 공포를 줄 수 있다.

두 번째는 분할로 만들어진 더블이다. 한 캐릭터 속의 양립할 수 없는 두 가지 면이 분열되거나 두 인물로 분할되어 재현되는 것이다. 분할, 혹은 분열은 수관적인 것과 객관적인 것으로 나눌 수 있다. 주관적인 것은 자아에 대한 이중 시각이나 양면 가치 때문에 분열된 자아로서 타자와의 관계와 관련 없이 이루어지는 더블이다. 즉, 현실이 아닌 내면에서 작동하는 관념상의 더블[6]이다. 객관적인 것은 외양이나 행동이 다른 독립된 두 캐릭터로 분할되어 표현되는 더블로서, 대립되는 가치의 형상화, 닮은 사람의 의미론적 대립과 갈등을 보여주는 더블이다.[7]

세 번째는 정체성의 전환으로 만들어진 더블, 전신轉身 혹은 변신變身이라는 외양상의 분명한 변화로 된 더블이다. 복제나 분할처럼 동시에 존재하는 두 정체성의 대립이 아니라, 시간적으로 전과 후의 신체의 변화로 인한 정체성 대립이 핵심이다. 내면의 분열이 (의도되었든 아니든) 외양(육체)의 변화로 연결되어 변신 캐릭터가 되는 경우도 있고, 비의도적인 변신으로 인해 정체성 충돌이 생기는 경우도 있다. 어느 경우이든 한 개인의 자아 동일성을 유지하려는 힘과, 변신으로 인한 상황이 갈등을 빚어낸다.

위에서 확인할 수 있듯, 더블은 초자연적인 차원에서부터 인간의 사회적·심리적 차원 등 다양한 층위에서 생각해볼 수 있다. 아울러 더블 캐릭터 유형의 창작 의도에 따라 적절한 서사 장르도 연결시켜볼 수 있다. 이를테면 복제로 인해 내가 조절할 수 없는 어떤 것(무의식, 불가지의 세계)이 생겨난 데에 대한 섬뜩함, 죽음에 대한 공포를 드러내기 위한 경우라면, 주로 공포, 스릴러 장르가 적절하다. 원초적인 것, 영속성, 통합에 대한 욕망, 양립 가능하지 않은 것의 양립(통합)에 대한 욕망을 그려내기 위해 더블 캐릭터를 등장시키는 경우는 관념적인 서사, 판타지, SF 장르에 지배적으로 나타난다. 개인적 트라우마로 인한 장애, 가치의 파편화와 다원화, 분열 등 사회 변화에 따른 현대의 정신 병리적 현상을 반영하는 경우는 사실적인 서사 장르를 중심으로 타 장르나 기법과의 혼합

캐릭터, 이야기 속의 인간

이 나타난다. 또 희극 장르에서는 외형상의 닮은꼴의 캐릭터로 인해 벌어지는 착오와 오인을 전략적으로 이용하기도 한다.[8]

그 어떤 장르이든 더블 캐릭터는 자아의 분열과 통합에 대한 은유적 서사로 해석될 수 있다. 분열은 통합이라는 원형의 회복을 향하게 마련이지만, 반대로 분열이 지속되거나 더 심하게 파편화될 수도 있고, 한쪽이나 양쪽이 다 소멸되어 원형을 복구할 수 없을 수도 있다. 문제는 늘 해결되는 것이 아니라 지속되거나 변형되는 일이 훨씬 많기 때문이다.

1 │ 복제로 된 더블, 도플갱어

자신과 똑같은 인간이 존재한다면 어찌할 것인가. 누가 진짜이고 누가 가짜인가. 나와 같으면서 내가 아닌 존재와 내가 대립할 때, 정체성 문제가 가장 먼저 대두된다. 모든 사회적 관계와 경제적 토대의 주인은 누구인가를 두고 싸움이 벌어진다. 복제로 된 더블 캐릭터는 '진가쟁주眞假爭主'의 과정을 통해 과연 자신은 누구인가, 진짜다움은 무엇인가를 되묻는다.

우리 고전 서사 〈옹고집전〉은 큰 부자이나 성질이 고약하고 인색하기만 한 옹고집이 정반대의 가짜 옹고집을 만나 모든 것을 잃고 개과천선한다는 이야기이다. 옹고집은 자기 관상을 보고 문제가 무엇인지를 알려준 고승에게 극악한 행동을 한다. 이에 고승은 가짜 옹고집을 만들어 옹고집으로 하여금 누가 진짜인가를 두고 다투게 한다. 결국 가족의 내밀하고 구체적인 것까지 잘 이야기한 가짜 옹고집이 이겨 진짜가 쫓겨난다. 가짜 옹고집은 부인과 금슬이 좋아 자식을 줄줄이 낳고 가족과 화목하게 지낸다. 한편 진짜 옹고집은 온갖 고생과 시련 끝에 잘못을 뉘우치고 자살 시도 직전에 고승의 구원을 받고 제자리로 돌아간다. 유사한 설화나 실화가 어느 한쪽의 파멸로 귀결되는 것과 달리 〈옹고집전〉은 가짜를 물리치고 본래의 제 모습으로 돌아가되, 한결 성숙된 자신으로 올라가는 이야기이다.[9]

〈옹고집전〉을 패러디한 최인훈의 〈옹고집뎐〉(1969)은 진짜와 가짜의 대립이 선악의 구도도 아니고, 따라서 개과천선이라는 주제를 향하지도 않는다. 주인공 옹고집은 부유하지도 않고 돈에 대한 욕심도 없다. 게다가 일자리까지 잃고 만다. 그런데도 돈 많은 장인에게 고분고분하지 않아 아내를 불편하게 한다. 그러던 어느 날 집에 와보니 자기와 똑같이 생긴 가짜 '옹고집'이 가족들과 단란한 시간을 보내고 있다.

> 그는 대문 틈으로 들여다보았다. 방문이 활짝 열렸는데 식구들한테 둘러싸여서 자기가 앉아 있다. 옹고집은 막내를 무릎에 앉히고 큰소리로 이야기하고 있었다. (…) 틀림없이 자기가 앉아서, 이번에는 옷까지 갈아입고는, 마루 끝에서 푸푸 하고 세수를 하고 있는데 아내가 그 옆에 수건을 들고 서 있다. 틀림없는 자기였다.[10]

가짜 옹고집은 세상과 타협하고 적당히 욕심도 가진 인물로 일자리도 구하여 가족을 편하게 해준다. 그리고 진짜에게 '고집을 버리고 세상과 적절히 타협하라'고 충고한다. 옹고집은 집을 나와 옹고집을 버리기로 결심한다. 최인훈은 세상살이에 적당히 욕심이 있고 타협도 할 줄 아는 자와 그렇게 하지 못하는 자가 대립하는 더블 캐릭터를 통해 1970년대 가장들에게 흔히 발견될 법한 내면 갈등을 보여주고 있다.

복제인간이나 인간을 닮은 인공지능 로봇처럼 미래 세계에 출현할

캐릭터, 이야기 속의 인간

수 있는 존재에 대한 상상도 더블 캐릭터로 그려진다. 이야기는 인공적인 존재와 실제 인간의 갈등과 대립, 그리고 필연적으로 동일한 다른 한쪽이 파괴되는 결말을 향한다. 대체적으로 갈등의 핵심은 누가 진짜인가, 곧 누가 과연 인간다운 정체성을 가졌는가에 있다. 이 질문은 인간적인 본성이란 무엇이며, 그런 인간

그림 7.3 TV드라마 〈너도 인간이니?〉(2018) 진짜/가짜 모티프로 인간과 로봇의 대립을 그리고 있다.

성은 자연적으로 태어난 인간만이 가지는 것인가의 문제로까지 이어진다. TV드라마 〈너도 인간이니?〉(2018)는 로봇과 인간의 진가쟁주이야기이다. 비인간적인 원본 인간에 대한 인간적인 로봇의 희생으로 심리적 외상의 치유와 인간성 회복을 보여준다.

심리학적으로 도플갱어는 영원불멸에 대한 인간의 원초적 욕망의 표현이자 자아의 억압된 욕망이 구체화된 형태로서 공포의 대상으로 해석된다. 오토 랑크Otto Rank는 더블을 원시적 더블과 현대적 더블로 구분하였다. 원시적 더블은 죽음에 대한 공포를 극복하고 영생의 욕망으로 만들어낸 이미지이다. 자아 증식 혹은 분신은 자아의 파괴를 미리 방지하기 위한 방어물로서 죽음에 대한 강력한 부인을 뜻한다. 그러나 19세기 이후 현대적 더블은 오히려 보여서는 안 되는, 인간과 사회의 내면에 깃들어 있는 달갑지 않은 어떤 요소로 간주되었다. 자신과 닮았지만 다르다는 것은 보여서는 안 되는 요소의 노출로서 공포의 대상이다.[11] 프로이

트에 의하면 더블은 "외관상 살아 있는 듯이 보이는 것이 정말 살아 있는지 어떤지 하는 의문, 또는 반대로 생명 없는 사물이 어쩌면 생명이 있을지도 모른다는 의문" 때문에 두려움을 준다. 또 동일시를 통해 자아에 대해 혼란을 일으키거나 또 다른 자아를 자기 대신으로 바꿔놓을지도 모른다는 두려움도 준다. 곧 더블은 보이지 않는 것, 보여서는 안 되는 것, 사회적인 규범이 '악'이라고 규정하고 배척하고 억압한 요소를 가시화한 것으로서, '섬뜩함Das Unheimlich'을 가져다준다.[12] 확대하여 해석하자면 더블은 자신의 억압된 어두운 측면, 곧 그림자shadow가 현현된 것이다.

도스토옙스키의 장편소설 〈분신〉(1846)은 바로 이러한 그림자를 마주하는 데에서 오는 공포와 광기를 그리고 있다. 피해망상증으로 정신과 치료를 받고 있는 골랴드낀은 길에서 자신과 완벽하게 똑같은 분신을 만난다. 그는 처음에 낯익음과 호기심을, 그리고 공포를 느낀다. 그리고 다음날 직장에 출근하여 신참으로 들어온 그 분신을 다시 만난다. 그는 "키도 같고, 몸집도 같고, 옷도 똑같이 입었고, 머리가 벗겨진 것까지 똑같은, 한마디로 똑같이 닮는 데 빠진 거라곤 아무것도 없는 사람", "그 누구도 누가 진짜 골랴드낀 씨이고 누가 가짜인지, 누가 고참이고 누가 신참인지, 누가 원본이고 누가 복사본인지 구별할 수 없노라고 할"[13] 정도다. 골랴드낀은 신참과 대화를 나누면서 알 수 없는 안정감과 만족감을 느낀다. '작은 골랴드낀'은 관청에서 속물적이고 희극적인 행동을 서슴지 않고 낭패를 당하지만 소심한 골랴드낀은 그를 선망하고 심지어 조잡한 질투마저 느끼며,[14] 종국에는 정신병원에 끌려간다. 이 작품에서 골랴드낀의 분신은 그 자신의 열등의식, 비겁함, 억눌린 자아, 상위계급에 대한 두려움과 질투, 자기비하가 만들어낸 환상이다. 그리하여 골랴드낀의 열등의식과 짝을 이루는 과대망상증, 자기 비하와 짝을 이루는 자만

캐릭터, 이야기 속의 인간

감, 그리고 부와 명예와 쾌락을 향한 은밀한 욕망을 보여준다.[15] 곧 주인공의 그림자를 가시적인 캐릭터로 형상화하여 자의식의 분열 상태를 그린 것이다.

오스카 와일드의 〈도리언 그레이의 초상〉(1890)에서는 살아 있는 인간처럼 모습이 변하는 초상화

▌그림 7.4 영화 〈도리언 그레이〉(2009)의 한 장면

가 도리언 그레이의 분신으로 등장한다. 화가 바질 홀워드는 온 열정을 다해 아름다운 청년, 도리언 그레이의 초상화를 그린다. 완성된 작품을 본 도리언 그레이는 초상화 속의 자신에게 질투를 느낀다.

> 너무나 슬픈 일이에요! 나는 늙고 추악해지겠지요. 하지만 이 그림 속의 인물은 언제나 청춘일 겁니다. 아무리 세월이 가도 지금 이 순간, 6월의 오늘 그대로 남아 있을 겁니다…. 그게 반대로 될 수만 있다면! 영원히 젊은 쪽이 나고 늙어 가는 쪽이 이 그림일 수 있다면! 그럴 수만 있다면 무엇이든 주겠어요! 그래요, 그럴 수만 있다면 내가 주지 못할 것은 이 세상에 하나도 없습니다! 내 영혼이라도 기꺼이 주겠어요![16]

결국 도리언 그레이의 소원이 이루어진다. 도리언은 사랑하는 여인을 버리고 탐욕과 쾌락에 빠져 수없이 악행을 저지르지만 시간이 지나도 20세의 젊고 아름다운 외양을 유지한다. 반면 그가 악행을 저지름에

따라 초상화 속의 도리언 그레이는 점차 늙고 추악한 모습으로 변해간다. 인간도 초상화도 모두 비정상적인 괴물로 만드는 것이다. 도리언은 초상화 속의 자신을 보고 섬뜩함을 느끼고, 젊음을 유지하는 자신의 육체에 대해 점차 통제하기 어려운 불안을 느낀다. 이에 자신의 완벽한 초상화를 그려준 바질까지 죽이고 가까웠던 이들까지 모두 불행해지자 결국 자기 초상화에 칼을 꽂는다. 이 작품은 더블의 설정을 통해 불안이 내재된 나르시시즘,[17] 미와 추, 젊음과 늙음, 선과 악, 자각과 미자각의 분열 등 많은 문제를 제시하고 있다.

2 | 분열된 자아의 재현, 주관적 더블

분열된 자아가 동일한 외양의 도플갱어로 분리되어 나타나지 않고 하나의 육체 안에서 여러 인격이나 모습으로 나타나는 경우가 있다. 이것은 타자와 관계없이 자아에 대한 이중 시각 혹은 양면 가치 때문에 갈등하고 분열된 자아가 나타나는 것으로 로저스는 이를 주관적 더블이라 부른다. 정신병리학적으로는 해리성 정체성 장애로 설명할 수 있겠지만,[18] 허구적 서사 텍스트에서는 사람들이 흔히 경험할 수 있는 갈등과 모순을 비유한 것이라 해석할 수 있다.

외적 인격이 본래적 자신과 너무 거리가 멀어 자신의 본성을 무시하거나 억압하게 될 때, 내면의 분열과 갈등이 심해질 수밖에 없다. 이 같은 정체성 혼란과 자기 찾기의 과정을 가시적으로 나타내는 장치의 하나가 가면이다. 가면을 쓰면 자기 모습을 감추고 위장할 수 있기 때문에 행동과 태도가 자유로워진다. 즉, 외적 자아(사회적 인격)와 내적 자아가 갈등을 빚을 때 가면을 씀으로써 사회적 구속에서 벗어나 새로운 정체성을

캐릭터, 이야기 속의 인간

얻을 수 있다.

　이청준은 가면이라는 장치로 이러한 모순과 분열 양상을 사실적이면서 상징적으로 그려낸다. 그의 〈가면의 꿈〉(1972)에는 소문난 천재로 일찍 법관이 되고 결혼도 하여 남들 보기에 행복한 삶을 누리는 명식이라는 인물이 등장한다. 그는 밤마다 더부룩한 가발과 안경, 콧수염으로 변장을 하고 거리를 헤맨다. 명식의 아내는 이런 괴이한 행동을 관찰하면서 그를 이해하고 배려하고 변장한 모습을 사랑하게까지 된다. 그러나 명식은 밤 외출로도 피로와 외로움을 해소하지 못하는 지경에 이르고, 결국 변장한 모습 그대로 몸을 던져 자살한다. 명식은 자신의 사회적 인격과 본래의 자신 사이에서 혼란을 겪다가 "대낮을 다니는 맨얼굴에서 가면을 느끼는 대신, 가발과 콧수염으로 변장을 하고 있는 당장의 자신에 대해서는 전혀 이질감을 느끼지 않"[19]게 되자 극단적인 선택을 한 것이다. 명식이라는 캐릭터가 보여준 내면의 분열과 정체성 찾기, 그리고 자멸의 과정은 진실을 상실한 세대를 향해 던지는 사회적 경고이고, 불가능한 실재에 도달하기 위해 파국을 무릅쓰는 인간의 실존적 상태에 대한 알레고리[20]로 읽을 수 있다.

　영화 〈배트맨〉에서 배트맨 Batman은 박쥐의 가면을 쓴 인간 영웅이다. 그는 다른 슈퍼히어로와 달리 초능력이 없는 평범한 인간이다. 대신 특별한 장치가 부착된 전신 슈트와 첨단 부기로 무장하고, 타고난

▌그림 7.5 영화 〈배트맨: 다크나이트 라이즈〉(2012)

지력과 수사력, 무술 실력을 이용하여 악당들과 싸운다. 배트맨은 가상 도시인 고담시^{Gotham City}를 지키는 영웅이지만, 가면을 벗으면 부유한 기업인 브루스 웨인이다. 그는 어린 시절 부모님이 강도에게 살해당하는 장면을 목격하여 큰 심리적 충격을 받는다. 그리고 이에 복수하기 위해 조커와 대결하고 고담시의 범죄를 없애는 일에 평생을 보내기로 결심한다. 이렇게 하여 낮에는 부유한 자선 사업가이자 바람둥이인 브루스 웨인으로 생활하고, 밤에는 배트맨으로 변신하여 법의 지배를 받지 않고 악당을 추격하여 싸운다. 브루스 웨인에게 배트맨 가면은 분노와 복수심에 가득 찬 자아의 폭력적이고 어두운 내면, 그림자를 상징한다. 크리스토퍼 놀란 감독의 배트맨 시리즈에서는 브루스 웨인이 이러한 이중적인 생활에 의해 점차 분열적이고 신경질적이며 불안한 사람으로 변모하고, 박쥐처럼 거꾸로 매달려 자는 등 본래의 자아에서 멀어지는 것으로 그려진다.[21] 심지어 고담시에서도 악당 조커와 마찬가지로 폭력적이고 위험한 존재로 여겨진다. 결국 악당에게 복수하기 위해 시작된 그의 이중 생활이 자아의 분열을 낳고, 도리어 자기 속에 분명한 악의 흔적을 새긴 셈이다.[22]

이것은 조앤 롤링의 판타지소설 〈해리포터〉 시리즈의 해리포터 캐릭터 설정에서도 확인할 수 있다. 해리포터가 한 살 때 어둠의 마법세계를 이끄는 볼드모트의 공격을 받아 부모가 죽고 해리포터의 이마에는 번개 모양의 흉터가 남았다. 해리는 아들을 보호하려는 부모의 희생적 사랑에 의해 살아남았지만, 그 순간 볼드모트의 마법 능력 일부가 흡수되었다. 그 흉터는 해리에게 새겨넣은 볼드모트의 영향력, 악의 흔적이다. 이후 해리는 자기 속에서 볼드모트와 연결되어 있는 섬뜩한 기운과 악의 능력을 느낀다. 이 때문에 볼드모트의 가장 강력한 대적자이자 객관적 더블로서 그를 완전히 소멸시킬 때까지 싸워야 할 운명에 처한다. 동시에 자기 속에 흡수된 주관적 더블로서 볼드모트의 힘, 악의 그림자를 내몰기 위해서 갈등하고 끊임없이 싸우면서 내면적으로 성숙한다.

영화 〈블랙 스완〉(2011)은 주인공 니나의 분열된 자아를 '백조'와 '흑조'의 역할 대립으로 보여준다. 니나는 발레리나의 꿈을 접었던 엄마를 대신하여 촉망받는 발레리나가 되기 위해 노력한다. 그녀는 백조의 역할에 적합한 외모와 백조와 같은 착한 성격을 지닌 딸로 살아간다. 어느 날 니나는 자유롭고 거침없는 릴리를 만나 자기 안에 억압되어 있었던 원초아성을 확인한다. 동시에 백조와 같은 정체성을 지녔다고 여겼던 자기의 내면에서 '흑조성'을 느낀다. 이후 니나는 흑조 역할에 동화되어 완벽한 연기를 하고 싶은 욕구가 너무 강해져 라이벌인 릴리를 선망하고 강박증에 시달린다.[23] 니나에게는 백조성과 흑조성이 공존했던 것이다.[24] 니나는 대기실로 찾아온 릴리를 거울의 파편으로 찌르고 무대에서 흑조의 연기를 완벽하게 해낸다. 그러나 니나는 무대에서 점차 고통을 느끼고, 자신이 찌른 사람이 릴리가 아닌 자기 자신이었음을 깨닫는다. 그리고 고통 속에서 백조와 흑조의 연기를 모두 완벽하게 끝마치고 죽어가는 것으로 영화는 끝난다. 결국 블랙 스완은 니나와 관객의 환상 속에서 만들어진 것, 억압이 만들어낸 어두운 인격의 한 측면(그림자)[25]으로서의 더블임을 알 수 있다.

3 | 대립되는 캐릭터, 객관적 더블

객관적 더블은 외양이나 행동이 다른 독립된 두 캐릭터로 분할되어 표현되는 더블이다. 선악, 미추, 진위 능 대립되는 가치의 형상화, 형제,

자매 등 닮은 사람의 의미론적 대립과 갈등을 보여준다. 객관적 더블은 상보적이지만 분열과 통합 과정이 전제된 짝패형 캐릭터로 나타날 수 있고, 상반된 성격과 행동을 보여주기는 하나 다양성에 초점을 두고 있는 버디형 캐릭터로도 나타날 수 있다.

분열과 통합, 짝패형 캐릭터

짝패란 글자 그대로 어느 한쪽이 없으면 나머지 한쪽도 제구실을 못하게 되는 '짝이 되는 패'이다. 이강엽은 서로 분명히 다르지만 출발점에서 동일한 뿌리라고 여겨질 만하고, 대립적으로 맞서면서 각각의 특성이 합하여져 완전성을 추구할 수 있을 때 짝패가 성립된다고 본다. 자아의 통일과 분열의 면에서 볼 때, 하나는 본래 같은 데서 출발하여 분열되는 경우이고, 다른 하나는 전혀 다른 존재가 사실상 통합으로 진행되는 경우이다. 전자의 예로 태어난 뿌리가 같지만 대립하는 짝패인 흥부와 놀부 형제를, 후자의 예로 〈구운몽〉의 성진과 양소유, 〈옹고집전〉의 실옹 實翁과 허옹虛翁의 대립을 든다.[26] 대립되거나 상보적인 가치를, 독립된 두 캐릭터의 갈등으로 나타내고, 갈등의 해결을 통해 가치의 통합을 지향하는 짝패형은 사실상 객관적 더블의 가장 전형적인 경우라 할 수 있다. 그러나 이 분열과 대립의 서사가 언제나 해결과 통합이라는 이상적 결말을 향하지는 않는다. 오히려 갈등 양상을 통해 이면의 가치를 살펴보고 양립 가능성(혹은 불가피성)과 통합의 필요성을 보여주는 경우가 대부분이다.

최인훈의 〈라울전〉(1959)은 초대 교회사에서 기념비적인 업적을 남긴 사도 바울의 친구로 설정된 라울의 이야기이다. 사울(바울)[27]과 라울은 대대로 제사장을 지낸 집안에 태어나서, 석학 가마리엘 문하에서 성전을 공부하고, 똑같이 신의 교법사가 된 코흘리개 친구이지만 모든 면에서 대조적이다. 라울은 어린 나이에도 조심성이 있고 신앙심이 깊었으나 사울은 팔팔하고 조급했다. 그러나 매번 사울은 '불로소득적인 행운'을 얻는다. 가위바위보를 해도 늘 사울이 이기고, 시험을 봐도 열심히 공부한 라울보다 대충 공부하고 편히 노는 사울의 결과가 더 좋았다. 심지어 사울은 아무런 사명감도 없이 편하게 제사장이 된다. 운명적인 열등감을 느낀 라울은 그 불안을 떨치기 위해 학문을 통해 이성적인 사고를 중시하는 지적인 사람이 되기로 결심한다. 라울은 경전과 사료를 연구하여 '나사렛사람 예수는 다윗왕의 찬란한 족보'에 속한 사람이라 확신하고 있었지만, 불합리해 보이는 행운, 불가지적인 세계에 자신을 맡기던 사울은 예수가 '전혀 따져볼 값도 없는 엉터리'라고 주장한다. 그러나 라울이 '두 눈이 의심할 수 없는 증거'가 나타나기를 기다리고 있는 동안, 사울은 벌써 그를 영접하고 전향했다는 소식을 전하고, 라울을 방문하여 자신이 경험한 바를 전한다. 다시 운명적으로 패배하고 만 라울은 의문에 사로잡힌다.

신은, 왜 골라서, 사울 같은 불성실한 그리고 전혀 엉뚱한 자에게 나타났느냐? 이 물음을 뒤집어 놓으면, 신은 왜 나에게, 주를 스스로의 힘으로 적어도 절반은 인식했던! 나에게, 나타나지를 아니하였는가? 하는 문제였다.

그 나머지 절반, 신이 라울에게 모습을 나타내 보인다는 나머지 절반으로써, 라울의 믿음은 이루어졌을 것이 아닌가?

애를 쓰지도 않은 사울에게 그처럼 큰 은혜를 내린 것은, 무엇 때문인가? 성전聖典의 예언자들은 모두 신의 사랑을 받을 만한 값있는 바른 사람들이 아니었던가?[28]

인용한 부분은 이 작품의 중심 주제를 집약하여 보여준다. 라울이 평생 노력하여 지적인 우위에 섰음에도 불구하고 결코 도달하지 못한 그 절반을, 애써 노력하지도 않은 사울이 어떻게 그리 쉽게 얻어낼 수 있었는가. 라울은 신의 사랑조차 '불로소득적 행운'으로 낚아챈 사울에 대한 질투와, 그 부조리함에 대한 의문에서 벗어나지 못한다. 그리하여 라울은 신의 선택을 받지 못한 채 황야에서 죽는다.

이 작품은 신이라는 절대적 존재와 마주한 상황에서 불완전한 존재인 인간이 드러내는 한계와 가능성을 탐색[29]하고 있다. 이것을 이성적 사고와 비이성적인 사고의 세계, 혹은 과학적 세계 인식과 운명적 세계 인식의 대립을 보여주는 객관적 더블 캐릭터를 통해 그려낸다. 운명적 행운을 누린 바울보다는 운명적 열등감 때문에 편향된 길을 간 라울에게 초점을 둠으로써 두 세계에 대한 이분법적 분열의 위험성과 통합의 필연성을 암시하고 있다.

대립과 우정, 버디형 캐릭터

우리 옛이야기 〈장화와 홍련〉, 〈해와 달이 된 오누이〉, 〈토끼와 자라〉, 〈광덕과 엄장〉, 〈노힐부득과 달달박박〉 등에서, 서양 옛이야기 〈미녀와 야수〉, 〈헨젤과 그레텔〉, 애니메이션 〈톰과 제리〉, 영화 〈덤앤 더머〉 등까지 성격과 관계는 달라도 복수複數의 주인공이 등장하는 이야기는 많다. 관계가 적대적이든 협조적이든 어느 한 캐릭터만 등장했다면 성립하기 어려운 이야기들이다. 이처럼 유사한 역할을 하는 사람, 혹은 친구나 형제, 동료로서 때로 대립하고 협동하는 카운터 파트에 있는 두 주인공을 버디buddy형 캐릭터라 할 수 있다. 대개는, 친구나 형제(자매), 부부처럼 친밀한 관계인 두 캐릭터가 상반된 성격과 태도로 인해 어려움을 겪고 해결하거나, 유사한 역할을 맡은 캐릭터가 상반된 가치의 대립으로 다투다가 상보적 능력을 이용하여 효과적인 협업을 이루고 우호적인 관계에 이르는 내용이 많다. 핵심은 다른 정체성을 가진 두 명의 독립된 캐릭터가 보여주는 대립과 우정(사랑)이다.

그림 7.6 영화 〈델마와 루이스〉(1991)의 한 장면

영화에서 버디 스토리는 스토리를 함께 풀어가는 두 사람이 범죄로 얽히는 경우가 많으며 적대와 우정의 인간관계로 이어진다. 대표적인 여성 버디 영화 〈델마와 루이스〉(1991)는 평범한 두 여자의 여행에서 시작된다. 델마는 강압적인 남편에게 주눅들어 살고 있는 주부이고, 루이스는 독신 생활을 즐기는 웨이트리스이다. 두 사람은 일탈을 위해 가벼운 주말여행을 떠났으나, 휴게소에서 델마를 성폭행하려던 남자를 루이스가 살해하여 경찰의 추격을 받는다. 이들은 미국을 떠나 멕시코로 도피하고자 모험을 시작하나 결국 경찰에게 포위된 채 자유의 죽음을 맞이한다.

델마는 자신의 의사도 제대로 표현하지 못할 정도로 소극적인 반면, 루이스는 활달하고 독립적인 성격을 가졌다. 초반에는 루이스가 모험을 주도하고 뒤처리도 감당해주는 남성적인 역할을 하지만, 점차 델마도 대범하고 전투적인 태도를 보이기 시작한다. 서로 다른 성격과 행동방식을 가진 친구와의 여행이 가부장적 억압과 폭력적 현실에 저항하는 모험으로 전환되면서 주체적이고 적극적인 연대 관계로 발전한다. 이 우정과 의리, 결속은 퀴어적 관계로 해석되기도 한다.

남성 버디 스토리는 여성 버디 스토리보다 훨씬 역사가 오래고 다양하다. 서로 대비되는 성격과 사고방식을 가진 두 주인공이 어떤 사건을 경험하면서 서로에 대한 이해와 신뢰, 우정을 쌓아가는 이야기에서 두 인물의 부조화와 불일치는 재미와 갈등을 제공한다. 한국의 남성 버디영화의 고전이라 할 〈투캅스〉(1993)는 경찰 공권력을 부정적으로 그린 블랙 코미디이다. 극 중 조형사는 부패하고 능글맞은 형사이고, 젊은 주인공 강형사는 경찰학교 수석 졸업의 강직한 인물이다. 그가 매사에 정석대로 일을 처리하자 두 주인공은 자꾸 부딪친다. 강형사는 조형사의 비리 내용을 고발하려 하고, 조형사는 강형사를 골탕먹여 비리에 휘말리게 한다. 결국 강형사도 비리에 맛을 들여 마약에도 손을 대고 자신을 닮은 신참 형사가 들어오면서(〈투캅스 2〉) 전도된 관계가 다시 이어진다. 전반적으로 구세대와 신세대의 대립과 화해라는 낭만희극의 공식을 따르고 있다.

4 | 정체성의 전환, 변신 캐릭터

변신은 환상적인 옛이야기의 단골 모티프이다. 개구리나 야수가 공주의 사랑을 얻어 저주가 풀리고 멋진 왕자로 변하는 이야기, 백조가 된 오빠들을 위해 열심히 쐐기풀로 옷을 떠서 저주를 푸는 이야기, 우렁이가 색시로 변하거나 젊고 매혹적인 여성이 구미호로 둔갑하는 이야기, 신이 내린 금지를 어기는 바람에 돌이 되어버린 이야기 등 인간이 완전히 다른 존재로 변하는 이야기는 무궁무진하다. 변신 모티프는 (저주나 사고 등의 요인으로) 불가피한 정체성 전환의 강요를 비유하거나, 어딘가로 벗어나 새로운 역할을 부여받고자 하는 인간의 욕망을 반영한다. 캐릭터 형상 변화는 자의에 의한 전환 캐릭터와 외부 요인에 의해 불가피하게 이루어진 타의적 전환 캐릭터로 나눌 수 있다.[30] 이 중 자의적인 정체성 전환 캐릭터는 결핍된 것, 혹은 원래 있었는데 상실한 것을 욕망하여 정체성 전환을 이룬 것이다. 나아가 결핍이나 상실이 아니라 무엇인가를 하고자 하는 원초적인 힘, 의지에 의해 다른 것으로 '되기'를 욕망

그림 7.7 1931년 루벤 마물리안 감독의 영화로 만들어진 〈지킬박사와 하이드〉의 포스터

하여 정체성의 전환을 이룬 경우도 해당된다.

로버트 루이스 스티븐슨의 〈지킬 박사와 하이드〉(1886)는 재능 있고 점잖은 의사와 정신병자 괴물의 삶을 오가는 이중인격자의 이야기로서 전형적인 더블 캐릭터를 다룬 고딕 중편소설이다.

나는 18**년 부잣집 아들로 태어났다. 좋은 체격에 근면성까지 타고난 덕에, 총명한 명망가 동료들의 존경을 한 몸에 누렸으며, 당연한 얘기겠지만 미래의 명예와 영광도 따 놓은 당상이라 할 수 있었다. 이런 내게도 치명적인 약점은 있었다. 유희에의 탐닉, 내 천성적인 쾌활함은 타인이야 행복하게 해주겠지만, 문제는 대중들 앞에 머리를 꼿꼿이 세우고 근엄한 표정을 지을 위치에 오르고 말겠다는 내 오만한 욕망과 양립이 불가능하다는

사실이었다. 그래서 나는 탐닉을 억누르기로 했다. (…) 그런데 그 와중에 인간의 절대적이고 근원적인 이중성을 나 자신이 몸소 체험하게 되었다. 의식 속에서 갈등하는 두 개의 본성을 본 것이다. 내가 그 중 어느 한 본성에 속한다고 주장하는 게 가능하다면, 그건 단지 근본적으로 그 둘 모두에 속해 있기 때문일 것이다.[31]

주인공 헨리 지킬은 부유하고 체격도 좋고 성실한 사람이다. 유희에 탐닉하고 싶지만 미래의 명예와 영광을 위해 참기로 한다. 그러나 의사가 된 후 더 이상 욕망을 억누르기 힘들어져 실험 끝에 자기 속의 선과 악의 영역을 분리시켜 다른 존재로 변신하는 데 성공한다. 자신의 악한 본성을 가진 존재인 하이드는 그의 선한 자아인 지킬보다 나약하고 왜소한 몸을 가졌고 또 가벼우며 젊었다. 지킬이 선善이 빛나는 용모라면 하이드는 악의 특성이 얼굴에 노골적으로 새겨진 추악한 외양을 가졌다. 지킬은 불완전하고 분열된 채 사는 것보다 명확하고 개성적인 존재로 변신하는 데 만족을 느낀다. 이후 지킬 박사는 언제든지 자기가 조제한 약을 먹음으로써 유명 교수의 몸을 벗어던지고 하이드가 되어 일탈을 즐긴다. 그러나 하이드가 되어 저지른 끔찍한 악행에 점차 당황하고 어떻게든 그 악행을 만회하기 위해 최선을 다한다. 결국에는 본성의 균형이 깨지고 변신의 자율적 조정 능력이 파괴되어감을 자각하고 위와 같은 자기 고해의 편지를 남긴 채 지킬 박사로서 삶을 마감한다. 이 작품에서 하이드는 성공한 중산층 신사 지킬의 그림자 인격, 억압된 자아에 해당된다. 지킬 박사는 자신의 페르소나와 양립하기 어려운 억압된 본능에 충실한 다른 자아를 만들어 통합에 이르고자 하였으나 결국 실패하고 만 것이다.

캐릭터, 이야기 속의 인간

변신은 자연적인 현상이 아니므로 자연을 거스르는 변신의 결과가 주인공을 불행하게 하거나 파멸에 이르게 하는 결말은 대체로 동의될 만하다.[32] 그러나 결핍과 상실로 인한 욕망이 아니라 무엇인가에 대한 강렬하고 원초적인 욕망의 결과는 이와 다를 수 있다. 한강의 소설 〈내 여자의 열매〉(2000)는 원초적인 욕망에 의한 변신으로 주인공의 상황이 이상적으로 변화함을 보여준다. 이 작품은 남편의 시각과 목소리로 아내의 변신이 이야기된다. 아내는 원래 자유롭게 살기를 원한 사람이지만 땅에서부터 먼 아파트 고층에서 신혼살림을 시작한다. 아내는 아파트에서 사는 것을 힘들어하고 점차 몸에 원인도 모르는 피멍이 생겨 점점 커진다. 얼굴도 푸르스름해지고 먹은 것도 자꾸 토한다. 남편은 긴 출장을 다녀온 후 베란다에 무릎을 꿇은 채 식물로 변해가는 아내를 발견한다.

그녀의 몸은 진초록색이었다. 푸르스름하던 얼굴은 이제 상록활엽수의 잎처럼 반들반들했다. 시래기 같은 머리카락에는 싱그러운 들풀 줄기의 윤기가 흘렀다. (⋯) 그것을 아내의 가슴에 끼얹은 순간, 그녀의 몸이 거대한 식물의 잎사귀처럼 파들거리며 살아났다. 다시 한 번 물을 받아와 아내의 머리에 끼얹었다. 춤추듯이 아내의 머리카락이 솟구쳐 올라왔다. 아내의 번득이는 초록빛 몸이 내 물세계 속에서 청신하게 피어나는 것을 보며 채 머리를 떨었다.

아내가 저만큼 아름다웠던 적은 없었다.[33]

아내는 대도시와 문명에 대한 병적 거부감을 보이지만 남편은 아내의 상태를 제대로 알아채지 못하고 그저 이상한 징후만 관찰해낼 뿐이다. 아내는 자연에 속해, '바람과 햇빛과 물만으로' 살고 싶어하지만, 남편은 아내의 절실한 욕망을 결코 이해하지 못한다. 사람(동물)에서 바람과 햇빛과 물로 사는 식물로 자신의 정체성을 완전히 전환시킨 이 캐릭터에 대해 문명에 대한 비판과 생태주의적 세계관을 보여주고 있다는 등 다양한 해석이 이루어졌다.

F. 카프카Franz Kafka의 〈변신〉(1915)은 갑작스럽게 벌레가 되어버린 인간의 이야기를 통해 현대인의 소외감, 현실로부터의 탈주 욕망을 보여준다. 그레고르는 어느 날 잠에서 깨어 벌레로 변한 자신을 발견한다. 가족들은 그를 방 안에 가두고, 연민과 애증을 보이지만 결국 그레고르는 집 안에 갇힌 채 죽어간다.[34] 최인호의 〈타인의 방〉(1971)에서는 사람이 물건으로 변한다. 이 작품의 서술자인 남편은 예상된 시간보다 일찍 출장에서 돌아온다. 초인종을 눌러도 대답 없는 문을 두드리다 이웃의 의심을 받는다. 첫 장면부터 그는 같은 아파트에 살면서 3년 동안 한 번도 본 적이 없다는 이웃을 만나 정체성을 의심받는다. 아내가 돌아오지 않은 집에서 그는 낯선 기운과 고독감을 느낀다. 그리고 집 안의 물건들이 마치 살아 있는 것처럼 소리를 내고 움직이는 걸 느낀다. 공범자가 되고 싶은 욕망을 느끼는 순간, 그는 점차 굳어지기 시작한다. 집 안의 '새로운 물건'으로 변신한 남편은 며칠 후 아내에 의해 다락의 잡동사니 속에 처박힌다. 이 작품은 변신 모티프를 통해 정체성을 증명할 수 없는 소시민의 소외감과 물화의 과정을 보여준다.

캐릭터, 이야기 속의 인간

1 빅토리아 린 슈미트, 앞의 책, pp. 57~65, 169~177.

2 이러한 내면적 이중성을 외양으로 비유하여 드러낸 것이 반인반수, 반인반신 등 하이브리드적 캐릭터이다.

3 정현규, 〈더블의 공포〉, 《카프카연구》 27, 2012.

4 영상물 제작 현장에서 한 가지 이상의 역할을 하는 것dual role, 특별한 장면에서 담당 연기자 대신 연기하는 사람photo double도 넓게는 더블이라고 한다. 본 논의 에서 이런 경우는 다루지 않는다.

5 Robert Rogers, (*A Psychoanalytic study of*) *The Double in Literature*, Wayne State University Press, 1970, pp.4~5.

6 이강엽, 앞의 책, p. 76.

7 이재선, 《현대소설의 서사 주제학》, 문학과지성사, 2007, p. 307.

8 예를 들어 셰익스피어의 〈십이야: 원하는 대로〉(1601)는 객관적 더블인 '닮은 아이' 모티프를 이용한 전형적인 낭만희극이다. 성별이 다른 일란성 쌍둥이인 오빠 세바스찬과 여동생 바이올라가 난파를 당하여 일리리아 해안에서 헤어진 후 성별 혼동과 외양의 오인으로 인해 벌어지는 해프닝을 다루고 있다.

9 이강엽, 앞의 책, pp. 364~365.

10 최인훈, 〈옹고집뎐〉, 《총독의 소리》, 문학과지성사, 2009, p. 194.

11 오토 랑크, 정명진 옮김, 《심리학을 넘어서》, 부글북스, 2015, pp. 71~85.

12 프로이트에 의하면 이 섬뜩함은 동일시 혹은 타자에 대한 투사를 통해 자아에 대한 혼란을 일으키고 이에서 느끼는 중요한 감정이다. S. 프로이트. 이노은 옮김. 〈섬뜩함〉, 《프로이트의 문학예술이론》, 민음사, 1997.

13 도스토예프스키, 석영중 옮김, 《분신, 가난한 사람들》, 열린책들, 2008, p. 265.

14 김연경, 〈도스토예프스키의 〈분신〉 다시 읽기: 분열, 환상, 소설〉, 《노어노문 학》 30, 2018.

15 석영중, 〈위대한 소설의 주인공〉, 도스토예프스키, 앞의 책, p. 416.

16 오스카 와일드, 이선주 옮김, 《도리언 그레이의 초상》, 황금가지, 2009, p. 54.

17 이혜진, 〈나르시시즘적인 더블에서 아바타로: 《도리언 그레이의 초상》〉, 《19세 기 영어권 문학》 13-2, 2009.

18 프로이트는 〈자아와 이드〉(1923)에서 대상 동일시가 너무 많고 너무 강해서

상호 양립할 수 없으면 병적인 상태에 이르는데, 이 개별적인 동일시들이 인격을 번갈아가며 차지하고 있는 상태, 즉 별개의 동일시들이 저항 때문에 상호 배제됨으로써 자아의 분열이 생긴 상태를 다중인격이라고 부른다.

19   이청준, 〈가면의 꿈〉, 《과녁》, 문학예술사, 1982, p. 125.

20   이소연, 〈분열과 조율의 변증법: 이청준 소설의 자기형성적 텍스트성 연구〉 서강대학교 박사학위 논문, 2015, p. 46.

21   배트맨 영화 시리즈는 만화 DC코믹스를 통해 발표된(1938) 것을 바탕으로, 팀 버튼 감독의 〈배트맨〉(1989)부터 시작하여 크리스토퍼 놀란 감독의 〈다크 나이트 라이즈〉(2012)까지 여러 차례 영화화되었다. 이 7편의 영화에는 수많은 가면을 쓴 캐릭터가 정체성과 이중적 자아의 문제를 보여준다. 특히 크리스토퍼 놀란은 배트맨 3부작을 통해서 브루스 웨인의 이중자아와 분열된 자아 갈등을 극적으로 그려내고, 최종적으로 내면의 트라우마와 두려움을 극복하고 배트맨 가면을 벗는 과정을 보여준다. 오가기, 〈배트맨 영화 시리즈에 나타난 가면의 유형과 이중자아 연구: 팀 버튼, 조엘 슈마허, 크리스토퍼 놀란 감독 작품의 비교연구를 중심으로〉, 성균관대학교 석사학위 논문, 2013, pp. 45~50, 95.

22   배트맨 시리즈에서 조커는 매우 중요한 카운터 파트를 담당한다. 브루스 웨인은 조커 때문에 가면을 쓰게 되었고, 트라우마를 벗는 과정에서 조커를 닮아간다. 〈다크 나이트 라이즈〉에서는 조커가 배트맨에게 "사람들이 보기엔 너도 괴물이야! 나처럼. 난 널 죽이지 않아. 넌 날 완성하거든"이라고 말하는데, 이에서 배트맨과 조커는 객관적 더블임을 알 수 있다.

23   이정화, 〈영화 〈블랙 스완〉(2011)에 나타난 분열된 자아: 주인공 니나의 더블들을 중심으로〉, 《미국학논집》 45, 2013.

24   여기에서 릴리는 니나의 이드를 상징하는 블랙 스완, 객관적 더블로 볼 수 있다. 그러나 릴리와의 관계가 최종적으로는 니나의 강박증에 의한 망상으로 볼 수 있으므로 자아의 분열을 다른 인격으로 나타낸 주관적 더블로도 해석 가능하다.

25   이부영, 《그림자》, 한길사, 2004, pp. 88~92.

26   이강엽, 앞의 책, pp. 47~48, 52~53. 이강엽은 객관적 더블을 포함하여 앞서 다룬 분신 인물 등 통합으로 완전성을 가지는 더블 캐릭터를 '짝패'라는 용어로 지칭한다.

27   사울은 바울의 히브리식 이름이다. 사울은 회심한 이후 로마 제국 내에서 본격적인 선교 활동을 하면서 바울이라는 로마식 이름을 사용하였다고 전한다. 흥미로운 것은 사울이라는 이름은 '구하다', '요청하다'라는 뜻을 지닌 히브리어

'샤알'에서 온 것으로 '구해진'이라는 뜻이고, 바울은 로마어로 '작은'이라는 뜻을 가지고 있다는 점이다.

28 최인훈, 〈라울전〉, 《한국소설문학대계 42》, 동아출판사, 1995, p. 529.

29 이수형, 〈신과 대면한 인간의 한계와 가능성〉, 《인문과학연구논총》 31, 2010.

30 임대근, 〈'트랜스 아이덴티티'의 개념과 유형: 캐릭터, 스토리텔링, 담론〉, 《외국문학연구》 62, 2016.

31 로버트 루이스 스티븐슨, 조영학 옮김, 《지킬박사와 하이드씨》, 열린책들, 2011, pp. 81~82.

32 영화 〈시간〉(김기덕 감독, 2006)도 동일한 맥락에서 이해된다. 이 작품은 사랑을 지속시키려는 욕망 때문에 성형으로 외양을 완전히 바꾸는 이야기이다. 사랑하는 지우가 자신에게 더 이상 새로움을 못 느낀다고 생각한 세희는 성형수술을 통해 완전히 새로운 외양을 가진 새희라는 여성으로 탈바꿈한다. 새희는 다시 지우에게 접근하여 사랑에 빠지게 되나, 결국 지우가 과거의 자신(세희)을 잊지 못하고 있음을 알게 된다. 결국 세희의 가면을 쓰고 접근하여 자신이 세희임을 고백한다. 성형을 통한 외형의 변화와 정체성 문제를 함께 다루고 있다.

33 한강, 〈내 여자의 열매〉, 《내 여자의 열매》, 창작과비평사, 2012, p. 234.

34 이 부분은 환상이라고 확인해줄 현실적인 반응이 결여되어 있어, 변신은 주인공의 망상이나 꿈, 벌레와도 같은 실존에 대한 상징으로 해석되어 왔다. 권세훈 외 옮김, 《카프카 문학사전》, 학문사, 1999, pp. 90~91. 남정애, 〈들뢰즈/가타리의 사유를 토대로 살펴본 변신모티프〉, 《카프카연구》 30, 2013에서 재인용. 남정애는 주인공 그레고르가 의식하지는 않으나, 갑충이 되고자 하는 의지와 욕망이 무의식에 내재한 것으로 해석한다.

제 **8** 장

이야기 속의 인간

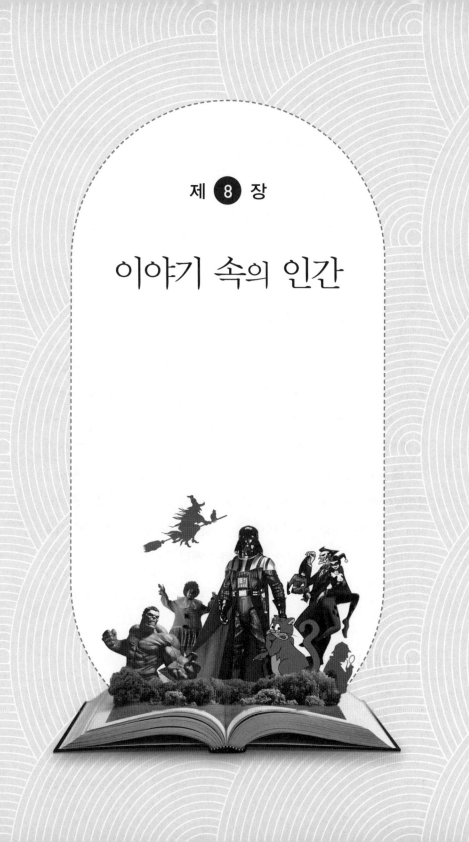

지금까지 캐릭터 구성과 관련된 전반적인 사항들에 대해 살펴보았다. 작가로서는 이로써 이야기 내의 개별적인 존재로서 캐릭터의 지배적인 특성, 전제적인 윤곽을 그릴 준비가 된 셈이다. 캐릭터의 다양한 요소들을 배치하고 결합하고 발전시키는 일이 남은 것이다. 이제 캐릭터가 스스로의 동력으로 이야기 속에서 살아 움직이게 하려면 이런 설정에 숨을 불어넣어야 한다. 또 오래도록 기억될 가치 있는 이야기가 되려면 캐릭터가 의미 있는 변화를 이끌어내도록 만들어야 한다. 이를 위해서 '서로를 비추는 거울'[1]인 캐릭터와 이야기의 관계를 중심으로 앞서의 논의를 정리해보기로 하겠다.

1. 캐릭터와 갈등 구성

　어떤 등장인물이 작가의 상상 속에 등장할 때 그 인물은 이야기로 전개

　　　　　　　　　　　캐릭터, 이야기 속의 인간

될 만한 수많은 가능성을 함께 가져온다. 원한다면 작가는 그 인물이 태어나기 전부터 이야기를 시작해서 그가 죽어서 사라질 때까지의 일들을 따라다닐 수도 있다. 한 등장인물의 인생은 그가 실제 인물로서 누릴 수만 시간들, 복잡하고도 다양한 층위를 가진 시간들을 포괄한다.[2]

캐릭터는 '이야기로 전개될 만한 수많은 가능성'을 가지고 있다. 그러므로 캐릭터를 설정하는 것은 이야기의 내용과 진행 방식까지 설정하는 일이 된다. 오쓰카 에이지는 마치 웹상에 자신의 아바타를 만들듯이 캐릭터의 구성요소, 치환 가능한 단위를 조합하여 캐릭터를 얼마든지 만들어낼 수 있다고 주장한다.[3] 그의 말대로 2장에서 살펴보았던 캐릭터의 신체적 요소와 사회적 관계, 심리적 요소, 시공간적 배경과 환경적인 조건 등 세부적인 요소를 설정하면, 각 요소들이 교차하고 충돌하면서 캐릭터에게 일어날 법한 이야기 소재가 저절로 따라나올 것이다. 이렇게 하여 거의 무한대의 서로 다른 캐릭터를 창조할 수 있다. 그러나 이렇게 만들어진 캐릭터가 모두 독자의 마음을 흔들 수 있는 것은 아니다. 그렇다면 이야기의 동력이 될 만한 생생한 캐릭터를 창조하기 위해 이 중 무엇을 선택하고 어떻게 결합하여 배열할 것인가. 진정성을 가지는 캐릭터와 이야기 구성은 어떻게 만들어질 수 있는가.

많은 작가들이 캐릭터를 발전시켜나가기 위한 동력으로 결핍과 야망, 부정된 욕망과 상처(약점), 비밀과 모순 등을 든다.[4] 이것들은 캐릭터가 느끼고 생각하고 발견하고 행동하도록 밀어붙이는 요소들이다. 이런 요소들이 캐릭터를 둘러싼 사회적 문제와 관련될 때 갈등은 보다 심각해진다. 즉, 사회문화적 요소들이, 인종이나 성별, 지역, 가족관계와 세대, 인생의 단계 등 타고난 신체적 조건과 충돌하고 개인의 욕망과 신념, 기질

등 내면적인 요소와 어긋날 때 캐릭터는 훨씬 문제적이고 다면적이며 발전적으로 그려진다. 한 캐릭터가 등장하면 그와 관련된 실제 인간에 대한 백과사전적인 모든 지식이 참조 대상이 된다는 것은 이런 의미이다.

갈등의 구성과 캐릭터의 요소

이야기의 에너지는 대립과 갈등, 그리고 해결을 향한 일련의 선택으로부터 나온다. 극단적인 대립과 양면적 가치의 경쟁, 답이 보이지 않는 오래되고 지난한 싸움, 숨은 갈등, 불안정하고 다면적인 문제들은 이야기를 만들고 추동시키는 매력적 요소이다. 이런 갈등이 실제적인 삶의 문제로 구체화되고 독자의 공감적인 변화를 이끌어낼 때 이야기와 캐릭터는 성공적으로 살아 움직인다.

대부분의 이야기는 평화와 안정, 돈이나 사랑, 권력, 명예, 영생과 같은 인간의 보편적이고 실제적인 욕망을 다룬다. 이러한 욕망이나 목적이 캐릭터가 속한 세계에서 동시에 양립할 수 없을 때 문제가 생긴다. 동일한 욕망의 대상을 두고 타자와 경쟁하거나 심각한 방해를 받을 때, 자신을 둘러싼 환경과 모순이 생길 때 캐릭터는 자기 외부의 타자뿐 아니라 사회제도나 관습, 권력, 집단, 초자연적인 힘과도 싸워야 한다. 한편 자기가 몰랐던 내면의 결함을 발견할 때, 억압된 상처 등으로 욕망이 좌절될 때 자기 내부의 다른 자아와 싸워야 한다. 문제를 해결하기 위해 어떤 것을 선택하고 어떻게 행동하느냐가 이야기의 골격을 형성하고, 이 진행에 따라 캐릭터의 전모가 서서히 드러난다. 어떤 갈등이든 복잡하게 얽히고 압력이 커질수록 캐릭터의 성격은 좀 더 깊숙이까지 드러나며 진실성을 띤다. 밀란 쿤데라의 말처럼 '실험적 자아'를 통해 '중대한 주제의 끝까지를 탐사하는' 서사만이 진정성과 위대성을 지닐 수 있다.

캐릭터, 이야기 속의 인간

외적 갈등: 인간과 타자, 사회제도나 관습, 집단, 초자연적인 힘

이야기를 추동시키는 대립과 갈등은 인간 대 인간만이 아니라 인간 대 집단, 인간 대 사회제도, 인간 대 초자연적인 존재나 힘 등 여러 가지가 될 수 있다.

인간과 인간의 배타적 욕망으로 인한 상대적 갈등은 대체로 주동인물과 반동인물의 대립을 통해 그려진다. 주동적인 캐릭터의 욕망에 따라 변화시키려는 힘이 이 변화를 막으려는 적대적인 힘과 대결을 한다. 예를 들어 사랑하는 남녀가 이를 막으려는 반동인물에 의해 고통과 수난을 당하는 이야기를 생각해보자. 사랑의 장애요인은 경쟁상대의 방해, 가족의 반대, 빈부 문제, 출생의 문제 등 얼마든지 있을 수 있다. 만일 적대자를 부도덕하고 부정적 가치를 지닌 존재로 그린다면 도식적이고 계몽적인 멜로드라마가 되기 쉽다. 돈 봉투를 건네며 헤어질 것을 강요하는 상대의 어머니나 조폭을 동원하여 남자를 가두고 여자를 빼앗는 악한의 등장은 갈등의 해결 방향을 너무 뻔하게 제시한다. 주인공보다 더 인간적 매력을 가진 반동인물, 독자도 흔들릴 만큼 그럴듯한 방해 이유가 있어야 흥미가 지속된다. 물론 누구도 모든 사람의 모든 욕망과 갈등을 드러낼 수는 없으므로 어느 정도의 프레임화는 필요하다. 매체의 성격과 장르관습, 수용자의 기대, 서사의 길이 등에 따라 이야기에 적절한 갈등의 크기와 정도도 정해야 한다. 또 갈등 내용이 개연성을 가질 수 있도록 실제세계의 다양한 문제도 고려해야 한다.

임철우의 〈붉은 방〉(1988)은 사회적 갈등, 오랜 이념의 문제가 복수의 주인공의 대립을 통해 그려진다. 주인공은 피해자인 '나'(오기섭)와 가해자인 '나'(최달식)로, 두 인물-화자가 번갈아 이야기를 이끈다. 1인칭 화자로 등장하기 때문에 캐릭터의 내면을 모두 들여다볼 수 있고 이 때문에 기본적으로 두 캐릭터 모두에게 동일한 심리적 거리를 유지할 수 있다.

평범한 소시민 오기섭은 성실한 교사이자 한 가정의 가장이다. 어느 날 영문도 모른 채 어딘지 알 수 없는 수사기관(붉은 방)에 끌려가 끔찍한 고문을 당한다. 지인의 부탁으로 시국 사건에 연루된 사람을 재워주었기 때문이다. 오기섭은 고문을 당하면서 소름 끼치는 공포와 수치심, 야만적인 광기에 휩싸인다. 결국 그는 큰아버지가 월북한 '빨갱이'라는 사실이 드러나면서 취조에 저항하지 못하고, '하찮고 무의미했던 평범한 일상'에 복귀하고 싶은 강력한 욕구 때문에 거짓 자백을 한다. 오기섭의 고문을 담당하는 가해자는 최달식이다. 그 역시 평범한 소시민으로서 노모와 아이들을 부양하는 한 가정의 가장이다. 그에게 잔혹한 고문과 용공 조작은 먹고살기 위한 일이자 직업일 뿐 그 지배 메커니즘 자체에 대해 알지 못하고 고문의 잔혹함에 대한 자각은 보이지 않는다. 대신 조부모와 가족이 '빨갱이'에게 몰살당했다는 과거, 그로 인한 반공 이념이 잔혹한 고문에 대한 합리화 기제로 작용한다.

> 봐라, 달식아. 네 원수놈들이다. 느그 할아버지 할머니 그리고 큰집과 작은집 어른들의 원수를 갚았단 말이다. 자, 빨갱이들은 이 세상에서 단 한 놈도 살려 두어선 안 되는 거여. 그놈들은 악마다. 성경에 나오는 사탄이 바로 그놈들이란 말이다이. 악마는 표식이 없느니라. 겉으로 보아서는 전혀 모른다이. 그러니께 아무도 믿어서는 안 되는 것이여. 알았냐, 달식아.[5]

인간이 인간에게 가하는 고통에 대해 죄의식을 느끼지 못하는 최달식은 분명 도덕적으로 문제가 있다. 그러나 광기 어린 폭력을 자행하면서

캐릭터, 이야기 속의 인간

그림 8.1 ⟨남영동 1985⟩(2012)는 정지영 감독이 임철우의 ⟨붉은 방⟩을 읽고 고문기술자의 이야기를 영화화한 것이다. 감독이 시나리오 준비 과정에서 이야기를 나누었던 소설가 천운영은 같은 소재로 ⟨생강⟩(2011)을 발표했다. 관련 기사: https://www.mk.co.kr/news/entertain/view/2012/11/760633/

도 이 같은 과거 사실에 묶여 현재의 문제를 자각하지 못한다. 피해자인 오기섭 역시 문제가 없는 것은 아니다. 그는 고문의 공포와 폭력을 견디지 못하고 거짓으로 죄를 고백한다. 결국 최달식이나 오기섭이나 레드 콤플렉스의 망령에서 벗어나지 못하는 것이다. ⟨붉은 방⟩은 표면적으로 가해자 최달식과 피해자 오기섭의 갈등과 대립을 그리고 있지만, 실상 두 주인공 모두 평범한 소시민이자 한 가정의 가장으로서 보이지 않는 지배 메커니즘에 의해 수단시되는 캐릭터들이라 할 수 있다.

이 작품에서는 평범한 한 인간이 안전에 대한 생물학적인 욕구, 공포와 수치심의 감정, 잔혹한 전쟁과 이념의 대립, 잊혔던 과거의 트라우마, 야만적인 통제 시스템 등에 의해 어떻게 변할 수 있는지 보여준다. 대립하는 누 캐릭터를 각각 화자로 설정하여 내면을 드러내고 독자와 캐릭터 간의 거리를 조정한 것은 이념 대립과 국가 폭력을 드러내는 데 효과적으로 작용했다고 볼 수 있다.

내적 갈등: 욕망과 상처, 방어기제

두 여자를 두고 한 남자가 갈등한다. 한 여자는 스승의 딸로서 자신의 뜻과 관계없이 오래전부터 결혼이 약속된 사이이다. 다른 여자는 신학문을 공부한 아름다운 여성으로 이제 처음 만나 마음이 흔들리고 있다. 스승의 딸은 기생이 되어 찾아왔고, 새 여성의 아버지는 약혼을 하면 함께 미국 유학을 보내주겠다고 한다. 이광수의 〈무정〉(1917)에서 이형식을 괴롭혔던 내적 갈등의 내용이다. 기생이 되어 돌아온 영채는 과거 스승에 대한 보은과 사내로서의 의무를 상기시키고, 선형은 의지할 데 없는 자신에게 물질적 안정과 유학이라는 밝은 미래를 보장해준다. 이형식의 욕망은 두 여성 캐릭터에 의해서 대립적으로 강조되고 추동된다. 또한 주변적 캐릭터인 김장로를 비롯한 신식 추종자들의 욕망과 행위 역시 형식의 선택과 행동을 부추기는 동시에 갈등과 고민에 빠지게 하는 원인으로 기능한다. 결국 형식은 작품의 후반부까지도 이 갈등에서 쉽게 벗어나지 못하여 우유부단한 캐릭터의 대명사가 되었다.

이 소설에서 형식이 고민하는 시간은 겨우 5일에 불과하다. 즉 형식은 선형을 만난 지 겨우 5일 만에 선형과 약혼식을 올린다. 형식이 오랜 갈등을 겪는 것처럼 긴 고백적 서술을 보여준 것도, 신속하고 경솔하게 약혼과 유학을 결정한 것도, 실상 이 갈등이 단순히 두 여성 사이의 애정 문제가 아니라 전근대성과 근대성, 전통적 관습과 서구의 자유주의 정신의 대립을 프레임화하고 있기 때문이다. 갈등 내용은 심각하지만 보여주어야 할 가치는 분명했다. 그것은 전근대성 대신 근대성을, 전통에 대한 의무 대신 서구의 자유주의적 정신을 선택하는 일이었고, 이로써 〈무정〉은 근대적 자율성의 가치에 방점을 둔 최초의 근대적 소설로 자리매김되었다.

과거의 트라우마로 인해 억압된 욕망과 내면 갈등, 정신증은 좀 더 복잡하고 본질적인 인간 심리 문제를 보여준다. 부모의 죽음에 대한 복수심으로 배트맨 가면을 쓴 브루스 웨인은 점차 분열적이고 신경질적이며 폭력적인 인간으로 변해간다. 표면은 고담시의 평화를 지킨다는 영웅의 이야기이지만 브루스 웨인은 부모 살해 장면을 목격하여 받은 심리적 충격으로 가해자인 조커를 닮아간다. 조커는 브루스 웨인의 가장 큰 갈등 요소인 숨겨진 적대자, 자기 내면의 그림자인 것이다. 〈배트맨〉은 가면이라는 장치로 더블 캐릭터를 설정하여 이야기의 흥미를 더할 뿐 아니라 심리적 외상으로 인한 내면 갈등을 효과적으로 그리고 있다. 이 이야기의 동력은 배트맨의 비밀, 화려한 현재와 과거의 끔찍한 사건의 대비, 두 자아의 대립과 정체성 문제가 될 것이다. 그리고 이를 가능하게 하는 것은 브루스 웨인의 엄청난 재산과 기술력, 가상도시 고담시와 충실한 조력자이자 콩피당트인 집사 알프레드, 그리고 매력적인 안타고니스트 조커의 존재이다.

2. 이야기의 구조와 캐릭터의 변화

캐릭터가 어떤 존재인가는 이야기가 다 끝나야 알 수 있다. 노동자의 편에 서서 당당한 전위로 활동하던 지식인이 전향을 할 수도 있고(강경애, 〈인간문제〉), 건달로만 보이던 사람이 다른 사람늘을 대신하여 지수에게 저항하다 죽을 수도 있다(김동인, 〈붉은 산〉). 처음에 설정된 유형성을 그대로 유지하는 캐릭터도 있고, 이처럼 변화하고 발전하는 캐릭터도 있다. 캐릭터가 변하든 안 변하든 입체적이든 평면적이든, 일련의 선택과 행동을 통해서 독자는 주어진 이야기가 어떤 가치를 지향하고 수용하고 있는가를 파악한다. 즉 이야기의 지배적인 동력, 갈등이 무엇이었고 그것이 어떤 변화를 일으켰는가, 바람직한 해결 방법으로 제시된 것은 무엇인가를 살펴봄으로써 주제에 접근하는 것이다.

캐릭터의 변화와 가치의 수용

당장 먹고살기 위해서 할 수 있는 일이라고는 몸을 파는 일밖에 없다. 그런데 이미 결혼한 사람이니 몸을 파는 것은 부도덕한 일이다. 어찌해야 하는가. 김동인의 소설, 〈감자〉의 복녀가 처음에 가졌던 갈등이다. 먹고살기 위해 송충이 잡이를 하던 복녀는 감독에게 몸을 주고, '일 안 하고 공전 많이 받는 인부'가 된다. 죄의식을 느끼기보다는 삶의 비결을 알고 제대로 사람이 된 것 같은 자신감을 얻는다. '엄한 가율' 속에서 자라났지만 복녀는 현실에 쉽게 적응할 수 있는 여자임이 드러나는 것이다. 복녀는 다시 왕서방에게 몸을 주어 돈을 번다. 복녀 부처는 빈민굴의 부자가 된다. 그런데 이번에는 왕서방이 어떤 처녀를 마누라로 들인다고 한다. 만일 복녀가 현실에 쉽게 적응하는 여자라면, 이제 다른 돈 많은 남자를 찾으면 된다. 그러나 복녀는 분을 하얗게 바르고 왕서방의 신혼 방에 들어가 왕서방을 유혹하고 낫을 휘두른다. 그리고 그 낫에 죽임을 당한다. 복녀의 욕망은 그저 돈이 아니라 누군가의 사랑을 받는 여자가 되는 것으로 바뀌었던 것이다. '반반한 얼굴'을 가졌다는 복녀의 외모와 나이 차가 많이 나는 남성에게 팔려서 조혼을 했다는 정보, 물질적 결핍

캐릭터, 이야기 속의 인간

에서 벗어나고자 하는 자연스러운 욕망, 그리고 당대의 젠더 문제와 빈부 격차, 매춘 등의 실제세계 정보는 복녀의 선택을 개연성 있게 설명해 주는 구성요소가 된다. 이렇게 이 짧은 소설은 일련의 갈등과 선택을 통해 복녀 혹은 당대 여성이 자각하지 못했던 숨겨진 욕망을 파헤치고 있다. 나아가 1920년대 궁핍한 현실, 희생되는 여성의 전형적 상황도 함께 그림으로써 복녀를 하나의 사회적 캐릭터 모델로 해석할 수 있게 한다.

〈감자〉에서 복녀가 변화하는 지점과 그런 선택으로 어떤 가치를 수용하고 포기하는가를 살펴보자.

내용	사랑	경제력	도덕성
결혼 전, 가난하나마 엄한 가율 속에서 자람	–	–	▲
가난한 남자에게 팔려가 빈민굴에 살게 됨	▼	▼	–
송충이 잡이 후 감독과 부적절한 관계 유지, 경제적 여유 생김	–	▲	▼
왕서방을 만나 부적절한 관계 유지, 빈민굴의 부자가 됨	▲	▲	–
왕서방의 신혼방에 들어가 행패 부리다가 살해됨	▼	▼	▼

결혼 전, 복녀는 엄한 가율 속에 자라난 도덕성이 있는 여성이었다. 그러나 나이 많은 남편과 결혼하여 최종적으로 사랑도 경제력도 도덕성도 가장 낮은 단계에 이른다. 복녀는 감독과 만남으로써 경제적으로 다소 풍족해지나 도덕성을 잃고, 왕서방을 만나면서는 사랑받고자 하는 욕망을 가진다. 결국 왕서방의 결혼을 수용하지 못하여 낫을 들고 덤비다가 살해당한다. 사랑과 돈을 잃지 않으려다가 모든 것을 잃고 만 것이다. 안전한 하강의 비극적 플롯이다. 〈감자〉는 우리 삶을 질서 있게 만들어

주는 기본적인 덕성을 갖추는 일과 사랑(행복)의 추구가 지독한 가난에서 벗어나려는 한 여성과 어떻게 충돌하고 행동하는가를 보여주고 있다. 이처럼 인간의 욕망과 질서에 의미 있는 변화를 일으키는 특성은 사랑이나 행복과 같이 시대와 문화를 넘어선 인간 경험의 보편적 자질과 정서이다.

숨겨진 과거의 발견 혹은 미래에 대한 기대

캐릭터에 대한 정보가 이야기의 진행 과정에서 모두 현재화되어 제시되는 것은 아니다. 숨겨진 과거의 정보는 캐릭터를 이해하는 데 중요한 역할을 한다. 과거의 어떤 정보를 어느 수준에서, 어떤 방식으로 제공하는가는 이야기 구성의 중요한 전략이다. 소포클레스의 〈오이디푸스왕〉은 테베의 역병을 물리치기 위해 선왕 라이오스를 죽인 자를 찾는 데서 시작된다. 범인을 찾는 과정에서 과거의 사실이 하나씩 밝혀지고, 절정에 이르러서야 오이디푸스는 자신이 범인임을 알게 된다. 발견과 반전이 거의 동시에 일어나는 이 복합 플롯은 아리스토텔레스가 꼽은 잘 짜인 플롯이다. 주동인물의 과거 정보가 강력한 힘을 가지고 이야기를 추동할 뿐 아니라 극적 긴장과 반전, 완전한 비극적 결말을 만들고 있기 때문이다.

이와 같이 과거의 정보가 캐릭터의 현재 선택과 행동에 어느 정도 영향을 미치는가에 따라서 이야기의 진행 양상은 달라진다. 대부분의 이야기는 현재에서 미래로 진행되는 가운데 캐릭터의 과거 정보가 삽입되는 방식을 취한다. 주동인물이 풀어야 할 숙제가 과거와 주로 연관되어 있는 경우, 숨겨졌거나 잊힌 과거의 사실을 찾고 분석하는 과정이 중심을 이룬다. 현재 벌어진 사건의 핵심적 원인이자 해결을 위한 단서는 과거

캐릭터, 이야기 속의 인간

에 있기 때문이다. 따라서 필요한 과거 사실이 차례로 모두 밝혀지면 이야기도 끝난다. 이 경우 캐릭터는 분석적이고 수동적이며 성찰적으로 그려질 수밖에 없다. 이야기도 갈등보다는 인식에 바탕을 두고 흘러간다.

반면, 중심 갈등이 캐릭터의 과거 사실과 크게 관련 없는 경우, 캐릭터의 선택과 행동은 자신의 가치와 미래에 대한 기대에 의해 추동된다. 과거에 대한 관찰과 관심보다는 현재의 갈등, 가치의 충돌이 캐릭터의 현재 행위에 영향을 준다. 앞서 살펴본 김동인의 〈감자〉에서 복녀는 엄한 가율하에 자랐으나 결혼 후 이를 부정해야 하는 상황에서 갈등하고, 이 선택과 행동 때문에 다시 갈등한다. 복녀에 대한 과거 정보는 작품의 처음에만 제시될 뿐 어떤 정보도 추가되지 않는다. 이야기를 추동하는 것은 복녀의 새로운 선택과 행동이 빚어내는 갈등이다. 이런 구조가 복녀를 입체적이고 동적인 캐릭터로 만든 것이다.

캐릭터의 구성과 이야기 진행에서 시간 문제는 중요하다. 그러나 이두 구성법은 상호 배타적인 것이 아니다. 대개 작품 속에서 혼용되어서 조화롭게 쓰인다. 캐릭터의 숨겨진 과거의 정보는 현재 진행 중인 갈등에 긴장감을 높여주고 예상 밖의 변화를 이끌어낸다. 긍정적인 힘도 부정적인 힘도 필요에 따라 좋은 책략이 될 수 있다.

주인물의 플롯: 운명인가, 사고 내용인가, 성격인가

노먼 프리드먼N. Friedman은 중심 캐릭터의 변화와 이야기의 변화를 고려하여 플롯을 유형화하였다. 그는 서사 전개에서 변화의 중심에 있는 주인공에 주목한다. 주인공은 이야기의 원인이자 결과를 발생시키는 존재, 주요한 변화를 경험하고 그 발전 과정이 관심의 주요 초점이 되는 존재이다. 다음으로 주목하는 것은 그런 주인공의 성격과 운명, 사고 내용이다. 주인공은 자신의 상황을 충분히 자각하고 느끼는가, 자신의 행위에 책임이 있음을 의식하고 있는가, 또 독자는 이에 어떤 반응을 보이는가, 주인공의 운명이 악화되는 것을 두려워하는가, 나아지기를 희망하는가를 질문한다. 이에 따라 운명과 사고 내용, 성격 중 어떤 것이 주요 부분이며, 어떻게 해결되는가를 중심으로 크게 운명의 플롯, 사고의 플롯, 성격의 플롯으로 유형을 나누었다.[6] 이를 정리하면 다음과 같다.

플롯	주요 문제	변화의 내용
운명의 플롯	주인공의 의지나 인식보다 외적 상황에 의존한다.	주인공이 처한 환경, 상황
사고의 플롯	주인공의 상황이나 목표와 상관없이 주인공의 생각, 통찰이나 발견에 의존한다.	주인공의 사고와 감정
성격의 플롯	주변 상황이나 인식보다 주인공 자신의 결정에 의존한다.	주인공의 도덕적 성격

프리드먼은 여기에 주인공이 '공감적이냐 비공감적이냐'라는 변수, 주인공과 관련된 사태나 상황의 변화가 '상향이나 하향이냐'라는 변수를 더해 전체를 14개의 플롯으로 나누었다. 앞서 살펴보았던 장르 관습을 플롯의 특성만으로 제시한 것도 있다. 이를테면 비극의 플롯은 주인공이 처한 환경과 상황이 변화하는 운명의 플롯 중 하나로서, 공감적인 주인공이 나쁜 쪽으로 변화하는 것이다. 멜로드라마는 '애상적 플롯the pathetic plot'으로, 이 역시 운명의 플롯 중 하나이다. 공감적인 주인공이 불운의 위협을 이겨내고 결국에 가서는 향상적으로 변화하는 해피엔딩의 플롯이다.

이 외에 주요한 플롯과 캐릭터의 변화 양상을 소개하면 다음과 같다.

캐릭터, 이야기 속의 인간

■ 진행의 플롯 The action plot

운명의 플롯 중 하나로 '수수께끼-해결'이라는 순환을 중심으로 짜인 것이다. 캐릭터가 이야기에 종속된 플롯으로 캐릭터의 성격과 사고는 이야기를 진행시키기 위해 필요한 최소한만 그려진다. 모험소설, 추리소설, 서부개척 소설, 공상과학 소설 등이 해당된다.

■ 징벌의 플롯 The punitive plot

운명의 플롯 중 하나로 비공감적인 주인공이 최종적으로 파멸에 이르는 플롯이다. 악한-영웅이 부도덕한 계획을 실천에 옮기고 긍정적이고 선한 캐릭터를 희생시킨다. 독자는 희생자들에게 연민의 감정을, 주인공에게는 혐오와 공포, 분노를 느끼고 최종적으로 징벌에 대해 후련한 만족감을 느낀다.

■ 성숙의 플롯 The maturing plot

성격의 변화에 의해 좌우되는 성격의 플롯 중 하나이다. 목표가 잘못 착상되었거나 아직 완전히 형성이 되지 않았기 때문에 주인공은 일정한 방향을 잡지 못하고 망설인다. 결국 주인공의 성격에 어떤 힘과 방향이 주어지고 시행착오를 거쳐 이를 찾아나가는 성장의 과정이 나온다. 성년기에 들어서는 젊은이를 포함하기 때문에 성숙의 플롯이라 부를 수 있으며, 교양소설의 유형과 같다.

■ 시련의 플롯 The testing plot

성격의 플롯의 하나로서, 공감적이고 힘 있고 과단성 있는 주인공이 어떤 식으로든 자신의 높은 목적과 수단을 양보하고 포기하도록 압력을 받는 것이 특징이다. 그는 의지를 꺾고 뇌물을 받든가, 그렇지 않으면 고집을 세우고 그 결과를 감수해야 한다. 마음이 흔들리고 따라서 과연 그가 꺾일 것인가 아닌가 하는 문제, 곧 주인공의 갈등과 시련이 플롯의 중심이 된다.

■ 환멸의 플롯The disillusionment plot

사고의 플롯의 하나로서 주인공의 생각과 통찰이 주요문제가 된다. 이 플롯은 공감적인 주인공이 자기 이상에 대한 확고한 신념을 가지고 화려하게 출발하는데, 어떤 손실과 위협과 시련을 겪고 나서는 신념을 모두 잃어버리는 플롯이다.

캐릭터 아크: 캐릭터와 이야기와 주제

앞의 논의에서 확인했듯 캐릭터의 구성 내용과 이야기의 구조는 상호 의존적이며 통합적으로 연결되어 있다.[7] 많은 서사론자와 작가는 캐릭터가 이야기 구조에 직접적인 영향을 줄 뿐 아니라 주제에 영향을 준다고 보고 있다.[8] 주제적인 캐릭터가 행하는 선택과 결정의 연결이 이야기의 구조를 이루고 이것이 의미 있는 변화로 나타나는데, 독자는 이를 통해서 작가가 의도한 가치를 수용하게 된다. 이런 방식으로 주제가 독자에게 전달된다는 것이다. 웨일랜드K. M. Weiland는 주제와 캐릭터, 이야기 구조는 공생관계에 있다고 하면서 주제는 곧 캐릭터 아크character arc가 될 수 있다고 말한다.[9] 캐릭터 아크는 캐릭터의 변화를 보여주는 이야기의 플롯을 말한다. '아크(호선弧線)'라는 용어에서 짐작할 수 있듯, 이야기가 전개되면서 하나의 호를 그을 만큼 상반된 변화가(외적 행동이든 내면의 여정이든) 나타나는 것을 말한다. 주로 대중적인 서사물에서 흔히 찾아볼 수 있는 공식에 캐릭터의 기질, 혹은 색채가 결합되면 이러한 아크가 만들어진다. 캐릭터에게 주어진 일반적 성향, 문화적 배경이나 경험 등을 바탕으로 캐릭터의 전반적인 행동 발전의 진행 경로를 예상할 수 있는

캐릭터, 이야기 속의 인간

그림 8.2 마블의 히어로물에 등장하는 캐릭터들은 대체로 '긍정적인 변화 아크'를 보여준다. 왜소한 체구의 유약한 스티브 로저스가 어벤져스를 이끄는 불굴의 캡틴 아메리카로 성장하고, 천재적 두뇌와 재능을 가졌지만 무기상에 불과했던 토니 스타크가 아이언맨으로서 희생적 영웅의 역할을 수행하는 일련의 서사는 그 대표적 사례라 할 수 있다. 반면 〈007〉 시리즈의 제임스 본드나 〈인디아나 존스〉 시리즈에서 동명의 주인공은 평면적 아크의 사례로 볼 수 있을 것이다.

것이다.[10]

웨일랜드는 캐릭터의 기질이나 상황은 그대로 둔 채 주변과 세계만 변화하는 평면적인 캐릭터 아크를 포함하여 3개의 기본적 캐릭터 아크 유형을 제시하고 있다. 간단히 소개하면 다음과 같다.

■ 긍정적인 변화 아크Positive Change Arc[11]

가장 대중적이고 때로 가장 반향이 큰 아크이다. 주동인물이 다양한 수준에서 불충분하고 결핍된 상태에서 이야기가 시작된다. 이야기가 진행되면서 자기 내면의 악마(결과적으로는 아마 그의 외부의 반동인물)를 정복할 때까지 자신과 세계에 대한 그의 믿음에 도전할 것을 강요받는다. 그리하여 긍정적인 방향으로 변화한다.

■ 평면적 캐릭터 아크^{Flat Character Arc}(정적인 아크)

많은 대중적 스토리의 주인공 아크. 근본적으로 이미 완성된 캐릭터, 즉 이미 영웅이고 외부의 반동인물들과 싸울 내적인 힘을 얻기 위해 대단한 인간적 성숙을 할 필요가 없는 캐릭터의 이야기이다. 이야기의 과정을 통해서 변화가 거의 나타나지 않고, 자신이 믿는 진실에 따라 다양한 외부의 테스트를 극복하기 때문에 '테스팅 아크^{testing arc}'로도 부른다. 이런 캐릭터는 주변 캐릭터들에게 자극을 주어 눈에 띄게 성장시키고 자신을 둘러싼 이야기 세계에서 변화를 주는 촉매가 된다. **12**

■ 부정적 변화 아크^{Negative Change Arc}

기본적으로 긍정적 변화 아크를 뒤집은 형상이다. 즉 자신의 잘못을 자각하고 더 나은 인간으로 성장하는 대신 시작보다 훨씬 나쁜 상태에서 끝난다. 자신이 믿던 정상 세계에서 나와 이상하고 새로운 딜레마에 빠지게 된다. 변형을 가장 잘할 수 있는 아크이다.

긍정적 변화 아크가 자아를 구제하기 위한 것이고 평면적 캐릭터 아크가 다른 것을 구하는 것이라면, 부정적 변화 아크는 자아와 다른 것을 파괴하는 것이다. 웨일랜드는 부정적인 변화 아크의 유형으로 환멸의 아크, 타락의 아크, 부패의 아크를 들고 있다. 환멸의 아크^{The Disillusionment arc}는 주인물이 거짓말을 믿고 그것을 극복하지만, 새롭게 알게 된 진실이 비극인 경우이다. 타락의 아크^{The Fall Arc}는 거짓말을 믿고 따르며, 새로운 진실을 거부함으로써 더 강하고 더 나쁜 거짓말을 믿게 되는 경우이다. 부패의 아크^{The Corruption Arc}는 진실을 알았지만 이를 거절하고 거짓말을 받아들이는 아크이다. **13**

일반적으로 주동인물이나 반동인물이 캐릭터 아크를 보이는 경우가

캐릭터, 이야기 속의 인간

많다. 그러나 주변 캐릭터에 대해서도 기본 내용을 설정하고 이들의 아크를 예상해둔다면 전체적인 이야기를 짜나가기에 비교적 수월할 것이다. 캐릭터의 구성요소를 단순히 결합하는 것만이 아니라 캐릭터 아크까지를 염두에 두고 설정하는 것이다. 나아가 하나의 주제를 두고 주동적 캐릭터만이 아니라 주변의 각 캐릭터가 조금씩 다른 방식으로 접근하고 변화하는 양상을 그려냄으로서 문제의 복잡성을 보여줄 수도 있다. 그러나 웨일랜드의 말처럼 모든 이야기가 대단한 캐릭터 아크를 보여주고 또 그것을 특징으로 하는 것은 아니다. 캐릭터 아크가 없이 그저 캐릭터를 둘러싼 상황만 있는 이야기도 얼마든지 있다. 무엇보다도 이러한 공식에 들어맞지도 않고 어울리지도 않는 이야기가 많다. 유형적 공식에 얽매이다 보면 대부분의 이야기를 동일성을 중심으로 분석하여 설명하게 된다. 창작자의 입장에서도 상투적인 캐릭터와 이야기에 의존하기 쉽다. 캐릭터 유형론과 마찬가지로 이야기 구조의 유형도 관습적으로 범주화하기보다 이것을 참고로 개성적인 변형과 창조를 해낼 수 있을 때 의미가 있을 것이다.

3. 이야기 속의 인간, 이야기의 밖의 인간

지금까지 이 책에서 제시한 캐릭터에 대한 논의는 결국 두 가지로 좁혀진다. 먼저, 텍스트 밖의 실제세계에 대한 지식을 참고하는 것이다. 즉, 이야기의 세계와 실제세계를 유사한 것으로 가정하고 캐릭터와 직접 관련이 없어도 역사적으로나 문화적으로 가변적인 실제 세계의 관습에 대한 참조물을 통해 정보를 추론해내는 것이다. 그러나 이것은 무한한 추론을 가능하게 하여 자칫 과잉 해석을 불러올 수 있으며, 현실과 허구를 혼동하게 할 수도 있다는 문제가 있다.

다른 하나는 캐릭터를 텍스트적인 언어적 구축물로 보고 텍스트 자체와 그 관습에 의지하여 추론하는 것이다. 아무리 유사한 캐릭터라고 하더라도 장르에 따라 추론의 문학적 규범도 다르므로 속성도 다르게 해석해야한다. 코미디 느와르냐 심리소설이냐 서사시냐에 따라 그 대리인으로서 캐릭터도 다른 존재로 간주된다.[14] 따라서 장르의 성격을 구별해내는 작업과 그런 규범에 대한 이해가 필요하다.

문학 내적 규범뿐 아니라, 텍스트상 정보에 대한 신뢰 문제도 있다. 어떤 경우는 서술자를 신뢰할 수 없고, 또 캐릭터의 이익과 관점 때문에 대화 내용을 온전히 신뢰할 수 없을 때도 있다. 믿을 수 없는 서술자를 통해 제공되는 반어적 전략은 작가와 캐릭터 독자 간의 지적인 의사소통 과정이 성공적으로 이루어질 때만이 매력적이다. 한편 캐릭터의 대화나 행동 등에 의해 암시되는 경우도 역시 정보 제공자에 대한 신뢰가 문제이다. 특정한 캐릭터와 다른 캐릭터와의 관계, 주관적이거나 제한적인 관찰, 애매한 표현 등 캐릭터의 특성을 제대로 추론해내는 데 문제가 따른다.

다시 의문의 원점으로 돌아왔다. 캐릭터를 둘러싼 수많은 논의들도 이 책에서 제시했듯 결국은, 수세기를 이어 반복되는 모티프와 레퍼토리, 새롭게 등장한 서사관습과 공식들, 실제세계 인간에 대한 온갖 지식의 확장과 재정리에 불과하다. 즉, 캐릭터의 재현조건으로서 인공적 요소와 모방적 요소에 대한 논의이다. 이제 남은 것은 캐릭터는 어떤 과정을 거쳐 해석되고 완성되며, 독자(수용자)는 이 중 무엇을 어디까지 고려하여 캐릭터를 이해하는가이다. 그것은 캐릭터의 주제적 요소로서, 펠런

캐릭터, 이야기 속의 인간

의 지적대로 가변적이고 진행적인 것이다.

  캐릭터는 작가가 창조하지만, 독자가 상상하여 완성하는 존재이다. 이야기는 완성되었지만 독자에게 던져진 텍스트상의 캐릭터 이력서에는 구멍이 많다. 캐릭터는 창조된 상태 그대로 텍스트에 고정된 불변의 존재이다. 동시에 독자의 해석에 따라 얼마든지 변형되고 또 잊히고 사라지는 유동적 존재이기도 하다. 독자는 이야기 속의 인간을 이야기 밖으로 끄집어내어 자신과 동일시하기도 하고 예상 밖의 혐오를 드러내기도 한다. 이렇게 자신이 처한 환경과 정치적 입장과 개성과 취향에 따라 다른 캐릭터가 탄생한다. 이야기 속의 인간을 통해 자기를 비춰보고 기꺼이 그 이야기의 주인공이 되는 '부재의 존재'가 그 공란을 채우는 것이다.

  이 점에서 캐릭터를 완성하는 가장 마지막 구성요소는 이야기 밖의 인간, 바로 당신이다.

1 로버트 맥키는 사건의 설계와 인물의 설계는 서로를 비추는 거울과 같아서, 인물의 성격은 이야기의 설계, 즉 구조를 통하지 않고는 깊이 있게 표현될 수 없다고 단언하고 있다. 로버트 맥키, 앞의 책, p. 166.

2 위의 책, p. 55.

3 오쓰카 에이지, 선정우 옮김, 《캐릭터 메이커》, 북바이북, 2014, pp. 33~36.

4 David Corbett, 앞의 책, pp. 51~112.

5 임철우, 〈붉은 방〉, 《한국소설문학대계 83: 곡두운동회 외》, 동아출판사, 1996.

6 노오먼 프리이드먼, 앞의 글, pp. 172~177.

7 로버트 맥키, 앞의 책, p. 156.

8 오쓰카 에이지, 앞의 책, pp. 109~110.

9 K. M. Weiland, *Creating Character arcs*, PenForASword, 2016. pp. 16~17.

10 앤드류 호튼, 앞의 책, p. 90.

11 보글러가 정리하여 제시한 영웅의 여정, '분리-하강-귀환'의 3막 플롯은 전형적인 긍정적 캐릭터 아크이다. 주인공은 처음에 기술이나 능력, 지식, 자원, 보조자가 없어서 대립 세력을 극복하지 못하지만 점차 주변의 도움을 얻어 능력을 향상시킨다. 보통사람이 영웅이 되어가는 과정을 보여주는 이야기 구성이다.

12 K. M. Weiland, 앞의 책, pp. 155~157.

13 위의 책, pp. 191~195.

14 Uri Margolin, 앞의 글.

캐릭터, 이야기 속의 인간

참고문헌

1. 기본 자료

강석경, 《숲속의 방》, 《우리시대 우리작가 21 : 강석경》, 동아출판사, 1987.
김동리, 〈나의 비망첩〉, 《세대》, 1968. 8.
김동인, 〈붉은 산〉, 《한국소설문학대계 2》, 동아출판사, 1995.
_____, 〈감자〉, 《20세기 한국소설 1》, 창작과비평사, 2005.
김소진, 〈나의 가족사〉, 《그리운 동방》, 문학동네, 2008.
김승희, 《흰 나무 아래의 즉흥》, 나남, 2014.
김유정, 〈형〉, 《김유정단편선: 동백꽃》, 문학과지성사, 2010.
목온균, 《아빠는 요리사 엄마는 카레이서》, 국민서관, 2001.
박경리, 《노을진 들녘》, 지식산업사, 1979.
_____, 《김약국의 딸들》, 나남, 1993.
_____, 《토지》, 마로니에북스, 2013.
박현욱, 《동정 없는 세상》, 문학동네, 2001.
손창섭, 《길》, 동양출판사, 1969.
안정효, 〈악부전〉, 《악부전》, 동서문학사, 1992.
양귀자, 〈한계령〉, 《원미동사람들》, 문학과지성사, 1987.
염상섭, 《삼대》, 문학과지성사, 2004.
은희경, 〈아내의 상자〉, 《1998년도 이상문학상 수상작품집》, 문학사상사,
    1998.
이근삼, 〈원고지〉, 《이근삼 전집 1》, 연극과인간, 2008.
이무영, 〈굉장씨〉, 〈안달소전〉, 《이무영 대표작 전집 2》, 신구문화사, 1985.
이문열, 《오디세이아 서울》, 민음사, 1993.
이승우, 〈터널〉, 《심인광고》, 문이당, 2005.
이윤기, 《햇빛과 달빛》, 문학동네, 1996.
이장농, 《녹전에는 똥이 많다》, 문학과지성사, 1992.

이청준, 〈가면의 꿈〉, 《과녁》, 문학예술사, 1982.

이효석, 〈황제〉, 《문장》, 1939. 7.

임철우, 〈붉은 방〉, 〈사평역〉, 《한국소설문학대계 83: 곡두운동회 외》, 동아
　　출판사, 1996.

장용학, 〈요한詩集〉, 《신한국문학전집 30》, 어문각, 1975.

장정일, 《너에게 나를 보낸다》, 미학사, 1992.

전경린, 〈부인내실의 철학〉, 《물의 정거장》, 문학동네, 2004.

전광용, 〈꺼삐딴 리〉, 《현대한국문학전집 5》, 신구문화사, 1981.

전영택, 〈화수분〉, 《20세기 한국소설 3》, 창작과비평사, 2005.

채만식, 《탁류》, 창작과비평사, 1989.

천명관, 《고령화가족》, 문학동네, 2010.

최인훈, 〈라울전〉, 《한국소설문학대계》 42권, 동아출판사, 1995.

_____, 〈옹고집뎐〉, 《총독의 소리》, 문학과지성사, 2009.

하성란, 〈곰팡이꽃〉, 《문학동네》 15호, 1998. 여름.

한강, 〈내 여자의 열매〉, 《내 여자의 열매》, 창작과비평사, 2012.

김지영 역주, 《임씨삼대록 1》, 소명출판, 2010.

로버트 루이스 스티븐슨, 조영학 옮김, 《지킬박사와 하이드씨》, 열린책들,
　　2011.

오스카 와일드, 이선주 옮김, 《도리언 그레이의 초상》, 황금가지, 2009.

도스토예프스끼, 석영중 옮김, 《분신, 가난한 사람들》, 열린책들, 2008.

2. 단행본

권보드래·천정환, 《1960년을 묻다》, 천년의상상, 2012.

권석만, 《인간관계의 심리학》, 학지사, 2014.

공임순, 《우리 역사소설은 이론과 논쟁이 필요하다》, 책세상, 2000.

김공숙, 《멜로드라마 스토리텔링의 비밀》, 푸른사상, 2017.

김병욱 편, 최상규 옮김, 《현대소설의 이론》, 대방출판사, 1983.

김영운, 《에니어그램으로 보는 성서 인물 이야기》, 삼인, 2014.

김은하, 《개발의 문화사와 남성주체의 행로》, 국학자료원, 2017.

김찬자, 《코메디아 델라르테》, 연극과인간, 2005.

류종영, 《웃음의 미학》, 유로, 2005.

박형지·설혜심, 《제국주의와 남성성: 19세기 영국의 젠더 형성》, 아카넷, 2004.

서강여성문학연구회 편, 《한국문학과 모성성》, 태학사, 1998.

서대석 편, 《우리 고전캐릭터의 모든 것》 1~4, 휴머니스트, 2008.

양혜영, 《형제라는 이름의 타인》, 올림, 2001.

여성을 위한 모임, 《일곱 가지 남성 콤플렉스》, 현암사, 1994.

_____, 《내 안의 여성 콤플렉스 7》, 창작과비평사, 2014.

이강엽, 《바보설화의 웃음과 의미 탐색》, 박이정, 2012.

_____, 《고전서사의 짝패 인물: 둘이면서 하나》, 앨피, 2018.

이경자, 《몰리에르: 진실추구의 총체적 희극》, 건국대학교출판부, 1996.

이광규, 《한국가족의 구조분석》, 일지사, 1975.

이명옥, 《팜므 파탈: 치명적 유혹, 매혹당한 영혼들》, 다빈치, 2003.

이명우, 《희곡의 이해》, 박이정, 1999.

이부영, 《분석심리학: 융의 인간심성론》, 일조각, 1998.

_____, 《그림자》, 한길사, 2004.

이상진, 《토지 연구》, 월인, 1999.

이상진·조남철, 《현대소설론》, 한국방송통신대학교출판문화원, 2016.

이임하, 《한국전쟁과 젠더: 여성, 전쟁을 넘어 일어서다》, 서해문집, 2004.

이재선, 《문학 주제학이란 무엇인가》, 민음사, 1996.

_____, 《현대소설의 서사 주제학》, 문학과지성사, 2007.

이종대, 《희곡의 세계: 희곡의 형성원리와 희곡읽기》, 태학사, 1998.

임정빈·정혜정, 《성 역할과 여성》, 학지사, 1997.

전신재 편, 《김유정문학의 전통성과 근대성》, 한림대학교 아시아문화연구소, 1997.

조남현, 《소설원론》, 고려원, 1982.

조춘호, 《한국문학에 형상화된 형제갈등의 양상과 의미》, 경북대학교출판부, 1994.

조희웅, 《한국 고전소설 등장인물 사전》, 지식을만드는지식, 2012.

한용환, 《소설학 사전》, 문예출판사, 1999.

한혜원, 《엘리스 리턴즈》, 이화여자대학교출판문화원, 2016.

황민호, 《내 인생의 만화책》, 가람기획, 2009.

낸시 맥윌리엄, 정남운·이기련 옮김, 《정신분석적 진단: 성격구조의 이해》, 학지사, 2008.

낸시 크레스, 박미낭 옮김, 《소설쓰기의 모든 것 3: 인물, 감정, 시점》, 다른, 2011.

데이비드 데스테노·피에르카를로 발데솔로, 이창신 옮김, 《숨겨진 인격》, 김영사, 2012.

돈 리처드 리소·러스 허드슨, 주혜명 옮김, 《에니어그램의 지혜》, 한문화, 2011.

레이몬드 윌리암스, 김성기·유리 옮김, 《키워드》, 민음사, 2010.

로버트 맥키, 고영범·이승민 옮김, 《Story: 시나리오 어떻게 쓸 것인가》, 민음인, 2002.

로버트 험프리, 이우건·유기룡 옮김, 《현대소설과 의식의 흐름》, 형설출판사, 1984.

롤랑 부르뇌프·레일 우엘레, 김화영 옮김, 《현대소설론》, 문학사상사, 1990.

르네 지라르, 김진식·박무호 옮김, 《폭력과 성스러움》, 민음사, 1993.

리오 브로디, 김지선 옮김, 《기사도에서 테러리즘까지: 전쟁과 남성성의 변화》, 삼인, 2010.

리처드 래저러스·버니스 래저러스, 정영목 옮김, 《감정과 이성》, 문예출판사, 1997.

리처드 로어·안드레아스 에베르트, 이화숙 옮김, 《내 안에 접힌 날개》, 바오로딸, 2006.

마르트 로베르, 김치수·이윤옥 옮김, 《기원의 소설, 소설의 기원》, 문학과지성사, 1999.

베리 쏘온·매릴린 얄롬 엮음, 권오주 외 옮김, 《페미니즘 시각에서 본 가족》, 한울아카데미, 1991.

빅토리아 린 슈미트, 남길영 옮김, 《캐릭터의 탄생: 스토리텔링으로 발견한 45가지 인간 유형의 모든 것》, 바다출판사, 2011.

샌드라 길버트·수잔 구바, 박오복 옮김, 《19세기 여성작가의 문학적 상상력: 다락방의 미친 여자》, 이후, 2009.

　　　　　　　　　　　　　　　캐릭터, 이야기 속의 인간

스튜어트 보이틸라, 김경식 옮김, 《영화와 신화》, 을유문화사, 2005.

스티븐 코슬린 외 6명, 이순묵 외 옮김, 《심리학개론》, 피어슨에듀케이션코리아, 2012.

아놀드 하우저, 김진욱 옮김, 《예술과 소외》, 종로서적, 1981.

아드리안 리치, 김인성 옮김, 《더 이상 어머니는 없다》, 평민사, 2018.

아리스토텔레스, 천병희 옮김, 《시학》, 문예출판사, 1985.

앙리 베르그송, 정연복 옮김, 《웃음: 희극성의 의미에 관한 시론》, 세계사, 1992.

앤드류 호튼, 주영상 옮김, 《캐릭터 중심의 시나리오 쓰기》, 한나래, 2000.

엘리자베트 벡-게른스하임, 이재원 옮김, 《내 모든 사랑을 아이에게?: 한 조각 내 인생과 아이문제》, 새물결, 2000.

오스카 G. 브로케트, 김윤철 옮김, 《연극개론》, 한신문화사, 1998.

오토 랑크, 정명진 옮김, 《심리학을 넘어서》, 부글북스, 2015.

윌리엄 인딕, 유지나 옮김, 《시나리오 작가를 위함 심리학》, INVENTION, 2017.

이케가미 슌이치, 김성기 옮김, 《마녀와 성녀》, 창해, 1992.

제랄드 프린스, 이기우·김용재 옮김, 《서사론사전》, 민지사, 1982.

존 머서·마틴 싱글러, 변재란 옮김, 《멜로드라마: 장르, 스타일, 감수성》, 커뮤니케이션북스, 2011.

존 베이넌, 임인숙·김미영 옮김, 《남성성과 문화》, 고려대학교출판부, 2011.

진 시노다 볼린, 조주현·조명덕 옮김, 《우리 속에 있는 여신들》, 또하나의문화, 2003.

_____, 유승희 옮김, 《우리 속에 있는 남신들》, 또하나의문화, 2006.

캐롤 피어슨, 왕수민 옮김, 《내 안엔 6개의 얼굴이 숨어있다》, 사이, 2007.

크리스토퍼 보글러, 함춘성 옮김, 《신화, 영웅 그리고 시나리오 쓰기》, 비즈앤비즈, 2013.

테오프라스토스, 이은중 옮김, 《캐릭터: 우리를 웃게 하는 30가지 유형의 성격들》, 주영사, 2014.

티에리 랑츠, 이현숙 옮김, 《나폴레옹》, 시공사, 2001.

폴 리쾨르, 양명수 옮김, 《악의 상징》, 문학과지성사, 2010.

피터 브룩스, 이승희·이혜령·최승연 옮김, 《멜로드라마적 상상력》, 소명출판, 2013.

후나하시 가즈오船橋和郎, 황왕수 옮김, 《시나리오작법 48장》, 다보, 1992.

A. 새뮤얼·B. 쇼터·F. 플라우트, 민혜숙 옮김, 《융분석비평사전》, 동문선, 2000.

C. G. 융, 이부영 옮김, 《융 기본저작집 2》, 솔출판사, 2002.

Capara·Cervone, 이한규·김기민 옮김, 《성격탐구》, 학지사, 2005.

Clyde W. Franklin II, 정채기 옮김, 《남성학이란 무엇인가》, 삼선, 1996.

E. 뮤어, 안용철 옮김, 《소설의 구조》, 정음사, 1981.

E. M. 포스터, 이성호 옮김, 《소설의 이해》, 문예출판사, 1975.

Erik H. Erikson, 윤진·김인경 옮김, 《아동기와 사회》, 중앙적성출판사, 1988.

F. K. 스탄젤, 김정신 옮김, 《소설의 이론: 〈걸리버여행기〉에서 〈질투〉까지》, 문학과비평사, 1992.

G. B. 테니슨, 오인철 옮김, 《희곡원론》, 동아학연사, 1982.

N. 프라이, 임철규 옮김, 《비평의 해부》, 한길사, 1982.

R. W. 코넬, 현민·안상욱 옮김, 《남성성/들》, 이매진, 2013.

S. 리몬-케넌, 최상규 옮김, 《소설의 시학》, 문학과지성사, 1985.

S. 채트먼, 한용환 옮김, 《이야기와 담론》, 고려원, 1991.

T. 토도로프, 신동욱 옮김, 《산문의 시학》, 문예출판사, 1992.

Ackerman, Angela, Puglisi, Becca, *The Emotion Thesaurus: The writer's Guide to Character Expression*, CyberWitch Press, 2012.

Axelrod, Mark, *Character and Conflict: The Cornerstones of Screenwriting*, Portsmouth, NH: Heinemann, 2004.

Brooks, C., Warren, R. P., *The Scope of Fiction*, Printice-Hall Inc., 1960.

Card, Orson Scott, *Characters & Viewpoint*, Cincinnati Ohio: Writer's Digest Books, 1988.

Corbett, David, *The Art of Character: Creating Memorable Characters for Fiction, Film, and TV*, Penguin Books, 2013.

Cuddon, J. A., *Dictionary of Literary terms & Literary theory*, Penguin Books, 1999.

Edelstein, Linda N., *The Writer's Guide to Character Traits*, Writer's Digest

Books, 1999.

Eder, Jen, Jannidis, Fotis, Schneider, Ralf, Eds., *Characters in Fictional Worlds: Understanding Imaginary Beings on Literature, Film, and other Media*, Berlin: De Gruyter, 2010.

Frenzel, Elisabeth, *Stoffe der Weltliteratur: ein Lexikon dichtungsgeschichtlicher Längsschnitte*, Kröner, 1962/2005.

Frow, John, *Character & Person*, Oxford Univ. Press, 2014.

Phelan, James, *Reading People, Reading Plots: Character, Progression, and the Interpretation of Narrative*, Chicago UP, 1989.

Rogers, Robert, *(A Psychoanalytic study of) The Double in Literature*, Wayne State University Press, 1970.

Wellek, R., Warren, A., *Theory of Literature*, Penguin Books, 1949.

3. 논문

강진호, 〈전후 세태와 소설의 존재방식: 정비석의 《자유부인》을 중심으로〉, 《현대문학이론연구》 13, 2000.

권혁래, 〈옛이야기 형제담의 양상과 의미: 1910~1945년 설화, 전래 동화집을 대상으로〉, 《동화와번역》 19, 2010.

김명희, 〈조선시대 모성성 연구: 허난설헌과 신사임당을 중심으로〉, 서강여성문학연구회 편, 《한국문학과 모성성》, 태학사, 1998.

김선엽, 〈본질 강화로 귀결되는 성형수술의 역설〉, 《영화연구》 44, 2010.

김성훈, 〈에니어그램으로 본 영화 속 캐릭터 분석 연구: 〈고양이를 부탁해〉를 중심으로〉, 《영화연구》 25, 한국영화학회, 2005.

_____, 〈MBTI로 본 영화 속 인물성격 분석 연구: 〈주유소 습격사건〉을 중심으로〉, 《영화연구》 28, 한국영화학회, 2006.

김수현, 〈도플갱어 이미지의 자기 증식성〉, 《서양미술사학회논문집》 22, 2004.

김연경, 〈도스토예프스키의 〈분신〉 다시 읽기: 분열, 환상, 소설〉, 《노어노문학》 30, 2018.

김영진, 〈역사 속의 아들과 아버지, 사도세자와 영조〉, 《한국의 아들과 아버지》, 황금가지, 2001.

김은하, 〈전후 국가 근대화와 '아프레 걸(전후여성)' 표상의 의미〉, 《여성문학연구》 16, 2006.12.

김정훈, 〈한국 로맨틱 코미디 영화에 나타난 남성캐릭터 재현에 관한 연구〉, 중앙대학교 석사학위 논문, 2013.

김희정, 〈이태리 가면 희극 코메디아 델라르테의 복식 특성 연구〉, 《대한가정학회》 47, 2009.

남정애, 〈들뢰즈/가타리의 사유를 토대로 살펴 본 변신모티프〉, 《카프카연구》 30, 2013.

류은영, 〈신데렐라 서사의 현대적 패러다임: 동화 《신데렐라》와 영화 〈미녀는 괴로워〉를 중심으로〉, 《세계문학비교연구》 42, 2013.

문소정, 〈한국여성운동과 모성담론의 정치학〉, 심영희·정진성·윤정로 편, 《모성의 담론과 현실》, 나남, 1999.

박기수, 〈문화콘텐츠 스토리텔링의 생산적 논의를 위한 네 가지 접근법〉, 《한국언어문화》 32, 2007.

박은하, 〈텔레비전 멜로드라마의 이야기 구조와 남녀주인공의 특성〉, 《한국콘텐츠학회논문지》 14, 2013.

변지현·고현진, 〈국내 남자 아이돌그룹에 나타난 마초이즘〉, 《한국패션디자인학회지》 13-2, 2013.

변혜정, 〈어머니되기의 환상과 실제 그리고 적응〉, 《결혼이라는 이데올로기》, 현실문화연구, 1993.

송태현, 〈카를 구스타프 융의 원형 개념〉, 《인문콘텐츠》 6, 2005.

신영섭, 〈소극의 특성 고찰〉, 《연극교육연구》, 1997.

안상욱, 〈한국사회에서 '루저문화'의 등장과 남성성의 재구성〉, 서울대학교 석사학위 논문, 2011.

안상혁·강보승, 〈현대 사극에서 악역 형상화의 특징〉, 《한국영상학회논문집》 9, 2011.

오가기, 〈배트맨 영화 시리즈에 나타난 가면의 유형과 이중자아 연구: 팀 버튼, 조엘 슈마허, 크리스토퍼 놀란 감독 작품의 비교연구를 중심으로〉, 성균관대학교 석사학위 논문, 2013.

유인순, 〈김유정의 우울증〉, 김유정문학촌 편, 《김유정문학의 재조명》, 소명출판, 2008.

캐릭터, 이야기 속의 인간

이강엽, 〈현우형제담의 경쟁과 삶의 균형〉, 《문학치료연구》, 2016.

이상진, 〈한국 창작동화에 나타난 '엄마'의 형상화와 성역할 문제〉, 《여성문
　　학연구》 6, 2001.

＿＿＿, 〈대중소설의 반페미니즘적 경향〉, 《한국현대소설사의 주변》, 박이
　　정, 2004.

＿＿＿, 〈한국 창작동화에 나타난 희극성〉, 《현대문학의 연구》, 2008.

＿＿＿, 〈탕녀의 운명과 저항: 박경리의 《성녀와 마녀》에 나타난 성 담론 수
　　정양상 읽기〉, 《여성문학연구》 17, 2008.

＿＿＿, 〈한국현대소설의 희극성 연구 시론〉, 《우리문학연구》 32, 2011.

＿＿＿, 〈문화콘텐츠 '김유정', 다시 이야기하기: 캐릭터성과 스토리텔링을
　　중심으로〉, 《현대소설연구》 48, 2011. 12.

＿＿＿, 〈운명의 패러독스, 박경리 소설의 비극적 인간상〉, 《현대소설연구》
　　56, 2014.

＿＿＿, 〈불안한 주체의 시선과 글쓰기〉, 《여성문학연구》 37, 2016.

이소연, 〈분열과 조율의 변증법: 이청준 소설의 자기형성적 텍스트성 연
　　구〉, 서강대학교 박사학위 논문, 2015.

이수형, 〈《광장》에 나타난 해방공간의 나라 만들기와 가족로망스〉, 《현대소
　　설연구》 38, 2008.

＿＿＿, 〈신과 대면한 인간의 한계와 가능성〉, 《인문과학연구논총》 31,
　　2010.

이승희, 〈한국 고전 여성인물전 연구〉, 인하대학교 박사학위 논문, 2018.

이연정, 〈여성의 시각에서 본 '모성론'〉, 한국여성연구회 편, 《여성과 사회》
　　6, 창작과비평사, 1995.

이옥·양옥승, 〈남성과 여성: 성역할의 사회화〉, 《여성학강의》, 동녘, 1994.

이정옥, 〈페미니즘과 모성: 거부와 찬양의 변증법〉, 심영희·정진성·윤정로
　　편, 《모성의 담론과 현실》, 나남, 1999.

이정화, 〈영화 〈블랙 스완〉(2011)에 나타난 분열된 자아: 주인공 니나의 더
　　블들을 중심으로〉, 《미국학논집》 45, 2013.

이재선, 〈한국문학의 주제학적 연구〉, 《어문연구》 31-2, 2003. 여름.

이종석, 〈궤내깃또, 아버지도 무서워한 영웅〉, 서대석 엮음, 《우리 고전 캐
　　릭터의 모든 것》, 휴머니스트, 2009.

이지영, 〈에니어그램으로 본 영화 속 캐릭터의 성격분석: 〈9:나인〉을 중심

으로〉, 《에니어그램연구》 9-1, 2012.

이혜진, 〈나르시시즘적인 더블에서 아바타로: 《도리언 그레이의 초상》〉, 《19세기 영어권 문학》, 2009.

이호, 〈인물 및 인물형상화에 대한 이론적 개관〉, 한국소설학회, 《현대소설 인물의 시학》, 태학사, 2000

이화정, 〈멜로 장르 TV드라마에 나타나는 여성 주인공의 전형성〉, 《한국콘 텐츠학회논문지》 13, 2013.

임대근, 〈'트랜스 아이덴티티'의 개념과 유형: 캐릭터, 스토리텔링, 담론〉, 《외국문학연구》 62, 2016.

임정연, 《1920년대 연애담론연구》, 이화여자대학교 박사학위 논문, 2006.

장영우, 〈통곡의 현실, 고소의 미학: 남정현론〉, 《작가연구》 2, 1996.

전우형, 〈1990년 이후 구보 텍스트 재매개의 계보학〉, 《구보학보》 12, 2015.

정현규, 〈더블의 공포〉, 《카프카연구》 27, 2012.

조수선, 〈국내 뮤직비디오에 나타난 성역할 고정관념〉, 《한국콘텐츠학회논 문지》 14-7, 2014.

주성희, 〈슈만 〈카니발〉에 나타난 코메디아 델라르테의 수용양상 분석〉, 《음악과 문화》 29, 2013.

주창윤, 〈역사드라마의 역사서술방식과 장르형성〉, 《한국언론학보》 48, 2004.

_____, 〈역사드라마의 변천과 특성〉, 《한국극예술연구》 56, 2017.

쥬디스 키건 가디너, 〈여성의 정체성과 여성의 글〉, 신은경 옮김, 《페미니즘 과 문학》, 문예출판사, 1988.

최기숙, 〈고소설에 나타난 '부부불화'의 통계분석을 통해 본 '부부 갈등'과 '결혼생활'의 상상 구도〉, 《동방학지》 149, 2010.

최민성, 〈신화의 구조와 스토리텔링 모델〉, 《국제어문》 42, 국제어문학회, 2008.

최성윤, 〈김유정 소설의 여성인물과 '정조'〉, 《김유정의 귀환》, 소명출판, 2011.

최시한, 〈가련한 여인 이야기 연구 시론〉, 한국소설학회, 《현대소설 인물의 시학》, 태학사, 2000.

최윤정, 〈생각하는 아이들은 어른들을 웃게 만든다〉, 《책 밖의 어른, 책 속 의 아이》, 문학과지성사, 1997.

한금주·이혜주, 〈옴므파탈 트렌드의 개념적 접근〉, 《생활과학논집》 29, 2006.

한서설아, 《다이어트의 성정치》, 책세상, 2000.

함춘성, 〈한국영화의 '루저' 캐릭터와 원형 이미지: 〈왕의 남자〉〉, 《영화》 4-2, 2012.

홍나래, 〈본부독살미인 김정필: 가부장 시역 범죄를 일상의 범죄로 바라보게 하다〉, 홍나래·박성지·정경민, 《악녀의 재구성: 한국 고전서사 속 여성 욕망 읽기》, 들녘, 2017.

S. 프로이트, 이노은 옮김, 〈섬뜩함〉, 《프로이트의 문학예술이론》, 민음사, 1997.

Jannidis, Fotis, "Character", Hühn, Peter et al. Eds., *The Living Handbook of Narratology*. Hamburg University Press. 2013.

Macauley, Robie, Lanning, George, "Characterization", *Technique in Fiction*, New York: Harper & Row, 1964.

Margolin, Uri, "The What, the When, and the How of Being a Character in Literary Narrative", *Style*, Vol. 24, No. 3, Literary Character(Fall 1990), Penn State University Press, 1995.

Ulz, Melanie, "Deadly Seduction: The Image of the femme fatale around 1900", Städel Museum, *Battle of the Sexes*, Munich: Prestel, 2016.

4. 기타 자료

Naomi Mcdougall Jones, "What it's like to be a woman in Hollywood", TED 강연, 2017.11.14.

위키백과(검색어: 마초), 자료검색일 2013. 2. 14. http://ko.wikipedia.org

https://en.oxforddictionaries.com/definition/character.

http://www.oed.com/view/Entry/30639?rskey=jEuHjC&result=1&isAdvanced=false#eid

https://en.wikipedia.org/wiki/Character_(arts) 2019.1.20.

Carlyle V. Thompson, Why I...... believe that Jay Gatsby was black,
　　August 25, 2000, https://www.timeshighereducation.com/news/why-i-
　　believe-that-jay-gatsby-was-black/153166.article.
https://mypersonality.info/personality-types/fictional-characters/

찾아보기

캐릭터, 이야기 속의 인간